COLLECTION ANNE

Anne d'Ingleside

De la même auteure

LUCY MAUD MONTGOMERY

Anne d'Ingleside

Traduit de l'anglais par
Hélène Rioux

ÉDITIONS QUÉBEC/AMÉRIQUE

425, RUE SAINT-JEAN-BAPTISTE, MONTRÉAL (QUÉBEC) H2Y 2Z7 (514) 393-1450

Données de catalogage avant publication (Canada)

Montgomery, L. M. (Lucy Maud), 1874-1942
[Anne of Ingleside. Français]
Anne d'Ingleside
(Collection Anne ; 6)
Traduction de : Anne of Ingleside.
Suite de : Anne au Domaine des Peupliers.
Publié à l'origine dans la collection : Collection Littérature d'Amérique Traduction.

ISBN 2-89037-757-1
I. Titre.   II. Titre : Anne of Ingleside. Français   III. Collection ; Montgomery, L.M. (Lucy Maud), 1874-1942. Collection Anne ; 6.
PS8526.O55A6414 1994   C813'.52   C94-941369-0
PS9526.O55A6414 1994
PR9199.3.M6A6414 1994

Les Éditions Québec/Amérique bénéficient du programme de subvention globale du Conseil des Arts du Canada.

Titre original : *Anne of Ingleside*
Première édition au Canada : McClelland and Stewart, 1939

Dépôt légal : 4e trimestre 1994
Bibliothèque nationale du Québec
Bibliothèque nationale du Canada

Mise en page : Julie Dubuc

À W. G. P.

1

« Comme le clair de lune est blanc, ce soir ! » songea Anne Blythe en empruntant le sentier du jardin jusqu'à la porte d'entrée de chez Diana Wright, où de petits pétales de cerisiers en fleurs voltigeaient dans la brise saline.

Elle s'arrêta un moment pour contempler autour d'elle les collines et les bois qu'elle avait aimés autrefois et pour lesquels sa tendresse était toujours vivace. Cher Avonlea ! Si elle se sentait désormais, et cela depuis plusieurs années, chez elle à Glen St. Mary, Avonlea possédait pourtant quelque chose qui manquerait toujours à Glen St. Mary. Des fantômes du passé croisaient Anne à chaque tournant... les champs où elle s'était promenée l'accueillaient... les échos impérissables de son ancienne chère vie l'entouraient... chaque lieu sur lequel elle jetait les yeux recelait quelque souvenir heureux. Il y avait, çà et là, des jardins hantés où s'épanouissaient toutes les roses des années passées. Anne aimait toujours revenir à Avonlea, même quand sa visite était causée par un triste motif. Dans ce cas-ci, venue avec Gilbert assister aux funérailles du père de celui-ci, Anne était restée une semaine. Marilla et Mme Lynde n'auraient pu supporter de la voir repartir plus tôt.

Son ancienne chambre du pignon était toujours accueillante et quand Anne s'y était rendue, le soir de son arrivée, elle avait trouvé le gros bouquet de fleurs printanières que Mme Lynde avait mis à son intention, un bouquet qui, quand Anne y avait enfoui son visage, avait semblé contenir tout le parfum de ces années jamais oubliées. La jeune Anne d'autrefois l'attendait là. Une bonne vieille joie remua au fond de son cœur. La chambre du pignon l'entourait de ses bras, l'encerclait, l'enveloppait. Elle regarda avec tendresse son vieux lit recouvert de la courtepointe à motif de feuilles de pommiers tricotée par Mme Lynde, les taies d'oreillers immaculées ornées de dentelle crochetée par Mme Lynde, les tapis nattés de Marilla sur le plancher, le miroir qui avait reflété le visage de la petite orpheline au front lisse qui s'était endormie en pleurant cette première nuit, il y avait si longtemps. Anne oublia qu'elle était l'heureuse mère de cinq enfants… et que Susan Baker, là-bas, à Ingleside, était de nouveau à tricoter de mystérieux petits chaussons. Elle était redevenue Anne des Pignons verts.

En entrant pour apporter des serviettes, Mme Lynde la trouva en contemplation rêveuse.

« Si tu veux mon avis, Anne, c'est vraiment bon de t'avoir de nouveau à la maison. Ça fait déjà neuf ans que tu es partie, pourtant Marilla et moi nous n'avons pas encore réussi à surmonter notre ennui. On se sent moins seules, à présent que Davy s'est marié. Millie est une petite femme si charmante. Et ses tartes ! Dommage qu'elle soit curieuse de tout comme un écureuil. Mais comme je l'ai toujours dit et le dirai toujours, il n'y a personne comme toi. »

« Ah ! Mais on ne peut tricher avec ce miroir, Mme Lynde. "Tu n'es plus aussi jeune que tu l'étais", me dit-il carrément », remarqua Anne d'un ton malicieux.

« Tu as toujours ton joli teint, répondit Mme Lynde en guise de réconfort. Tu n'avais évidemment pas beaucoup de couleurs à perdre. »

« En tout cas, aucune velléité de deuxième menton à l'horizon, reprit gaiement Anne. Et mon ancienne chambre se souvient de moi, Mme Lynde. Je suis contente. Cela me ferait de la peine de revenir ici et de m'apercevoir qu'elle m'a oubliée. C'est si merveilleux de revoir la lune se lever sur la Forêt hantée. »

« Elle fait penser à une grosse pièce d'or dans le ciel, tu ne trouves pas ? » fit Mme Lynde, soulagée que Marilla ne soit pas là pour entendre cette insolite envolée poétique.

« Regardez ces sapins effilés qui ressortent contre le firmament, et les bouleaux qui lèvent encore leurs bras vers le ciel argenté. Ce sont de grands arbres, à présent. Et dire qu'ils n'étaient encore que des bébés à mon arrivée ici. Voilà qui me donne un petit coup de vieux. »

« Les arbres sont comme les enfants, constata Mme Lynde. Ils poussent épouvantablement vite dès l'instant où on leur tourne le dos. Prends Fred Wright, par exemple : il n'a que treize ans et il est déjà presque aussi grand que son père. Il y a du pâté au poulet chaud pour le souper et je t'ai préparé mes biscuits au citron. Tu n'as pas à avoir peur de dormir dans ce lit. J'ai aéré les draps aujourd'hui et, ignorant que je l'avais fait, Marilla les a aérés, elle aussi… puis Millie les a aérés à son tour. J'espère que Mary Maria Blythe sortira demain, elle aime tant les enterrements. »

« Tante Mary Maria – c'est ainsi que Gilbert l'appelle même si elle n'est qu'une cousine de son père – m'appelle toujours Annie, dit Anne en frémissant. Et la première fois qu'elle m'a vue après le mariage, elle m'a dit : "C'est vraiment étrange que Gilbert vous ait choisie. Il aurait pu avoir tant de belles filles." Cela explique peut-être pourquoi je ne l'ai jamais aimée. Et je sais que Gilbert n'en raffole pas non plus, bien qu'il ait trop l'esprit le famille pour l'admettre. »

« Gilbert restera-t-il longtemps ? »

« Non. Il doit retourner demain soir. Il a laissé un malade dans un état très critique. »

« Oh, ma foi, je suppose qu'il n'y a pas grand-chose pour le retenir à Avonlea maintenant, vu que sa mère est décédée l'an dernier. Le vieux M. Blythe ne s'en est jamais remis. Plus rien ne donnait un sens à sa vie. Les Blythe ont toujours accordé trop d'importance aux choses terrestres. C'est vraiment triste de penser qu'ils ont disparu d'Avonlea. C'était une bonne vieille famille. Il nous reste néanmoins les Sloane. Les Sloane seront toujours des Sloane, Anne, maintenant et à jamais dans les siècles des siècles, amen. »

« Peu importe les Sloane, moi je vais sortir après le souper marcher dans le vieux verger au clair de lune. Il faudra bien que je finisse par me coucher, je présume – bien que j'aie toujours pensé que dormir les nuits de lune était du gaspillage – mais je vais me lever tôt pour voir la première faible lumière du matin se lever sur la Forêt hantée. Le ciel prendra une teinte corail et les hirondelles se pavaneront un peu partout. Peut-être qu'un petit moineau gris se posera sur le rebord de la fenêtre. Et je pourrai regarder les pensées violettes et jaunes… »

« Mais les lapins ont mangé tous les lis de juin », dit tristement Mme Lynde qui descendit l'escalier en se dandinant, se sentant secrètement soulagée de ne plus avoir à parler de la lune. Anne avait toujours été un peu étrange à ce propos. Et il semblait désormais inutile d'espérer la voir changer d'attitude.

Diana descendit le sentier pour venir à la rencontre d'Anne. Même dans le clair de lune, on pouvait voir que ses cheveux étaient toujours noirs, ses joues rosées et ses yeux brillants. Mais la lumière de la lune ne pouvait cependant dissimuler le fait que Diana avait pris de l'embonpoint… et elle n'avait jamais été ce que les gens d'Avonlea appelaient « maigre ».

« Ne t'inquiète pas, ma chérie, je ne suis pas venue pour rester. »

« Comme si *cela* pouvait m'inquiéter, fit Diana avec reproche. Tu sais bien que j'aimerais cent fois mieux passer la soirée avec toi qu'aller à cette réception. J'ai l'impression de ne pas avoir réussi à me rassasier de ta présence, et tu repars après-demain. Mais il s'agit du frère de Fred, tu sais. Nous sommes obligés d'y aller. »

« Bien sûr que vous êtes obligés. Et je ne suis venue que pour un moment. J'ai emprunté l'ancien chemin, Di, près de la Source des fées, à travers la Forêt hantée, le long de ton vieux jardin ombreux et de Willowmere. Je me suis même arrêtée pour regarder, comme nous avions l'habitude de le faire, les saules se mirer dans l'eau. Ils ont tellement poussé. »

« Comme tout le reste, soupira Diana. Quand je regarde le petit Fred ! Nous avons tous tellement changé… excepté toi.

Tu es toujours la même, Anne. Comment fais-tu pour rester si mince ? Regarde-moi ! »

« Un peu imposante, évidemment, admit Anne en riant. Mais jusqu'à présent, tu as échappé à ce qu'on appelle l'embonpoint des femmes d'un certain âge, Di. Quant au fait que je ne change pas… eh bien, Mme H. B. Donnell pense comme toi. Elle m'a affirmé, aux funérailles, que je n'avais pas vieilli d'une journée. Mais Mme Harmon Andrews est d'un autre avis. Elle m'a lancé : "Mon Dieu, Anne, comme tu en as perdu !" C'est une question de point de vue, pas vrai ? Le seul moment où j'ai l'impression d'être un peu dépassée, c'est quand je regarde les images dans les magazines. Les héros et les héroïnes commencent à avoir l'air trop jeunes pour moi. Mais peu importe, Di. Demain, nous serons des jeunes filles de nouveau. C'est ce que je suis venue t'apprendre. Nous allons prendre un après-midi et un soir de congé et visiter nos anciens lieux de prédilection… chacun d'eux. Nous allons marcher dans les champs printaniers et traverser ces vieux bois pleins de fougères. Nous allons voir toutes les vieilles choses que nous avions l'habitude d'aimer et les collines où nous retrouverons notre jeunesse. Au printemps, rien ne paraît impossible, tu sais. Nous allons cesser d'agir comme des parents responsables et nous serons frivoles comme, au fond de son cœur, Mme Lynde croit que je suis restée. Il n'y a rien d'amusant à être tout le temps raisonnable, Diana. »

« Seigneur, comme cela te ressemble ! Et cela me plairait vraiment, mais… »

« Il n'y a pas de mais. Je sais que tu te demandes qui va préparer le souper des hommes ? »

« Pas exactement. Anne Cordelia peut le faire aussi bien que moi, même si elle n'a que onze ans, reconnut fièrement Diana. Elle le fera de toute façon. Je devais assister à une réunion pour les œuvres de charité. Mais je n'irai pas. Je préfère aller avec toi. Ce sera comme réaliser un rêve. Tu sais, Anne, il m'est souvent arrivé, le soir, de m'asseoir et de m'imaginer que nous étions encore des fillettes. Je vais apporter notre souper. »

« Et nous le mangerons dans le jardin d'Hester Gray. Je présume que le jardin d'Hester Gray est encore là. »

« Je le suppose, répondit Diana d'un ton dubitatif. Je n'y suis jamais allée depuis mon mariage. Anne Cordelia est très aventureuse, mais je lui recommande toujours de ne pas s'éloigner de la maison. Elle adore se promener dans les bois. Un jour que je la réprimandais parce qu'elle parlait toute seule dans le jardin, elle m'a répondu que ce n'était pas à elle-même qu'elle parlait, mais à l'esprit des fleurs. Tu sais, le service à thé miniature à motifs de boutons de roses que tu lui as envoyé pour son neuvième anniversaire, eh bien, il n'y a pas une seule pièce de cassée. Elle est si soigneuse. Elle ne s'en sert que lorsque les Trois Personnes Vertes viennent prendre le thé avec elle. Je n'arrive pas à lui faire dire qui elles sont. À mon avis, Anne, c'est beaucoup plus à toi qu'à moi qu'elle ressemble. »

« Un nom signifie peut-être davantage que Shakespeare ne le croyait. N'en veux pas à Anne Cordelia pour ses fantaisies, Diana. J'ai toujours de la peine pour les enfants qui ne passent pas quelques années au pays des merveilles. »

« Olivia Sloane est notre institutrice à présent, reprit Diana d'un air perplexe. Elle est diplômée d'université, tu sais, et c'est seulement pour être près de sa mère qu'elle a accepté d'occuper le poste un an. *Elle* affirme qu'il faut apprendre aux enfants à affronter la réalité. »

« Ai-je vécu pour t'entendre adopter la façon de penser des Sloane, Diana Wright ? »

« Non… non… *non*! Je ne l'aime pas du tout. Elle a, comme tous ceux du clan, de ces yeux ronds qui fixent. Et les fantaisies d'Anne Cordelia ne me dérangent pas. Elles sont jolies… juste comme les tiennes l'étaient. J'imagine que la vie lui apportera bien assez de cette "réalité". »

« C'est donc entendu. Arrive aux Pignons verts vers deux heures et nous prendrons un verre du vin de groseilles de Marilla. Elle en fait à l'occasion malgré le pasteur et Mme Lynde. Avec un verre de vin, nous nous sentirons vraiment diaboliques. »

« Te souviens-tu de la fois où tu m'as saoulée avec ce vin ? » gloussa Diana que le mot "diabolique" aurait fait tiquer s'il avait été utilisé par quelqu'un d'autre. Tout le monde savait que les paroles d'Anne dépassaient sa pensée. C'était seulement une façon de parler.

« Nous aurons une vraie journée du souvenir, demain, Diana. Je ne te retiendrai pas plus longtemps... voilà Fred avec le boghei. Ta robe est ravissante. »

« C'est Fred qui m'a fait acheter une robe neuve pour le mariage. Je n'avais pas l'impression que nous pouvions nous le permettre après avoir fait construire la nouvelle grange, mais il a dit qu'il n'était pas question que *sa* femme ait l'air de quelqu'un qui ne peut accepter une invitation alors que toutes les autres seraient sur leur trente-six. N'est-ce pas un vrai homme ? »

« Oh ! Tu parles exactement comme Mme Elliott au Glen, gronda Anne. Tu devras faire attention. Aimerais-tu vivre dans un monde sans hommes ? »

« Ce serait horrible, admit Diana. Oui, oui, Fred, j'arrive. Oh ! D'accord ! À demain, donc, Anne. »

Au retour, Anne s'arrêta près de la Source des fées. Elle aimait tant ce vieux ruisseau. Il semblait avoir gardé toutes les trilles de ses rires d'enfant qu'il lui faisait à présent réentendre. Ses vieux rêves... elle pouvait les voir reflétés dans l'eau limpide... ses anciens serments... ses chuchotements... le ruisseau les avait tous gardés et les murmurait... mais il n'y avait pour les entendre que les vieilles et sages épinettes de la Forêt hantée. Et il y avait si longtemps qu'elles écoutaient !

2

« Quelle belle journée, faite sur mesure pour nous, déclara Diana. Une journée spéciale, mais j'ai bien peur qu'il ne pleuve demain. »

« Peu importe. Nous boirons sa beauté aujourd'hui, même si le soleil n'est plus là demain. Nous allons profiter de notre amitié aujourd'hui, même si nous serons séparées demain. Regarde ces longues collines d'un vert doré, ces vallées bleu brumeux. Cela nous appartient, Diana. Cela m'est égal que cette colline éloignée soit enregistrée sous le nom d'Abner Sloane, aujourd'hui, elle est à nous. Le vent souffle de l'ouest. J'ai toujours l'esprit d'aventure quand le vent vient de l'ouest. Nous allons faire une randonnée fantastique. »

Ce fut le cas. Tous les vieux coins furent revisités : le Sentier des amoureux, la Forêt hantée, Idlewild, le Vallon des violettes, le Sentier des bouleaux, le Lac aux miroirs. Certains changements s'étaient pourtant produits. Le petit anneau de jeunes bouleaux à Idlewild, où elles avaient eu une cabane autrefois, était désormais formé de grands arbres ; le Sentier des bouleaux, depuis longtemps abandonné, était tapissé de fougères ; le Lac aux miroirs avait totalement disparu, ne laissant qu'un creux humide et moussu. Mais le Vallon des violettes était mauve de fleurs et le jeune pommier que Gilbert avait un jour découvert loin dans la forêt était un arbre énorme parsemé de minuscules boutons crêtés de rouge.

Elles marchaient tête nue. Les cheveux d'Anne brillaient toujours dans le soleil comme de l'acajou poli et ceux de

Diana étaient d'un noir luisant. Elles échangeaient des regards joyeux, complices, chaleureux et amicaux. Parfois, elles marchaient en silence. Anne avait toujours maintenu que deux personnes aussi proches qu'elle et Diana pouvaient *sentir* les pensées l'une de l'autre. À d'autres moments, leur conversation était jalonnée de « Te rappelles-tu ? », « Te souviens-tu du jour où tu es tombée dans la maison des canards des Cobb dans le Chemin des Conservateurs ? », « Te rappelles-tu quand nous avons sauté sur Tante Josephine ? », « Te souviens-tu de notre Club littéraire ? », « Et la visite de Mme Morgan, quand tu t'étais teint le nez en rouge ? », « Et les signaux qu'on s'envoyait avec une bougie depuis notre fenêtre ? », « Te rappelles-tu comme nous nous étions amusées au mariage de Mlle Lavendar… et les boucles bleues de Charlotta IV ? », « Te souviens-tu de la Société d'amélioration ? » Elles avaient presque l'impression d'entendre résonner l'écho de leurs propres éclats de rire passés.

La Société d'amélioration du village d'Avonlea était, semblait-il, morte. Elle s'était dissoute peu de temps après le mariage d'Anne.

« Ils n'étaient tout simplement plus capables de la faire tenir, Anne. Les jeunes d'Avonlea ne sont plus ce qu'ils étaient dans *notre* temps. »

« Ne parle pas comme si "notre temps" était révolu, Diana. Nous avons juste quinze ans et nous sommes des âmes sœurs. L'air n'est pas seulement plein de lumière, il est la lumière. J'ai l'impression d'avoir des ailes. »

« Je me sens comme ça, moi aussi, déclara Diana, oubliant que quand elle s'était pesée le matin même, la balance avait indiqué cent-cinquante-cinq livres. J'ai souvent envie de me transformer en oiseau. Ce doit être formidable de voler. »

Elles étaient environnées de beauté. On apercevait de petites teintes inattendues dans le sombre royaume de la forêt, luisant dans les sentiers enchanteurs. Le soleil du printemps plombait à travers les jeunes feuilles vertes. On entendait partout gazouiller les oiseaux. Il y avait de petits creux où on avait l'impression de baigner dans de l'or liquide. À chaque tournant, quelque frais parfum printanier les frappait en plein visage : fougères épicées, résine de sapin, la saine odeur des champs récemment labourés. Il y avait un chemin bordé de cerisiers en fleurs, un vieux champ herbeux parsemé de bébés épinettes qui ressemblaient à des elfes accroupis dans l'herbe, des ruisseaux encore assez étroits pour être sautés, des primevères sous les sapins, des lits de jeunes fougères frisées, et un bouleau dont un vandale avait déchiré l'écorce blanche à plusieurs endroits, exposant les teintes du tronc au-dessous. Anne le contempla si longtemps que Diana se posa des questions. Elle ne voyait pas la même chose qu'Anne : les nuances allant d'un blanc crémeux très pur, passant par d'exquises teintes mordorées, allant de plus en plus profondément jusqu'à ce que la couche la plus intérieure révèle un brun profond et riche, comme pour dire que tous les bouleaux, malgré leur apparence de jeunesse et de fraîcheur, avaient tout de même des sentiments teintés de chaleur.

« Le feu primitif de la terre est dans le cœur des bouleaux », murmura Anne.

Et enfin, après avoir traversé un petit marais boisé plein de champignons vénéneux, elles aboutirent au jardin d'Hester Gray, toujours aussi adorable qu'autrefois avec ses chères fleurs. Il était encore plein de narcisses, ou lis de juin, comme Diana les appelait. La rangée de cerisiers avait vieilli, mais faisait penser à une congère de fleurs neigeuses. On voyait encore l'allée de rosiers au centre, et le vieux fossé était blanc de fleurs de fraisiers, bleu de violettes et vert de fougères. Elles dévorèrent leur pique-nique dans un coin du jardin, assises sur de vieilles roches moussues, un lilas derrière elles balançant ses bannières mauves contre un soleil bas. Affamées, toutes deux firent honneur aux mets délicieux qu'elles avaient concoctés.

« Comme les choses ont bon goût dehors, soupira Diana. Ton gâteau au chocolat, Anne... eh bien, les mots me manquent, mais tu dois me donner ta recette. Fred l'adorerait. Il peut manger n'importe quoi et rester mince, lui... je dis toujours que je ne mangerai plus jamais de gâteau parce que je prends du poids chaque année. J'appréhende de devenir comme la grand-tante Sarah : elle était si obèse qu'il fallait toujours la tirer pour la faire lever quand elle était assise. Mais comment résister quand je vois un gâteau comme celui-ci ? Et hier soir à la réception… ma foi, mes hôtes auraient été vraiment offensés si je n'avais pas mangé. »

« As-tu passé une bonne soirée ? »

« Oh ! oui, d'une certaine façon. Mais je suis tombée dans les griffes d'Henrietta, la cousine de Fred, et elle prend un tel *plaisir* à raconter en détail toutes ses opérations et sensations, et ceci, et cela, et comment son appendice aurait éclaté si elle ne l'avait pas fait enlever. "J'ai eu quinze points de suture. Oh ! Diana, j'ai enduré le martyre !" Ma foi, si ça m'a ennuyée, elle a au moins eu du plaisir, elle. Et puisqu'elle a souffert, pourquoi n'aurait-elle pas la satisfaction d'en parler maintenant ? Jim était si drôle – je ne sais pas si cela a plu à Mary Alice… Mon Dieu, juste un tout petit morceau… tant qu'à succomber… j'imagine qu'une seule tranche ne peut faire beaucoup de différence. Jim a donc raconté que la veille même avant son mariage, il avait si peur qu'il voulait prendre le bateau. Il a dit que tous les mariés devaient sentir la même chose s'ils avaient l'honnêteté de l'admettre. Tu ne penses pas que Fred et Gilbert aient éprouvé cette sensation, Anne ? »

« Je suis certaine que non. »

« C'est ce que Fred m'a répondu quand je lui ai posé la question. Il m'a dit que la seule chose qu'il craignait était que je ne change d'idée à la dernière minute comme Rose Spencer. Mais on ne peut jamais vraiment savoir ce qu'un homme pense. Bon, il est inutile de s'inquiéter de cela maintenant. Quel bon moment nous avons passé cet après-midi ! C'est comme si nous avions revécu tant de joies anciennes. Si seulement tu ne partais pas demain ! »

« Pourquoi ne viens-tu pas en visite à Ingleside cet été, Diana, avant, mon Dieu, avant que je ne puisse plus recevoir de visiteurs ? »

« J'adorerais cela. Mais cela me paraît impossible de m'éloigner de la maison cet été. Il y a toujours tellement de choses à faire. »

« Rebecca Dew viendra enfin et j'en suis bien contente, mais j'ai bien peur que tante Mary Maria ne vienne aussi. Elle en a glissé un mot à Gilbert. Cela ne lui sourit pas davantage qu'à moi, mais comme elle est "une parente", la porte lui est toujours ouverte. »

« J'essaierai de venir cet hiver. J'aimerais tant revoir Ingleside. Tu as une maison charmante, Anne, et ta famille est adorable. »

« Ingleside est bien, et je m'y plais à présent. J'avais un jour cru qu'il me serait impossible d'aimer cet endroit. Je le détestais quand nous y avons emménagé… je le détestais à cause de ses qualités mêmes. Elles étaient une insulte à ma chère petite maison de rêve. Je me rappelle en partant avoir piteusement déclaré à Gilbert : "Nous avons été si heureux ici, jamais nous ne pourrons l'être autant ailleurs." Pendant un certain temps, je me suis complu dans un océan de nostalgie. Puis, je me suis aperçue que des petites racines d'affection pour Ingleside commençaient à pousser. J'ai vraiment lutté contre, mais j'ai finalement dû céder et admettre que j'aimais cette maison. Et je l'ai aimée de plus en plus chaque année. Elle n'est pas trop vieille – les vieilles maisons sont tristes. Et elle n'est pas trop jeune – les jeunes maisons sont dures. Elle n'est qu'agréable. J'aime chacune de ses pièces. Chacune a quelques défauts, mais aussi quelques qualités, quelque chose qui la distingue des autres. J'aime tous ces arbres magnifiques sur la pelouse. J'ignore qui les a plantés, mais chaque fois que je monte à l'étage, j'arrête sur le palier – tu te souviens de la jolie fenêtre sur le palier auprès de laquelle se trouve le gros fauteuil profond ? – je m'y assois, je jette un coup d'œil dehors en me disant : "Que Dieu bénisse l'homme qui a planté ces arbres, peu importe qui il était." Nous avons réellement beaucoup trop d'arbres autour de la maison, mais nous ne pourrions en sacrifier un seul. »

« C'est comme Fred qui vénère réellement ce grand saule au sud de la maison. Il gâche la vue des fenêtres du salon, comme je n'ai cessé de lui répéter, mais tout ce qu'il trouve à me répondre, c'est : "Pourrais-tu abattre une jolie chose comme celle-là même si elle te coupe la vue ?" Le saule reste donc… et c'est vrai qu'il est charmant. C'est pourquoi nous avons appelé notre maison la Ferme du Saule solitaire. J'aime beaucoup le nom Ingleside. C'est si joli, si familial. »

« Gilbert était de cet avis. Nous avons eu de la difficulté à choisir un nom. Nous en avons essayé plusieurs, mais ils ne convenaient pas. Quand nous avons trouvé Ingleside, nous avons compris que c'était celui qu'il fallait. Je suis contente que nous ayons une maison spacieuse. Avec notre famille, cela s'imposait. Les enfants l'aiment aussi, si petits qu'ils soient. »

« Ce sont des amours. » Diana se trancha subrepticement un autre "petit morceau" de gâteau. « Je trouve que les miens sont mignons eux aussi, mais les tiens ont vraiment quelque chose de spécial… et tes jumelles ! Je t'envie pour cela. J'ai toujours désiré avoir des jumeaux. »

« Oh ! Dans mon cas, c'était inévitable, j'y étais prédestinée. Mais je suis déçue que les miennes ne se ressemblent pas, pas une miette. Nan est jolie, pourtant, avec ses yeux et ses cheveux bruns et son joli teint. Di est la préférée de son père parce qu'elle a les yeux verts et les cheveux roux, roux et bouclés. Susan considère Shirley comme la prunelle de ses yeux. J'ai été malade si longtemps après sa naissance et c'est elle qui s'en est occupée jusqu'à ce que j'en arrive à croire qu'elle le considérait vraiment comme le sien. Elle l'appelle son "petit garçon brun" et le gâte épouvantablement. »

« Et il est encore si petit que tu peux encore te faufiler dans sa chambre pour voir s'il a envoyé valser ses couvertures et le border de nouveau, ajouta Diana avec envie. Jack a neuf ans, tu sais, et il ne veut plus que je le fasse. Il prétend qu'il est trop grand. Et cela me plaisait tant ! Oh ! Je voudrais que les enfants grandissent moins vite. »

« Aucun des miens n'est encore arrivé à ce stade, bien que j'aie remarqué que depuis que Jem a commencé l'école, il refuse de tenir ma main quand nous marchons dans le village, soupira Anne. Mais lui, Walter et Shirley veulent encore que j'aille les border. Parfois, Walter en fait tout un rituel. »

« Et tu n'as pas à te préoccuper tout de suite de leur avenir. À présent, Jack s'est mis dans la tête qu'il veut devenir soldat. Un soldat ! Imagine ! »

« Je ne m'en ferais pas pour cela. Il oubliera ça quand il aura une autre lubie. La guerre est une chose du passé. Jem imagine qu'il va devenir marin – comme le Capitaine Jim – et Walter est en voie de devenir poète. Il ne ressemble à aucun des autres. Mais ils raffolent tous des arbres et adorent jouer dans le "Creux", comme on l'appelle ; il s'agit d'un petit vallon juste au-dessous d'Ingleside avec des sentiers féeriques et un ruisseau. Un endroit très ordinaire, un simple "Creux" pour les autres, mais pour eux, un pays enchanté. Ils ont tous leurs défauts, mais ce n'est pas une si mauvaise petite bande, et il y a heureusement suffisamment d'amour pour passer au travers. Oh ! Je suis contente de penser que demain soir à pareille heure, je serai de retour à Ingleside, à raconter des histoires à mes bébés avant d'aller au lit et à donner aux calcéolaires et aux fougères de Susan les louanges qu'elles méritent. Susan a le *tour* avec les fougères. Je peux honnêtement faire leur éloge, mais si tu voyais les calcéolaires, Diana ! À mes yeux, elles n'ont absolument pas l'air de fleurs. Mais jamais je ne voudrais faire de la peine à Susan en le lui disant. J'arrive toujours, d'une façon ou d'une autre, à arranger les choses. Jusqu'à présent, la Providence ne m'a jamais fait défaut. Susan est si gentille, j'ignore ce que je ferais, sans elle. Et quand je pense que je l'ai déjà appelée une "étrangère". Oui, c'est agréable de penser que je retourne chez moi, pourtant je me sens triste à l'idée de quitter les Pignons verts. C'est si beau, ici, avec Marilla… et *toi*. Notre amitié a toujours été très douce, Diana. »

« Oui… et nous avons toujours été… je veux dire… je n'ai jamais pu m'exprimer comme toi, Anne, mais nous avons vraiment tenu notre ancienne "promesse solennelle", n'est-ce pas ? »

« Toujours. Et nous la tiendrons toujours. »

La main d'Anne se glissa dans celle de Diana. Elles gardèrent longtemps un silence trop précieux pour être rompu. Les

longues ombres immobiles du soir tombèrent sur l'herbe, les
fleurs et les abords des prés verts au-delà. Le soleil descendit,
les teintes gris rose du ciel s'approfondirent et pâlirent derrière
les arbres pensifs, un clair de lune printanier prit possession
du jardin d'Hester Gray où, désormais, plus personne ne
marchait. Les hirondelles éclaboussaient l'air vespéral de leurs
sifflements flûtés. Une grande étoile apparut au-dessus des
cerisiers blancs.

« La première étoile est toujours un miracle », remarqua
rêveusement Anne.

« Je pourrais rester ici toujours, dit Diana. Je déteste
l'idée de quitter ce lieu. »

« Et moi, donc ! Mais, tout compte fait, nous n'avons que
fait semblant d'avoir quinze ans. Nous devons nous rappeler
nos devoirs familiaux. Comme ces lilas embaument ! As-tu
déjà remarqué, Diana, qu'il y avait quelque chose de pas tout
à fait... chaste... dans le parfum des lilas ? Cette idée fait rire
Gilbert, il adore cette odeur, mais moi, j'ai toujours l'impression que les lilas se souviennent d'un secret trop doux. »

« J'ai toujours trouvé que c'était un parfum trop pénétrant
pour la maison », reprit Diana. Elle prit l'assiette dans laquelle
se trouvait le reste du gâteau au chocolat, la regarda
longuement, secoua la tête et la rangea dans le panier avec, sur
son visage, une expression de grande noblesse et d'abnégation.

« Ne serait-ce pas amusant, Diana, si maintenant, sur le
chemin du retour, nous croisions les petites filles que nous
étions en train de courir dans le Chemin des amoureux ? »

Diana frissonna un peu.

« N... non, je ne crois pas que ce serait amusant, Anne.
Je n'avais pas remarqué qu'il faisait si noir. C'est bien d'imaginer des choses le jour, mais...»

Elles revinrent calmement, silencieusement, tendrement
chez elles, la splendeur du soleil couchant incendiant les
vieilles collines derrière elles et leur vieille affection jamais
oubliée brûlant dans leur cœur.

3

Anne termina une semaine qui avait été remplie de journées agréables en portant, le lendemain matin, des fleurs sur la tombe de Matthew ; l'après-midi, elle prit le train de Carmody jusque chez elle. Pendant un moment, elle songea à toutes les vieilles choses aimées qu'elle laissait derrière elle, puis ses pensées la précédèrent jusqu'aux choses aimées qui l'attendaient. Son cœur fredonna tout le long du chemin parce qu'elle était en route vers une maison joyeuse. Cette maison était un véritable foyer, cela sautait aux yeux dès qu'on en franchissait le seuil : toujours débordante de rires, de tasses d'argent, de photographies, de bébés – ces êtres précieux avec des boucles et des genoux potelés – et de chambres accueillantes, où les chaises attendaient patiemment et où ses robes l'espéraient dans le placard, où les petits anniversaires étaient toujours célébrés et les menus secrets toujours chuchotés.

« C'est bon de sentir qu'on aime retourner chez soi », pensa Anne, en prenant dans son sac une lettre d'un petit garçon qui l'avait fait rire gaiement la veille, lorsqu'elle l'avait lue aux gens des Pignons verts… la première lettre envoyée par un de ses enfants. C'était une très jolie petite lettre de la part d'un enfant de sept ans qui ne fréquentait l'école que depuis un an, même si l'orthographe de Jem laissait un peu à désirer et qu'il y avait une grosse tache d'encre dans un coin.

« Di a pleuré et pleuré toute la nuit parce que Tommy Drew lui a dit que sa poupée allait mourir sur le *bûché*. Susan nous *raconte* de beaux contes le soir, mais c'est pas comme toi, maman. Je l'ai aidée à *semé* les betteraves hier soir. »

« Comment ai-je pu être heureuse pendant toute une semaine loin d'eux ? » se reprocha la châtelaine d'Ingleside.

« Quel plaisir de voir que quelqu'un est venu à notre rencontre à la fin du voyage ! » s'écria-t-elle lorsque arrivée à Glen St. Mary, elle se jeta dans les bras de Gilbert qui l'attendait. Elle ne pouvait jamais être sûre que Gilbert viendrait la chercher – il y avait toujours quelqu'un en train de naître ou de mourir – pourtant le retour à la maison n'était jamais parfait quand Gilbert n'était pas au rendez-vous. Et il portait un si élégant complet neuf gris pâle ! (*Comme je suis contente d'avoir mis cette blouse coquille d'œuf à volants avec mon costume brun, même si M*^me^ *Lynde me trouvait folle de porter cette toilette pour le voyage. Si je ne l'avais pas mise, je n'aurais pas été assez jolie pour Gilbert.*)

Ingleside était tout illuminé ; de gaies lanternes japonaises étaient suspendues sur la véranda. Anne courut joyeusement dans l'allée bordée de jonquilles.

« Ingleside, me voici ! » s'écria-t-elle.

Tous l'entourèrent, riant, s'exclamant, gesticulant tandis que Susan Baker souriait comme il le fallait à l'arrière-plan. Chacun des enfants, même le petit Shirley de deux ans, avait un bouquet cueilli spécialement pour Anne.

« Oh ! Voilà ce que j'appelle un accueil chaleureux ! Tout Ingleside paraît si heureux. C'est vraiment splendide de penser que ma famille est si contente de me revoir. »

« Si jamais tu repars, maman, déclara solennellement Jem, j'vais attraper la *pindicite*. »

« Comment vas-tu t'y prendre ? » demanda Walter.

« Chut ! » Jem donna subrepticement un coup de coude à Walter et lui chuchota :

« J'sais que ça fait mal quelque part… mais j'veux juste faire peur à maman pour plus qu'elle s'en aille. »

Anne voulait faire cent choses en même temps : donner un câlin à tout le monde, courir dans le crépuscule cueillir quelques pensées – on trouvait des pensées partout à Ingleside –,

ramasser sur le tapis la petite poupée usée à la corde, écouter
les potins et les petites nouvelles de chacun : Nan s'était
entré le bouchon d'un tube de vaseline dans le nez pendant
que le docteur était allé visiter un malade et Susan en avait
été complètement déroutée – « je vous assure que j'ai eu un
moment d'inquiétude, chère Mme Docteur » ; la vache de
Mme Jud Palmer avait avalé cinquante-sept clous du grillage
et on avait dû faire venir un vétérinaire de Charlottetown ;
la distraite Mme Fenner Douglas était allée à l'église *nu-tête* ;
Gilbert avait arraché tous les pissenlits de la pelouse –
« lorsqu'il n'était pas en train de faire des accouchements,
chère Mme Docteur, huit bébés sont nés pendant votre
absence » ; M. Tom Flagg avait teint sa moustache – « et
dire que sa femme n'est morte que depuis deux ans » ; Rose
Maxwell avait laissé tomber Jim Hudson du Glen En-Haut et
il lui avait envoyé une facture pour tout ce qu'il avait
dépensé pour elle ; il était venu beaucoup de gens aux
funérailles de Mme Amasa Warren ; le chat de Carter Flagg
s'était fait mordre à la racine de la queue ; on avait découvert
Shirley dans l'écurie debout sous un des chevaux – « chère
Mme Docteur, je ne serai jamais plus la même femme » ; on
avait des raisons de craindre que les pruniers bleus n'aient
contracté le nœud noir ; Di avait passé la journée à chanter
« Maman revient, maman revient, aujourd'hui, aujourd'hui »
sur l'air de Frère Jacques ; les Reese avaient eu un chaton qui
louchait parce qu'il était né les yeux ouverts ; Jem s'était
malencontreusement assis sur du papier attrape-mouches
avant d'avoir remonté son petit pantalon… et, enfin, Fripon
était tombé dans le baril d'eau de pluie.

« Il était pratiquement noyé, chère Mme Docteur, mais
par chance, le docteur l'a entendu miauler et ça n'a pas pris
goût de tinette qu'il l'a sorti de là par les pattes de derrière. »

« C'est quoi un goût de tinette, maman ? »

« Il a l'air de s'être bien rétabli », remarqua Anne, flattant
les luisantes courbes noires et blanches d'un matou satisfait
aux énormes bajoues qui ronronnait dans un fauteuil près du
foyer. Il n'était jamais tout à fait prudent de s'asseoir dans un

fauteuil à Ingleside sans s'être d'abord assuré qu'un chat n'y était pas installé. Susan qui, pour commencer, n'était pas très portée sur les chats, affirmait qu'elle avait appris à vivre avec eux par réflexe d'autodéfense. Quant à Fripon, Gilbert lui avait donné ce nom un an auparavant quand Nan avait rapporté du village le misérable chaton décharné que des gamins avaient torturé, et le nom lui était allé comme un gant, même s'il ne convenait plus vraiment à présent.

« Mais… Susan ! Qu'est-il arrivé à Gog et Magog ? Oh ! Ils n'ont pas été cassés, j'espère ? »

« Non, non, chère Mme Docteur », protesta Susan qui, de honte, vira au rouge brique et se précipita hors de la pièce. Elle revint rapidement avec les deux chiens de porcelaine qui avaient toujours présidé aux destinées du foyer à Ingleside. « Je ne vois pas comment j'ai pu oublier de les replacer avant votre arrivée. Vous voyez, chère Mme Docteur, Mme Charles Day de Charlottetown nous a rendu visite le lendemain de votre départ, et vous savez jusqu'à quel point elle est méticuleuse et collet monté. Walter a pensé qu'il fallait lui faire la conversation et il a commencé par lui montrer les chiens. "Celui-ci est God et celui-là, My God*", a-t-il dit, le pauvre petit. J'étais horrifiée, je croyais que j'allais tomber raide morte en voyant l'expression de Mme Day. J'ai expliqué du mieux que j'ai pu, parce que je voulais pas qu'elle nous prenne pour une famille de profanes, mais j'ai décidé de mettre les chiens de porcelaine hors de portée jusqu'à votre retour. »

« Maman, est-ce qu'on va manger bientôt ? demanda Jem d'un ton pathétique. Mon estomac crie famine. Et, oh ! maman, on a fait les mets favoris de chacun. »

« Comme disait la puce à l'éléphant, c'est bien ce qu'on a fait, ajouta Susan en souriant. On a pensé que votre retour devait être convenablement célébré, chère Mme Docteur. Et à présent, où est passé Walter ? C'est sa semaine de sonner le gong pour les repas, le cher ange. »

---

* _Dieu et Mon Dieu._

On eut un souper de gala. Et mettre tous les bébés au lit après le repas fut un ravissement. Comme c'était une occasion très spéciale, Susan consentit même à ce que ce soit Anne qui borde le petit Shirley.

« C'est pas un jour ordinaire, chère Mme Docteur », déclara-t-elle solennellement.

« Oh ! Susan, il n'existe pas de journée ordinaire. Chaque jour possède quelque chose de différent des autres. Vous n'avez pas remarqué ? »

« Comme c'est vrai, chère Mme Docteur. Même vendredi dernier, quand il a plu toute la journée et que c'était si ennuyeux, mon géranium rose a enfin sorti des boutons après avoir refusé de fleurir pendant trois longues années. Et avez-vous vu mes calcéolaires, chère Mme Docteur ? »

« Si je les ai vues ! Je n'ai jamais vu de telles calcéolaires de toute ma vie, Susan. Comment vous y prenez-vous ? » (*Voilà, j'ai fait plaisir à Susan sans dire de mensonge. Jamais je n'ai vu de telles calcéolaires… Dieu merci !*)

« C'est le résultat d'attentions et de soins constants, chère Mme Docteur. Mais il y a quelque chose que je dois vous dire. Je crois que Walter se doute de *quelque chose*. Il ne fait aucun doute que certains enfants du Glen ont dû lui raconter des choses. De nos jours, tellement d'enfants en savent plus que nécessaire. L'autre jour, Walter m'a demandé, l'air très songeur "Susan, qu'il m'a dit, est-ce que les bébés coûtent très cher ?" J'ai été un peu abasourdie, chère Mme Docteur, mais j'ai gardé mon sang froid. "Certaines personnes les considèrent comme un luxe, que j'lui ai répondu, mais pour nous, à Ingleside, ils sont une nécessité." Et je me suis reproché de m'être plainte à voix haute du prix honteux des articles dans tous les magasins du Glen. J'ai peur d'avoir inquiété le petit. Mais s'il vous en parle, chère Mme Docteur, vous serez préparée. »

« Vous vous en êtes magnifiquement tirée, j'en suis sûre, Susan, approuva gravement Anne. Et je crois qu'il est temps de leur apprendre ce que nous attendons. »

Mais le plus grand bonheur fut lorsque Gilbert vint la rejoindre, alors qu'à la fenêtre elle regardait le brouillard monter de la mer, au-dessus des dunes et du port éclairés par la lune jusqu'à la longue et étroite vallée que surplombait Ingleside et dans laquelle était niché le village de Glen St. Mary.

« Arriver à la fin d'une dure journée, et te trouver... es-tu heureuse, Annissime ? »

« Heureuse ! » Anne se pencha pour respirer un bouquet de fleurs de pommiers que Jem avait posé sur la table. Elle se sentait entourée d'amour. « Gilbert, mon chéri, c'était charmant d'être de nouveau Anne des Pignons verts pendant une semaine, mais c'est cent fois mieux d'être de retour et d'être Anne d'Ingleside. »

4

« Il n'en est pas question », trancha le Dr Blythe d'un ton définitif ; Jem le comprit.

Jem savait qu'il n'y avait pas d'espoir que son père revienne sur sa décision ni que sa mère essaie de lui faire changer d'idée. C'était évident que sur ce point, ses parents ne faisaient qu'un. La colère et la déception assombrirent les yeux noisette de Jem pendant qu'il regardait ses cruels parents ; il les regardait fixement, les dévisageait, eux qui, intolérablement indifférents, continuaient à manger comme si de rien n'était. Bien entendu, tante Mary Maria l'avait remarqué, elle – rien n'échappait jamais à ses yeux bleu pâle et mélancoliques. Mais cela ne parut que l'amuser.

Bertie Shakespeare Drew était venu passer l'après-midi avec Jem. Walter s'était rendu à l'ancienne maison de rêve jouer avec Kenneth et Persis Ford, et Bertie Shakespeare avait confié à Jem que tous les garçons du Glen iraient à l'entrée du port ce soir-là pour voir le Capitaine Bill Taylor tatouer un serpent sur le bras de son cousin Joe Drew. Lui, Bertie Shakespeare, y allait, et est-ce que Jem voudrait l'accompagner ? Ce serait si amusant. Jem en eut aussitôt une envie folle ; et on venait de lui signifier que c'était carrément hors de question.

« Une des nombreuses raisons, dit papa, est que c'est beaucoup trop loin pour toi. Les autres garçons ne rentreront que très tard, et tu dois être au lit à huit heures, fiston. »

« On m'envoyait me coucher à sept heures tous les soirs quand j'étais enfant », renchérit tante Mary Maria.

« Tu dois attendre d'être plus vieux, Jem, pour aller si loin le soir », ajouta maman.

« Tu as dit ça la semaine dernière, protesta Jem avec indignation, et je *suis* plus vieux, maintenant. Vous me prenez pour un bébé. Bertie y va bien, lui, et j'ai le même âge que lui ! »

« Il y a des cas de rougeole, reprit tante Mary Maria. Tu pourrais l'attraper, James. »

Jem détestait qu'on l'appelle James. Et elle le faisait toujours.

« Je veux attraper la rougeole », marmonna-t-il d'un air rebelle. Puis, croisant le regard de son père, il battit en retraite. Gilbert ne permettrait jamais qu'on "réponde" à tante Mary Maria. Jem détestait tante Mary Maria. Si tante Diana et tante Marilla étaient des amours, tante Mary Maria constituait pour Jem une expérience entièrement nouvelle.

« C'est bien, dit-il d'un ton provocateur en regardant Anne pour que personne ne puisse croire qu'il s'adressait à tante Mary Maria, si vous ne *voulez* pas m'aimer, vous êtes pas *obligés*. Mais aimeriez-vous ça si je m'en allais tirer sur des tigres en Afrique ? »

« Il n'y a pas de tigres en Afrique », rectifia gentiment maman.

« Des lions, alors ! » cria Jem. Ils étaient déterminés à le prendre en défaut, n'est-ce pas ? À rire de lui ? Eh bien, il leur apprendrait. « Tu peux pas dire qu'il y a pas de lions en Afrique ! Il y a des *millions* de lions en Afrique ! L'Afrique est *remplie* de lions ! »

Anne et Gilbert se contentèrent de sourire de nouveau, sous le regard désapprobateur de tante Mary Maria. On ne devait pas passer l'éponge sur les sautes d'humeur des enfants.

« Entre-temps », fit Susan, déchirée entre son amour et sa sympathie à l'égard du petit Jem et sa conviction que le D^r et Mme Docteur avaient parfaitement raison de lui refuser d'aller à l'entrée du port avec la bande du village, chez le Capitaine Bill Taylor, ce vieil ivrogne mal famé, « voici ton pain d'épices et ta crème fouettée, Jem. »

Le pain d'épices à la crème fouettée était le dessert favori de Jem. Pourtant, même cela ne pouvait apaiser l'humeur orageuse de Jem ce soir-là.

« J'en veux pas ! » déclara-t-il d'un air boudeur. Il se leva et s'éloigna de la table, faisant volte-face à la porte pour lancer un dernier défi.

« J'me coucherai pas avant neuf heures, en tout cas. Et quand j'serai grand, j'me coucherai jamais. J'vas rester debout toute la nuit… toutes les nuits… et j'vas me faire tatouer partout. J'vas être méchant comme personne d'autre peut l'être. Vous allez voir. »

« Je vais, mon chéri, pas j'vas », corrigea maman.

Rien ne pouvait donc les faire réagir ?

« Je suppose que personne ne veut connaître mon opinion, Annie, mais si j'avais parlé sur ce ton à mes parents lorsque j'étais enfant, j'aurais sans doute laissé ma peau sous le fouet, déclara tante Mary Maria. C'est vraiment dommage que les baguettes de bouleau soient si négligées dans certaines maisons, de nos jours. »

« Le petit Jem n'est pas à blâmer », objecta Susan, constatant que ni le Dr ni Mme Docteur n'allaient ouvrir la bouche. Mais si Mary Maria Blythe pensait s'en sortir de cette façon, elle, Susan, allait lui faire savoir pourquoi. « C'est Bertie Shakespeare Drew qui lui a mis cette idée dans la tête, qui a pas arrêté de lui répéter comme ce serait amusant de voir Joe Drew se faire tatouer. Il a passé l'après-midi ici, il s'est faufilé dans la cuisine et a pris la meilleure casserole d'aluminium pour s'en faire un casque. Il a dit qu'ils jouaient aux soldats. Après, ils ont fait des bateaux avec des bardeaux de bois et se sont trempés jusqu'aux os en les faisant flotter dans le ruisseau du Creux. Et ensuite, ils sont allés dans la cour une bonne heure, en criant de la façon la plus bizarre, faisant semblant d'être des crapauds. Des crapauds ! Pas étonnant que le petit Jem soit épuisé et qu'il soit plus lui-même. Vous devez savoir que c'est l'enfant le mieux élevé qui ait jamais existé quand il est pas à bout. »

Portant l'exaspération à son comble, tante Mary Maria ne riposta rien. Jamais elle n'adressait la parole à Susan pendant les repas, exprimant ainsi qu'elle désapprouvait le fait que Susan puisse «prendre place à la table avec la famille».

Anne et Susan avait réglé cette question avant la venue de tante Mary Maria. « Connaissant sa place », Susan ne prenait jamais le repas avec la famille quand il y avait de la visite à Ingleside.

« Mais tante Mary Maria n'est pas de la visite, avait dit Anne. Elle fait partie de la famille, tout comme vous, Susan. »

Susan se laissa finalement convaincre, non sans être secrètement contente de penser que Mary Maria Blythe s'apercevrait qu'elle n'était pas traitée comme une domestique ordinaire. Susan n'avait jamais rencontré tante Mary Maria, mais une de ses nièces, la fille de sa sœur Matilda, avait travaillé pour elle à Charlottetown et lui en avait parlé.

« Je n'essaierai pas de vous faire croire, Susan, que la perspective d'une visite de tante Mary Maria m'enchante, surtout en ce moment, avait admis Anne avec franchise. Mais elle a écrit à Gilbert pour lui demander si elle pouvait venir passer quelques semaines… et vous savez comment le docteur se sent face à sa famille. »

« Et il a parfaitement raison, avait rétorqué fermement Susan. Un homme doit être solidaire de sa chair et de son sang. Mais pour ce qui est de quelques semaines… eh bien, chère Mme Docteur, c'est pas que j'veuille voir le mauvais côté des choses, mais la belle-sœur de ma sœur Matilda est déjà venue passer quelques semaines chez elle… et elle est restée vingt ans. »

« Je ne crois pas que nous ayons à craindre quelque chose de ce genre, dit Anne en souriant. Tante Mary Maria possède une très belle maison à Charlottetown. Mais elle la trouve très grande et s'y ennuie. Sa mère est décédée il y a deux ans, vous savez, elle avait quatre-vingt-cinq ans. Tante Mary Maria s'est beaucoup occupée d'elle et souffre fort de son absence. Essayons de rendre son séjour le plus agréable possible, Susan. »

« Je ferai c'que j'peux, chère Mme Docteur. Il faudra évidemment ajouter un panneau à la table mais, tout compte fait, il vaut mieux l'allonger que la raccourcir. »

« Il ne faudra plus mettre de fleurs sur la table, Susan, parce que c'est très mauvais pour son asthme. Et nous devrons éviter le poivre qui la fait éternuer. Elle est aussi sujette à de fréquentes migraines, alors nous devrons vraiment essayer de ne pas faire de bruit. »

« Juste ciel ! J'vous ai jamais trouvés très bruyants, vous et le docteur. Et si l'envie m'prend de crier, j'pourrai toujours aller m'planter au milieu de l'érablière ; mais si nos pauvres enfants doivent rester tranquilles tout le temps à cause des maux de tête de tante Mary Maria, vous m'excuserez de vous dire que ça va un petit peu trop loin, chère Mme Docteur. »

« C'est seulement pour quelques semaines, Susan. »

« Espérons-le. Ma foi, chère Mme Docteur, il faut manger le maigre avec le gras dans c'bas monde », fit Susan en guise de conclusion.

Tante Mary Maria arriva donc, s'enquérant, aussitôt entrée, si les cheminées de la maison avaient été ramonées récemment. Elle semblait avoir très peur du feu. « Et j'ai toujours dit que les cheminées de cette maison ne sont pas assez hautes. J'espère que mon lit a été bien aéré, Annie. Il n'y a rien de plus terrible que des draps humides. »

Elle prit possession de la chambre d'ami d'Ingleside… et, incidemment, de toutes les autres pièces de la maison sauf de la chambre de Susan. Personne ne l'accueillit avec trop d'enthousiasme. Après lui avoir jeté un coup d'œil, Jem se glissa dans la cuisine et demanda à Susan : « Est-ce qu'on peut rire quand elle est là, Susan ? » Les yeux de Walter se remplirent de larmes quand il l'aperçut et on dut le pousser ignominieusement hors de la pièce. Quant aux jumelles, elles n'attendirent pas d'y être poussées et s'enfuirent de leur propre chef. Susan remarqua que même Fripon se retira et piqua une crise dans la cour arrière. Seul Shirley garda son sang-froid et la dévisagea sans peur de ses yeux bruns tout ronds, en sécurité sur les genoux et dans les bras de Susan. Tante Mary Maria trouva que les enfants d'Ingleside avaient de très mauvaises manières. Mais à quoi pouvait-on s'attendre quand ils avaient une mère qui « écrivait pour les journaux », un père qui les trouvaient parfaits simplement parce qu'ils étaient ses enfants, et une servante comme Susan Baker qui ne connaissait pas sa place ? Mais elle, Mary Maria Blythe, ferait tout ce qu'elle pourrait pour les petits-enfants du pauvre cousin John et ce, tant qu'elle séjournerait à Ingleside.

« Ton bénédicité est beaucoup trop court, Gilbert, fit-elle remarquer d'un ton désapprobateur dès le premier repas. Aimerais-tu que je le récite à ta place pendant que je suis ici ? Cela serait un bien meilleur exemple pour ta famille. »

À la grande horreur de Susan, Gilbert accepta et tante Mary Maria dit le bénédicité au souper. « Ça ressemble davantage à une prière », renifla Susan au-dessus des plats. En son for intérieur, Susan était d'accord avec la description que sa nièce avait faite de Mary Maria Blythe. « On dirait toujours qu'elle dégage une mauvaise odeur, tante Susan. Pas une odeur désagréable… juste mauvaise. » Gladys avait une façon bien à elle de dire les choses, réfléchit Susan. Pourtant, une personne avec moins de préjugés que Susan aurait trouvé que Mlle Mary Maria Blythe n'avait pas vilaine apparence pour une dame de cinquante-cinq ans. Ses traits étaient, à son avis, « aristo-cratiques », encadrés par des bouclettes grises toujours soyeuses qui semblaient une insulte quotidienne au petit chignon raide de Susan. Elle s'habillait avec élégance, portait de longs pendants d'oreilles et des collerettes baleinées à la mode sur sa poitrine maigre.

« Au moins, on n'a pas à avoir honte de son apparence », songea Susan. Mais ce que tante Mary Maria aurait pensé si elle avait su que Susan se consolait ainsi à son sujet doit être laissé à l'imagination !

5

Anne était en train de couper un bouquet de narcisses pour sa chambre. Pour le pupitre de Gilbert, dans la bibliothèque, ce serait un bouquet des pivoines de Susan, pivoines laiteuses au cœur taché de rouge sang, comme si elles avaient reçu le baiser d'un dieu. L'air redevenait vivant après une journée de juin inhabituellement torride et on pouvait difficilement dire si l'eau du port était argentée ou dorée.

«Nous allons avoir un merveilleux coucher de soleil, ce soir, Susan», constata-t-elle en jetant un coup d'œil dans la cuisine au moment où elle passait devant la fenêtre.

«J'peux pas admirer le coucher du soleil avant d'avoir lavé ma vaisselle, chère Mme Docteur», protesta Susan.

«Il sera terminé, Susan. Regardez cet énorme nuage blanc qui s'élève au-dessus du Creux, avec son sommet rosé. Vous n'aimeriez pas vous envoler et vous poser dessus?»

Dans un éclair, Susan se vit volant par-dessus le marais, une lavette à la main, vers ce nuage. Mais il fallait se montrer indulgent envers Mme Docteur ces jours-ci.

«Il y a une nouvelle sorte de bestiole qui ronge les rosiers, poursuivit Anne. Je dois les vaporiser demain. J'aimerais le faire ce soir, c'est tout à fait le genre de soirée où j'adore travailler dans le jardin. J'espère qu'il y aura des jardins au ciel, Susan, des jardins où nous pourrons travailler, j'entends, et aider les fleurs à pousser.»

«Mais sûrement pas de bestioles», protesta Susan.

« N... non, j'imagine que non. Mais un *jardin vraiment*
terminé serait pas très amusant, Susan. On doit travailler soi-
même dans un jardin, sinon on en perd le sens. Je veux semer,
creuser, transplanter, changer, planifier, et émonder. Et je
veux avoir les fleurs que j'aime, au ciel... je préfère mes propres
pensées aux asphodèles, Susan. »

« Pourquoi vous pouvez pas passer la soirée comme vous en
avez envie ? » interrompit Susan, qui trouvait que Mme Docteur
commençait à devenir un tantinet bizarre.

« Parce que le docteur veut que je l'accompagne. Il va voir
la pauvre vieille Mme John Paxton. Elle se meurt. Il ne peut
plus rien pour elle, il a fait tout ce qu'il a pu... mais elle aime
qu'il lui rende visite. »

« Ah bien, chère Mme Docteur, on sait tous que personne
peut mourir ou venir au monde sans qu'il soit dans les parages,
et c'est une belle soirée pour sortir. Je pense que je vais moi-
même aller me promener jusqu'au village et regarnir notre
garde-manger après avoir mis les jumelles et Shirley au lit et
donné de l'engrais à Mme Aaron Ward. Elle fleurit pas comme
elle le devrait. Mlle Blythe vient de monter, soupirant à
chaque marche, disant qu'elle sentait venir une de ses
migraines. On va donc avoir au moins un peu de paix et de
tranquillité ce soir. »

« Vous veillerez à ce que Jem se couche à l'heure, n'est-ce
pas, Susan, recommanda Anne en s'en allant dans le soir qui
faisait penser à une coupe de parfum renversée. Il est vraiment
plus fatigué qu'il ne le croit. Et il ne veut jamais se coucher.
Walter ne rentre pas, ce soir ; Leslie m'a demandé s'il pouvait
passer la nuit chez elle. »

Jem était assis dans l'escalier de la porte de côté, un de
ses pieds nus sur un genou, maugréant méchamment contre
la vie en général et plus particulièrement contre une énorme
lune derrière le clocher de l'église du Glen. Jem n'appréciait
pas ces grosses lunes.

« Prends garde que le visage ne te fige si tu restes comme
ça », avait dit tante Mary Maria en passant près de lui alors
qu'elle se dirigeait vers l'intérieur de la maison.

Jem maugréa encore plus sombrement. Cela lui était égal que le visage lui fige. Il l'espérait même. «Va-t'en et arrête de me suivre tout le temps», lança-t-il à Nan qui s'était faufilée auprès de lui après le départ d'Anne et de Gilbert.

«Grognon!» riposta Nan. Mais avant de partir, elle laissa à côté de lui, sur la marche, un lion en sucre d'orge qu'elle lui avait apporté.

Mais Jem l'ignora. Il se sentait plus malmené que jamais. On ne le traitait pas correctement. Tout le monde était toujours sur son dos. Nan n'avait elle pas déclaré, ce matin même, qu'il n'était pas né à Ingleside comme tous les autres? L'après-midi, Di avait mangé son lapin en chocolat tout en sachant qu'il s'agissait de son lapin. Même Walter l'avait abandonné pour aller creuser des puits dans le sable avec Ken et Persis Ford. Quel plaisir, vraiment! Et il désirait tant aller avec Bertie voir la séance de tatouage. Jem était sûr de n'avoir jamais autant désiré quelque chose de toute sa vie. Il voulait voir le merveilleux navire tout équipé qui, selon Bertie, se trouvait sur le manteau de la cheminée chez le Capitaine Bill. On vivait des temps durs, voilà.

Susan lui apporta une grosse tranche de gâteau couvert d'une glace à l'érable et aux noix, mais «Non, merci», s'obstina Jem. Pourquoi ne lui avait-elle pas gardé du pain d'épices et de la crème? Les autres avaient probablement tout mangé. Des gloutons! Il sombra dans une tristesse de plus en plus profonde. La bande devait être en route pour l'entrée du port, à présent. Il ne pouvait tout simplement pas supporter cette idée. Il devait faire quelque chose pour se venger de la famille. Supposons qu'il éventre la girafe de Di et en répande la sciure sur le tapis du salon? La vieille Susan serait furieuse... Susan avec ses noix, elle qui savait qu'il avait horreur des noix dans la glace. Il pourrait peut-être aller dessiner une moustache sur l'image du chérubin du calendrier de sa chambre. Il avait toujours détesté ce souriant chérubin rose et potelé parce qu'il ressemblait à Sissy Flagg qui avait déclaré à toute l'école que Jem était son amoureux. Son amoureux! À Sissy Flagg! Mais Susan trouvait ce chérubin ravissant.

Supposons qu'il décapite la poupée de Nan ? Ou qu'il arrache le nez de Gog ou de Magog... ou même des deux ? Anne s'apercevrait peut-être qu'il n'était plus un bébé. Qu'elle attende seulement le printemps prochain ! Cela faisait des années qu'il lui apportait des fleurs de mai – depuis qu'il avait quatre ans – mais le printemps prochain, il ne lui en apporterait pas. Non, monsieur !

Il pourrait se rendre vraiment malade en s'empiffrant de petites pommes vertes du pommetier. Là, ils auraient peut-être peur. Supposons qu'il ne se lave plus jamais derrière les oreilles ? Ou qu'il fasse des grimaces à tout le monde à l'église, dimanche prochain ? Qu'il mette une chenille sur tante Mary Maria, une grosse chenille rayée et duveteuse ? Supposons qu'il s'enfuie au port et se cache dans le bateau de David Reese et parte avec lui jusqu'en Amérique du Sud ? Regretteraient-ils alors ? Et s'il ne revenait jamais ? Supposons qu'il aille chasser les jaguars au Brésil ? Regretteraient-ils, alors ? Non, il pouvait parier qu'ils ne regretteraient rien. Personne ne l'aimait. Il y avait un trou dans la poche de son pantalon. Personne ne l'avait raccommodé. Eh bien, cela lui était égal. Il montrerait ce trou à tout le monde au Glen et les gens verraient combien on le négligeait. Le mal en lui jaillit et le submergea.

Tic tac... Tic tac... Tic tac... scandait, dans le couloir, la vieille horloge de parquet qu'on avait rapportée à Ingleside après la mort de grand-papa Blythe, une vieille horloge circonspecte datant de l'époque où le temps n'existait pas. Habituellement, Jem l'aimait ; à présent, il la détestait. Elle avait l'air de rire de lui. « Ha, ha, c'est bientôt l'heure du dodo. Les autres vont à l'entrée du port, mais toi, tu vas te coucher. Ha, ha... Ha, ha... Ha, ha ! »

Pourquoi fallait-il qu'il se couche tous les soirs ? Oui, pourquoi ?

Susan, sortant pour se rendre au Glen, regarda tendrement la petite silhouette rebelle.

« Tu n'es pas obligé d'aller au lit avant mon retour, petit Jem », dit-elle avec indulgence.

« J'me coucherai pas, ce soir ! riposta Jem d'un ton féroce. J'vais m'sauver, voilà c'que j'vais faire, vieille Susan Baker. J'vais aller sauter dans l'étang, vieille Susan Baker ! »

Susan n'aimait pas se faire traiter de vieille, même par le petit Jem. Elle partit à grandes enjambées, mélancolique et taciturne. Il avait vraiment besoin d'un peu de discipline. Fripon qui, sentant le besoin d'un peu de compagnie, l'avait suivie dehors puis s'était assis devant Jem sur son petit derrière noir, ne reçut pour sa peine qu'un regard sombre. « Fous le camp ! Assis là sur ton derrière, à me dévisager comme tante Mary Maria ! File ! Oh ! Tu restes là, hein ! Tiens, prends ça ! »

Jem lança la petite brouette de fer blanc qui se trouvait à la portée de sa main, et Fripon, avec un miaulement plaintif, s'enfuit vers le refuge de la haie d'églantiers. Voyez-vous ça ! Même le chat de la famille le haïssait ! Pourquoi continuer à vivre ?

Il prit le lion de sucre d'orge. Bien que Nan eût mangé la queue et presque toutes les pattes de derrière, c'était toujours un lion. Autant le manger. C'était peut-être le dernier lion qu'il mangerait de sa vie. Après l'avoir croqué, il se lécha les doigts. Sa décision était prise. C'était la seule chose qu'un gars *pouvait* faire quand il avait la permission de *rien* faire.

6

« Pourquoi, diable, la maison est-elle illuminée comme ça ? s'exclama Anne au moment où, à onze heures, elle franchissait la grille avec Gilbert. Il doit y avoir de la visite. »

Mais aucun visiteur n'était visible quand elle entra en hâte dans la maison. Personne d'autre n'était visible, d'ailleurs. C'était allumé dans la cuisine, dans le salon, dans la bibliothèque, dans la salle à manger, dans la chambre de Susan et dans le couloir de l'étage ; pourtant, aucun occupant n'était en vue.

« D'après toi, qu'est-ce que... » commença Anne avant d'être interrompue par la sonnerie du téléphone. Gilbert répondit, écouta pendant un moment, poussa une exclamation horrifiée et se précipita dehors sans même jeter un regard à Anne. Quelque chose d'abominable s'était évidemment produit et il n'y avait pas de temps à perdre en explications.

Anne y était habituée, comme doit l'être l'épouse d'un homme qui s'occupe de questions de vie et de mort. Haussant philosophiquement les épaules, elle enleva son chapeau et son manteau. Elle se sentait un tantinet ennuyée par rapport à Susan, qui n'aurait vraiment pas dû partir en laissant toutes les lumières allumées et les portes grandes ouvertes.

« Chère... Mᵐᵉ... Docteur », fit entendre une voix méconnaissable ; c'était pourtant bien celle de Susan.

Anne la regarda fixement. Une Susan tête nue, aux cheveux gris parsemés de brindilles de foin, et dont la robe imprimée était disgracieusement tachée et décolorée. Et quelle expression sur son visage !

« Susan ! Que s'est-il passé ? Susan ! »

« Petit Jem a disparu. »

« Disparu ! » Anne la dévisagea d'un air hébété. « Qu'est-ce que vous voulez dire ? Il ne peut pas avoir disparu ! »

« C'est pourtant la vérité, bredouilla Susan. Il était assis dans l'escalier de côté quand j'suis partie pour le Glen. J'suis revenue avant la noirceur... et il y était plus. Pour commencer, j'ai pas eu peur, mais j'ai pas pu le retrouver nulle part. J'ai fouillé chaque pièce de la maison... il avait dit qu'il s'enfuirait... »

« C'est absurde ! Il ne ferait jamais une telle chose, Susan. C'était inutile de vous démener comme ça. Il doit être dans les parages, il s'est s'endormi, il doit être quelque part. »

« J'ai cherché partout, partout. J'ai passé le terrain et les dépendances au peigne fin. Regardez ma robe... j'me suis rappelée qu'il disait toujours que ce serait amusant de dormir dans le grenier à foin. Alors, j'suis allée voir, et j'suis tombée dans ce trou, dans le coin, et j'ai atterri dans une des mangeoires de l'étable, pour finir dans un nid plein d'œufs. Par chance, j'me suis pas cassé une jambe... si on peut encore considérer avoir de la chance maintenant que Petit Jem est perdu. »

Anne continua à refuser de se laisser troubler.

« Croyez-vous qu'après tout, il aurait pu être allé à l'entrée du port avec les garçons, Susan ? Il n'a jamais désobéi à un ordre avant, mais... »

« Non, il y est pas allé, Mme Docteur. Le cher agneau a pas désobéi. J'me suis précipitée chez les Drew après l'avoir cherché partout et Bertie Shakespeare venait de rentrer chez lui. Il a dit que Jem était pas allé avec eux. On aurait dit que j'avais un trou dans l'estomac. Vous me l'aviez confié et... J'ai téléphoné chez les Paxton et ils ont dit que vous étiez venus et repartis on savait pas où. »

« Nous sommes allés jusqu'à Lowbridge rendre une visite aux Parker. »

« J'ai appelé partout où j'pensais que vous pouviez être. Après, j'suis retournée au village... les hommes ont commencé à chercher... »

« Oh ! Susan, était-ce vraiment nécessaire ? »

« Chère Mme Docteur, j'ai regardé partout où cet enfant pouvait être. Oh ! quelles émotions j'ai vécues, ce soir ! Et il a dit qu'il allait se jeter dans l'étang. »

Malgré elle, Anne ressentit un petit frisson bizarre. Jem ne se serait évidemment pas jeté dans l'étang, mais il y avait là un vieux doris que Carter Flagg utilisait pour pêcher la truite et il était possible que Jem, dans l'état d'esprit révolté où il était plus tôt ce soir-là, ait essayé de ramer sur l'étang – il avait souvent eu envie de le faire – et il était peut-être tombé dans l'eau en voulant détacher le bateau. Sa peur prit aussitôt une forme terrible.

« Et je n'ai pas la moindre idée de l'endroit où Gilbert est allé », songea-t elle avec angoisse.

« Qu'est-ce que c'est que tout ce boucan ? demanda tante Mary Maria, surgissant dans l'escalier, la tête surmontée d'un halo de bigoudis, le corps engoncé dans un kimono brodé de dragons. Peut-on jamais passer une nuit tranquille dans cette maison ? »

« Petit Jem a disparu, répéta Susan, trop terrifiée pour se formaliser du ton de Mlle Blythe. Sa mère m'avait fait confiance, et... »

Anne avait commencé à chercher elle-même dans la maison. Jem devait être quelque part ! Il n'était pas dans sa chambre, le lit n'avait pas été défait. Il n'était pas dans celle des jumelles, ni dans la sienne. Il était... il n'était nulle part dans la maison. Après avoir inspecté le logis de la cave au grenier, Anne revint au salon dans un état qui frisait tout à coup la panique.

« Je ne veux pas te rendre nerveuse, Annie, commença tante Mary Maria en baissant le ton, mais as-tu regardé dans le baril d'eau de pluie ? Le petit Jack MacGregor s'est noyé dans un baril d'eau de pluie, en ville, l'an dernier. »

« J'ai... j'ai regardé là, fit Susan en se tordant de nouveau les mains. J'ai... j'ai pris un bâton... et j'ai sondé... »

Le cœur d'Anne, qui s'était arrêté de battre à la question de tante Mary Maria, reprit ses fonctions. Susan retrouva ses esprits et cessa de se tordre les mains. Elle s'était rappelée trop tard que chère Mme Docteur ne devait pas être troublée.

« Calmons-nous et unissons nos efforts, reprit Susan d'une voix tremblante. Comme vous dites, chère Mme Docteur, il *doit* être aux alentours. Il *peut pas* s'être dissous dans les airs. »

« Avez vous regardé dans la soute à charbon ? Et dans l'horloge ? » suggéra tante Mary Maria.

Susan *avait* regardé dans la soute à charbon, mais personne n'avait songé à l'horloge. Elle *était* suffisamment grande pour qu'un garçonnet puisse s'y cacher. Sans penser à quel point il était absurde d'imaginer Jem recroquevillé là pendant quatre heures, Anne se précipita vers l'horloge. Mais Jem ne s'y trouvait pas.

« J'avais *l'intuition* que quelque chose allait arriver quand je suis montée me coucher, ce soir, déclara tante Mary Maria, pressant ses deux mains sur ses tempes. Quand j'ai lu mon chapitre de la Bible ce soir, les mots "On ne sait pas ce qu'une journée nous réserve" ont eu l'air de sortir tout seuls de la page. C'était un signe. Tu ferais mieux de te préparer à supporter le pire, Annie. Il est peut-être allé vagabonder dans le marais. Quel dommage que nous n'ayons pas quelques chiens de chasse. »

Anne fit un suprême effort pour rire un peu.

« J'ai bien peur qu'il n'y en ait aucun dans toute l'Île, ma tante. Si nous avions Rex, le vieux setter de Gilbert, celui qui a été empoisonné, il trouverait Jem en moins de deux. Je suis sûre que nous nous alarmons pour rien... »

« Tommy Spencer de Carmody a disparu mystérieusement il y a quarante ans et n'a jamais été retrouvé... ou l'a-t-il été ? Ma foi, si oui, ce n'était que son squelette. Il n'y a pas matière à rire, Annie. Je ne comprends pas comment tu peux prendre cela aussi calmement. »

Le téléphone sonna. Anne et Susan se regardèrent.

« Je ne peux... je ne *peux* répondre au téléphone, Susan », chuchota Anne.

« Moi non plus » répondit banalement la domestique. Elle allait s'en vouloir pour le reste de ses jours d'avoir fait preuve d'une telle faiblesse devant Mary Maria Blythe, mais ce fut plus fort qu'elle. Ces deux heures de recherches dans la terreur et ces images atroces l'avaient anéantie.

Tante Mary Maria se dirigea fermement vers le téléphone et prit le récepteur, ses bigoudis produisant sur le mur une silhouette cornue qui faisait penser, songea Susan malgré son angoisse, à celle du vieux Satan en personne.

«Carter Flagg dit qu'ils ont cherché partout mais n'ont trouvé aucun signe de lui jusqu'à présent, rapporta froidement tante Mary Maria. Mais il dit que le doris est au milieu de l'étang avec personne dedans, pour autant qu'ils puissent l'affirmer. Ils vont draguer l'étang.»

Susan rattrapa Anne juste à temps.

«Non... non... je ne vais pas m'évanouir, Susan, murmura Anne, les lèvres exsangues. Approchez-moi un siège... merci. Nous *devons* trouver Gilbert...»

«Si James s'est noyé, Annie, il faut te rappeler qu'il se sera épargné beaucoup d'ennuis sur cette misérable terre, fit tante Mary Maria en guise de réconfort.

«Je vais prendre la lanterne et inspecter le terrain une fois de plus, déclara Anne dès qu'elle put se lever. Oui, je sais que vous l'avez fait, Susan, mais laissez-moi... laissez-moi. Je ne *peux pas* rester là à attendre.»

«Mettez un chandail, chère Mme Docteur. Il y a eu beaucoup de rosée et l'air est humide. J'vais vous apporter le rouge, il est sur une chaise dans la chambre des garçons. Attendez-moi ici.»

Susan se hâta de monter. Quelques instants plus tard, un son ne pouvant être décrit que comme un hurlement résonna dans Ingleside. Anne et tante Mary Maria se ruèrent dans l'escalier et, en haut, trouvèrent Susan qui riait et pleurait dans le couloir, plus proche de l'hystérie qu'elle ne l'avait jamais été et ne le serait jamais de sa vie.

«Chère Mme Docteur, il est là! Jem est là, endormi dans le fauteuil de la fenêtre, derrière la porte. J'avais pas regardé là, la porte le cachait, et comme il était pas dans son lit...»

Anne, les jambes flageolantes, entra dans la chambre et tomba à genoux devant le fauteuil. Un peu plus tard, elle et

Susan riraient de leur propre folie, mais à présent, elles ne pouvaient que verser des larmes de soulagement. Petit Jem était profondément endormi dans le fauteuil près de la fenêtre, recouvert d'un châle, son ourson de peluche délabré dans ses menottes bronzées, et un Fripon sans rancune étendu sur ses jambes. Ses boucles rousses tombaient sur le coussin. Il avait l'air d'être en train de faire un rêve agréable et Anne n'avait pas l'intention de l'éveiller. Mais il ouvrit soudain ses yeux semblables à des noisettes étoilées et la regarda.

« Jem, mon chéri, pourquoi n'es-tu pas dans ton lit ? Nous avons... nous étions un peu inquiètes, nous n'arrivions pas à te trouver, et nous n'avions pas pensé à regarder ici... »

« J'voulais m'coucher ici parce que j'voulais vous voir arriver à la barrière, papa et toi. Je m'ennuyais tellement qu'il me restait juste à aller dormir. »

Anne le prit dans ses bras et le porta dans son lit. C'était si bon d'être embrassé, et de la sentir le border en tapotant doucement les draps lui donnait tellement l'impression d'être aimé. D'ailleurs, qui avait envie de voir un vieux serpent tatoué ? Anne était si gentille, personne n'avait jamais eu de plus gentille maman. Tout le monde au Glen surnommait la mère de Bertie Shakespeare « Madame Lait deux fois écrémé » parce qu'elle était si pingre, et il savait – parce qu'il l'avait vue – qu'elle giflait Bertie pour la moindre peccadille.

« Maman, dit-il d'un ton endormi, c'est sûr que j'vais t'apporter des fleurs de mai au printemps. Tu peux compter sur moi. »

« Bien sûr que je peux », répondit-elle.

« Bon, comme tout le monde a fini sa crise de nerfs, je présume que nous pouvons reprendre calmement notre souffle et retourner dans nos lits », conclut tante Mary Maria. Mais on percevait un soulagement quelque peu mesquin dans sa voix.

« C'était stupide de notre part d'avoir oublié le fauteuil de la fenêtre, fit remarquer Anne. Nous sommes les dindons de la farce et le docteur ne nous laissera pas l'oublier, vous pouvez en être sûre. Susan, voulez-vous appeler M. Flagg pour lui dire que nous avons retrouvé Jem ? »

« Et il va bien rire de moi, fit joyeusement Susan. C'est pas grave, il peut rire tant qu'il veut, en autant que Jem est sauf. »

« Je prendrais bien une tasse de thé », soupira plain- tivement tante Mary Maria, rassemblant ses dragons autour de sa maigre silhouette.

« J'en prépare à l'instant, dit vivement Susan. Nous en avons toutes envie. Chère Mme Docteur, quand Carter Flagg a appris que le petit Jem était sauf, il a dit "Merci, mon Dieu". J'prononcerai jamais un mot contre cet homme, même si ses prix sont exorbitants. Et vous pensez pas qu'on pourrait manger du poulet pour dîner, demain, chère Mme Docteur ? Un genre de petite célébration, si on peut dire. Et Petit Jem aura ses muffins préférés pour déjeuner. »

Il y eut un autre coup de téléphone, de Gilbert, cette fois, pour annoncer qu'il amenait un bébé grièvement brûlé de l'entrée du port jusqu'à l'hôpital et de ne pas l'attendre avant le matin.

Anne se pencha à sa fenêtre pour souhaiter bonne nuit au monde avant d'aller dormir. Une brise fraîche soufflait de la mer. Une sorte d'enchantement lunaire avait envahi les arbres du Creux. Anne réussit même à rire – d'un rire qui cachait un frémissement – de leur panique d'il y avait une heure, des suggestions absurdes de tante Mary Maria et des souvenirs horribles. Son enfant était sain et sauf, Gilbert était quelque part à lutter pour sauver la vie d'un autre enfant... *Cher Dieu, aidez-le et aidez la mère, aidez toutes les mères du monde. Nous avons tellement besoin d'aide, avec les petites âmes sensibles et aimantes qui attendent nos conseils, notre amour et notre compréhension.*

La nuit enveloppante et affectueuse prit possession d'Ingleside, et chacun, même Susan, qui aurait préféré se réfugier dans quelque trou tranquille, s'endormit sous son toit accueillant.

7

« Il ne manquera pas de compagnie, il ne s'ennuiera pas...
nos quatre enfants... et ma nièce et mon neveu de Montréal
qui sont en visite chez nous. Quand un ne pense pas à quelque
chose, les autres le font. »

L'imposante, plantureuse, joviale Mme Dr Parker adressa
à Walter un large sourire. Il lui sourit en retour avec une
certaine froideur. Il n'était pas convaincu d'aimer Mme Parker
malgré ses sourires et sa bonne humeur. On aurait dit qu'elle
en mettait trop. Il aimait bien le Dr Parker, cependant. Quant
aux quatre enfants et à la nièce et au neveu de Montréal, il ne
les avait jamais vus. Lowbridge, où habitaient les Parker, se
trouvait à six milles du Glen et Walter n'y était jamais allé,
même si le D^r et Mme Parker et le D^r et Mme Blythe se
rendaient de fréquentes visites. Le Dr Parker et Gilbert étaient
de grands amis, mais Walter avait parfois l'impression
qu'Anne se serait bien passée de Mme Parker. Même âgé de six
ans, Walter, comme Anne l'avait constaté, pouvait voir des
choses que les autres enfants ne voyaient pas.

Walter n'était pas sûr, non plus, d'avoir vraiment envie
d'aller à Lowbridge. Certaines visites étaient splendides. Un
voyage à Avonlea, par exemple... ah! Quel plaisir on y
trouvait! Et une nuit passée avec Kenneth Ford à la vieille
maison de rêves était encore plus amusante – même si cela ne
pouvait vraiment être appelé une visite, la maison de rêves
ayant toujours paru comme un deuxième foyer pour les enfants
d'Avonlea. Mais aller à Lowbridge pour deux semaines

complètes, au milieu d'étrangers, était une chose très différente. Cela semblait néanmoins un fait établi. Pour une raison quelconque, que Walter pouvait ressentir s'il ne pouvait la comprendre, ses parents étaient contents de cet arrangement. Voulaient-ils se débarrasser de *tous* leurs enfants, se demanda Walter, plutôt triste et mal à l'aise. Jem était parti à Avonlea depuis deux semaines, et il avait entendu Susan proférer de mystérieuses remarques sur la possibilité « d'envoyer les jumelles chez Mme Marshall Elliott quand le moment serait venu ». Quel moment ? Quelque chose avait l'air de préoccuper tante Mary Maria et on l'avait entendue souhaiter « que tout soit fini ». Qu'est-ce qui devait finir ? Walter n'en avait aucune idée. Mais il y avait quelque chose d'étrange dans l'air d'Ingleside.

« Je vais l'amener demain », dit Gilbert.

« Les enfants vont l'attendre avec impatience », affirma Mme Parker.

« C'est très gentil à vous, je vous assure », ajouta Anne.

« Tout est pour le mieux, ça fait aucun doute », confia sombrement Susan à Fripon dans la cuisine.

« C'est vraiment serviable de la part de Mme Parker de nous libérer de Walter, déclara tante Mary Maria après le départ des Parker. Elle m'a dit être très entichée de lui. Les gens sont bizarres, n'est-ce pas ? Ma foi, à présent, peut-être que pendant au moins deux semaines je pourrai entrer dans la salle de bain sans marcher sur un poisson mort. »

« Un poisson mort ! Ma tante ! Vous ne voulez pas dire que... »

« Je veux dire exactement ce que je dis, Annie. Je n'ai pas l'habitude d'agir autrement. Un poisson mort ! Avez-vous déjà posé votre pied nu sur un poisson mort ? »

« N... non, mais comment... »

« Walter a pêché une truite hier soir et l'a mise dans la baignoire pour la garder en vie, chère Mme Docteur, expliqua Susan d'un ton désinvolte. Si elle était restée là, il n'y aurait pas eu de problème, mais d'une façon ou d'une autre, elle en est sortie et elle est morte durant la nuit. Évidemment, quand les gens se promènent pieds nus... »

« J'ai pour principe de ne me quereller avec personne »,
interrompit tante Mary Maria en se levant pour quitter la pièce.

« Je suis déterminée à ne pas me laisser rabrouer par elle,
chère Mme Docteur », maugréa Susan.

« Oh ! Susan, elle me tombe un peu sur les nerfs, à moi
aussi, mais j'y accorderai moins d'importance quand tout cela
sera terminé, et ça *doit* être désagréable de marcher sur un
poisson mort... »

« C'est pas mieux sur un poisson mort que sur un vivant,
maman ? Un poisson vivant doit gigoter », remarqua Di.

Comme la vérité doit être rapportée à tout prix, il faut
admettre que la maîtresse et la servante d'Ingleside pouffèrent
toutes deux de rire.

Ce fut la fin de l'histoire. Anne, ce soir-là, demanda cependant à Gilbert s'il croyait que Walter serait heureux à Lowbridge.

« Il est si sensible et si imaginatif », dit-elle mélancoliquement.

« Beaucoup trop, répondit Gilbert qui était fatigué après
avoir eu, pour citer Susan, trois bébés durant la journée.
Seigneur, Anne, je pense que cet enfant a peur de monter
l'escalier dans le noir. Cela lui fera grand bien de côtoyer les
enfants Parker pendant quelques jours. Il aura changé quand il
reviendra à la maison. »

Anne n'ajouta rien. Gilbert avait sans aucun doute raison.
Walter s'ennuyait sans Jem ; et quand on se rappelait ce qui
s'était passé à la naissance de Shirley, ce serait mieux que
Susan ait aussi peu à faire que possible en plus de s'occuper
de la maison et d'endurer tante Mary Maria, dont les deux
semaines s'étaient déjà étirées à quatre.

Walter était étendu dans son lit, réveillé, essayant, en
laissant libre cours à son imagination, d'échapper à la pensée
lancinante qu'il devait partir le lendemain. Walter avait une
imagination très vive. Elle était pour lui un grand cheval blanc,
semblable à celui de l'image sur le mur, sur lequel il pouvait
galoper vers l'avant ou reculer dans l'espace et le temps. La
Nuit tombait... La Nuit, comme un grand ange noir aux ailes
de chauve-souris vivant dans les bois d'Andrew Taylor sur la

colline sud. Parfois, Walter était heureux de sa venue, d'autres fois, il se la figurait d'une façon si concrète qu'il en avait peur. Walter dramatisait et personnifiait toutes les choses de son petit monde : le Vent qui lui racontait des histoires, le soir, le Givre qui brûlait les fleurs du jardin, la Rosée qui tombait, si argentée et silencieuse, la Lune qu'il était sûr de pouvoir attraper s'il arrivait seulement à gravir cette lointaine colline violette, la Brume qui montait de la mer, la grande Mer elle-même qui toujours changeait et toujours était la même, la Marée mystérieuse et sombre. Toutes ces choses constituaient pour Walter des entités. Ingleside et le Creux, l'érablière, le Marais et la grève du port étaient peuplés d'elfes, de gnomes, de nymphes, de sirènes et de lutins. Le chat noir en plâtre de Paris sur la cheminée de la bibliothèque était une fée sorcière. La nuit, devenue énorme, elle prenait vie et rôdait dans la maison. Walter cacha sa tête sous les couvertures et frissonna. Il arrivait toujours à se faire peur avec ses propres histoires.

Tante Mary Maria n'avait peut-être pas tort quand elle affirmait qu'il était «beaucoup trop nerveux et tendu», même si Susan ne put jamais lui pardonner ça. Peut-être que la vieille Kitty MacGregor du Glen En-Haut, qui avait la réputation d'avoir le «don de voyance», avait eu raison quand, après avoir un jour plongé le regard dans les yeux gris fumée, ourlés de longs cils, de Walter, elle déclara qu'il avait «une âme vieille dans un corps jeune». C'était peut-être cette vieille âme qui en savait trop pour que le jeune cerveau comprenne toujours.

Le matin, Walter apprit que son père l'amènerait à Lowbridge après le dîner. Il ne dit rien, mais pendant le repas, il se sentit soudain oppressé et baissa vivement les yeux pour cacher un voile de larmes. Pas assez vite, pourtant.

«Tu ne vas pas *pleurer*, Walter, s'indigna tante Mary Maria, comme si les larmes d'un gamin de six ans allaient le déshonorer pour la vie. S'il y a une chose que je méprise, c'est la pleurnicherie. Et tu n'as pas mangé ta viande.»

«Tout excepté le gras, protesta Walter, clignant vaillamment les yeux mais n'osant pas encore les lever. J'aime pas le gras.»

« Quand j'étais une enfant, reprit tante Mary Maria, je n'étais pas autorisée à avoir des goûts et des dégoûts. Bien, Mme Parker va sans doute te guérir de certaines de tes lubies. Elle était une Winter, il me semble... ou une Clark, peut-être... non, elle doit avoir été une Campbell. Mais les Winter et les Campbell sont faits de la même pâte et ne sont pas du genre à tolérer les absurdités. »

« Oh ! Je vous en prie, tante Mary Maria, n'effrayez pas Walter au sujet de sa visite à Lowbridge, s'écria Anne, une étincelle brillant au fond de ses yeux.

« Je suis désolée, Annie, dit tante Mary Maria avec une grande humilité, j'aurais dû me rappeler que je n'ai aucun droit d'essayer d'enseigner *quoi que ce soit* à vos enfants. »

« La maudite », marmonna Susan en apportant le dessert préféré de Walter, le pouding à la reine.

Anne se sentit misérablement coupable. Gilbert lui avait lancé un regard légèrement désapprobateur, sous-entendant qu'elle aurait dû se montrer plus patiente avec une vieille dame solitaire.

Gilbert lui-même n'était pas dans son assiette.

La vérité, comme chacun le savait, était qu'il avait été débordé de travail tout l'été ; et peut être que la présence de tante Mary Maria l'énervait plus qu'il ne voulait bien l'admettre. Anne décida qu'à l'automne, qu'il le veuille ou non, elle l'expédierait un mois en Nouvelle-Écosse chasser la bécassine.

« Votre thé est bon ? » demanda-t-elle à tante Mary Maria d'un air contrit.

Tante Mary Maria plissa les lèvres.

« Trop faible. Mais peu importe. Est-ce qu'on attache de l'importance à ce qu'une pauvre vieille femme ait son thé à son goût ou non ? Certaines personnes apprécient pourtant ma compagnie. »

Anne se sentit alors incapable de saisir le rapport entre les deux phrases. Elle était devenue très pâle.

« Je crois que je vais monter me reposer, dit-elle d'une voix faible en se levant de table. Et je crois, Gilbert, que tu ne devrais peut-être pas t'attarder à Lowbridge, et veux-tu donner un coup de fil à Mlle Carson?»

Elle embrassa distraitement Walter et se hâta, tout comme si elle ne pensait pas du tout à lui. Walter *ne pleurerait pas*. Tante Mary Maria déposa un baiser sur son front – Walter avait horreur des baisers mouillés sur son front – et lui recommanda :

«À Lowbridge, surveille tes manières à table, Walter. Et ne sois pas glouton, sinon le Gros Homme Noir viendra avec son grand sac noir pour emporter les vilains enfants.»

Il valait peut-être mieux que Gilbert, parti atteler Grey Tom, n'ait pas entendu ceci. Lui et Anne avaient pour principe de ne jamais terrifier leurs enfants avec de telles idées, ni de permettre à personne de le faire. Mais Susan, en train de desservir, entendit la remarque. Tante Mary Maria ne sut jamais qu'elle avait failli recevoir la saucière sur la tête.

8

Habituellement, Walter appréciait se promener en voiture avec son père. Il aimait la beauté, et les routes autour de Glen St. Mary étaient ravissantes. Celle qui menait à Lowbridge ressemblait à un double ruban où dansaient les boutons d'or, avec, ici et là, la bordure vert fougère d'une futaie invitante. Mais aujourd'hui Gilbert ne paraissait pas avoir très envie de bavarder et il fit galoper Grey Tom comme jamais Walter ne l'avait vu faire. Arrivés à Lowbridge, il prit Mme Parker à part et lui glissa quelques mots en vitesse puis il se hâta de partir sans même dire au revoir à Walter. Ce dernier eut encore beaucoup de peine à retenir ses larmes. C'était vraiment trop évident que personne ne l'aimait. Ses parents avaient coutume de l'aimer, mais c'était fini.

La grande demeure en désordre des Parker ne sembla pas très amicale à Walter. Mais peut-être qu'à ce moment précis, aucune maison n'aurait pu le paraître. Mme Parker l'amena dans la cour où résonnaient des cris de joie bruyante, et le présenta aux enfants qui s'y trouvaient. Ensuite, elle retourna vivement à sa couture, les laissant «faire eux-mêmes connaissance» – un procédé qui fonctionnait à merveille neuf fois sur dix. On ne peut sans doute la blâmer de ne pas s'être aperçue que le petit Walter Blythe était le dixième cas. Elle l'aimait bien. Ses propres enfants étaient de braves petits. Fred et Opal avaient tendance à prendre des airs de Montréal, mais elle était convaincue qu'ils ne se montreraient jamais malveillants avec qui que ce soit. Tout irait comme sur des roulettes. Elle était si contente de pouvoir donner un coup de main à cette «pauvre Anne Blythe», même si ce n'était qu'en gardant un de ses enfants. Mme Parker espérait que «tout se passerait bien». Les amis d'Anne, se rappelant ce qu'avait été la naissance de Shirley, étaient beaucoup plus inquiets qu'Anne elle-même.

Un silence était soudainement tombé sur la cour qui s'ouvrait sur un grand verger ombragé. Walter restait debout à contempler gravement et timidement les enfants Parker et leurs cousins Johnson de Montréal. Bill Parker avait dix ans. C'était un gamin rougeaud au visage rond, qui «tenait de sa mère» et qui paraissait, aux yeux de Walter, très grand et très vieux. Âgé de neuf ans, Andy Parker était, tous les enfants de Lowbridge vous l'auraient dit, le «plus tannant» et ce n'était pas pour rien qu'on le surnommait «Cochon». Au premier regard, il ne plut pas à Walter qui se méfiait de ses cheveux courts et hérissés, de son visage espiègle semé de taches de rousseur et de ses yeux bleus à fleur de tête. Fred Johnson était du même âge que Bill mais Walter ne l'aima pas davantage, quoi qu'il fût un garçonnet de belle apparence aux boucles cuivrées et aux yeux noirs. Sa sœur de neuf ans, Opal, avait également les cheveux et les yeux noirs, des yeux noirs perçants. Elle tenait par le cou la petite Cora Parker, une blondinette de huit ans, et toutes deux dévisageaient Walter avec condescendance. Si ce n'avait été d'Alice Parker, il aurait aussi bien pu faire volte-face et s'enfuir.

Alice avait sept ans; elle avait les plus adorables cheveux dorés et frisés; ses yeux étaient aussi bleus et doux que les violettes du Creux; ses joues roses étaient creusées de fossettes; elle portait une petite robe jaune à volants qui la faisait ressembler à un bouton d'or. Elle lui sourit comme s'ils étaient des amis depuis toujours.

Fred amorça la conversation.

«Salut, le jeune», lança-t-il sur un ton supérieur.

Sentant la condescendance, Walter rentra aussitôt dans sa coquille.

«Je m'appelle Walter», riposta-t-il distinctement.

Fred se tourna vers les autres, l'air complètement ahuri. Il allait montrer à ce campagnard de quel bois il se chauffait !

« Il dit qu'il s'appelle *Walter* », annonça-t-il à Bill en tordant comiquement sa bouche.

« Il dit qu'il s'appelle *Walter* », répéta Bill à Opal.

« Il dit qu'il s'appelle *Walter* », confia à son tour Opal à un Andy ravi.

« Il dit qu'il s'appelle *Walter* », continua Andy en s'adressant à Cora.

« Il dit qu'il s'appelle *Walter* », gloussa Cora à Alice.

Alice, elle, ne dit rien. Elle se contenta de regarder Walter avec admiration, et son expression lui permit de le supporter quand tous les autres entonnèrent en chœur « Il dit qu'il s'appelle *Walter* » avant d'éclater d'un rire moqueur.

« Comme ils s'amusent, les chers petits », songea Mme Parker avec complaisance, tout en tricotant.

« J'ai entendu maman dire que tu croyais aux fées », commença Andy en le lorgnant avec impudence.

Walter braqua les yeux sur lui. Il n'allait pas se laisser couler devant Alice.

« Les fées *existent* », déclara-t-il d'un ton catégorique.

« Elles existent *pas* », objecta Andy.

« Elles *existent* », insista Walter.

« Il dit que les *fées* existent », dit Andy à Fred.

« Il dit que les *fées* existent », répéta Fred à Bill, et ils recommencèrent la même scène.

Walter était au supplice. Jamais auparavant on ne s'était ainsi moqué de lui et il était incapable de l'accepter. Il se mordit les lèvres pour retenir ses larmes. Il ne fallait pas qu'il pleure devant Alice.

« Comment aimerais-tu être pincé jusqu'à devenir noir et bleu ? » lui demanda Andy, qui avait décidé que Walter était une femmelette et que ce serait amusant de le taquiner.

« Ferme-la, cochon ! » ordonna Alice d'un ton terrible, vraiment terrible tout en étant calme, doux et gentil. Il y avait quelque chose dans le ton de sa voix qu'Andy n'osa pas narguer.

«J'disais ça pour rire, évidemment», marmonna-t-il, le visage honteux.

Le vent tourna alors quelque peu en faveur de Walter et ils jouèrent au chat plutôt cordialement dans le verger. Mais lorsqu'ils rentrèrent bruyamment pour le souper, Walter se sentit de nouveau submergé par une vague de nostalgie. Ce fut si fort que pendant un affreux moment, il eut peur d'éclater en sanglots devant toute la famille, même devant Alice qui, pour l'encourager, lui donna un petit coup de coude amical lorsqu'ils prirent place. Il ne put pourtant rien avaler, cela lui était tout simplement impossible. Mme Parker, qui avait des méthodes dont on pourrait discuter longtemps, ne l'ennuya pas pour cela, se contentant de conclure qu'il aurait meilleur appétit le lendemain matin, et les autres étaient bien trop concentrés à dévorer et à bavarder pour s'occuper de lui.

Walter se demandait pourquoi tous les convives criaient tellement fort, car il ignorait qu'ils n'avaient pas encore perdu cette habitude depuis le décès d'une très vieille et très sourde grand-maman. Le vacarme lui donna mal à la tête. Oh! Ils devaient être en train de souper, à présent, à la maison. Anne devait être en train de sourire, à une extrémité de la table, Gilbert, de blaguer avec les jumelles, Susan, de verser de la crème dans la tasse de lait de Shirley, Nan, de donner des bouchées à Fripon. Même tante Mary Maria, en tant que membre du cercle familial, parut soudain rayonner d'une lueur tendre et douce. Qui avait sonné le gong chinois pour le souper? C'était sa semaine de le faire et Jem était absent. Si seulement il pouvait trouver un coin pour pleurer! Mais on aurait dit qu'il n'existait aucun recoin où cacher ses larmes, à Lowbridge. En outre, il y avait Alice. Walter ingurgita un plein verre d'eau glacée et s'aperçut que cela l'aidait.

«Notre chat a des convulsions», dit tout à coup Andy, en lui donnant un coup de pied sous la table.

«Le nôtre aussi», riposta Walter. Fripon avait eu deux crises. Et il n'était pas question de laisser les chats de Lowbridge surclasser ceux d'Ingleside.

« Je parie que notre chat fait des crises pires que le vôtre », insinua Andy.

« Je parie que non », rétorqua Walter.

« Allons, allons, ne vous disputez pas à propos de vos chats », dit Mme Parker qui voulait passer une soirée tranquille à rédiger, pour l'Institut, son article sur les "Enfants incompris". Allez jouer dehors. Ce sera bientôt l'heure de vous coucher. »

L'heure du coucher ! Walter prit soudain conscience qu'il devait passer la nuit ici... plusieurs nuits... deux semaines de nuits. C'était catastrophique. Les poings serrés, il se dirigea vers le verger où il trouva Bill et Andy en train de se battre furieusement dans l'herbe, hurlant, ruant et s'agrippant.

« Tu m'as donné la pomme avec le ver ! », ululait Andy. J'vais t'montrer à m'donner des pommes véreuses ! J'vais t'arracher les oreilles ! »

Ce genre de batailles se produisait tous les jours chez les Parker. Mme Parker était d'avis que cela ne faisait pas de mal aux garçons de se battre. Elle prétendait qu'ils pouvaient ainsi sortir tout le mauvais de leur système et qu'ils étaient d'aussi bons amis après. Mais c'était la première fois que Walter était témoin d'une telle scène et il en était atterré.

Fred les encourageait, Opal et Cora riaient, mais il y avait des larmes dans les yeux d'Alice. Walter ne put supporter ça. Il se plaça entre les combattants qui s'étaient séparés un instant pour reprendre leur souffle.

« Arrêtez de vous battre, ordonna-t-il. Vous faites peur à Alice. »

Bill et Andy le regardèrent un moment avec stupéfaction, jusqu'à ce que les frappe l'aspect cocasse de la situation. Ce bébé qui leur interdisait de se battre ! Tous deux éclatèrent de rire et Bill administra à Walter une claque dans le dos.

« Il a du cran, les amis, déclara-t-il. Il sera un vrai gars un jour, quand il aura grandi. Voici une pomme pour toi, sans ver. »

Alice sécha les larmes sur ses joues roses et satinées et contempla Walter avec tant d'adoration que Fred en prit ombrage. Alice n'était évidemment qu'un bébé, mais même les bébés n'avaient pas d'affaire à regarder les autres garçons d'un air adorateur quand lui, Fred Johnson de Montréal, était dans les parages. Il fallait y voir. Fred, qui était allé dans la maison, avait entendu tante Jen, après une conversation téléphonique, confier quelque chose à oncle Dick.

« Ta mère est très malade », dit-il à Walter.

« Non... elle ne l'est pas », s'écria Walter.

« Elle l'est. J'ai entendu tante Jen le dire à oncle Dick. »

Fred avait entendu sa tante dire « Anne Blythe est malade », mais il avait trouvé amusant d'ajouter « très ».

« Elle sera sans doute morte avant ton retour », poursuivit-il.

Walter jeta autour de lui un regard tourmenté. Une fois de plus, Alice se rangea à ses côtés, et une fois de plus, les autres adoptèrent le point de vue de Fred. Sentant quelque chose d'étrange se dégager de ce bel enfant sombre, ils ne pouvaient résister à l'envie de le taquiner.

« Si elle est malade, dit Walter, papa la guérira. »

C'est vrai, il fallait qu'il la guérisse.

« J'ai peur que ce soit impossible », rétorqua Fred en arborant un long visage tout en adressant un clin d'œil à Andy.

« Pour papa, rien n'est impossible », insista loyalement Walter.

« Mon Dieu, Russ Carter est allé passer juste une journée à Charlottetown l'été dernier, et quand il est rentré, sa mère était aussi morte qu'un clou », dit Bill.

« Et enterrée, renchérit Andy, cherchant à ajouter une note dramatique, peu importait que l'anecdote fût véridique ou non. Russ était vraiment fâché d'avoir raté les funérailles, c'est si drôle, un enterrement. »

« Et dire que j'ai jamais vu un seul enterrement », remarqua tristement Opal.

« Bof, t'en auras l'occasion, t'inquiète pas, dit Andy. Mais tu vois, même papa n'a pu sauver Mme Carter, et c'est un bien meilleur docteur que ton père. »

« C'est pas vrai ! »

« C'est vrai, et il est bien plus beau, aussi. »

« C'est pas vrai. »

« Il arrive *toujours* quelque chose quand on s'absente de chez soi, reprit Opal. Comment tu te sentirais si tu découvrais qu'Ingleside a brûlé pendant que t'étais pas là ? »

« Si ta mère meurt, vous, les enfants, allez probablement être séparés, continua Cora avec bonne humeur. Peut-être que tu viendras vivre ici. »

« Oh ! oui », s'écria gentiment Alice.

« Mais peut-être que leur père va vouloir les garder, suggéra Bill. Il pourrait se remarier rapidement. Peut-être que son père aussi va mourir. J'ai entendu papa dire que le Dr Blythe se tuait au travail. Regardez Walter. Il est figé ! Tu as des yeux de fille, le jeune... des yeux de fille... des yeux de fille. »

« Ah ! Ça suffit, coupa Opal, soudain lasse de ce sport. Il vous prend pas au sérieux. Il sait que vous dites ça juste pour l'agacer. Allons au parc voir la partie de base-ball. Walter et Alice peuvent rester ici. On n'a pas envie que les petits nous suivent partout comme des chiens de poche. »

Walter n'était pas mécontent de les voir partir. Ni Alice, apparemment. Ils s'assirent sur une bûche de pommier en se coulant des regards timides et contents.

« Je vais t'enseigner à jouer aux osselets, promit Alice, et je vais te prêter mon kangourou de peluche. »

Quand vint le temps de se coucher, Walter se retrouva tout seul dans la chambrette du couloir. Mme Parker prit soin de lui laisser une bougie et un édredon chaud, cette nuit de juillet étant absurdement fraîche pour une nuit d'été, même dans les Maritimes. Un gel au sol n'était pas exclu.

Mais Walter ne pouvait pas dormir, même avec le kangourou de peluche d'Alice blotti contre sa joue Oh ! Si seulement il était chez lui, dans sa chambre, où la grande fenêtre donnait sur le Glen, et la petite, qui avait son propre toit minuscule, donnait sur la futaie de pins écossais. Maman entrerait et, de sa jolie voix, elle lui lirait un poème.

« J'suis un grand garçon... je ne vais pas pleurer... non... »

Les larmes montèrent malgré lui. À quoi servaient les kangourous de peluche ? Il avait l'impression d'avoir quitté la maison depuis des années.

Rentrés du parc, les autres enfants envahirent aimablement sa chambre et s'assirent au bord du lit pour manger des pommes.

« T'as pleuré, bébé, se moqua Andy. T'es rien qu'une fillette. Le chouchou à sa maman ! »

« Prends une bouchée, petit, proposa Bill en lui tendant une pomme entamée. Et courage ! Je ne serais pas surpris que ta mère se rétablisse, si elle a une bonne constitution, bien entendu. Papa dit que Mme Stephen Flagg serait morte depuis dix ans sans sa constitution. Ta mère en a-t-elle une ? »

« Évidemment », dit Walter. Il n'avait pas la moindre idée de ce que pouvait être une constitution, mais si Mme Stephen Flagg en avait une, sa mère devait en avoir aussi.

« Mme Ab Sawyer est morte la semaine dernière, et la mère de Sam Clark, la semaine avant », annonça Andy.

« Elles sont mortes durant la nuit, précisa Cora. Maman dit que la plupart des gens meurent la nuit. J'espère que ça ne m'arrivera pas. Imaginez d'arriver au paradis en chemise de nuit ! »

« Les enfants ! Les enfants ! Au lit ! », appela Mme Parker.

Les garçons s'en allèrent après avoir fait semblant d'étouffer Walter avec une serviette. Tout compte fait, le petit leur plaisait bien. Walter saisit la main d'Opal au moment où elle partait.

« Opal, c'est pas vrai que maman est malade, n'est-ce pas ? » chuchota-t-il sur un ton implorant. Il ne pouvait affronter la perspective d'être abandonné avec sa peur.

Bien qu'Opal n'eût pas « le cœur dur », comme disait Mme Parker, elle ne put résister au plaisir qu'on retirait d'annoncer de mauvaises nouvelles.

« Elle est malade. Tante Jen a dit qu'elle ne t'en parlerait pas. Mais je pense que tu as le droit de savoir. Elle a peut-être un cancer. »

« Est-ce que *tout le monde* doit mourir, Opal ? »

C'était pour Walter un concept nouveau et terrifiant. Jamais auparavant il n'avait réfléchi à la mort.

« Bien sûr, petit bêta. Mais on ne meurt pas pour vrai, on va au ciel », répondit Opal pour le réconforter.

« Pas tout le monde », grogna Andy qui écoutait derrière la porte.

« Est-ce que le ciel est plus loin que Charlottetown ? » demanda Walter.

Opal éclata d'un rire strident.

« Eh bien ! T'es vraiment bizarre, toi ! Le ciel est à des millions de milles. Mais je vais te dire quoi faire. Tu vas prier. C'est bon de prier. Parce que j'avais perdu dix sous, une fois, j'ai prié et j'ai trouvé une pièce de vingt-cinq sous. C'est comme ça que je le sais. »

« Opal Johnson, as-tu entendu ce que j'ai dit ? Et éteins la bougie dans la chambre de Walter. J'ai peur du feu, cria Mme Parker. Il y a longtemps qu'il devrait dormir. »

Opal souffla la bougie et s'en alla. Tante Jen avait bon caractère, mais quand elle devenait exaspérée... Andy passa la tête par la porte pour une dernière bénédiction.

« Les oiseaux du papier peint vont probablement devenir vivants et ils vont te picorer les yeux », menaça-t-il soudainement.

Après cela, chacun alla se coucher, sentant que c'était la fin d'une journée parfaite, que Walter Blythe était un bon petit diable et qu'on aurait encore du plaisir à le taquiner demain.

« Chers petits anges », songea sentimentalement Mme Parker.

Un calme inhabituel descendit sur la maison Parker tandis que, six milles plus loin, la petite Bertha Marilla Blythe clignait de ses ronds yeux noisette devant les visages heureux qui l'entouraient et devant le monde dans lequel elle avait été introduite pendant la nuit d'été la plus froide connue dans les Maritimes depuis quatre-vingt-sept ans !

9

Walter, seul dans le noir, était toujours incapable de s'endormir. Jamais encore, au cours de sa courte existence, il n'avait dormi seul. Il y avait toujours eu Jem ou Ken près de lui, chaud et réconfortant. La lune, en s'insinuant, éclaira faiblement la petite chambre, mais ce fut pire encore que les ténèbres. Au pied de son lit, une image suspendue au mur semblait le lorgner ; les images paraissaient toujours si différentes au clair de lune. On y découvrait des choses qu'on n'aurait jamais soupçonnées pendant la journée. Encadrant la fenêtre, les longs rideaux de dentelle ressemblaient à de grandes femmes maigres en train de pleurer. On entendait des bruits dans la maison, des craquements, des soupirs, des chuchotements. Supposons que les oiseaux du papier peint prennent vraiment vie pour venir lui picorer les yeux ? Walter fut soudain envahi d'une peur sournoise, puis une grande terreur anéantit toutes les autres. *Maman était malade.* Opal l'ayant confirmé, il était bien obligé de le croire. *Peut-être que maman était en train de mourir !* Peut-être que maman était morte ! Il n'y aurait plus de maman pour l'attendre. Walter se figura Ingleside sans sa mère !

Walter sentit tout à coup qu'il ne pouvait supporter ça. Il devait retourner à la maison. Sans tarder. Immédiatement. Il devait voir Anne avant qu'elle ne... qu'elle ne... meure. *Voilà* ce que tante Mary Maria voulait dire. *Elle* savait qu'Anne allait mourir. Inutile de réveiller qui que ce soit pour demander qu'on le ramène chez lui. Ils refuseraient en se moquant de lui. La route était terriblement longue jusqu'à la maison, mais il marcherait toute la nuit.

Très calme, il se glissa hors du lit et s'habilla. Il prit ses chaussures à la main. Il ignorait où Mme Parker avait rangé sa casquette, mais c'était sans importance. Il ne devait faire aucun bruit, il devait juste s'échapper et retrouver sa mère. Il regrettait de ne pouvoir dire au revoir à Alice – elle aurait compris. Traverser le sombre couloir, descendre l'escalier, une marche après l'autre, retenir son souffle, arrivait-on jamais en bas?... Même les meubles tendaient l'oreille... oh! oh!

Walter avait laissé tomber un soulier! Celui-ci dégringola l'escalier, se cognant aux marches, et traversa le corridor pour arriver à la porte centrale dans ce qui parut à Walter un assourdissant fracas.

Walter se cramponna désespérément à la rampe. Tout le monde devait avoir entendu le vacarme. Ils se rueraient hors de leurs chambres et l'empêcheraient d'aller chez lui. Un sanglot de désespoir s'étrangla dans sa gorge.

Il eut l'impression d'avoir attendu des heures avant d'oser croire que personne n'avait entendu, avant d'oser recommencer son prudent périple dans l'escalier. Il l'accomplit enfin; il trouva sa chaussure et tourna avec circonspection la poignée de la porte – les portes n'étaient jamais fermées à clef chez les Parker. Mme Parker prétendait qu'ils ne possédaient rien valant la peine d'être volé, sauf des enfants, et personne n'en voulait.

Walter se retrouva dehors, la porte refermée derrière lui. Glissant sur ses chaussures, il atteignit la rue : la maison se trouvant à l'entrée du village, il fut bientôt sur la route. Un moment de panique le submergea. La crainte de se faire prendre était passée. Revinrent toutes ses vieilles peurs du noir et de la solitude. C'était la première fois qu'il était dehors seul, la nuit. Il avait si peur du monde. C'était un monde si gigantesque et il y était si terriblement minuscule. Même la bise froide qui soufflait de l'est dans son visage semblait vouloir le renvoyer chez les Parker.

Maman allait mourir! Walter ravala sa salive et tourna son visage en direction de chez lui. Il marcha et marcha, combattant vaillamment la peur. La lune brillait, mais dans sa lumière, on *voyait* des choses troubles, et rien ne paraissait familier. Un soir qu'il était sorti avec Gilbert, il avait trouvé qu'il n'y avait rien d'aussi joli qu'une route au clair de lune, traversée par les ombres des arbres. Mais à présent, les ombres étaient si noires et si nettement découpées qu'elles semblaient prêtes à se jeter sur vous. Les champs avaient un air étrange. Les arbres n'étaient plus amicaux. On aurait dit qu'ils guettaient Walter, qu'ils se pressaient devant et derrière lui. Deux yeux de braise le fixèrent depuis le fossé et un chat noir d'une taille incroyable traversa la route. *Était-ce bien un chat?* Ou?... La nuit était glaciale; il frissonna dans sa blouse mince. Peu lui importait le froid, si seulement il pouvait cesser d'avoir peur de tout, des ombres et des bruits furtifs et des choses innommables qui pouvaient ramper dans les bandes de forêt qu'il longeait. Il se demanda à quoi cela pouvait ressembler de n'avoir peur de rien, comme Jem.

«Je vais... je vais juste faire semblant de ne pas avoir peur», prononça-t-il à voix haute, puis il frémit de frayeur au son *perdu* de sa propre voix dans l'immensité de la nuit.

Il persévéra pourtant. Il fallait persévérer quand sa mère était sur le point de mourir. À un moment, il trébucha sur une pierre et s'écorcha vilainement le genou. À un autre, il entendit un boghei rouler derrière lui et se cacha derrière un arbre, épouvanté à l'idée que le Dr Parker avait découvert son départ et se lançait à sa poursuite. À un autre encore, il fut figé de terreur devant une chose noire et velue assise au bord du chemin. Il ne pouvait pas passer devant, il ne le pouvait pas ... il le fit pourtant. C'était un grand chien noir – *était-ce un chien?* – mais il l'avait déjà dépassé. Il n'osa pas courir de peur que le chien ne le poursuive. Il jeta un regard désespéré par-dessus son épaule. Le chien s'était levé et s'éloignait dans la direction opposée. Walter passa sa petite main brune sur son visage et s'aperçut qu'il ruisselait de sueur.

Une étoile fila dans le ciel devant lui produisant des flammèches. Walter se rappela avoir entendu la vieille Kitty dire que lorsqu'une étoile filait, quelqu'un mourait. *Était-ce*

Anne? Il venait de sentir que ses jambes ne pouvaient le porter un pas de plus, mais cette pensée le propulsa de nouveau. Il avait à présent si froid qu'il ne sentait presque plus la peur. Finirait-il par arriver à la maison ? Cela devait faire des heures et des heures qu'il avait quitté Lowbridge.

Cela faisait trois heures. Il s'était enfui de chez les Parker à onze heures, et il était maintenant deux heures. Quand Walter se retrouva sur la route qui descendait vers le Glen, il poussa un soupir de soulagement. Mais, pendant qu'il titubait à travers le village, les maisons endormies lui semblaient très lointaines. Elles l'avaient oublié. Une vache mugit tout à coup par-dessus une clôture et Walter se souvint que M. Joe Reese gardait un taureau sauvage. Pris de panique, il dévala la colline jusqu'au portail d'Ingleside. Il était chez lui, chez lui !

Puis il s'arrêta brusquement, tremblant, envahi par un épouvantable sentiment de désolation. Il s'était attendu à voir les chaleureuses et amicales lumières de la maison. Et Ingleside était plongé dans les ténèbres !

Une lumière, s'il avait pu la voir, était pourtant allumée dans la chambre d'en arrière où dormaient l'infirmière et un bébé dans son panier. Mais tout compte fait, Ingleside était aussi sombre qu'une maison désertée et cela parut clair à Walter. Il n'avait jamais vu, jamais imaginé, Ingleside dans la nuit.

Cela voulait dire que sa mère était morte !

Walter chancela dans l'allée, traversa l'ombre noire et lugubre de la maison sur la pelouse et atteignit la porte. Elle était verrouillée. Il frappa faiblement – il ne pouvait atteindre le heurtoir – mais il n'obtint pas de réponse, et ne s'attendait pas à en recevoir non plus. Il tendit l'oreille ; il n'y avait aucun son *vivant* dans la maison. Il comprit qu'Anne était morte et que tout le monde était parti.

Il était à présent trop transi et épuisé pour pleurer ; mais il fit le tour de la grange et gravit l'échelle jusqu'au grenier à foin. Il n'avait même plus peur ; il voulait seulement trouver un endroit à l'abri du vent et se coucher jusqu'au matin. Peut-être que quelqu'un reviendrait après avoir enterré Anne.

Un petit chat tigré et soyeux donné au docteur par un patient vint près de lui en ronronnant, embaumant le trèfle. Walter l'agrippa joyeusement : il était chaud et *vivant*. Mais, entendant des souris détaler sur le plancher, le chat ne voulut pas rester. La lune regardait Walter par la fenêtre couverte de toiles d'araignées, mais il ne trouva aucun réconfort dans cet astre lointain, froid et indifférent. Une lumière allumée dans une maison du Glen parut plus sympathique. Aussi longtemps que cette lumière brillerait, il tiendrait le coup.

Il ne pouvait pas dormir. Son genou lui faisait trop mal, il avait froid et il éprouvait une drôle de petite sensation au creux de l'estomac. Il était peut-être en train de mourir, lui aussi. Il l'espérait, puisque tous les autres étaient morts ou partis. Les nuits finissaient-elles jamais ? Les autres nuits avaient toujours laissé place au jour, mais peut être que celle-ci serait différente. Il se souvint d'une histoire effrayante : le Capitaine Jack Flagg à l'entrée du port avait dit que lorsqu'il serait très fâché, il empêcherait le soleil de se lever. Et si le Capitaine Jack venait de se mettre en colère ?

Puis, soudain, la petite lumière du Glen s'éteignit, et ce fut insupportable. Mais au moment où un petit cri de désespoir traversa ses lèvres, Walter s'aperçut qu'il faisait enfin jour.

10

Walter descendit l'échelle et sortit dehors. Ingleside baignait dans l'étrange et intemporelle lueur de l'aube. Au-dessus des bouleaux du Creux, le ciel avait une faible lumière rose argenté. Il pourrait peut-être entrer par la porte de côté. Susan la laissait parfois déverrouillée pour papa.

Le verrou n'était pas mis. Étouffant un sanglot de soulagement, Walter se glissa dans le couloir et commença à monter doucement l'escalier. Il irait dans son lit – son propre lit – et si personne ne revenait jamais, il pourrait mourir là et aller au ciel retrouver Anne. Seulement... Walter se rappela les paroles d'Opal : le ciel se trouvait à des millions de milles. Submergé par une nouvelle vague de désolation, Walter oublia toute prudence et posa lourdement le pied sur la queue de Fripon qui dormait dans le tournant de l'escalier. Son miaulement de douleur résonna dans toute la maison.

Susan, qui venait tout juste de s'endormir, fut tirée de son sommeil par ce son terrible. Elle s'était couchée à minuit, plutôt exténuée après une soirée et un après-midi difficiles, auxquels Mary Maria Blythe avait contribué en souffrant d'un «point au côté» au moment où la tension était à son maximum. Elle avait eu besoin d'une bouillotte, puis d'une friction avec de l'onguent et couronna le tout en exigeant une compresse humide sur ses yeux parce qu'elle avait «une de ses migraines».

Susan s'était réveillée à trois heures avec le sentiment bizarre que quelqu'un avait vraiment besoin d'elle. Elle s'était levée et avait marché sur la pointe des pieds dans le corridor jusqu'à la porte de la chambre de Mme Blythe. Tout y était silencieux... elle pouvait entendre la douce et régulière respiration d'Anne. Susan fit le tour de la maison et retourna se coucher, convaincue que l'étrange sensation n'était que les séquelles d'un cauchemar. Mais, par la suite, Susan fut convaincue qu'elle avait eu ce qu'elle avait toujours méprisé et qu'Abby Flagg, qui tâtait du spiritualisme, appelait une « expérience physique ».

« Walter m'appelait et je l'ai entendu », affirma-t-elle.

Susan se leva et sortit de nouveau de sa chambre, se disant qu'Ingleside était vraiment possédé cette nuit-là. Elle ne portait que sa chemise de nuit de flanelle, laquelle, après de nombreux lavages, avait tant rétréci qu'elle arrivait maintenant bien au-dessus de ses chevilles osseuses ; elle parut pourtant la chose la plus belle au monde à la petite créature blême et tremblante qui, du palier, la regardait de ses yeux gris exorbités.

« Walter Blythe ! »

Deux pas... et Susan l'eut dans ses bras, des bras robustes et tendres.

« Susan, est-ce que maman est morte ? » demanda Walter.

Tout avait changé dans le temps de le dire. Walter était au lit, au chaud, nourri, consolé. Après avoir allumé un feu, Susan lui avait apporté une tasse de lait chaud, une rôtie dorée et une grosse platée de « faces de singe », ses biscuits préférés, puis elle l'avait bordé après avoir placé une bouillotte à ses pieds. Elle avait baisé son petit genou contusionné et y avait appliqué de l'onguent. C'était bon de sentir qu'on s'occupait de vous, que quelqu'un voulait de vous, que vous étiez important pour quelqu'un.

« Es-tu *certaine*, Susan, que maman n'est pas morte ? »

« Ta mère dort profondément, elle va bien et elle est heureuse, mon agneau. »

« Et elle a pas été du tout malade ? Opal a dit... »

« Eh bien, mon agneau, c'est vrai qu'elle s'est pas sentie très bien hier, mais c'est fini maintenant et elle était jamais en danger de mort. Attends d'avoir dormi un peu et tu pourras la voir. T'auras aussi une surprise... Si jamais j'attrape ces jeunes démons de Lowbridge! J'peux pas croire que t'as marché de Lowbridge jusqu'ici. Six milles! Et par une nuit pareille!»

«J'ai souffert une atroce agonie de l'esprit, Susan.» Mais voilà que tout était rentré dans l'ordre; Walter était sain et sauf et heureux; il était... à la maison... il était... endormi.

Il était presque midi lorsqu'il s'éveilla pour voir le soleil ondoyer entre ses rideaux, et il entra en clopinant dans la chambre d'Anne. Il avait commencé à penser qu'il s'était conduit de façon très stupide et que sa mère ne serait peut-être pas contente qu'il se soit enfui de Lowbridge. Mais Anne tendit seulement le bras pour l'attirer près d'elle. Susan lui avait raconté toute l'histoire et elle avait réfléchi à certaines choses qu'elle avait l'intention de dire à Jen Parker.

«Oh! maman, tu ne vas pas mourir... et tu m'aimes toujours, n'est-ce pas?»

«Je n'ai aucune intention de mourir, mon chéri, et je t'aime tant que ça me fait mal. Quand je pense à tout le chemin que tu as parcouru dans la nuit!»

«Et l'estomac vide, frémit Susan. C'est extraordinaire qu'il soit encore en vie pour le raconter. Le temps des miracles est pas encore révolu, voilà une chose dont on peut être sûrs!»

«Un petit gars courageux», ajouta en riant Gilbert qui venait d'entrer, Shirley sur l'épaule. Il tapota la tête de Walter qui serra fort la main de son papa. Il n'y avait personne au monde comme son père. Mais personne ne devait jamais savoir combien il avait réellement eu peur.

«J'aurai plus jamais besoin de partir de la maison, n'est-ce pas, maman?»

«Pas avant d'en avoir envie», promit maman.

«J'en aurai jamais...» commença Walter, puis il s'arrêta net. Après tout, il aimerait bien revoir Alice.

«Viens voir, mon agneau», dit Susan, faisant entrer une jeune femme rose en tablier et coiffe blanche, un panier dans les bras.

Walter regarda. Un bébé! Un bébé potelé, rondouillet, à la tête couverte de boucles humides et soyeuses, et aux petites mains ravissantes.

« N'est-ce pas une beauté? dit fièrement Susan. Regarde ses cils... jamais j'ai vu un bébé avec de si longs cils. Et ses mignonnes petites oreilles. Je commence toujours par examiner les oreilles. »

Walter hésita.

« Elle est charmante, Susan, oh! regarde ses adorables petits orteils retournés! Mais, est-ce qu'elle est pas plutôt petite? »

Susan se mit à rire.

« Huit livres, c'est loin d'être petit, mon agneau. Et elle a déjà commencé à se rendre compte des choses. Cette enfant n'avait pas encore vécu une heure qu'elle a levé la tête et *regardé* le docteur. J'avais jamais vu ça de ma vie. »

« Elle va avoir les cheveux roux, dit le docteur d'un ton satisfait. Une ravissante chevelure roux doré comme sa maman. »

« Et des yeux noisette comme son père », ajouta en jubilant l'épouse du docteur.

« Je vois pas pourquoi un de nous pourrait pas avoir les cheveux blonds », remarqua rêveusement Walter, songeant à Alice.

« Des cheveux blonds! Comme les Drew! » rétorqua Susan avec un incommensurable mépris.

« Elle est si mignonne quand elle dort, roucoula l'infirmière. Je n'ai jamais vu un bébé qui se plissait les yeux comme elle en dormant. »

« Elle est un miracle. Tous nos bébés étaient jolis, Gilbert, mais elle est la plus ravissante. »

« Dieu vous aime, renifla tante Mary Maria, mais ce n'est pas le premier bébé à venir au monde, vous savez, Annie. »

« *Notre* bébé n'a jamais été dans le monde avant, tante Mary Maria, protesta fièrement Walter. Susan, puis-je l'embrasser... juste une fois... s'il vous plaît? »

« Tu peux, dit Susan en regardant tante Mary Maria qui se retirait. Et à présent, j'vais descendre faire une tarte aux cerises pour le dîner. Mary Maria Blythe en a fait une hier après midi, j'aurais aimé que vous voyiez ça, chère Mme Docteur. On aurait dit un machin piétiné par le chat. Plutôt que de la gaspiller, j'en mangerai moi-même autant que je pourrai, mais une tarte pareille sera jamais servie au docteur tant que j'serai en possession de mes moyens, vous pouvez me croire. »

« Ce n'est pas tout le monde qui a votre talent pour la pâtisserie, vous savez », la complimenta Anne.

« Maman, dit Walter au moment où la porte se refermait sur une Susan hautement valorisée, je crois que nous sommes une très belle famille, n'est-ce pas ? »

Une très belle famille, réfléchit sereinement Anne, allongée dans son lit, le bébé à ses côtés. Elle serait bientôt en pleine forme, légère comme avant, aimant ses enfants, leur enseignant des choses, les réconfortant. Ils viendraient vers elle avec leurs petites joies, leurs petits chagrins, leurs espoirs bourgeonnants, leurs nouvelles peurs, leurs petits problèmes qui leur paraissaient gigantesques et leurs petits cœurs brisés qui semblaient leur faire si mal. Elle tiendrait de nouveau tous les fils d'Ingleside dans sa main pour tisser une tapisserie de beauté. Et tante Mary Maria n'aurait plus de raison de dire, comme Anne l'avait entendue deux jours auparavant, « Tu as l'air épouvantablement fatigué, Gilbert. Il n'y a jamais personne pour s'occuper de toi ? »

Au rez-de-chaussée, tante Mary Maria hochait la tête d'un air accablé en constatant : « Je sais bien, Susan, que tous les nouveau-nés ont les jambes croches, mais celles de cette enfant le sont vraiment trop. Nous ne devons évidemment pas le dire à cette pauvre Annie. Vous veillerez à ne pas le mentionner devant elle, Susan. »

Susan, pour une fois, resta bouche bée.

11

À la fin du mois d'août, Anne fut de nouveau sur pied, attendant un automne heureux. La petite Bertha Marilla devenait chaque jour de plus en plus belle et était le centre d'attraction de ses frères et sœurs qui l'adoraient littéralement.

« J'croyais qu'un bébé passait son temps à hurler, remarqua Jem en laissant avec ravissement les doigts minuscules agripper le sien. C'est ce que Bertie Shakespeare Drew m'avait dit. »

« Je ne doute pas que les bébés Drew soient tout le temps en train de crier, mon petit Jem, répondit Susan. Je présume que c'est la pensée d'être des Drew qui les fait hurler. Mais Bertha Marilla est une enfant d'*Ingleside*, mon chéri. »

« Je voudrais bien être né à Ingleside », reprit mélancoliquement Jem. Il avait toujours regretté d'être né ailleurs. Di lui ramenait à l'occasion cela sur le tapis.

« Ne trouves-tu pas la vie un peu ennuyeuse, ici, Anne ? » lui avait demandé avec condescendance une ancienne compagne de classe de Queen's. Elle habitait Charlottetown.

Ennuyeuse ! Anne avait pratiquement éclaté de rire à la face de son interlocutrice. Ennuyeuse ! Quand un nouveau bébé apportait chaque jour de nouveaux sujets d'émerveillement ! Quand on attendait la visite de Diana, de Petite Elizabeth et de Rebecca Dew ! Avec Mme Sam Ellison du Glen En-Haut entre les mains de Gilbert, atteinte d'une maladie dont seulement trois personnes au monde avaient souffert avant, avec Walter qui commençait l'école, et Nan qui avait avalé un plein flacon de parfum pris sur la coiffeuse de sa mère

– on avait cru qu'elle en mourrait, pourtant, elle ne s'était pas portée plus mal pour autant –, avec une étrange chatte noire ayant mis au monde le nombre incroyable de dix chatons dans le porche arrière, avec Shirley qui s'était enfermé dans la salle de bain et n'avait plus été capable de déverrouiller la porte, avec Fripon qui s'était retrouvé entortillé dans une feuille de papier tue-mouches, avec tante Mary Maria qui avait mis le feu aux rideaux de sa chambre en plein milieu de la nuit en se promenant avec une chandelle, et dont les cris effrayants avaient réveillé la maisonnée. Ennuyeuse, la vie, voyons donc !

Car tante Mary Maria était toujours à Ingleside. Il lui arrivait de dire d'un ton pathétique : « Vous me le ferez savoir quand vous en aurez assez de moi... j'ai l'habitude de m'occuper de moi-même. » Il n'y avait qu'une réponse à donner à cela et Gilbert l'avait évidemment donnée. Son ton était cependant moins chaleureux qu'au début. Même l'esprit de famille de Gilbert commençait à diminuer un peu ; il s'apercevait, sans savoir comment y réagir – « comme un homme », ainsi que l'aurait persiflé Mlle Cornelia – que la présence de tante Mary Maria était en train de devenir un problème dans son ménage. Il s'était un jour risqué à insinuer combien les maisons souffraient à être laissées inhabitées trop longtemps ; et tante Mary Maria l'avait approuvé, remarquant calmement qu'elle songeait à vendre sa résidence de Charlottetown.

« Ce n'est pas une mauvaise idée, l'avait encouragée Gilbert. Et je connais un très beau petit cottage à vendre en ville ; il appartient à un de mes amis qui part pour la Californie. Il ressemble beaucoup à celui que vous admiriez, là où habite Mme Sarah Newman... »

« Mais elle vit seule... » soupira tante Mary Maria.

« Cela lui plaît », remarqua Anne avec espoir.

« Il y a quelque chose qui ne tourne pas rond chez une personne qui aime vivre seule », trancha tante Mary Maria.

Susan réprima avec peine un grognement.

Diana vint passer une semaine en septembre. Ce fut ensuite le tour de Petite Elizabeth, qui n'était désormais plus petite, mais une grande, mince et belle jeune fille. Elle avait

pourtant toujours les mêmes cheveux dorés et son sourire
mélancolique. Son père retournait à son bureau à Paris et
Elizabeth allait tenir sa maison. Elle et Anne firent de longues
randonnées sur les plages légendaires du vieux port, rentrant à
la maison sous les étoiles de l'automne qui les observaient en
silence. Elles revécurent l'ancienne vie du Domaine des
Peupliers et retracèrent les étapes qu'elles avaient franchies sur
la carte du pays des fées qu'Elizabeth avait toujours et entendait
conserver toute sa vie.

« Elle restera suspendue au mur de ma chambre, partout
où je vivrai », disait-elle.

Un jour, le vent souffla dans le jardin d'Ingleside... le
premier vent de l'automne. Ce soir-là, le coucher du soleil
fut un tantinet austère. D'un seul coup, l'été avait vieilli. Le
tournant de la saison était venu.

Mais l'automne fut magnifique, lui aussi. Il y avait la joie
des brises soufflant du golfe bleu foncé et la splendeur des
lunes des récoltes. Il y avait les asters lyriques dans le Creux
et les enfants riant dans le verger regorgeant de pommes, des
soirées claires et sereines sur les hauts pâturages de la colline
au Glen En-haut, et les ciels d'argent pommelés que de noirs
oiseaux traversaient ; et, à mesure que les jours raccourcis-
saient, de petites brumes grises flottant au-dessus des dunes
en direction du port.

Rebecca Dew arriva à Ingleside avec la tombée des feuilles
pour faire la visite promise depuis des années. Elle était venue
pour une semaine mais se laissa persuader de rester quinze
jours... personne ne l'y pressant autant que Susan. Au premier
regard, Susan et Rebecca Dew parurent s'identifier mutuellement comme des âmes sœurs, peut-être parce qu'elles
adoraient toutes deux Anne, et détestaient tante Mary Maria.

Un soir, dans la cuisine, alors que la pluie tombait sur les
feuilles mortes et que le vent pleurait autour des avant-toits
et des coins et recoins d'Ingleside, Susan déversa tous ses
problèmes dans l'oreille sympathique de Rebecca Dew. Le
docteur et son épouse étaient sortis, les petits étaient bien au
chaud dans leurs lits, et tante Mary Maria s'était heureuse-

ment retirée avec un mal de tête... «un véritable étau de fer autour de mon cerveau», avait-elle gémi.

«Une personne, remarqua Rebecca Dew en ouvrant la porte du four pour y déposer confortablement ses pieds, qui mange autant de maquereaux frits qu'elle en a mangé au souper *mérite* d'avoir un mal de tête. Je ne nierai pas en avoir mangé ma part, car j'avouerai, Mlle Baker, que je n'ai jamais connu personne qui faisait le maquereau frit comme vous... mais je n'en ai quand même pas mangé quatre morceaux.»

«Chère Mlle Dew, commença Susan avec ferveur, posant son tricot et plongeant un regard implorant dans les petits yeux noirs de Rebecca, vous avez pu constater à quoi ressemblait Mary Maria Blythe durant votre séjour ici. Mais vous n'en savez pas la moitié, non, même pas le quart. Chère Mlle Dew, je sens que je peux avoir confiance en vous. Puis-je vous ouvrir confidentiellement mon cœur?»

«Vous le pouvez, Mlle Baker.»

«Cette femme est arrivée en juin et je suis d'avis qu'elle a l'intention de passer le reste de ses jours ici. À la maison, tout le monde la déteste... même le docteur n'a plus d'affection pour elle, bien qu'il essaie de le cacher. Mais il a l'esprit de famille et prétend que la cousine de son père doit pas se sentir de trop chez lui. J'ai supplié...» poursuivit Susan d'un ton sous-entendant qu'elle l'avait fait à genoux, «j'ai supplié Mme Docteur d'y mettre le holà et de dire que Mary Maria Blythe doit s'en aller. Mais Mme Docteur a le cœur trop tendre... et nous n'y pouvons rien, Mlle Dew, absolument rien.»

«J'aimerais la mettre à ma main, dit Rebecca Dew, que certaines remarques de tante Mary Maria avaient piquée au vif. Je sais aussi bien que quiconque, Mlle Baker, qu'il ne faut pas violer les règles sacrées de l'hospitalité, mais je vous assure, Mlle Baker, que j'la ferais marcher droit.»

«J'pourrais la mater si j'connaissais pas ma place, Mlle Dew. J'oublie jamais que j'suis pas la maîtresse ici. Il m'arrive, Mlle Dew, de me demander solennellement: "Susan Baker, es-tu un paillasson, oui ou non?" Mais vous savez comme j'ai les mains liées. J'peux pas laisser tomber Mme Docteur et j'dois pas ajouter à ses ennuis en me battant avec Mary Maria Blythe. Je vais m'efforcer de continuer à faire mon devoir. Parce que, chère Mlle Dew, déclara dramatiquement Susan, je donnerais volontiers ma vie pour le docteur ou sa femme. On était une famille si heureuse avant qu'elle arrive ici, Mlle Dew. Mais elle nous rend la vie misérable et comment tout ça va se terminer, j'pourrais pas le dire, n'étant pas une prophétesse, Mlle Dew. Ou plutôt, oui, je peux. On va tous se retrouver dans des asiles de lunatiques. C'est pas juste une chose, Mlle Dew… c'est une foule de choses. On peut endurer un maringouin, Mlle Dew, mais pas des millions ! ! ! »

Rebecca Dew se figura la chose en hochant douloureusement la tête.

« Elle est toujours en train de dire à Mme Docteur comment mener sa maison et quels vêtements porter. Elle arrête pas de me surveiller, et elle prétend avoir jamais vu d'enfants plus querelleurs. Chère Mlle Dew, vous avez vu de vos propres yeux que nos enfants ne se querellent jamais… enfin, presque jamais… »

« Ils sont parmi les enfants les plus admirables que j'aie jamais vus, Mlle Baker. »

« Elle fouine et espionne… »

« Je l'ai personnellement surprise à le faire, Mlle Baker. »

« Y a toujours quelque chose qui l'offense et lui brise le cœur, mais jamais assez pour la faire décamper. Elle se contente de rester là à avoir l'air solitaire et négligée jusqu'à ce que cette pauvre Mme Docteur en perde pratiquement la tête. Rien ne lui convient. Si une fenêtre est ouverte, elle se plaint des courants d'air. Si elles sont fermées, elle dit qu'elle aime un peu d'air frais de temps à autre. Elle peut pas supporter les oignons, même pas l'odeur des oignons. Elle prétend que ça la rend malade. Mme Docteur a donc dit qu'on doit plus en manger. Alors, poursuivit Susan avec grandeur, c'est peut-être ordinaire d'aimer les oignons, Mlle Dew, mais tout le monde se sent coupable d'avoir ce goût, à Ingleside. »

« Je suis moi-même très portée sur les oignons », admit Rebecca Dew.

«Elle supporte pas les chats non plus. Elle dit qu'ils lui donnent la chair de poule. Qu'elle les voie ou non ne fait aucune différence. Le seul fait de savoir qu'il y en a un aux alentours lui suffit. Alors ce pauvre Fripon ose à peine se montrer la face dans la maison. C'est pas que je sois personnellement très attirée par les chats, mais je maintiens qu'ils ont le droit de vivre. Et puis la litanie continue "Susan, je vous prie de ne jamais oublier que je ne peux manger d'œufs", et "Susan, combien de fois dois-je vous répéter que je ne peux manger de rôties froides", ou "Susan, certaines personnes peuvent boire du thé bouilli, mais je ne fais malheureusement pas partie de cette classe privilégiée". Du thé bouilli, Mlle Dew! Comme si j'avais déjà servi du thé bouilli à quelqu'un!»

«Personne ne pourrait jamais vous croire capable d'une telle chose, Mlle Baker.»

«S'il y a une question qu'il ne faut pas poser, elle la pose. Elle est jalouse parce que le docteur raconte des choses à sa femme avant de les lui raconter à elle... et elle essaie toujours de lui tirer les vers du nez au sujet de ses patients. Y a rien qui l'exaspère davantage, Mlle Dew. Vous savez bien qu'un médecin doit savoir tenir sa langue. Et les crises qu'elle pique à propos du feu! "Susan Baker, qu'elle m'a dit, j'espère que vous n'allumez jamais le feu avec de l'huile de charbon. Et que vous ne laissez pas traîner de chiffons huileux, Susan. On sait qu'ils produisent une combustion spontanée en moins d'une heure. Comment aimeriez-vous voir cette maison passer au feu, Susan, en sachant que c'est votre faute?» Ma foi, Mlle Dew, pour ça, j'ai pu me moquer d'elle. C'était le même soir où elle a mis le feu aux rideaux. Ses hurlements résonnent encore à mes oreilles. Et au moment même où le docteur venait de se coucher après avoir passé deux nuits debout! Ce qui me met le plus en furie, Mlle Dew, c'est que la première chose qu'elle fait, c'est d'aller dans mon garde-manger *compter les œufs*. Ça prend toute ma patience pour ne pas lui dire "Tant qu'à faire, comptez donc les cuillers!" Bien entendu, les enfants la détestent. Mme Docteur n'en peut plus de les obliger à faire semblant. Elle a même giflé Nan, une fois que le docteur et Mme étaient partis... giflé... juste parce que Nan l'avait appelée Mme Mathusalem, répétant les paroles de ce polisson de Ken Ford. »

« C'est elle que j'aurais giflée », s'indigna Rebecca Dew.

« J'lui ai dit que si jamais elle refaisait ça, je la giflerais, elle. "À Ingleside, que j'lui ai dit, on peut donner une petite fessée de temps en temps, mais gifler, ça, jamais. Alors mettez ça dans votre pipe." Elle a été offensée et a boudé pendant une semaine mais elle a au moins plus jamais essayé de lever le petit doigt sur un des enfants. Elle adore ça quand les parents les punissent. "Si j'étais ta mère", qu'elle a dit à Jem un soir. "Ho ho ! Vous, vous serez jamais la mère de personne", que lui a répliqué le pauvre petit aussi sec... mais elle l'avait cherché, Mlle Dew, elle l'avait absolument provoqué. Le docteur a envoyé Jem au lit sans souper. Mais d'après vous, Mlle Dew, qui a vu à ce qu'on lui monte à manger plus tard en cachette ? »

« Ah, en effet, *qui* ? » gloussa Rebecca Dew, entrant dans l'esprit de l'histoire.

« Ça vous aurait brisé le cœur, Mlle Dew, d'entendre sa prière. "Mon Dieu, s'il vous plaît, pardonnez-moi d'avoir été impertinent avec tante Mary Maria. Et ô mon Dieu, s'il vous plaît, aidez-moi à être toujours poli avec tante Mary Maria." Ça m'a fait monter les larmes aux yeux. Pauvre petit agneau ! C'est pas que j'sois d'accord avec l'impertinence ou le manque de respect à n'importe quel âge, chère Mlle Dew, mais j'dois admettre que quand Bertie Shakespeare Drew a craché dans sa direction un jour... et que le jet lui est passé à un pouce du nez, Mlle Dew... je l'ai arrêté à la barrière alors qu'il retournait chez lui et je lui ai donné un sac de beignets. J'lui ai évidemment pas dit pourquoi. Ça lui a fait plaisir, Mlle Dew, parce que les beignets poussent pas dans les arbres et que Mme Lait Deux Fois Écrémé en fait jamais. Nan et Di j'dirais jamais ça à personne d'autre que vous, Mlle Dew, le docteur et sa femme s'en sont jamais doutés et ils y mettraient le holà s'ils le savaient – Nan et Di ont appelé tante Mary Maria leur vieille poupée de porcelaine à la tête fendue et chaque fois qu'elle les gronde, elles vont la noyer la poupée, je veux dire – dans le baril d'eau de pluie. Le nombre de joyeuses noyades qu'on a eues ! Mais vous pourrez jamais croire ce qu'elle a fait l'autre soir, Mlle Dew. »

« J'la crois capable de tout, Mlle Baker. »

« Elle a pas avalé une bouchée au souper parce que quelque chose l'avait blessée, mais elle est allée dans le garde-manger avant de se coucher et a *mangé le casse-croûte que j'avais préparé pour le pauvre docteur...* jusqu'à la dernière miette, chère Mlle Dew. J'espère que vous ne me prendrez pas pour une païenne, Mlle Dew, mais j'arrive pas à comprendre pourquoi le Bon Dieu ne se fatigue pas de certaines personnes. »

« Vous ne devez pas vous permettre de perdre votre sens de l'humour, Mlle Baker. »

« Oh ! Je sais très bien qu'un crapaud qu'on tourmente a un aspect comique, Mlle Dew. Mais est-ce que le crapaud s'en rend compte ? Voilà la question. Je suis désolée de vous avoir ennuyée avec tout ça, chère Mlle Dew, mais ça m'a apporté un grand soulagement. J'peux pas parler de ces choses à Mme Docteur, et, dernièrement, j'ai commencé à sentir que si j'm'en libérais pas, j'allais éclater ! »

« Comme je vous comprends, Mlle Baker. »

« Et à présent, Mlle Dew, reprit Susan en se levant vivement, qu'est-ce que vous diriez d'une tasse de thé avant d'aller au lit ? Avec une cuisse de poulet froid, Mlle Dew ? »

« J'ai toujours été d'avis que, tout en n'oubliant jamais les Choses Spirituelles, bien manger est une activité agréable quand on s'y adonne avec modération », répondit Rebecca Dew en retirant du four ses pieds bien rôtis.

12

Gilbert partit deux semaines chasser la bécassine en Nouvelle-Écosse – même Anne ne put le persuader de prendre un mois de vacances – et novembre se referma sur Ingleside. Les collines noires, avec les sapins plus noirs encore qui marchaient dessus, paraissaient sombres dans les nuits qui tombaient à présent de bonne heure, mais Ingleside était comme une gerbe de feux de foyer et de rires, même si les vents qui soufflaient de l'Atlantique chantaient des airs déchirants.

«Pourquoi le vent n'est pas heureux, maman?» demanda Walter, un soir.

«Parce qu'il se souvient de tous les chagrins du monde depuis la nuit des temps», répondit Anne.

«C'est à cause de l'humidité qu'il gémit comme ça, renifla tante Mary Maria, et mon dos me tue.»

À l'occasion, même le vent soufflait joyeusement à travers les érables gris argenté; d'autres jours, il n'y avait pas de vent du tout, seulement le doux soleil de l'été des Indiens, les ombres sereines des arbres nus sur la pelouse et l'immobilité givrée des soleils couchants.

«Regardez cette blanche étoile du soir au-dessus du peuplier dans le coin, s'écria Anne. Chaque fois que je vois une chose comme celle-là, ça me rappelle qu'il faut se réjouir d'être en vie.»

«Tu dis de si drôles de choses, Annie. On a beaucoup d'étoiles à l'Île-du-Prince-Édouard», riposta tante Mary Maria, tout en pensant : «*Des étoiles, vraiment! Comme si personne n'avait jamais vu d'étoiles avant! Annie n'est-elle pas au courant de l'effrayant gaspillage qui se produit tous les jours dans la cuisine? Est-ce qu'elle ne sait pas avec quelle désinvolture Susan jette les œufs et utilise du gros lard là où du petit lard ferait aussi bien l'affaire? Cela lui est peut-être égal? Pauvre Gilbert! Pas étonnant qu'il doive travailler comme un fou!*»

Novembre s'acheva dans les teintes de gris et de brun, mais un matin, la neige avait tissé son vieux sortilège blanc et Jem rugissait de joie en se précipitant en bas pour déjeuner.

«Oh! Maman! Ce sera bientôt Noël et le Père Noël va venir!»

«Tu ne crois sûrement pas encore au Père Noël?» persifla tante Mary Maria.

Anne jeta un regard alarmé à Gilbert, qui dit gravement : «Nous voulons que nos enfants jouissent le plus longtemps possible de leur héritage de contes de fées, ma tante.»

Jem n'avait heureusement pas prêté attention à tante Mary Maria. Lui et Walter avaient trop hâte de sortir dans le nouveau monde merveilleux auquel l'hiver avait apporté son propre charme. Anne avait toujours détesté voir la beauté de la neige vierge profanée par des traces de pas; mais on ne pouvait empêcher cela et il restait encore de la beauté quand, le soir, tout l'ouest était enflammé sur les vallons blancs et les collines violettes, et qu'Anne était assise dans le salon auprès d'un feu de bois d'érable. La lumière du feu, songeait-elle, était si charmante. Elle faisait des choses si espiègles, si inattendues. Des parties de la pièce prenaient vie puis disparaissaient. Des images entraient et sortaient. Des ombres se cachaient puis bondissaient. Dehors, par la grande fenêtre sans ombre, toute la scène se réfléchissait féeriquement sur la pelouse avec tante Mary Maria apparemment assise bien droite – jamais tante Mary Maria ne se permettait de se prélasser – sous le pin écossais.

Gilbert, lui, se prélassait sur le sofa, essayant d'oublier qu'un de ses patients était mort d'une pneumonie ce jour-là. Dans son panier, la petite Rilla tentait de manger ses poings roses, même Fripon, ses pattes blanches repliées sous sa poitrine, osait ronronner sur la carpette devant la cheminée, malgré la désapprobation de tante Mary Maria.

«En parlant de chats, commença tante Mary Maria bien que personne n'eut abordé la question, est-ce que *tous* les chats du Glen nous rendent visite la nuit? Je renonce à comprendre comment quiconque a pu fermer l'œil la nuit dernière dans ce vacarme de chats en chaleur. Bien entendu, comme ma chambre se trouve à l'arrière, je suppose que je suis aux premières loges pour le concert.»

Avant que quelqu'un puisse répondre, Susan entra, disant avoir vu Mᵐᵉ Marshall Elliott au magasin de Carter Flagg et que cette dernière viendrait faire un tour quand elle aurait terminé ses achats. Susan omit d'ajouter que Mᵐᵉ Elliott lui avait demandé anxieusement: «Qu'est-il arrivé à Mᵐᵉ Blythe, Susan? Dimanche dernier, à l'église, je lui ai trouvé l'air si fatiguée et préoccupée. Je ne l'ai jamais vue comme ça avant.»

«Moi, je peux vous dire ce qui arrive à Mᵐᵉ Blythe, avait sinistrement répondu Susan. C'est tante Mary Maria qui la rend malade. Et le docteur paraît n'y voir que du feu, même s'il vénère jusqu'au sol que Mme Blythe foule.»

«Typiquement masculin!» avait commenté Mᵐᵉ Elliott.

«Cela me fait plaisir, dit Anne en se levant vivement pour allumer une lampe. Il y a si longtemps que j'ai vu Mˡˡᵉ Cornelia. À présent, on va être à jour avec les nouvelles.»

«N'est-ce pas!» fit sèchement Gilbert.

«Cette femme est une langue de vipère démoniaque», déclara sévèrement tante Mary Maria.

Pour la première fois de sa vie, peut-être, Susan prit la défense de Mˡˡᵉ Cornelia.

«Ça c'est pas vrai, Mˡˡᵉ Blythe, et jamais Susan Baker acceptera d'entendre une calomnie pareille. Démoniaque, vraiment! Avez-vous déjà entendu parler, Mˡˡᵉ Blythe, des personnes qui voient la paille dans l'œil du voisin quand elles ont une poutre dans le leur?»

«Susan... Susan», implora Anne.

« Je vous demande pardon, chère Mme Docteur. J'admets que j'ai oublié où était ma place. Mais il y a des choses qu'on doit pas tolérer. »

Sur ce, la porte fut claquée comme rarement les portes l'étaient à Ingleside.

« Tu vois, Anne ? remarqua tante Mary Maria. Mais je présume qu'aussi longtemps que tu accepteras de tolérer ce genre de choses chez une servante, personne ne pourra rien faire. »

Gilbert se leva pour aller dans la bibliothèque, là où un homme fatigué pouvait compter avoir un peu de paix. Et tante Mary Maria, qui n'aimait pas Mlle Cornelia, se retira dans sa chambre. Lorsque cette dernière arriva, elle trouva donc Anne toute seule, penchée tristement sur le couffin du bébé. Mlle Cornelia ne commença pas, comme elle en avait l'habitude, par se décharger de son lot de potins. Après s'être débarrassée de son manteau, elle s'assit plutôt auprès d'Anne et lui prit la main.

« Chère petite Anne, qu'est-ce qui se passe ? Je sais qu'il y a quelque chose. Est-ce cette joyeuse vieille Mary Maria qui vous tourmente à mort ? »

Anne s'efforça de sourire.

« Oh ! Mlle Cornelia, je sais que je suis folle d'y accorder tant d'importance, mais ça a été une de ces journées où j'ai l'impression de ne plus pouvoir l'endurer davantage. Elle... elle empoisonne tout simplement notre vie, ici. »

« Pourquoi ne lui dites-vous pas de partir ? »

« Oh ! Nous ne pouvons faire ça, Mlle Cornelia... Du moins, moi, je ne peux le faire et Gilbert ne le fera pas. Il dit qu'il ne pourrait plus se regarder en face s'il mettait un membre de sa famille à la porte. »

« Foutaise ! objecta Mlle Cornelia d'un ton éloquent. Elle est riche à craquer et possède une bonne maison à elle. Comment serait-ce la mettre à la porte que de lui dire qu'elle ferait mieux d'aller y vivre ? »

« Je sais... mais Gilbert... je ne crois pas qu'il se rende compte de tout. Il est si souvent absent... et vraiment... ce ne sont que des bagatelles... j'ai honte... »

« Je sais, ma chérie. Des bagatelles qui prennent une ampleur horrible. Un homme ne pourrait évidemment comprendre ça. J'ai une amie à Charlottetown qui la connaît bien. Elle dit que Mary Maria Blythe n'a jamais eu un ami de sa vie. Elle devrait s'appeler Blight* plutôt que Blythe. Il vous suffit d'avoir un peu de colonne vertébrale pour dire que vous ne supporterez pas cela plus longtemps, ma chérie. »

« Je me sens comme dans un rêve quand on essaie de courir et qu'on ne peut que se traîner les pieds, reprit sombrement Anne. Si ce n'était qu'à l'occasion... mais c'est tous les jours. L'heure des repas est devenue une véritable horreur. Gilbert dit qu'il n'est plus capable de dépecer les rôtis. »

« Cela ne me surprend pas », persifla Mlle Cornelia.

« Il est désormais impossible d'avoir une vraie conversation à la table parce que c'est sûr qu'elle va dire quelque chose de désagréable chaque fois que quelqu'un ouvre la bouche. Elle n'arrête pas de reprendre les enfants sur leurs manières et attire toujours l'attention sur leurs maladresses devant les invités. Nous avions coutume d'avoir de si joyeux repas... et à présent ! Le rire lui déplaît – et vous savez combien nous aimons rire. Quelqu'un trouve toujours quelque chose de drôle... c'est-à-dire trouvait. Elle ne laisse rien passer. Aujourd'hui, elle a dit : "Gilbert, arrête de bouder. Vous êtes-vous disputés, Annie et toi ?" Juste parce que nous étions calmes. Vous savez que Gilbert se sent toujours un peu déprimé lorsqu'il perd un patient qui aurait pu survivre, à son avis. Ensuite, elle nous a sermonnés sur notre sottise et nous a conseillé de ne pas laisser le soleil se coucher sur notre brouille. Oh ! Nous en avons bien ri, après... mais sur le coup ! Elle ne s'entend pas avec Susan. Et nous ne pouvons empêcher Susan de marmonner des apartés qui sont le contraire de la politesse. Elle a plus que marmonné quand tante Mary Maria a déclaré n'avoir jamais vu personne d'aussi menteur que Walter... parce qu'elle l'avait entendu raconter à Di une longue histoire sur un homme qu'il avait rencontré sur la lune.

---

* N.d.T. : *Blight* signifie « cloque », « mildiou ».

Elle voulait lui laver la bouche à l'eau et au savon. Elle et Susan ont eu une bataille mémorable, cette fois-là. Et elle met des idées horribles dans la tête des enfants. Elle a parlé à Nan d'un enfant qui avait été vilain et était mort dans son sommeil, et maintenant, Nan a peur d'aller se coucher. Elle a dit à Di que si elle était toujours sage, ses parents en viendraient à l'aimer autant qu'ils aiment Nan, même si elle avait les cheveux roux. Gilbert a été très en colère quand il a appris cela et il lui a parlé durement. Je ne pouvais m'empêcher d'espérer qu'elle en soit offensée et qu'elle s'en aille... même si je détesterais voir une personne quitter ma maison à la suite d'une offense. Mais elle s'est contentée de laisser ses grands yeux bleus se remplir de larmes et a dit qu'elle n'avait pas voulu faire de mal. Elle avait toujours entendu dire que les jumeaux n'étaient jamais aimés également et avait cru que nous préférions Nan et que cette pauvre Di le sentait ! Elle en pleura toute la nuit tant et si bien que Gilbert eut l'impression d'avoir agi comme une brute... et *s'excusa*. »

« Il a fait ça ! » s'exclama Mlle Cornelia.

« Oh ! Je ne devrais pas parler comme ça, Mlle Cornelia. Quand je fais l'inventaire de mon bonheur, je me sens très mesquine d'accorder de l'importance à ces choses, même si elles enlèvent un peu d'éclat à la vie. Et elle n'est pas toujours haïssable... il lui arrive d'être assez gentille. »

« Vous m'en direz tant », fit Mlle Cornelia d'un ton sarcastique.

« Oui, très gentille, et bonne, aussi. M'ayant entendue mentionner que je désirais un service à thé, elle est allée à Toronto et m'en a fait livrer un... par la poste ! Et, si vous saviez comme il est laid, Mlle Cornelia ! »

Anne éclata d'un rire qui se termina par un sanglot, puis rit de nouveau.

« Mais n'en parlons plus... cela me paraît moins effrayant depuis que j'ai tout lâché le morceau... comme un bébé. Regardez la petite Rilla, Mlle Cornelia. N'a-t-elle pas des cils ravissants quand elle dort ? Maintenant, payons-nous une bonne séance de commérages. »

Anne était redevenue elle-même après le départ de Mlle Cornelia. Elle resta pourtant assise quelque temps, songeuse, auprès du feu. Elle n'avait pas tout dit à Mlle Cornelia. Et elle n'en avait jamais soufflé mot à Gilbert. Il y avait tant de petits détails... «Si petits que je ne peux m'en plaindre, songeait-elle. Et pourtant, ce sont les petites choses qui rongent la vie... comme des mites... et la détruisent»: tante Mary Maria avec son habitude d'agir comme si elle était l'hôtesse; tante Mary Maria invitant des gens sans nous en parler... *«Elle me fait sentir comme si j'étais une étrangère dans ma propre maison»*; tante Mary Maria qui déplaçait les meubles quand Anne était absente. – «J'espère que cela ne te dérange pas, Annie; j'ai pensé que cette table était beaucoup plus utile ici que dans la bibliothèque»; tante Mary Maria et son insatiable et puérile curiosité, les questions qu'elle pose à brûle-pourpoint sur des sujets intimes, *«entrant toujours dans ma chambre sans frapper... toujours en train de sentir de la fumée... elle arrange les coussins que j'ai froissés... insinue que je commère trop avec Susan... reprend les enfants... Nous devons être toujours sur leur dos pour leur apprendre à se conduire, mais bien sûr, nous n'y arrivons jamais.»*

«Affreuse vieille tante Mawia», avait distinctement prononcé Shirley, une journée épouvantable. Gilbert allait donner une fessée quand Susan, avec une majesté outragée, s'était interposée et l'avait empêché de le faire.

«Nous sommes des lâches, pensa Anne. Cette maisonnée s'est mise à tourner autour de la question: "Est-ce que tante Mary Maria va aimer ça?" Nous refusons d'y faire face, pourtant c'est la vérité. Nous faisons tout pour ne pas la voir s'éloigner noblement, en larmes. Ça ne peut tout simplement plus continuer.»

Anne se souvint alors de ce que Mlle Cornelia lui avait dit: tante Mary Maria n'avait jamais eu d'amis! Comme c'était terrible! Jouissant elle-même d'une telle richesse d'amitié, Anne éprouva soudain un élan de compassion envers cette femme qui n'avait jamais eu un seul ami, qui n'avait devant elle qu'une vieillesse solitaire, agitée, personne ne cherchant auprès d'elle un refuge ou un réconfort, de l'aide et de l'espoir, de la chaleur et de l'amour. Il fallait que la famille se montre patiente avec elle. Ces ennuis étaient bien superficiels, après tout. Ils ne devaient pas empoisonner les sources profondes de la vie.

« Tout cela n'a été qu'un terrible spasme d'apitoiement sur moi-même », dit Anne en sortant Rilla de son couffin et en frottant la petite joue ronde et satinée contre la sienne. « C'est fini, maintenant, j'en ai honte mais ça me fait du bien. »

13

« On dirait qu'on n'a plus les mêmes hivers qu'autrefois, maman », remarqua mélancoliquement Walter.

En effet, la neige de novembre avait depuis longtemps disparu et, tout le mois de décembre, Glen St. Mary avait été un paysage noir et sombre, entouré d'un golfe gris parsemé de crêtes d'écume blanche frisée. Il n'y avait eu que quelques jours de soleil, et le port étincelait alors dans les bras dorés des collines ; le reste du temps avait été amer et dur. Les gens d'Ingleside avaient vainement espéré de la neige pour Noël ; les préparatifs allèrent toutefois bon train et, à mesure que se rapprochait la dernière semaine, Ingleside devint un lieu rempli de mystère, de secrets, de chuchotements et d'arômes délicieux. À présent, la veille même de Noël, tout était prêt. Le sapin que Jem et Walter avaient rapporté du Creux était dans un coin du salon, de grosses couronnes vertes ornées de rubans rouges étaient suspendues aux portes et aux fenêtres. Des branches d'épinette s'entortillaient autour des rampes d'escaliers et le garde-manger de Susan était plein à craquer. Puis, à la fin de l'après-midi, alors que tout le monde s'était résigné à passer un triste Noël « vert », quelqu'un regarda par le fenêtre et vit tomber des flocons blancs gros comme des plumes.

« De la neige ! De la neige ! jubila Jem. Nous allons avoir un Noël blanc, finalement, maman ! »

Les enfants d'Ingleside se couchèrent heureux. C'était si agréable de se blottir confortablement au chaud et d'écouter la tempête hurler à l'extérieur dans la nuit grise et neigeuse.

Anne et Susan se mirent à décorer l'arbre de Noël, «se comportant comme si elles étaient elles-mêmes deux enfants», pensa tante Mary Maria avec mépris. Elle n'approuvait pas qu'on mette des bougies dans l'arbre... «la maison risque de prendre feu». Elle n'approuvait pas les boules colorées... «les jumelles risquent de les manger». Mais personne ne lui accorda d'attention. On avait appris que c'était à cette seule condition que la vie avec tante Mary Maria devenait vivable.

«Terminé! s'écria Anne en attachant la grande étoile argentée à la cime du fier petit sapin. Et oh! Susan, n'est-ce pas qu'il est joli? N'est-ce pas fantastique de pouvoir redevenir des enfants à Noël sans en avoir honte? Je suis si heureuse que nous ayons de la neige... mais j'espère que la tempête ne va pas durer toute la nuit.»

«Il va neiger toute la journée demain, répliqua tante Mary Maria avec son optimisme habituel. Mon pauvre dos me le dit.»

Anne traversa le couloir, ouvrit la grande porte d'entrée et jeta un coup d'œil dehors. Le monde se perdait dans une grande passion de neige. Les carreaux étaient gris de neige poussée en rafale. Le pin écossais était devenu un énorme fantôme.

«Ça n'a pas l'air très prometteur», admit Anne à regret.

«Dieu est encore le maître du temps, chère Mme Docteur, et non Mary Maria Blythe», persifla Susan par-dessus son épaule.

«J'espère au moins que Gilbert ne sera pas appelé auprès d'un malade, cette nuit», dit Arme en rentrant. Susan jeta un dernier regard dans le noir avant d'enfermer dehors la nuit de tempête.

«T'es ben mieux de pas avoir de bébé cette nuit», lança-t-elle sombrement en direction du Glen En-Haut où Mme George Drew attendait son quatrième.

Malgré le dos de tante Mary Maria, la tempête cessa d'elle-même durant la nuit, et le matin remplit du vin rouge du soleil levant la coupe secrète de neige formée par les collines. Tous les enfants furent debout de bonne heure, l'air radieux et pleins d'espoir.

« Est-ce que le Père Noël a pu traverser la tempête, maman ? »

« Non. Il était malade et n'a pas osé essayer », répondit tante Mary Maria qui était de bonne humeur – selon elle et avait envie de badiner.

« Le Père Noël s'est très bien rendu, interrompit Susan avant que leurs yeux n'aient le temps de s'assombrir, et après votre déjeuner, vous irez voir ce qu'il a laissé au pied de votre arbre. »

Papa disparut mystérieusement après le déjeuner, mais son absence ne se fit pas sentir, tout le monde étant absorbé par le sapin, le sapin vivant, couvert de bulles d'or et d'argent et de bougies allumées dans la pièce encore sombre, entouré de colis multicolores attachés avec les plus ravissants rubans. Le Père Noël fit ensuite son apparition, un Père Noël magnifique, vêtu de rouge et de fourrure blanche, avec une longue barbe blanche et un si sympathique gros bedon – Susan avait mis trois coussins dans la casaque de velours qu'Anne avait cousue pour Gilbert. Shirley commença par hurler de terreur, mais refusa pourtant de quitter la pièce. Le Père Noël distribua tous les cadeaux en faisant à chacun un drôle de petit boniment d'une voix qui semblait étrangement familière même à travers le masque ; puis, juste à la fin, sa barbe fut enflammée par une chandelle et tante Mary Maria tira de l'incident une légère satisfaction, insuffisante néanmoins pour l'empêcher de soupirer douloureusement.

« Ah ! Seigneur ! Noël n'est plus ce qu'il était dans mon enfance. » Elle considéra d'un air désapprobateur le présent que Petite Elizabeth avait envoyé à Anne de Paris : une ravissante statuette de bronze représentant Artemis à l'Arc d'argent.

« Quel est cet objet de mauvais goût ? » s'enquit-elle sévèrement.

« La déesse Diane », répondit Anne, échangeant un sourire avec Gilbert.

« Oh ! Une païenne ! Mon Dieu, c'est différent, je suppose. Mais si j'étais toi, Annie, je ne la laisserais pas là où les enfants peuvent la voir. Il m'arrive de penser que la modestie n'existe

plus, ici-bas. Ma grand-mère, conclut tante Mary Maria avec
la réjouissante inconséquence qui caractérisait tant de ses
remarques, n'a jamais porté moins de trois jupons, été comme
hiver.»

Tante Mary Maria avait tricoté un chandail pour Anne
ainsi que des mitaines pour tous les enfants, avec une laine
d'une épouvantable teinte magenta; Gilbert reçut une triste
cravate et Susan, un jupon de flanelle rouge. Même Susan
considérait que les jupons de flanelle rouge étaient passés de
mode, mais elle remercia aimablement tante Mary Maria.

«On dirait un cadeau envoyé par un pauvre missionnaire,
songea-t-elle. Trois jupons, vraiment! Je me flatte d'être moi-
même une femme décente, et j'aime cette personne à l'arc
d'argent. Elle porte peut-être pas beaucoup de vêtements, mais
si j'avais une silhouette comme la sienne, j'sais pas si j'voudrais
la cacher. À présent, allons voir la farce de la dinde... quoique
j'attende pas grand-chose d'une farce sans oignons.»

Ingleside débordait de bonheur ce jour-là, un simple
bonheur à l'ancienne, en dépit de tante Mary Maria qui
n'appréciait certes pas de voir les gens trop heureux.

«Seulement de la viande blanche, s'il vous plaît. James,
mange ta soupe calmement. Ah! Tu ne dépèces pas comme
ton père. *Lui*, il pouvait donner à chacun le morceau qu'il
préférait. Les jumelles, les adultes aimeraient avoir la chance de
placer un mot de temps à autre. J'ai été élevée selon le principe
que les enfants étaient faits pour être vus, et non entendus.
Non, merci, Gilbert, pas de salade pour moi. Je ne mange pas
de crudités. Oui, Annie, je prendrai un peu de pouding. Les
tartes au *mincemeat* sont vraiment trop indigestes.»

«Les tartes au *mincemeat* de Susan sont des poèmes, tout
comme ses tartes aux pommes sont des chansons, affirma le
docteur. Donne-moi une pointe de chacune, petite Anne.»

«Aimes-tu vraiment être appelée "petite" à ton âge,
Annie? Walter, tu n'as pas mangé tout ton pain beurré. Une
foule d'enfants pauvres seraient heureux de l'avoir. Mon cher
James, mouche-toi une fois pour toutes, je ne peux supporter
d'entendre renifler.»

Mais ce fut un Noël gai et charmant. Même tante Mary Maria, un peu dégelée après le dîner, déclara presque gracieusement que les cadeaux qu'elle avait reçus étaient beaux, et endura même Fripon avec un air de martyre patient qui les faisait tous se sentir un peu coupables d'aimer ce petit chat.

« Je crois que nos petits se sont bien amusés », conclut joyeusement Anne ce soir-là en contemplant le motif d'arbres tissé contre les collines blanches sous un ciel enflammé, et les enfants occupés à éparpiller des miettes pour les oiseaux sur la pelouse couverte de neige. Le vent soupirait doucement dans les buissons, envoyant des rafales sur la pelouse et promettant une autre tempête pour le lendemain, mais ce fut une journée mémorable à Ingleside.

« Sans doute, approuva tante Mary Maria. Ce dont je suis sûre, en tout cas, c'est qu'ils ont crié fort. Et quant à ce qu'ils ont mangé... ah ! bien, on n'est jeune qu'une fois, et j'imagine que vous avez toute l'huile de ricín nécessaire à la maison. »

14

Ce fut ce que Susan appela un hiver «marbré»... tout en gels et dégels qui gardèrent Ingleside orné de fantastiques guirlandes de glaçons. Les enfants nourrirent sept geais bleus qui venaient régulièrement dans le verger recevoir leurs rations. Jem pouvait les prendre dans ses mains, mais ils s'envolaient loin de tous les autres. Les soirs de janvier et février, Anne s'asseyait pour parcourir des catalogues de semences. Puis, les vents de mars roulèrent sur les dunes et vers le port, par-dessus les monts. Les lapins, disait Susan, étaient en train de pondre les œufs de Pâques.

« Tu ne trouves pas que mars est un mois *incitant*, maman ?» s'écria Jem, qui était le petit frère de tous les vents qui soufflaient.

On se serait bien passé de l'«incitation» quand Jem s'était éraflé la main avec un clou rouillé et avait eu très mal pendant quelques jours, tandis que tante Mary Maria racontait toutes les histoires d'empoisonnement de sang qu'elle avait déjà entendues.

Une fois le danger passé, Anne se dit pourtant qu'on ne pouvait s'attendre à autre chose avec un garçonnet toujours en train de tenter des expériences.

Puis, regardez, c'était avril ! Avec le rire de la pluie d'avril... le chuchotement de la pluie d'avril... la pluie d'avril qui goutte, balaie, mène, fouette, et éclabousse. «Oh! Maman, on dirait que le monde s'est bien lavé le visage », s'était écriée Di, le matin où le soleil était revenu.

Il y avait de pâles étoiles printanières brillant dans les champs embrumés, des chatons dans les marais. Même les petites branches avaient d'un seul coup perdu leur aspect sec et froid pour devenir douces et langoureuses. L'arrivée de la première hirondelle fut tout un événement; le Creux était de nouveau un lieu plein de délices et de liberté; Jem apporta à sa mère les premières fleurs de mai – offense suprême pour tante Mary Maria qui croyait qu'elles lui revenaient de droit; Susan commença à trier les étagères du grenier, et Anne, qui avait à peine eu une minute à elle pendant l'hiver, revêtit la joie du printemps comme un habit précieux et vécut littéralement dans son jardin, tandis que Fripon manifestait son contentement en se roulant partout dans les sentiers.

« Tu accordes plus d'importance à ce jardin qu'à ton mari, Annie », remarqua tante Mary Maria.

« Mon jardin est si bon pour moi », répondit rêveusement Anne, puis elle éclata de rire en se rendant compte des conclusions qu'on pourrait tirer de ses paroles.

« Tu dis les choses les plus extraordinaires, Annie. Je sais évidemment que tu ne veux pas dire que Gilbert n'est pas bon… mais si un étranger t'avait entendue ? »

« Chère tante Mary Maria, reprit gaiement Anne, je ne suis pas vraiment responsable de mes paroles à cette période de l'année. Tout le monde ici le sait. Je suis toujours un peu fofolle, au printemps. Mais c'est une si divine folie. Avez-vous remarqué ces brumes au-dessus des dunes qui font penser à des sorcières en train de danser ? Et les jonquilles ? Nous n'avons jamais eu autant de jonquilles à Ingleside ! »

« Je ne suis pas très attirée par les jonquilles. Ce sont des choses si communes », trancha tante Mary Maria, qui serra son châle autour de ses épaules et rentra à l'intérieur pour protéger son dos.

« Savez-vous, chère Mme Docteur, dit Susan d'un air qui n'augurait rien de bon, ce qui est arrivé aux nouveaux iris que vous vouliez planter dans ce coin ombreux ? *Elle* les a plantés cet après-midi pendant votre absence, et dans la partie la plus ensoleillée de la cour. »

«Oh! Susan! Et nous ne pouvons les transplanter! Cela lui ferait tant de peine!»

«Vous n'avez qu'un mot à me dire, chère Mme Docteur...»

«Non, non, Susan, nous allons les laisser là pour l'instant. Elle a pleuré, vous vous rappelez, quand j'ai insinué qu'elle n'aurait pas dû tailler la spirée *avant* la floraison.»

«Mais lever le nez sur nos jonquilles, chère Mme Docteur... quand elles sont célèbres dans tout le port...»

«Et elles le méritent bien. Regardez-les se moquer de vous qui prenez à cœur les propos de tante Mary Maria. Susan, les capucines poussent finalement dans ce coin. C'est un tel plaisir, quand on a abandonné presque tout espoir, de voir que l'attente est récompensée. Je vais faire une petite roseraie dans le coin sud-ouest. Le nom même de roseraie me donne des frissons. Avez-vous déjà vu un ciel d'un bleu plus intense, Susan? Et si vous écoutez très attentivement, vous pouvez entendre commérer tous les petits ruisseaux de la campagne. J'ai presque envie de dormir dans le Creux, cette nuit, sur un coussin de violettes sauvages.»

«Vous trouveriez ça très humide», répondit patiemment Susan. Mme Docteur était toujours comme ça au printemps. Ça lui passerait.

«Susan, reprit Anne d'une voix persuasive, je veux organiser une fête d'anniversaire la semaine prochaine.»

«Mon Dieu, et pourquoi pas? demanda Susan. C'est certain que personne d'la famille a son anniversaire la dernière semaine de mars, mais si Mme Docteur a envie d'une fête, pourquoi pas?»

«C'est pour tante Mary Maria, poursuivit tout naturellement Anne, espérant éviter la réaction de Susan. Son anniversaire tombe la semaine prochaine. Gilbert dit qu'elle aura cinquante-cinq ans et j'ai pensé...»

«Chère Mme Docteur, vous voulez pas vraiment organiser une fête pour cette...»

«Chut, Susan, comptez jusqu'à cent... Cela lui ferait tant plaisir. Qu'est-ce qu'elle a, dans la vie?»

«C'est sa propre faute...»

«Peut-être. Mais, Susan, je veux vraiment faire cela pour elle.»

«Chère Mme Docteur, dit sombrement Susan, vous avez toujours été assez bonne pour me donner une semaine de vacances chaque fois que j'en sentais le besoin. Je ferais peut-être aussi bien de la prendre la semaine prochaine! J'vais demander à ma nièce Gladys de venir vous aider. Alors, quant à moi, Mlle Mary Maria Blythe pourra avoir une douzaine de fêtes d'anniversaire.»

«Si vous prenez la chose comme ça, Susan, j'y renoncerai, bien entendu.»

«Chère Mme Docteur, cette femme s'est imposée à vous et elle a l'intention de s'incruster ici. Elle vous a dérangée, a mené le docteur par le bout du nez, a rendu la vie des enfants misérable. Je ne parle pas de moi, parce que qui suis-je, en effet? Elle a réprimandé et chialé, et insinué et hurlé... et voilà que vous voulez la fêter! Bon, tout ce que je peux dire, c'est si c'est c'que vous avez en tête, allons-y!»

«Susan, vous êtes un amour!»

On se mit donc à comploter et à planifier. Susan était déterminée à ce que, pour l'honneur d'Ingleside, la fête soit une chose à laquelle même Mary Maria Blythe ne pourrait trouver à redire.

«Je pense que ce sera pour le déjeuner, Susan. Ainsi, les gens seront partis assez tôt pour que je puisse accompagner le docteur au concert de Lowbridge. Nous garderons le secret et cela lui fera une surprise. Elle ne doit rien savoir avant la dernière minute. Je vais inviter les gens qu'elle aime au Glen...»

«Et qui peuvent-ils bien être, chère Mme Docteur?»

«Les gens qu'elle tolère, disons, et sa cousine Adella Carey de Lowbridge, et quelques personnes de la ville. Nous aurons un beau gros gâteau d'anniversaire avec cinquante-cinq bougies.»

«Et c'est moi qui vais devoir le faire, bien entendu...»

«Susan, vous savez bien que vous faites le meilleur gâteau aux fruits de toute l'Île-du-Prince-Édouard...»

« C'que je sais, c'est que j'suis comme de la pâte à modeler entre vos mains, chère Mme Docteur. »

Suivit une semaine de mystère. L'air d'Ingleside fut peuplé de chuchotements. Chacun avait promis de ne pas révéler le secret à tante Mary Maria. Mais Anne et Susan avaient compté sans les potins.

La veille de la fête, tante Mary Maria qui rentrait d'une visite au Glen, les trouva assises, l'air exténuées, dans le solarium.

« Vous restez dans le noir, Annie ? Cela me dépasse que des gens aiment s'asseoir dans le noir. Cela me donne le cafard. »

« Il ne fait pas noir... C'est le crépuscule... la lumière et la pénombre avaient rendez-vous et cela a donné ce résultat extraordinaire », répondit Anne, se parlant davantage à elle-même qu'à n'importe qui d'autre.

« Je présume que vous vous comprenez, Annie... Comme ça, vous organisez une fête, demain ? »

Anne se redressa brusquement. Susan, déjà dressée, ne put le faire davantage.

« Mon Dieu... eh bien... ma tante... »

« Vous vous arrangez toujours pour que j'apprenne tes choses des étrangers », reprit tante Mary Maria, paraissant plus peinée que fâchée.

« Nous... nous voulions que cela soit une surprise, ma tante... »

« J'ignore ce que vous entendez célébrer à cette période de l'année quand on ne peut se fier au temps, Annie. »

Anne poussa un soupir de soulagement. Il était évident que tante Mary Maria savait seulement qu'il y aurait une fête, sans se douter que cela avait un rapport avec elle.

« Je... je voulais le faire avant que les fleurs de printemps soient fanées, ma tante. »

« Je vais porter ma robe de taffetas grenat. Je suppose, Annie, que si je n'avais pas entendu parler de la chose au village, tous vos merveilleux amis m'auraient surprise demain en robe de coton. »

« Oh ! non, ma tante. Nous avions l'intention de vous avertir à temps pour que vous puissiez vous changer, bien entendu... »

« Ma foi, si mon avis a quelque importance à vos yeux, Annie – et je suis parfois presque obligée de penser le contraire – je dirais qu'à l'avenir, vous feriez mieux de vous montrer moins cachottière. À propos, saviez-vous qu'on raconte au village que c'est Jem qui a lancé une pierre dans la fenêtre de l'église méthodiste ? »

« Il ne l'a pas fait, répondit sereinement Anne. Il m'a dit qu'il ne l'a pas fait. »

« Êtes-vous sûre, chère Annie, qu'il ne ment pas ? »

« Chère Annie » resta calme.

« Tout à fait sûre, tante Mary Maria. Jem n'a jamais dit un mensonge de sa vie. »

« Mon Dieu, j'ai pensé que vous deviez être mise au courant de ce qu'on racontait. »

Tante Mary Maria quitta la pièce avec sa grâce habituelle, évitant avec ostentation le chat qui, couché sur le dos, essayait d'inciter quelqu'un à lui chatouiller le bedon.

Susan et Anne poussèrent un long soupir.

« Je crois que je vais aller me coucher, Susan. J'espère seulement qu'il va faire beau, demain. Je n'aime pas l'aspect de ce nuage noir au-dessus du port. »

Susan la rassura.

« Il va faire beau, chère Mme Docteur. C'est écrit dans l'almanach. »

Susan possédait un almanach qui prédisait le temps pour toute l'année et qui avait assez souvent raison pour qu'on lui fasse confiance.

« Laissez la porte de côté déverrouillée pour le docteur, Susan. Il rentrera peut-être tard de la ville. Il est allé chercher les roses, cinquante-cinq roses jaunes, Susan. J'ai entendu tante Mary Maria dire que les roses jaunes étaient les seules fleurs qu'elle aimait. »

Une demi-heure plus tard, Susan, lisant son chapitre du soir dans la Bible, tomba sur le verset « Retire ton pied de la

maison du voisin de peur qu'il se lasse de toi et te haïsse.»
Elle marqua la page avec une brindille d'armoise aurone.
«Eh bien, même à cette époque...», songea-t-elle.

Anne et Susan se levèrent tôt afin de terminer certains
préparatifs de dernière minute avant que tante Mary Maria ne
soit dans les parages. Anne aimait toujours se lever de bonne
heure pour profiter de cette demi-heure mystique précédant le
lever du soleil, quand le monde appartient aux fées et aux
dieux antiques. Elle aimait voir le ciel du matin rose doré
derrière le clocher de l'église, la fine lueur translucide de
l'aurore se répandre au-dessus des dunes, les premières spirales
de fumée mauve flotter sur les toits du village.

«C'est comme si nous avions une journée faite sur mesure,
chère Mme Docteur, déclara Susan en décorant un gâteau glacé
à l'orange avec de la noix de coco. Après le déjeuner, j'vais
m'essayer à cette nouvelle recette de sablés et téléphoner à
Carter Flagg pour m'assurer qu'il oubliera pas la crème glacée. Et
il me restera du temps pour frotter les marches de la véranda.»

«Est-ce vraiment nécessaire, Susan?»

«Chère Mme Docteur, vous avez bien invité Mme Marshall
Elliott, n'est-ce pas? Il est hors de question qu'*elle* voit *notre*
escalier autrement qu'impeccable. Mais vous allez vous occuper
des décorations, chère Mme Docteur? J'ai pas le don d'arranger les fleurs.»

«Quatre gâteaux! Seigneur!» s'exclama Jem.

«Quand nous faisons une fête, dit Susan avec grandeur,
nous *faisons* une fête.»

Les invités se présentèrent à l'heure prévue et furent
accueillis par une tante Mary Maria en taffetas grenat et une
Anne en voile de coton biscuit. Elle avait pensé porter sa
robe de mousseline blanche, la journée étant chaude comme
en été, mais avait changé d'idée.

«Très sensé de ta part, Anne, avait commenté tante Mary
Maria. Le blanc, comme je le dis toujours, doit être réservé
aux jeunes.»

Tout se passa comme prévu. La table était ravissante avec
la plus jolie vaisselle d'Anne et la beauté exotique des iris

blancs et pourpres. Les sablés de Susan firent sensation, rien de comparable n'ayant jamais été goûté au Glen auparavant ; son potage était la quintessence des potages ; la salade de poulet avait été faite à partir de poulets d'Ingleside « qui sont de vrais poulets » ; après avoir été bien harcelé, Carter Flagg avait envoyé la crème glacée juste à temps. Pour finir, Susan, portant le gâteau d'anniversaire avec ses cinquante-cinq bougies allumées comme s'il s'agissait de la tête de Saint-Jean Baptiste sur un plateau, entra dans la pièce et le posa devant tante Mary Maria.

Apparemment souriante, Anne se sentait mal à l'aise depuis quelque temps. Malgré toute sa sérénité extérieure, elle était de plus en plus convaincue que quelque chose clochait horriblement. Elle avait été trop occupée quand les invités étaient arrivés pour remarquer le changement qui s'était produit sur le visage de tante Mary Maria lorsque Mme Marshall Elliott lui avait cordialement souhaité de nombreuses autres années de bonheur. Mais quand tout le monde fut finalement installé autour de la table, Anne s'aperçut que tante Mary Maria n'avait pas l'air du tout ravie. Elle était réellement livide – est-ce que cela pouvait être de la *fureur* ? – et ne prononça pas une parole de tout le repas, à l'exception de sèches réponses aux remarques qui lui furent adressées. Elle ne prit que deux cuillerées de soupe et trois bouchées de salade ; quant à la crème glacée, elle l'ignora complètement.

Quand Susan déposa le gâteau d'anniversaire, avec ses bougies clignotantes, devant elle, elle fit entendre un épouvantable bruit de gorge qui, ne réussissant pas tout à fait à ravaler un sanglot, résulta en une quinte étranglée.

« Vous ne vous sentez pas bien, ma tante ? » s'écria Anne.

Tante Mary Maria la dévisagea d'un air glacial.

« *Tout à fait* bien, Annie. Remarquablement bien, en fait, pour une *personne aussi âgée* que moi. »

Les jumelles surgirent à cet instant propice, portant entre elles le panier de cinquante-cinq roses jaunes et, au milieu d'un silence soudain glacé, l'offrirent à tante Mary Maria en récitant le boniment de félicitations et de bons vœux. Les convives exprimèrent leur admiration en chœur, mais tante Mary Maria resta muette.

«Les... les jumelles vont souffler les bougies pour vous, ma tante, murmura nerveusement Anne, puis... allez-vous couper le gâteau?»

«N'étant pas... encore... complètement sénile, Annie, je peux souffler les bougies moi-même.»

Et tante Mary Maria les souffla, laborieusement et délibérément. C'est avec autant de délibération et de soin qu'elle trancha le gâteau. Elle posa ensuite le couteau.

«Et je peux sans doute être excusée, Annie. *Une femme aussi vieille* que moi a besoin de repos après toute cette excitation.»

Froufrou, fit la jupe de taffetas de tante Mary Maria. Patatras, fit le panier de roses quand elle le renversa au passage. Clic, firent les talons hauts de tante Mary Maria dans l'escalier. Bang, fit au loin la porte de la chambre de tante Mary Maria.

Les invités ahuris mangèrent leur morceau de gâteau avec un appétit quelque peu réduit, dans un silence contraint, uniquement rompu par l'histoire que, en désespoir de cause, Mme Amos Martin racontait à propos d'un médecin de Nouvelle-Écosse ayant empoisonné plusieurs de ses patients en leur injectant des germes de diphtérie. Les autres, sentant que ce n'était peut-être pas du meilleur goût, ne la secondèrent pas dans son louable effort pour «animer la fête» et s'esquivèrent aussitôt que la décence le leur permit.

Ce fut une Anne décontenancée qui se précipita dans la chambre de tante Mary Maria.

«Qu'est-ce qui se passe, ma tante?»

«Était-ce nécessaire de publier mon âge, Annie? Et d'inviter Adella Carey ici... lui apprendre l'âge que j'ai... quand cela fait des années qu'elle meurt d'envie de le savoir!»

«Ma tante, nous voulions... nous voulions...»

«J'ignore quel était ton but, Annie. Je sais pertinemment qu'il y a quelque chose derrière tout cela... oh! je peux lire dans tes pensées, Annie, mais je ne tenterai pas de te faire avouer, je te laisserai régler cela avec ta conscience.»

« Tante Mary Maria, ma seule intention était de vous faire une belle fête d'anniversaire. Je suis terriblement désolée. »

Tante Mary Maria porta son mouchoir à ses yeux et sourit courageusement.

« Bien entendu, je te pardonne, Annie. Mais tu dois comprendre qu'après une telle humiliation, il ne m'est plus possible de rester ici. »

« Ma tante, vous ne croyez pas... »

Tante Mary Maria leva une longue main maigre et noueuse.

« N'en discutons plus, Annie. Je veux la paix, seulement la paix. "Un cœur blessé ne peut plus rien supporter." »

Anne accompagna Gilbert au concert ce soir-là, mais on ne peut pas dire qu'elle en retira un grand plaisir. Gilbert prit la chose « tout à fait comme un homme », ainsi que l'aurait dit Mlle Cornelia.

« Je me rappelle qu'elle a toujours été un peu susceptible par rapport à son âge. Papa avait coutume de la taquiner. J'aurais dû t'avertir... mais cela m'était sorti de l'esprit. Si elle s'en va, n'essaie pas de la retenir », dit-il, alors que son esprit de famille seul l'empêcha d'ajouter « et bon débarras ».

« Elle partira pas. On n'aura pas cette chance, chère Mme Docteur », dit Susan, incrédule.

Mais pour une fois, Susan se trompait. Tante Mary Maria partit le lendemain même, accordant son pardon à tout le monde.

« Ne blâme pas Annie, Gilbert, recommanda-t-elle, magnanime. Je l'acquitte de m'avoir insultée intentionnellement. Je ne lui en ai jamais voulu de me cacher des choses... quoiqu'un esprit sensible comme le mien... mais malgré tout, j'ai toujours aimé la pauvre Annie », ceci dit avec l'air d'avouer une faiblesse. « Mais Susan Baker est d'une autre trempe. La dernière chose que je puisse te dire, Gilbert, c'est de remettre Susan Baker à sa place, et de t'arranger pour qu'elle y reste. »

Au début, personne n'arriva à croire à cette chance. Puis peu à peu, tout le monde se rendit compte que tante Mary Maria était vraiment partie, qu'il était de nouveau possible de rire sans faire de peine à quelqu'un, d'ouvrir toutes les fenêtres sans que quelqu'un se plaigne des courants d'air, de manger un repas sans que quelqu'un vous dise qu'un plat qui vous plaisait particulièrement pouvait provoquer le cancer de l'estomac.

« Jamais je n'ai vu d'aussi bon cœur partir un invité, songea Anne, se sentant un peu coupable. C'est bon de redevenir soi-même. »

Fripon fit méticuleusement sa toilette, sentant que, tout compte fait, il y avait un certain plaisir à être un chat. La première pivoine s'ouvrit dans le jardin.

« Le monde est rempli de poésie, n'est-ce pas, maman ? » demanda Walter.

« On va avoir un vrai beau mois de juin, prédit Susan. C'est écrit dans l'almanach. Il y aura quelques mariages et très probablement au moins deux enterrements. Est-ce que ça ne paraît pas étrange de pouvoir respirer librement de nouveau ? Quand je pense que j'ai tout fait pour vous empêcher de donner cette fête, chère Mme Docteur. Je me rends compte qu'il existe une Providence au-dessus de nous. Et vous pensez pas, chère Mme Docteur, que le docteur apprécierait des oignons avec son bifteck, aujourd'hui ? »

15

« J'ai senti que je devais venir, dit Mlle Cornelia, pour vous expliquer mon coup de téléphone. C'était une erreur. Je suis tellement désolée. Cousine Sarah n'est pas morte, en fin de compte. »

Anne, camouflant un sourire, offrit à Mlle Cornelia un fauteuil sur la véranda et Susan, levant les yeux du col de dentelle qu'elle crochetait au point d'Irlande pour sa nièce Gladys, prononça un « Bonsoir, Mme Marshall Elliott » scrupuleusement poli.

« À l'hôpital, ce matin, le bruit a couru que cousine Sarah avait succombé durant la nuit et j'ai cru bon de vous en informer vu qu'elle était une patiente du docteur. Mais il s'agissait d'une autre Sarah Chase et cousine Sarah est vivante et va probablement le rester, je suis heureuse de le dire. Il fait réellement bon et frais ici, Anne... Je dis toujours que s'il doit y avoir une brise quelque part, c'est à Ingleside. »

« Susan et moi profitions de cette soirée sous les étoiles », répondit Anne en déposant la blouse de mousseline rose qu'elle était en train de coudre pour Nan et en croisant les mains sur ses genoux. Elle n'était pas fâchée d'avoir une excuse pour ne rien faire pendant un petit moment. Ni elle ni Susan n'avaient beaucoup de moments d'oisiveté, ces jours-ci.

C'était l'heure charmante précédant le lever de la lune. Les lis tigrés flamboyaient le long de l'allée et des bouffées de chèvrefeuille allaient et venaient sur les ailes d'un vent rêveur.

« Regardez cette vague de pavots se brisant contre le muret du jardin, Mlle Cornelia. Susan et moi, nous sommes très fières de nos coquelicots cette année même si nous n'avons rien à y voir. Au printemps, Walter a accidentellement renversé un paquet de graines et voilà le résultat. Nous avons chaque année de merveilleuses surprises comme celle-là. »

« J'ai un faible pour les coquelicots, dit Mlle Cornelia, même s'ils ne durent pas longtemps. »

« Ils ne vivent qu'une journée, admit Anne, mais avec quel panache ! N'est-ce pas mieux que d'être une horrible zinnia toute raide pratiquement éternelle ? Nous n'avons pas de zinnias à Ingleside. C'est la seule fleur pour laquelle nous n'éprouvons pas d'amitié. Susan ne leur adresse même pas la parole. »

« Quelqu'un est en train de se faire assassiner dans le Creux ? » demanda Mlle Cornelia. En effet, les sons qui provenaient de là semblaient indiquer qu'on brûlait quel qu'un sur un bûcher. Mais Anne et Susan y étaient trop habituées pour en être dérangées.

« Persis et Kenneth ont passé la journée ici et ils ont fini ça par un banquet dans le Creux. Pour ce qui est de Mme Chase, comme Gilbert est allé en ville ce matin, il apprendra la vérité à son sujet. Je suis bien contente pour tout le monde qu'elle récupère si bien... les autres médecins n'étaient pas d'accord avec le diagnostic de Gilbert et cela l'inquiétait un peu. »

« Sarah nous a avertis en entrant à l'hôpital d'être bien sûrs qu'elle était morte avant de l'enterrer, reprit Mlle Cornelia en s'éventant avec majesté tout en se demandant comment la femme du docteur faisait pour avoir toujours l'air si fraîche. Vous savez, nous avons toujours un peu craint que son mari ait été enterré vivant... il avait l'air si en vie. Mais personne n'y a songé avant qu'il ne soit trop tard. C'était un frère de ce Richard Chase qui a acheté la vieille ferme Moorside et qui, au printemps, y est déménagé de Lowbridge. Tout un numéro, celui-là. Il prétend qu'il s'est installé à la campagne pour avoir la paix... il devait passer son temps à

courir après les veuves à Lowbridge »... « Et les vieilles filles »,
aurait pu ajouter Mlle Cornelia, ce dont elle s'abstint pour ne
pas blesser Susan.

« J'ai rencontré sa fille Stella, elle vient répéter avec la
chorale. Nous nous sommes prises d'amitié l'une pour l'autre. »

« Stella est vraiment une chic fille, une des seules qui
puisse encore rougir. Je l'ai toujours aimée. Nous étions de
grandes amies, sa mère et moi. Pauvre Lisette ! »

« Est-elle morte jeune ? »

« Oui. Stella n'avait que huit ans. C'est Richard qui l'a
élevée. Un païen comme lui ! Il raconte que les femmes n'ont
qu'une importance biologique... qu'est-ce que ça peut bien
vouloir dire ? Toujours en train de lancer de grandes phrases. »

« Pour ce qui est de l'éducation de sa fille, on dirait qu'il
n'a pas fait un mauvais travail », remarqua Anne pour qui
Stella Chase était l'une des plus charmantes jeunes filles
qu'elle eût jamais rencontrées.

« Oh ! Il est impossible de gâter Stella. Et je ne nie pas que
Richard ait quelque chose dans la cervelle. Mais il ne veut
pas entendre parler des jeunes hommes... il n'a jamais permis à
la pauvre Stella d'avoir un amoureux ! Il a anéanti par
ses sarcasmes tous ceux qui se sont risqués à essayer de la
fréquenter. C'est l'être le plus sarcastique que vous ayez jamais
vu. Stella ne peut lui faire entendre raison, et sa mère avant
elle n'y est jamais arrivée non plus. Il a l'esprit de contradiction, mais aucune des deux n'a jamais paru saisir cela. »

« Je croyais Stella très dévouée à son père. »

« Oh ! elle l'est. Elle l'adore. C'est l'homme le plus agréable
quand les choses marchent à son gré. Mais il devrait être plus
raisonnable à propos du mariage de Stella. Il doit bien savoir
qu'il ne vivra pas éternellement... quoique, à l'entendre, on
croirait qu'il en a l'intention. Il n'est pas vieux, évidemment,
il s'est marié très jeune. Mais sa famille est sujette aux
infarctus. Et qu'est-ce que Stella va faire quand il ne sera plus
là ? Se replier sur elle-même, je présume. »

Susan leva les yeux de la rose compliquée qu'elle
crochetait, le temps de dire d'un air résolu :

«J'aime pas les vieux qui gâchent la vie des jeunes de cette manière.»

«Peut-être que si Stella était réellement intéressée à quelqu'un, les objections de son père ne pèseraient pas lourd dans la balance.»

«C'est là que vous vous trompez, ma chère petite Anne. Jamais Stella n'épouserait un homme que son père n'aime pas. Je peux vous en nommer un autre dont la vie va être gâchée et c'est Alden Churchill, le neveu de Marshall. Mary est *déterminée* à l'empêcher de se marier aussi longtemps qu'elle le pourra. Elle a encore plus d'esprit de contradiction que Richard : si elle était une girouette, elle indiquerait le nord quand le vent soufflerait du sud. La propriété lui appartient jusqu'au mariage d'Alden et alors, c'est à lui qu'elle reviendra, vous savez. Chaque fois qu'il est sorti avec une fille, elle s'est organisée pour le faire rompre d'une façon ou d'une autre.»

«Est-ce vraiment *tout* de sa faute, Mme Marshall Elliott ? questionna sèchement Susan. Certaines personnes trouvent Alden très volage. On le traite souvent de flirt.»

«Alden est beau et les filles lui courent après, rétorqua Mlle Cornelia. Je ne peux le blâmer de les faire marcher un peu et de les laisser tomber quand il leur a donné une leçon. Mais il y a eu une ou deux filles très bien qui lui plaisaient vraiment et Mary leur a chaque fois mis des bâtons dans les roues. Elle m'a dit elle-même qu'elle... "allait à la Bible"; elle passe son temps à consulter la Bible. Elle l'ouvre au hasard et le verset sur lequel elle tombe est toujours une mise en garde contre le mariage d'Alden. Je n'ai aucune patience envers elle et ses lubies. Pourquoi est-ce qu'elle ne peut aller à l'église et se comporter décemment comme le reste du monde à Four Winds ? Mais non, il faut qu'elle pratique sa propre religion et qu'elle "aille à la Bible". L'automne dernier, quand ce précieux cheval est tombé malade – il valait au moins quatre cents dollars – plutôt que d'envoyer chercher le vétérinaire de Lowbridge, elle est "allée à la Bible" et a lu un verset au hasard... "Le Seigneur a donné et le Seigneur a repris. Béni soit Son nom." Elle n'a donc pas envoyé chercher le vétérinaire et le cheval est mort. Quand on y pense, chère Anne, appliquer ce verset d'une façon pareille, je trouve cela irrespectueux. C'est ce que je lui ai dit mais je n'ai obtenu qu'un regard noir en guise de réponse. Et elle ne veut pas faire installer le téléphone. "Vous ne pensez tout de même pas que je vais parler à une boîte accrochée au mur", dit-elle chaque fois que quelqu'un aborde le sujet. »

Mlle Cornelia s'arrêta, plutôt essoufflée. Les caprices de sa belle-sœur lui faisaient toujours perdre patience.

« Alden n'est pas du tout comme sa mère », remarqua Anne.

« Alden est comme son père, une personne exception-nelle... enfin, pour un homme. Pourquoi il a épousé Mary reste un mystère que les Elliott n'ont jamais pu élucider. Mais ils étaient plus que contents qu'elle fasse un aussi bon mariage. Elle avait toujours été un peu détraquée et c'était une fille si maigrichonne. Elle avait évidemment beaucoup d'argent – sa tante Mary lui avait tout légué – mais ce n'est pas pour cela qu'il l'a épousée. George Churchill était vraiment amoureux d'elle. Je ne sais pas comment Alden peut supporter les caprices de sa mère, mais c'est un bon fils. »

« Savez-vous ce qui vient de me passer par la tête, Mlle Cornelia ? demanda Anne avec un sourire espiègle. Ne serait-ce pas beau si Alden et Stella devenaient amoureux l'un de l'autre ? »

« Il n'y a guère de chance que cela se produise et cela ne les mènerait nulle part. Mary leur couperait l'herbe sous le pied et Richard se hâterait de mettre un simple fermier à la porte, même s'il est lui-même cultivateur. Mais Stella n'est pas le type de fille dont rêve Alden; il aime les filles rieuses et hautes en couleur. Et Stella ne serait pas intéressée par *son* type à lui. J'ai entendu dire que le nouveau pasteur à Lowbridge lui fait les yeux doux. »

« N'est-il pas plutôt anémique et myope ? » demanda Anne.

« Et il a les yeux sortis de la tête, renchérit Susan. Ils doivent être épouvantables quand il essaie de se montrer sentimental. »

« Au moins, c'est un presbytérien, conclut Mlle Cornelia comme si cela atténuait la chose. Bon, je dois partir. J'ai découvert que rester dehors dans la rosée me donne de la névralgie. »

« Je vous accompagne à la grille. »

« Vous avez toujours eu l'air d'une reine dans cette robe, ma chère Anne », dit Mlle Cornelia d'un ton admiratif et hors de propos.

Anne rencontra Owen et Leslie Ford à la barrière et revint à la véranda avec eux. Susan s'était éclipsée pour préparer de la limonade pour le docteur qui venait d'arriver et les enfants rentrèrent du Creux en bourdonnant, fatigués et heureux.

« Vous faisiez un boucan terrible quand je suis arrivé, dit Gilbert. Toute la campagne devait vous entendre. »

Persis Ford, rejetant en arrière ses épaisses boucles couleur de miel, lui tira la langue. Persis était la préférée d'Oncle Gil.

« On imitait les derviches hurlants, alors il fallait bien qu'on hurle », expliqua Kenneth.

« Regarde l'état de ta chemise », dit Leslie plutôt sévèrement.

« J'suis tombé dans le pâté de boue de Di », répondit Kenneth avec une satisfaction résolue dans la voix. Il détestait les chemises empesées et immaculées que sa mère lui faisait porter pour aller au Glen.

« Maman chérie, demanda Jem, est-ce que je peux avoir les vieilles plumes d'autruche qui sont dans le grenier et les coudre sur mon pantalon pour en faire une queue ? On va avoir un cirque demain et j'vais être l'autruche. Et on veut avoir un éléphant. »

« Vous savez que ça coûte six cents dollars par année pour nourrir un éléphant ? » dit solennellement Gilbert.

« Un éléphant imaginaire, ça coûte rien », expliqua patiemment Jem.

Anne pouffa de rire. « Nous n'avons jamais besoin d'avoir l'esprit d'économie dans notre imaginaire, grâce au ciel. »

Walter ne dit rien. Il se sentait un peu fatigué et très content de s'asseoir dans les marches, sa tête noire appuyée sur l'épaule de sa mère. Leslie Ford le regarda et pensa qu'il avait le visage d'un génie – cet air lointain et détaché d'une âme qui vient d'une autre étoile. La terre n'était pas son habitat.

Tout le monde se sentait heureux pendant cette heure dorée d'une journée exceptionnelle. La cloche d'une église de l'autre côté du port sonna faiblement et joliment. La lune dessinait des motifs dans l'eau. Les dunes miroitaient dans une brume argentée. L'air avait un petit goût de menthe et le parfum de certaines roses invisibles était insupportablement suave. Et Anne, regardant par-delà la pelouse avec des yeux qui, malgré ses six enfants, étaient toujours très jeunes, songea qu'il n'existait rien au monde d'aussi mince et féerique qu'un jeune peuplier de Lombardie au clair de lune.

Ensuite, elle se mit à penser à Stella Chase et Alden Churchill jusqu'à ce que Gilbert lui offre un sou pour ses pensées.

« Je pense très sérieusement à m'essayer au métier de marieuse », rétorqua Anne.

Gilbert regarda les autres d'un air faussement désespéré.

« Je craignais une rechute. J'ai fait de mon mieux, mais on ne peut guérir une marieuse-née. Elle a une passion authentique pour ça. Le nombre de mariages qu'elle a favorisés est incroyable. Je ne pourrais fermer l'œil de la nuit si j'avais de telles responsabilités sur la conscience ! »

« Mais ils sont tous heureux, protesta Anne. Je suis vraiment douée pour ça. Pense à tous les mariages dont je suis responsable, ou dont on m'accuse de l'être : Theodora Dix et Ludovic Speed, Stephen Clark et Prissie Gardner, Janet Sweet et John Douglas, le professeur Carter et Esme Taylor, Nora et Jim, et Dovie et Jarvis. »

« Oh ! Je l'admets. Ma femme n'a jamais perdu sa faculté d'espérer. Pour elle, les chardons peuvent produire des figues n'importe quand. Je présume qu'elle va continuer à essayer de marier les gens jusqu'à ce qu'elle ait grandi. »

« Je crois qu'elle a quelque chose à voir dans un autre mariage », dit Owen en souriant à sa femme.

« Pas moi, répondit promptement Anne. C'est Gilbert qu'il faut blâmer. J'ai fait tout ce que j'ai pu pour le dissuader de faire opérer George Moore. Il y a des nuits où je me réveille couverte de sueur froide, rêvant que j'ai réussi. »

« Eh bien, on dit que seules les femmes heureuses sont des marieuses, alors c'est un bon point pour moi, dit Gilbert, satisfait de lui-même. Quelles nouvelles victimes as-tu en tête à présent, Anne ? »

Anne se contenta de sourire. Le métier de marieuse exige subtilité et discrétion et il y a des choses qu'on ne révèle pas, même à son mari.

16

Anne resta éveillée des heures, cette nuit-là, et plusieurs autres par la suite, songeant à Alden et Stella. Elle avait le sentiment que Stella rêvait de se marier, d'avoir un foyer, des bébés. Un soir, Stella avait insisté pour donner son bain à Rilla... «C'est si agréable de laver son petit corps potelé, creusé de fossettes»... puis une autre fois, timidement : «C'est si charmant, Mme Blythe, de voir de petits bras veloutés se tendre vers vous. Les bébés sont si *bien*, n'est-ce pas?» Ce serait vraiment dommage qu'un père grincheux empêche ses espoirs secrets de se concrétiser.

Ce serait un mariage idéal. Mais comment pourrait-il se produire quand les personnes concernées étaient toutes entêtées et avaient tant l'esprit de contradiction? Car l'entêtement et l'esprit de contradiction n'étaient pas l'apanage des vieux parents. Anne soupçonnait Alden et Stella d'avoir ce penchant. Voilà qui demandait une technique totalement différente de celle utilisée dans toutes les idylles précédentes. Le temps de le dire, et Anne se souvint du père de Dovie.

Anne se caressa le menton et s'attaqua au problème. À partir de ce moment, elle considéra Alden et Stella pratiquement mariés. Il n'y avait pas de temps à perdre. Vivant à l'entrée du port et fréquentant l'église anglicane de l'autre côté, Alden n'avait pas encore rencontré Stella, ne l'avait peut-être même jamais vue. Il ne rôdait autour d'aucune fille depuis plusieurs mois, mais cela pourrait arriver d'un moment à l'autre. Mme Janet Swift du Glen En-Haut avait une

ravissante nièce en visite chez elle et Alden était toujours
intéressé par les nouvelles filles. La première chose à faire était
donc d'organiser une rencontre entre Alden et Stella.
Comment s'y prendre ? Il fallait que la chose se fasse d'une
façon apparemment tout à fait innocente. Anne eut beau se
creuser les méninges, elle ne put rien trouver de plus original
que de donner une fête où elle les inviterait tous les deux.
Pourtant, cette idée ne la satisfaisait pas complètement. Il
faisait très chaud... et les jeunes gens de Four Winds étaient de
tels boute-en-train. Anne savait que Susan ne consentirait
jamais à une fête sans faire le ménage d'Ingleside de la cave au
grenier, et Susan souffrait tellement de la chaleur, cet été-là.
Mais une bonne cause exigeait certains sacrifices. Fraîchement
diplômée, Jen Pringle avait écrit qu'elle viendrait à Ingleside
comme elle l'avait promis depuis longtemps et cela ferait un
prétexte idéal pour donner une réception.

La chance semblait être de son côté. Jen arriva, les
invitations furent envoyées, Susan remit Ingleside en état et,
en pleine canicule, elle et Anne préparèrent tous les plats pour
la fête.

Le soir précédant la réception, Anne était exténuée. La
chaleur avait été terrible. Jem était alité avec ce qu'Anne
craignait secrètement être une crise d'appendicite bien que
Gilbert eût, d'une façon désinvolte, mis le malaise sur le
compte des pommes vertes. Fripon avait été pratiquement
ébouillanté quand Jen Pringle, essayant d'aider Susan, avait
renversé sur lui une casserole d'eau chaude. Anne avait mal à
tous les os de son corps, mal à la tête, aux pieds, aux yeux. Jen
s'était rendue au phare avec un groupe de jeunes et avait dit à
Anne de se coucher sans l'attendre ; mais celle-ci préféra
s'asseoir sur la véranda dans l'humidité suivant l'orage de
l'après-midi et bavarder avec Alden Churchill qui, venu
chercher des médicaments pour la bronchite de sa mère, n'était
pas entré dans la maison. Ayant très envie de lui parler, Anne
considéra que c'était une occasion envoyée par le ciel. Ils
étaient d'assez bons amis, Alden venant souvent pour le même
motif.

Alden s'assit sur une marche, sa tête nue appuyée contre un poteau. C'était, comme Anne l'avait toujours trouvé, un très beau gars : grand, les épaules larges, un teint d'albâtre qui ne bronzait jamais, de vifs yeux bleus et une tignasse noire comme l'encre. Sa voix était rieuse et il faisait preuve d'une déférence qui charmait les femmes de tout âge. Il avait étudié trois années à Queen's et avait songé poursuivre ses études à Redmond mais sa mère, alléguant des raisons bibliques, avait refusé ; Alden s'était donc établi sur la ferme sans rouspéter. Il aimait le travail de la ferme, avait-il confié à Anne ; on était libre, indépendant et on vivait en pleine nature ; il tenait de sa mère le don de faire de l'argent, et de son père, une belle personnalité. Il n'était donc pas étonnant qu'on le considérât comme une perle rare.

« Alden, je voudrais vous demander une faveur, commença Anne d'une voix suppliante. Me l'accorderez-vous ? »

« Certainement, Mme Blythe, répondit-il de bon cœur. Vous n'avez qu'à me dire ce que c'est. Vous savez que je ferais n'importe quoi pour vous. »

Alden aimait vraiment beaucoup Mme Blythe et c'est vrai qu'il aurait fait pas mal de choses pour elle.

« J'ai peur de vous ennuyer, poursuivit Anne avec appréhension. Mais voici de quoi il s'agit : je voudrais que vous voyiez à ce que Stella Chase s'amuse à la fête demain soir. J'ai si peur qu'elle ne s'ennuie. Elle ne connaît pas encore beaucoup de jeunes ici... La plupart sont plus jeunes qu'elle les garçons, du moins. Invitez-la à danser et assurez-vous qu'elle ne soit pas seule et laissée de côté. Elle est si timide avec les étrangers. Je veux vraiment qu'elle passe une belle soirée. »

Alden la rassura aussitôt.

« Oh ! Je ferai de mon mieux. »

« Mais vous ne devez pas tomber amoureux d'elle, vous savez », conseilla Anne avec un petit rire prudent.

« Par pitié, Mme Blythe ! Pourquoi pas ? »

« Eh bien, reprit-elle d'un ton confidentiel, je pense que M. Paxton de Lowbridge a un œil sur elle. »

« Cette espèce de vaniteux ! » explosa Alden avec une intensité inattendue.

Anne fit comme si elle le grondait légèrement.

« Mon Dieu, Alden, on m'a dit que c'était un jeune homme très convenable. Vous savez, c'est seulement ce type d'homme qui peut avoir une chance auprès du père de Stella. »

« Vraiment ? » dit Alden, retombant dans l'indifférence.

« Oui, et encore, je n'en suis même pas sûre. D'après ce que je comprends, M. Chase considère qu'il n'y a personne d'assez bien pour sa fille. Un simple fermier ne pourrait, j'en ai bien peur, trouver grâce à ses yeux. C'est pourquoi je ne voudrais pas que vous vous créiez des ennuis en devenant amoureux d'une fille inaccessible. Ce n'est qu'un conseil d'amie. Je suis sûre que votre mère penserait comme moi. »

« Oh ! merci. Quelle sorte de fille est-elle, d'ailleurs ? Jolie ? »

« Mon Dieu, j'admets que ce n'est pas une beauté. J'aime beaucoup Stella, mais elle est un peu pâle et réservée. Pas très robuste, mais on m'a dit que M. Paxton avait de l'argent de côté. À mon avis, ce serait une union idéale et je ne veux voir personne gâcher les choses. »

« Pourquoi ne pas avoir invité M. Paxton à votre fête et lui avoir dit à *lui* de s'occuper de Stella ? » demanda Alden avec une certaine truculence.

« Vous savez bien qu'un pasteur ne viendrait pas à une soirée dansante, Alden. Alors, ne soyez pas grognon, et assurez-vous que Stella s'amuse. »

« Oh ! Elle va passer un sacré bon moment, soyez-en sûre. Bonsoir, Mme Blythe. »

Alden s'éclipsa abruptement. Restée seule, Anne se mit à rire.

« À présent, si je connais quelque chose de la nature humaine, ce garçon va tout faire pour prouver au monde qu'il peut avoir Stella s'il la désire et ce, malgré n'importe qui. Il a mordu à mon hameçon à propos du pasteur. Mais je suppose que la migraine va me faire passer une mauvaise nuit. »

Elle passa effectivement une mauvaise nuit, compliquée par ce que Susan appelait un torticolis et au matin, elle se sentait à peu près aussi brillante qu'une pièce de flanelle grise; le soir venu, elle se montra pourtant une hôtesse gaie et charmante. La fête fut un succès. Tout le monde parut avoir du plaisir. Quant à Stella, elle s'amusa certainement. Alden y veilla avec presque trop de zèle, songea Anne. C'était y aller un peu trop fort pour une première rencontre que d'entraîner Stella dans un coin sombre de la véranda après le souper et de l'y garder pendant une heure. Mais, dans l'ensemble, Anne se sentit satisfaite lorsqu'elle y repensa le lendemain matin. Bien sûr, le tapis de la salle à manger avait été presque ruiné quand deux coupes de crème glacée y avaient été renversées et qu'une assiette de gâteaux y avaient été écrasés; les chandeliers en verre de Bristol de la grand-mère de Gilbert avaient été réduits en miettes; quelqu'un avait renversé un pichet d'eau de pluie dans la chambre d'ami, ce qui avait trempé et tragiquement décoloré le plafond de la bibliothèque; les pompons du canapé avaient été à moitié arrachés; on aurait dit qu'une personne obèse s'était assise sur la fougère de Boston dont Susan était si fière. Qu'à cela ne tienne: si les signes ne trompaient pas, Stella était tombée dans l'œil d'Alden. Anne pensa que la balance penchait en sa faveur.

Pendant les quelques semaines qui suivirent, les potins locaux confirmèrent cette opinion. Il devint de plus en plus évident qu'Alden était accroché. Mais qu'en était-il de Stella? Selon Anne, Stella n'était pas du genre à tomber comme un fruit trop mûr dans la main tendue d'un homme. Elle avait hérité de l'«esprit de contradiction» de son père ce qui, chez elle, donnait une indépendance charmante.

La chance sourit une fois de plus à la marieuse préoccupée. Stella vint un soir à Ingleside voir les delphiniums et, après, elles s'assirent sur la véranda pour bavarder. Stella Chase était une créature pâle et mince, plutôt timide mais intensément gentille. Elle avait une vaporeuse chevelure dorée et des yeux marron. Anne songea que ses cils faisaient son charme, car elle n'était pas réellement jolie. Ils étaient incroyablement

longs et quand elle les levait et les baissait, cela faisait palpiter
les cœurs masculins. Elle avait une certaine distinction qui la
faisait paraître un peu plus âgée que ses vingt-quatre ans et un
nez qui avait des chances de devenir résolument aquilin avec
le temps.

« J'ai entendu raconter des choses à votre sujet, Stella, dit
Anne en secouant un doigt vers elle. Et... je... ne... sais... pas...
si... je... les... aime. Me pardonnerez-vous de vous dire que je
me demande si Alden Churchill est l'amoureux qui vous
convient ? »

Stella la regarda d'un air stupéfait.

« Mon Dieu, je croyais que vous aimiez Alden, Mme Blythe. »

« Je l'aime bien. Mais... eh bien, vous voyez, il a la
réputation d'être un peu volage. On m'a dit qu'aucune fille
ne pouvait le retenir longtemps. Beaucoup ont essayé... et
ont échoué. Je détesterais qu'il vous laisse tomber comme ça
si son humeur changeait. »

« Je pense que vous vous trompez sur Alden, Mme Blythe »,
répondit lentement Stella.

« Je l'espère, Stella. Si vous étiez d'un type différent,
dodue et joviale, comme Eileen Swift... »

« Oh ! Je dois rentrer, dit Stella d'un ton vague. Papa va
s'ennuyer. »

Après son départ, Anne rit de nouveau.

« Je suis plutôt d'avis que Stella est partie en jurant
secrètement qu'elle montrerait à ses amies indiscrètes qu'elle
est capable de retenir Alden et qu'aucune Eileen Swift ne
mettra jamais la patte sur lui. Ce petit mouvement de la tête
et cette rougeur soudaine sur ses joues me l'ont révélé. Donc,
pas de problème avec les jeunes. J'ai peur que les vieux soient
des noix plus dures à casser. »

17

La chance continua de sourire à Anne. Les Femmes missionnaires lui demandèrent d'aller chez Mme George Churchill solliciter sa contribution annuelle à la société. Mme Churchill fréquentait peu l'église et n'était pas membre de l'association, mais elle «croyait aux missions» et donnait toujours une grosse somme si on se déplaçait pour la lui demander. Mais les Femmes missionnaires aimaient si peu le faire qu'elles se relayaient et c'était cette année le tour d'Anne.

Elle s'y rendit à pied un soir, empruntant, à travers les champs et jusqu'au sommet frais et charmant d'une colline, un sentier bordé de marguerites qui menait à la route où se trouvait la ferme Churchill, à un mille du Glen. C'était une route plutôt ennuyeuse avec des clôtures ressemblant à des serpents gris le long de petits fossés détrempés, mais il y avait pourtant les lumières des maisons, un ruisseau, l'odeur des champs de foin descendant jusqu'à la mer, de beaux jardins. Anne s'arrêta pour regarder chacun des jardins devant lesquels elle passait. Son intérêt pour les jardins était pour ainsi dire «vivace». Gilbert n'hésitait pas à affirmer qu'elle *devait* acheter un livre quand il y avait le mot «jardin» dans le titre.

Un bateau glissait paresseusement dans le port et, au loin, un vaisseau était encalminé. Anne se sentait toujours remuée en regardant un bateau quitter le port. Elle avait compris le Capitaine Franklin Drew quand elle l'avait entendu dire, un jour qu'il montait à bord, «Bon Dieu, comme j'ai pitié des gens qu'on laisse sur le quai!»

La grosse maison Churchill, avec le sombre fer forgé entourant son toit mansardé, donnait sur le port et les dunes. Mme Churchill accueillit poliment Anne, sans toutefois trop d'effusion, et la fit entrer dans un splendide et sombre salon aux murs de papier peint brun foncé sur lesquels étaient suspendus d'innombrables croquis de tous les Churchill et Elliott disparus. Mme Churchill s'assit sur un canapé de peluche verte, croisa ses longues mains osseuses et dévisagea sa visiteuse.

Mary Churchill était grande, décharnée et austère. Elle avait un menton proéminent, des yeux bleus enfoncés comme ceux d'Alden et une bouche large et pincée. Elle ne gaspillait jamais sa salive en paroles inutiles et ne potinait pas. Anne trouva donc plutôt ardu d'en venir au fait de façon naturelle, mais elle y arriva en parlant du nouveau pasteur de l'autre côté du port, que Mme Churchill n'aimait pas.

« Ce n'est pas un homme spirituel », décréta froidement cette dernière.

« On m'a dit que ses sermons étaient remarquables », objecta Anne.

« J'en ai entendu un, et cela me suffit. Mon âme cherchait de la nourriture et on lui a donné un discours. Il croit que le Royaume des Cieux peut être obtenu par la tête. C'est impossible. »

« À propos de pasteurs... il y en a un très intelligent à Lowbridge, à présent. Je crois qu'il s'intéresse à mon amie Stella Chase. Selon la rumeur, ils se fréquentent. »

« Voulez-vous dire qu'ils vont se marier ? » demanda Mme Churchill.

Anne se sentit rabrouée, mais elle se dit qu'il fallait avaler des choses comme ça quand on se mêlait de ce qui ne nous regardait pas.

« Je crois que ce serait un mariage très convenable, Mme Churchill. Stella a un tempérament qui conviendrait tout à fait à une épouse de pasteur. J'ai demandé à Alden de ne pas essayer de gâcher la chose. »

« Pourquoi ? » questionna Mme Churchill sans broncher.

« Ma foi... vraiment... vous savez... je crains qu'Alden n'ait aucune chance. M. Chase ne trouve personne d'assez bon pour Stella. Tous les amis d'Alden détesteraient qu'on le laisse tomber tout à coup comme une vieille chaussette. C'est un trop gentil garçon pour ça. »

« Aucune fille n'a jamais plaqué mon fils, déclara Mme Churchill en serrant ses lèvres minces. C'est toujours le contraire qui s'est produit. Il les a démasquées, sous leurs boucles, sous leurs gloussements, leurs tortillements et leurs coquetteries. Mon fils peut épouser n'importe quelle femme de son choix, Mme Blythe... *n'importe laquelle.* »

« Oh ! » fit Anne. Mais son ton, lui, exprimait : « Je suis évidemment trop polie pour vous contredire, mais vous ne m'avez pas fait changer d'avis. » Mary Churchill le comprit, et son visage pâle et ratatiné s'anima un peu alors qu'elle sortait de la pièce pour aller chercher sa contribution aux œuvres des missions.

« Vous avez une vue extraordinaire ici », remarqua Anne, quand Mme Churchill la raccompagna à la porte.

Mme Churchill jeta vers le golfe un regard désapprobateur.

« Si vous avez déjà senti la morsure du vent d'est en hiver, Mme Blythe, il se peut que la vue vous laisse plutôt indifférente. Il fait assez frais, ce soir. J'aurais cru que vous auriez peur de vous enrhumer dans cette robe légère. Non pas qu'elle ne soit pas jolie. Vous êtes encore assez jeune pour vous préoccuper d'artifices et de vanités. Quant à moi, j'ai cessé d'éprouver de l'intérêt à l'égard de ces choses transitoires. »

Anne se sentit assez satisfaite en rentrant sous le clair de lune verdâtre.

« Bien entendu, on ne peut se fier à Mme Churchill, expliqua-t-elle à un groupe de petites étoiles qui tenaient une assemblée dans la clairière, mais je crois l'avoir inquiétée un tantinet. J'ai pu voir qu'elle n'appréciait pas l'idée que les gens pensent qu'Alden puisse être repoussé. Bien, j'ai fait tout ce que j'ai pu avec toutes les personnes concernées sauf

M. Chase et je ne vois pas ce que je peux faire avec lui – je
ne le connais même pas. Je me demande s'il a la moindre
idée qu'Alden et Stella se courtisent. Probablement pas.
Stella n'oserait jamais faire entrer Alden dans la maison,
évidemment. À présent, qu'est-ce que je vais faire à propos
de M. Chase ? »

C'était vraiment remarquable, la façon dont le hasard
favorisait Anne. Un soir, Mlle Cornelia vint demander à Anne
de l'accompagner chez les Chase.

« Je vais demander à Richard Chase une contribution pour
le nouveau poêle de la cuisine du presbytère. Voulez-vous
venir avec moi, ma chérie, juste pour me servir de soutien
moral ? J'ai horreur d'être seule pour l'attaquer. »

Elles trouvèrent M. Chase debout sur les marches,
ressemblant assez à un crâne en méditation, avec ses jambes
interminables et son long nez. Il avait quelques mèches de
cheveux luisants brossés sur le sommet de sa tête chauve et ses
petits yeux gris pétillèrent lorsqu'il les aperçut. Il était en train
de songer que si c'était la femme du docteur qui arrivait avec
la vieille Cornelia, elle avait une silhouette rudement jolie.
Quant à Cornelia, sa cousine au deuxième degré, elle avait
une carrure un peu trop solide et à peu près autant d'intellect
qu'une sauterelle, mais c'était pas un mauvais chat quand on
la flattait dans le sens du poil.

Il les invita courtoisement à entrer dans sa petite bibliothèque, où Mlle Cornelia s'assit en poussant un léger
grognement.

« Il fait épouvantablement chaud, ce soir. J'ai peur que
nous ayons un orage. Dieu du ciel, Richard, ce chat est
encore plus gros que jamais ! »

L'animal familier de Richard Chase était un chat jaune
d'une taille anormale qui grimpait à présent sur ses genoux.
Il le flatta tendrement.

« Thomas le Poète illustre ce qu'est un chat pour
l'humanité, dit-il. Pas vrai, Thomas ? Regarde ta tante Cornelia,
Poète. Observe les regards torves qu'elle te lance avec ses
yeux créés pour n'exprimer que la bonté et l'affection. »

« Ne m'appelez pas la tante Cornelia de cette bête, protesta Mme Elliott avec vigueur. Une blague est une blague, mais là, vous allez trop loin. »

« Vous ne préféreriez pas être la tante du Poète que celle de Neddy Churchill ? demanda plaintivement Richard. Neddy est un glouton et il ne déteste pas lever le coude, n'est-ce pas ? Je vous ai entendue faire l'inventaire de ses péchés. Vous n'aimeriez pas mieux être la tante d'un bon chat honnête comme Thomas qui a un dossier vierge par rapport au whisky et aux filles ? »

« Le pauvre Ned est un être humain, rétorqua Mlle Cornelia. Je n'aime pas les chats. C'est le seul défaut que j'aie trouvé à Alden Churchill. Il éprouve, lui aussi, la plus étrange attirance envers les chats. Dieu sait de qui il tient ça : son père et sa mère les haïssaient tous les deux. »

« Quel jeune homme sensé il doit être ! »

« Sensé ! Mon Dieu, il l'est assez, sauf en ce qui a trait aux chats et à la théorie sur l'évolution, un autre trait qu'il n'a pas hérité de sa mère. »

« Savez-vous, Mme Elliott, dit solennellement Richard Chase, que j'ai moi-même un secret penchant pour cette théorie ? »

« Vous me l'avez déjà dit. Eh bien, croyez ce que vous voulez, Dick Chase. Vous êtes comme tous les hommes. Dieu merci, personne n'arrivera jamais à me faire avaler que je descends d'un singe. »

« J'avoue que vous n'en avez pas l'air, vous, femme attrayante. Je ne vois aucun trait simiesque dans votre physionomie rosée, agréable, éminemment gracieuse. Pourtant, votre arrière-grand-mère d'il y a des millions de générations se balançait par la queue de branche en branche. La science le prouve, Cornelia, que vous le vouliez ou non. »

« Je ne le veux pas. Je n'ai pas l'intention d'argumenter avec vous sur ce point ou quoi que ce soit d'autre. J'ai ma propre religion et aucun ancêtre gorille n'y figure. À propos, Richard, Stella n'a pas l'air aussi en forme que je le voudrais, cet été. »

«Elle souffre toujours de la canicule. Elle ira mieux quand il fera plus frais.»

«Je l'espère. Lisette a pris du mieux chaque été sauf le dernier, Richard, ne l'oubliez pas. Stella a la constitution de sa mère. Elle ne se mariera probablement pas et c'est d'ailleurs aussi bien comme ça.»

«Pourquoi ne se marierait-elle pas? Je demande ça par curiosité, Cornelia, par simple curiosité. Le fonctionnement de la pensée féminine m'intéresse au plus haut point. À partir de quelles prémisses ou données tirez-vous la conclusion, à votre façon délicieusement brutale, que Stella ne va probablement pas se marier?»

«Eh bien, Richard, pour parler franchement, elle n'est pas du type très populaire auprès des mâles. C'est une bonne et gentille fille, mais elle n'a pas de succès avec les hommes.»

«Elle a eu des admirateurs. J'ai d'ailleurs consacré pas mal de mes biens à l'achat et à l'entretien de carabines et de bouledogues.»

«Oui, ces admirateurs admiraient vos sacs d'écus, j'imagine. Ils n'étaient pas difficiles à décourager, n'est-ce pas? Juste un sarcasme de votre part et ils disparaissaient dans la brume. S'ils avaient réellement voulu Stella, ils n'auraient pas reculé davantage devant vous que devant votre bouledogue imaginaire. Non, Richard, vous feriez mieux d'admettre que Stella n'est pas la fille à attirer des prétendants souhaitables. Lisette ne l'était pas non plus, vous savez. Elle n'avait jamais eu un amoureux avant vous.»

«Mais est-ce que je ne valais pas la peine qu'on m'attende? Lisette était certainement une jeune femme sage. Vous ne voudriez pas me voir donner ma fille à Pierre, Jean, Jacques, n'est-ce pas? Mon étoile qui, malgré vos remarques désobligeantes, est faite pour briller dans les palais des rois?»

«Nous n'avons pas de rois au Canada, riposta Mlle Cornelia. Je ne dis pas que Stella n'est pas une fille charmante. Ce que je dis, c'est que les hommes ne semblent pas s'en apercevoir et, considérant sa constitution, je crois que cela vaut mieux. C'est une bonne chose pour vous aussi. Vous ne pourriez jamais vous en sortir sans elle, vous seriez aussi démuni qu'un bébé. Bon, alors promettez-nous une contribution pour le poêle de l'église et nous partons. Je sais que vous mourez d'envie de vous plonger dans votre livre. »

« Femme admirable et clairvoyante ! Quel trésor vous êtes, surtout comme cousine ! Je l'admets, j'en meurs d'envie. Mais personne d'autre que vous n'aurait été assez perspicace pour s'en apercevoir ni assez aimable pour me sauver la vie en y réagissant. Combien voulez-vous ? »

« Vous pouvez vous permettre de donner cinq dollars. »

« Je ne discute jamais avec une dame. Ce sera donc cinq dollars. Ah ! vous partez ? Elle ne perd jamais une minute, cette femme unique au monde ! Une fois son but atteint, elle vous laisse aussitôt en paix. On ne fait plus cette race de chat, de nos jours. Bonsoir, perle des belles. »

Anne n'avait pas ouvert la bouche de toute la visite. Pourquoi aurait-elle parlé quand Mme Elliott faisait tout le travail à sa place avec tant d'intelligence et d'inconscience ? Mais au moment où Richard Chase s'inclinait pour leur souhaiter le bonsoir, il se pencha soudain en avant pour dire d'un ton de confidence :

« Vous avez la plus jolie paire de chevilles que j'aie jamais vues, Mme Blythe, et je sortais beaucoup, dans mon temps ! »

« N'est-il pas épouvantable, s'étrangla Mlle Cornelia. Il faut toujours qu'il tienne aux femmes des propos outrageants. Ne vous en faites pas pour lui, chère Anne. »

Anne ne s'en faisait pas. Elle aimait bien Richard Chase, au contraire.

« Je ne crois pas, songea-t-elle, qu'il aime vraiment l'idée que Stella ne soit pas populaire auprès des hommes, malgré le fait que leurs grands-pères étaient des singes. Je pense qu'il aimerait bien "montrer aux gens", lui aussi. Eh bien, j'ai fait ce que j'ai pu. J'ai intéressé Alden et Stella l'un à l'autre ; et Mlle Cornelia et moi avons, je crois, réussi à faire pencher Mme Churchill et M. Chase plutôt en faveur du mariage. À présent, je dois seulement me tenir tranquille et voir comment cela va tourner. »

Un mois plus tard, Stella Chase se présenta à Ingleside et s'assit à côté d'Anne dans les marches de la véranda... se disant qu'elle aimerait bien ressembler à Mme Blythe un jour, avoir cet air *épanoui*, l'air d'une femme ayant vécu avec grâce une vie pleine.

Une soirée brumeuse avait suivi une journée fraîche et gris jaunâtre du début de septembre. On entendait l'océan gémir doucement.

« La mer est malheureuse, ce soir », dirait Walter quand il entendrait ce son.

Stella avait l'air distraite et calme.

« Mme Blythe, j'ai quelque chose à vous dire », lança-t-elle brusquement en regardant en direction des étoiles tissant leur magie dans la nuit pourpre.

« Oui, ma chère ? »

« Je suis fiancée à Alden Churchill, poursuivit-elle anxieusement. Nous sommes fiancés depuis Noël. Nous avons tout de suite appris la nouvelle à papa et Mme Churchill, mais nous n'avons rien dit aux autres parce que c'est si merveilleux d'avoir un tel secret. L'idée de le partager nous faisait horreur. Mais nous allons nous marier le mois prochain. »

Anne donna une excellente imitation d'une femme changée en pierre. Comme Stella fixait toujours les étoiles, elle ne vit pas l'expression du visage de Mme Blythe. Elle poursuivit donc, avec un peu plus de facilité :

« Alden et moi nous nous sommes rencontrés lors d'une réception à Lowbridge en novembre dernier. Nous... nous sommes aimés dès le premier instant. Il a dit qu'il avait toujours rêvé de moi, m'avait toujours cherchée. Il s'est dit à lui-même "Voici ma femme", quand il m'a vue entrer. Et j'ai ressenti la même chose. Oh! Nous sommes si heureux, Mme Blythe ! »

Anne ne disait toujours rien, passablement abasourdie.

« Le seul nuage qui assombrisse mon bonheur est votre attitude à ce sujet, Mme Blythe. J'aimerais que vous essayiez d'approuver. Vous vous êtes montrée une amie si précieuse depuis mon arrivée à Glen St. Mary... Je vous ai considérée comme une sorte de sœur aînée. Et je vais me sentir si mal si je pense que je me marie contre votre gré. »

Il y avait des larmes dans la voix de Stella. Anne recouvrit l'usage de la parole.

« Ma chérie, je ne voulais rien d'autre que votre bonheur. J'aime beaucoup Alden, c'est un garçon splendide, seulement, il *avait* la réputation d'être un peu volage. »

« Mais il ne l'est pas. Ne voyez-vous pas qu'il cherchait seulement la femme qui lui convenait et qu'il ne la trouvait pas, Mme Blythe ? »

« Comment votre père a-t-il réagi ? »

« Oh ! Papa est très content. Il a tout de suite aimé Alden. Ils discutent des heures sur l'évolution. Papa a dit qu'il avait toujours eu l'intention de me laisser me marier quand viendrait l'homme qu'il me faut. Je suis désolée de le quitter, mais il dit que les jeunes oiseaux ont droit à leur propre nid. Cousine Delia Chase va venir s'occuper de la maison et papa l'aime beaucoup. »

« Et la mère d'Alden ? »

« Elle est entièrement d'accord, elle aussi. Quand Alden lui a appris nos fiançailles à Noël, elle est allée à la Bible et le premier verset sur lequel elle est tombée était "Un homme doit quitter son père et sa mère et rester avec sa femme." Elle a dit que ce qu'elle devait faire était alors parfaitement clair et elle a aussitôt consenti. Elle va aller habiter dans sa petite maison à Lowbridge. »

« Je suis contente que vous n'ayez pas à vivre avec ce sofa de peluche verte », dit Anne.

« Le sofa ? Oh ! oui, le mobilier est un peu démodé, n'est-ce pas ? Mais elle l'apporte avec elle et Alden va entièrement remeubler la maison. Comme vous voyez, tout le monde est content, Mme Blythe. Allez-vous nous offrir vos vœux, vous aussi ? »

Anne se pencha pour embrasser la fraîche joue satinée de Stella.

« Je suis *très* heureuse pour vous. Que Dieu bénisse votre avenir, ma chérie. »

Après le départ de Stella, Anne se précipita dans sa chambre pour éviter d'être vue quelques instants. Une vieille lune cynique et déformée surgissait derrière quelques nuages floconneux à l'est et les champs au loin semblaient lui faire des clins d'œil malicieux.

Elle fit l'inventaire de toutes les semaines précédentes. Elle avait abîmé son tapis de salle à manger, détruit deux précieux souvenirs de famille et gâché le plafond de la bibliothèque; elle avait tenté d'utiliser Mme Churchill comme complice et Mme Churchill avait dû rire dans sa barbe tout le temps.

« Qui, demanda Anne à la lune, a été le plus gros dindon de cette farce? Je sais ce que Gilbert va en penser. Et le mal que je me suis donné pour organiser le mariage de deux personnes qui étaient déjà fiancées! Je ne ferai plus jamais la marieuse... je suis absolument guérie. Je ne lèverai plus jamais le petit doigt pour favoriser un mariage, si jamais quelqu'un d'autre au monde se marie. Eh bien, il y a une consolation : la lettre que j'ai reçue de Jen Pringle aujourd'hui m'annonçant qu'elle va épouser Lewis Stedman qu'elle a rencontré à ma réception. Les chandeliers de Bristol n'auront pas été sacrifiés en vain... Les garçons, les garçons! Pourquoi ce vacarme? »

« On est des hiboux... il faut bien qu'on ulule », proclama la voix indignée de Jem dans le bosquet sombre. Il savait qu'il ululait à merveille. Jem pouvait imiter le cri de n'importe quelle petite bête sauvage de la forêt. Walter n'était pas aussi doué et il cessa d'être un hibou pour devenir un petit garçon désillusionné cherchant le réconfort auprès de sa maman.

« Maman, j'croyais que les grillons chantaient, et M. Carter Flagg a dit aujourd'hui qu'ils chantaient pas, ils font ce bruit en frottant leurs pattes de derrière. Est-ce que c'est vrai, maman? »

« Quelque chose comme ça, je ne sais pas exactement comment ils font. Mais c'est leur façon de chanter, tu sais. »

« J'aime pas ça. J'aimerai plus jamais les entendre chanter. »

« Mais oui. Avec le temps, tu oublieras les pattes de derrière et ne penseras qu'à leur chorale féerique dans les prairies et les collines de l'automne. N'est-ce pas le temps d'aller te coucher, petit garçon ? »

« Maman, vas-tu me raconter une histoire qui va me donner froid dans le dos ? Et rester à côté de moi jusqu'à ce que je m'endorme ? »

« À quoi d'autre servent les mamans, mon trésor ? »

18

«Le temps est venu de parler d'avoir... un chien», dit Gilbert.

Il n'y avait pas eu de chien à Ingleside depuis que le vieux Rex avait été empoisonné; mais les garçons devaient avoir un chien et le docteur avait décidé de leur en trouver un. Il avait cependant été si occupé durant l'automne qu'il en avait sans cesse remis l'acquisition à plus tard. Finalement, un jour de novembre, après avoir passé l'après-midi avec un camarade de classe, Jem arriva avec un chien dans les bras, une mignonne petite bête avec deux oreilles noires bien dressées.

«Joe Reese me l'a donné, maman. Il s'appelle Gyp. Est-ce qu'il a pas la plus jolie queue? J'peux le garder, n'est-ce pas, maman?»

«De quelle race est-il, mon chéri?» demanda Anne avec curiosité.

«Je... j'pense qu'il est de plusieurs races, répondit Jem. Ça le rend plus intéressant, tu trouves pas, maman? C'est plus spécial que s'il était d'une seule race. S'il te plaît, maman.»

«Oh! Si ton père est d'accord...»

Gilbert fut d'accord et Jem prit possession de son héritage. Chacun à Ingleside accueillit chaleureusement Gyp au sein de la famille, sauf Fripon qui exprima son désaccord sans équivoque. Même Susan se prit d'affection pour lui et, lorsqu'elle filait dans le grenier les jours de pluie pendant que Jem était à l'école, Gyp restait avec elle, pourchassant glorieusement des rats imaginaires dans les recoins sombres et faisant entendre un cri de terreur quand, dans son enthousiasme, il s'approchait trop près du petit rouet. L'appareil qui n'avait jamais servi – les Morgan l'avaient laissé là à leur départ – était installé dans un coin comme une petite vieille courbée. Personne ne pouvait comprendre pourquoi Gyp en avait si peur alors qu'il ne craignait pas du tout le gros rouet et s'asseyait tout près quand Susan le faisait tourner avec son fuseau, et courant à côté d'elle pendant qu'elle arpentait le grenier en tordant le long écheveau de laine. Susan admit qu'un chien pût être un bon compagnon et trouvait très intelligente sa façon de se coucher sur le dos en agitant dans les airs ses pattes d'en avant quand il voulait un os. Elle fut aussi fâchée que Jem quand Bertie Shakespeare remarqua d'un air méprisant : « T'appelles ça un chien ? »

« En effet, nous appelons ça un chien, riposta Susan avec un calme menaçant. Peut-être que tu l'appellerais un hippopotame ? » Et ce jour-là, Bertie dut rentrer chez lui sans obtenir un morceau de cette fantastique concoction que Susan avait baptisée « croustillant aux pommes » et qu'elle préparait régulièrement pour les deux garçons et leurs amis. Elle n'était pas dans les parages lorsque Mac Reese avait demandé : « Est-ce qu'il a été apporté par la marée ? », mais Jem se montra capable de prendre la défense de son chien et quand Nat Flagg décréta que les pattes de Gypsy étaient trop longues pour sa taille, Jem rétorqua qu'un chien devait avoir les pattes assez longues pour toucher la terre. Natty n'était pas spécialement brillant, et cela lui en boucha un coin.

Novembre fut avare de soleil, cette année-là ; des vents crus soufflaient dans les branches dénudées et argentées des érables et le Creux était presque constamment dans la brume, non pas un brouillard léger et gracieux, mais ce que papa appelait une « brume humide, sombre, déprimante, dégoulinante et bruineuse ». Les enfants d'Ingleside passaient presque tout leur temps libre dans le grenier, mais ils se firent de merveilleux amis de deux perdrix qui venaient tous les soirs jusqu'à un énorme vieux pommier et cinq de leurs fantastiques geais leur étaient restés fidèles, jasant malicieusement en mangeant la nourriture que les enfants leur donnaient. Mesquins et égoïstes, ils tenaient tous les autres oiseaux à distance.

L'hiver s'installa en décembre et il neigea sans relâche pendant trois semaines. Les champs au-delà d'Ingleside étaient devenus d'infinis pâturages argentés, les clôtures et les poteaux portaient de longues capes blanches, les fenêtres étaient ornées de féeriques dessins blancs et les lumières de la maison luisaient dans les crépuscules sombres et enneigés, invitant tous les vagabonds à entrer. Susan trouva que jamais il n'y avait eu autant de bébés d'hiver que cette année-là ; et quand, nuit après nuit, elle laissait « une bouchée pour le docteur » dans le garde-manger, elle opinait sombrement que cela serait un miracle si Gilbert tenait le coup jusqu'au printemps.

« Le neuvième bébé Drew ! Comme s'il n'y avait pas assez de Drew comme ça au monde ! »

« Je suppose qu'il sera aussi merveilleux pour Mme Drew que Rilla l'est pour nous, Susan. »

« Vous aurez sans doute raison, chère Mme Docteur. »

Mais, installés dans la bibliothèque ou dans la cuisine, les enfants planifiaient la cabane qu'ils bâtiraient dans le Creux l'été suivant, pendant que dehors les tempêtes hurlaient ou que de moelleux nuages blancs étaient balayés devant les étoiles givrées. Qu'il vente fort ou légèrement, à Ingleside, on trouvait toujours des feux allumés, du confort, un abri durant la tempête, des odeurs alléchantes, des lits pour les petites créatures fatiguées.

Noël arriva et ne fut, cette année-là, assombri par aucune tante Mary Maria. Il y avait des traces de lièvres à suivre dans la neige, de grands champs glacés où courir avec son ombre, des collines pour glisser et de nouveaux patins à essayer sur l'étang dans l'univers rose et glacé du coucher de soleil hivernal. Et toujours un chien jaune aux oreilles noires pour vous accompagner dans vos randonnées ou vous accueillir à la maison en poussant de fanatiques jappements de bienvenue, pour dormir au pied de votre lit quand vous dormiez ou se coucher à vos pieds quand vous étudiez votre vocabulaire, pour s'asseoir près de vous aux repas et vous rappeler à l'occasion sa présence par de petits coups de patte.

« Maman chérie, j'sais pas comment j'ai pu vivre avant Gyp. Il est capable de parler, maman, vraiment capable, avec ses yeux, tu sais. »

Puis... la tragédie. Un jour, Gyp eut l'air un peu mal en point. Il refusa de manger même si Susan essaya de le tenter avec l'os de côte levée dont il raffolait ; le lendemain, le vétérinaire de Lowbridge qu'on fit venir hocha la tête. C'était dur à dire : le chien avait peut-être trouvé quelque chose d'empoisonné dans les bois... il se rétablirait peut-être, et peut-être que non. Le petit chien était couché, très calme, ne s'occupant de personne à l'exception de Jem ; presque jusqu'à la fin, il essaya de remuer la queue quand Jem le touchait.

« Maman chérie, est-ce que ce serait mal de prier pour Gyp ? »

« Bien sûr que non, mon chou. On peut toujours prier pour ce qu'on aime. Mais je crains que... Gyp est un petit chien très malade. »

« Tu ne penses pas que Gyp va mourir, maman ? »

Gyp mourut le lendemain matin. C'était la première fois que Jem était en contact avec la mort. Personne ne peut jamais oublier l'expérience de voir mourir quelqu'un qu'on aime, même si « ce n'est qu'un petit chien ». Tous les habitants d'Ingleside, la mort dans l'âme, évitèrent cette expression, même Susan qui, le nez très rouge, marmonna :

« J'avais jamais aimé un chien avant... et j'en aimerai plus jamais. Ça fait trop mal. »

Susan ne connaissait pas le poème de Kipling sur la sottise de donner son cœur à un chien pour le voir sitôt brisé ; mais si elle l'avait connu, malgré le mépris qu'elle éprouvait à l'égard de la poésie, elle aurait pensé que, pour une fois, un poète disait quelque chose de sensé. La nuit fut dure pour le pauvre Jem. Ses parents avaient dû sortir. Walter s'était endormi en pleurant et, lui, était resté seul, sans même un chien à qui se confier. Les chers yeux bruns qui s'étaient toujours levés sur lui avec tant de confiance étaient figés par la mort.

«Cher Dieu, pria Jem, s'il vous plaît, veillez sur mon petit chien qui est mort aujourd'hui. Vous pourrez le reconnaître à ses oreilles noires. Ne le laissez pas s'ennuyer de moi.»

Jem enfouit son visage dans l'édredon pour étouffer un sanglot. Quand il éteindrait la lumière, la grande nuit noire le regarderait par la fenêtre et il n'y aurait pas de Gyp. Le froid matin hivernal viendrait et il n'y aurait pas de Gyp. Pendant des années, les journées se suivaient et il n'y aurait pas de Gyp. Il ne pouvait tout simplement pas le supporter.

Puis, un bras tendre se glissa autour de lui et il fut pris dans une chaude étreinte. Oh! Il restait de l'amour dans le monde, même si Gyp s'en était allé.

«Est-ce que ce sera toujours comme ça, maman?»

«Pas toujours.» Anne ne lui dit pas qu'il aurait bientôt oublié, que dans peu de temps, Gyp ne serait plus qu'un cher souvenir. «Pas toujours, petit Jem. La blessure va finir pas se cicatriser... comme ta main brûlée a guéri même si cela te faisait très mal au début.»

«Papa a dit qu'il allait me trouver un autre chien. J'suis pas obligé de le prendre, n'est-ce pas? J'veux pas d'un autre chien, maman. Jamais.»

«Je sais, mon chéri.»

Maman savait tout. Personne n'avait une mère comme la sienne. Il voulait tout faire pour elle, et d'un seul coup, il sut ce qu'il allait faire. Il lui donnerait un de ces colliers de perles du magasin de Carter Flagg. Il l'avait entendue dire une fois qu'elle aimerait bien avoir un rang de perles et papa avait répondu: «Quand notre bateau arrivera, je t'en offrirai un, petite Anne.»

Il fallait voir comment y arriver. Il recevait une allocation, mais il en avait besoin pour les choses nécessaires et les colliers de perles ne faisaient pas partie des achats prévus. De plus, il voulait l'acheter avec son propre argent. Ce serait alors vraiment son cadeau. L'anniversaire d'Anne était en mars... il ne restait que six semaines. Et le collier coûtait cinquante cents!

19

Il n'était pas facile de gagner de l'argent au Glen, mais Jem était déterminé. Il fabriqua des toupies à partir de vieilles bobines qu'il vendit aux garçons de l'école deux cents chacune. Il vendit trois dents de lait pour trois cents. Il vendit son morceau de croustillant aux pommes à Bertie Shakespeare Drew tous les samedis après-midi. Tous les soirs, il mettait l'argent gagné dans le petit cochon de bronze que Nan lui avait offert à Noël. Un si joli cochonnet de bronze brillant portant une fente sur le dos pour insérer les pièces de monnaie. Quand il contiendrait cinquante cents, le cochonnet s'ouvrirait gentiment de son propre chef si vous lui tordiez la queue et vous rendrait votre bien.

Finalement, pour obtenir les huit derniers cents, il vendit à Mac Reese ses œufs d'oiseaux enfilés sur une ficelle. C'était la plus belle ficelle de tout le Glen et cela lui fit un peu de peine de s'en séparer.

Mais l'anniversaire d'Anne approchait et il fallait de l'argent. Très fier de lui, Jem laissa tomber les huit cents dans la tirelire dès que Mac l'eût payé.

« Tords sa queue pour voir s'il va vraiment s'ouvrir », lui demanda Mac, méfiant. Mais Jem refusa; il ne l'ouvrirait pas avant d'être prêt à aller acheter le collier.

Les Auxiliaires de la Société des œuvres des missions se réunirent à Ingleside le lendemain après-midi. Ce fut une réunion qu'elles n'allaient pas oublier de sitôt. En plein milieu de la prière de Mme Norman Taylor – et cette dernière avait la

réputation d'être très fière de ses prières – un petit garçon
frénétique fit irruption dans le salon.

«Mon cochon de bronze est plus là, maman... mon cochon
de bronze est plus là!»

Anne poussa son fils à l'extérieur de la pièce, mais Mme
Norman considéra que sa prière avait été gâchée et, comme elle
désirait impressionner particulièrement l'épouse d'un pasteur en
visite, cela prit des années avant qu'elle pardonnât à Jem ou fît
de nouveau appel à son père comme médecin. Après le départ
des dames, on fouilla Ingleside de la cave au grenier pour
retrouver le cochon, mais sans résultat. Entre la réprimande
subie pour sa conduite et l'angoisse qu'il éprouvait à cause de la
perte de sa tirelire, Jem arriva à se rappeler le moment et
l'endroit exacts où il l'avait vue pour la dernière fois. Mac
Reese, à qui l'on téléphona, répondit que la dernière fois qu'il
avait vu le cochonnet, il se trouvait sur la commode de Jem.

«Vous ne croyez pas, Susan, que Mac Reese...»

«Non, chère Mme Docteur, je suis sûre qu'il n'a pas fait
ça. Les Reese ont leurs défauts... ils sont très avares, mais ils
gagnent honnêtement leur argent. *Où* peut bien être ce
satané cochon?»

«Peut-être que les rats l'ont mangé», suggéra Di. Jem
s'esclaffa, mais cela le préoccupa. Les rats ne pouvaient
évidemment pas manger un cochon de bronze contenant
cinquante cents. Mais s'ils le pouvaient?

«Non, non, mon chéri. On va retrouver ton cochon»,
assura maman.

On ne l'avait pas encore retrouvé quand Jem alla à l'école
le lendemain. La nouvelle de sa perte avait rejoint l'école
avant lui et on lui dit plusieurs choses, peu réconfortantes.
Mais à la récréation, Sissy Flagg se faufila près de lui, pour
tenter de gagner sa confiance. Sissy Flagg aimait Jem et Jem ne
l'aimait pas, malgré – ou peut-être à cause de ses épaisses
boucles blondes et ses immenses yeux bruns. Même à huit ans,
on peut avoir des problèmes concernant le sexe opposé.

«J'peux te dire qui a ton cochon.»

«Qui?»

« J'te le dirai si tu m'choisis quand on jouera à "Tape dans la main". »

C'était une pilule amère, mais Jem l'avala. N'importe quoi pour retrouver sa tirelire. Il s'assit, rouge comme une pivoine, à côté d'une Sissy triomphante pendant qu'ils se tapaient dans les mains, et quand la cloche sonna, il demanda sa récompense.

« Alice Palmer dit que Willy Drew lui a dit que Bob Russell lui a dit que Fred Elliott disait qu'il savait où était ton cochon. Alors va demander à Fred. »

« Tricheuse ! s'écria Jem en la dévisageant. *Tricheuse !* »

Sissy rit avec arrogance. Cela lui était égal. De toute façon, pour une fois, Jem Blythe avait dû s'asseoir à côté d'elle.

Jem alla donc trouver Fred Elliott qui commença par déclarer qu'il ne savait rien de ce vieux cochon et ne voulait rien savoir. Jem était au désespoir. Fred Elliott avait trois ans de plus que lui et il était réputé pour être une brute. Jem eut soudain une inspiration. Il pointa gravement un index sale devant la grosse face rougeaude de Fred Elliott.

« T'es un transsubstantionaliste », prononça-t-il distinctement.

« Hé toi, le jeune Blythe, crie-moi pas d'insultes ! »

« C'est plus qu'une insulte, riposta Jem, c'est un mot porte-malheur. Si je le dis encore une fois en te pointant du doigt... alors... tu pourrais être malchanceux pendant une semaine. Peut-être que les orteils vont te tomber. Je compte jusqu'à dix et si tu m'as pas répondu, je te dis le mot porte-malheur. »

Fred ne le croyait pas. Mais comme il y avait la course de patins ce soir-là, il ne voulait pas courir de risques. Et puis, les orteils étaient les orteils. Quatre, cinq, six, et il céda.

« Ça va, casse-toi pas la mâchoire à le répéter. Mac sait où est ton cochon... il me l'a dit. »

Mac n'était pas à l'école, mais quand Anne entendit l'histoire de Jem, elle téléphona à sa mère. Mme Reese se présenta un peu plus tard, rouge de honte.

« Mac n'a pas pris le petit cochon, Mme Blythe. Il voulait juste voir s'il s'ouvrait, alors quand Jem est sorti de la pièce, il lui a tordu la queue. Le cochonnet s'est séparé en deux et il n'a pas été capable de rassembler les morceaux. Il a donc mis les deux morceaux et l'argent dans une des bottes du dimanche de Jem qui se trouvait dans le placard. Il n'aurait pas dû y toucher... son père lui a tiré les vers du nez... mais il ne l'a pas *volé*, Mme Blythe. »

« Quel était ce mot que tu as dit à Fred Elliott, mon petit Jem chéri ? » demanda Susan une fois retrouvée la tirelire cassée et l'argent compté.

« Transsubstantionaliste, répondit fièrement Jem. Walter l'avait trouvé dans le dictionnaire la semaine dernière... tu sais qu'il aime les grands mots, Susan... et... et on a tous les deux appris à le prononcer. On l'a répété vingt et une fois dans notre lit avant de dormir, et on s'en est souvenu. »

À présent que le collier était acheté et rangé dans la troisième boîte du tiroir du milieu de la commode de Susan – Susan ayant été mise dans le secret depuis le début – Jem pensait que l'anniversaire n'arriverait jamais. Il jubilait devant sa mère qui ne soupçonnait rien. Elle ne se doutait pas de ce qui était caché dans le tiroir de Susan, elle ne se doutait pas de ce que sa fête lui apporterait, et quand elle chantait pour endormir les jumelles *À Saint-Malo beau port de mer Trois beaux navires sont arrivés*... elle ne se doutait pas de ce que les navires lui apporteraient.

Gilbert attrapa une grippe en mars qui tourna presque en pneumonie. On connut quelques jours d'inquiétude à Ingleside. Anne continua, comme d'habitude, à défroisser les draps, à consoler, à se pencher sur les lits, le soir, pour vérifier si les petits corps étaient bien au chaud ; mais les enfants s'ennuyaient de son rire.

« Qu'est-ce que le monde va devenir si papa meurt ? » chuchota Walter, les lèvres exsangues.

« Il ne va pas mourir, chéri. Il est hors de danger, maintenant. »

Anne elle-même se demandait ce que leur petit monde de Four Winds, des Glen et de l'entrée du port ferait si... si quelque chose arrivait à Gilbert. Tout le monde dépendait tellement de lui. Les gens du Glen En-Haut, en particulier,

semblaient réellement croire qu'il pouvait ressusciter les morts
et se retenait de le faire seulement pour ne pas contrecarrer les
desseins de la Providence. Il l'*avait* fait, une fois, affirmaient-
ils : le vieux Archibald MacGregor avait solennellement
assuré à Susan que Samuel Hewett était bel et bien mort
quand le Dr Blythe l'avait ramené à lui. Peu importe ce qui
s'était passé, quand les vivants voyaient à côté d'eux le visage
maigre et basané de Gilbert et ses yeux noisette amicaux et
qu'ils l'entendaient dire jovialement « Mon Dieu, vous n'avez
rien du tout », eh bien, ils y croyaient et guérissaient presque
toujours. Il y avait d'ailleurs plus d'enfants portant son prénom
qu'il ne pouvait en compter. Tout le district de Four Winds
était parsemé de jeunes Gilbert. Il y avait même une
minuscule Gilbertine.

Alors Gilbert se rétablit, Anne recommença à rire et ce
fut enfin la veille de l'anniversaire.

« Si tu te couches tôt, petit Jem, demain viendra plus
vite », assura Susan.

Jem essaya mais cela n'avait pas l'air de fonctionner.
Walter s'endormit rapidement, mais Jem n'arrêtait pas de
bouger. Il avait peur de s'endormir. Supposons qu'il ne se
réveille pas à temps et que quelqu'un d'autre ait déjà offert son
cadeau à maman ? Il voulait être le premier. Pourquoi n'avait il
pas demandé à Susan de le réveiller à tout prix ? Elle était allée
faire une visite, mais il le lui demanderait quand elle rentrerait.
Si seulement il pouvait être sûr de l'entendre ! Eh bien, il
n'avait qu'à aller s'étendre sur le canapé du salon et il ne
pourrait pas la manquer.

Jem se glissa en bas et se blottit sur le canapé. Il pouvait
voir le Glen. La lune remplissait de magie les vallons au milieu
des dunes blanches et couvertes de neige. Les grands arbres, si
mystérieux la nuit, tendaient leurs bras vers Ingleside. Il
entendait tous les bruits nocturnes d'une maison : les craquements du plancher, quelqu'un se tourner dans son lit,
l'effritement et la chute du charbon dans la cheminée, le galop
d'un mulot dans le vaisselier. Est-ce que c'était une avalanche ?
Non, seulement la neige glissant du toit. Il se sentait un peu

seul. Mon Dieu, pourquoi Susan ne revenait-elle pas? Si seulement Gyp était là, cher Gyppy. Avait-il oublié Gyp? Non, pas exactement oublié. Mais cela faisait moins mal maintenant de penser à lui... et on pensait à autre chose la plupart du temps. Dors bien, mon petit chien chéri. Peut-être qu'un jour, il aurait un autre chien, après tout. Ce serait bien s'il en avait un maintenant... ou Fripon. Mais Fripon n'était pas dans les parages. Espèce de vieux chat égoïste! Ne pensant qu'à ses propres affaires!

Aucun signe de Susan encore, revenant sur la longue route qui tournait sans fin à travers cette étrange étendue blanche sous la lune, étendue qui, le jour, lui était si familière. Eh bien, il n'aurait qu'à imaginer des choses pour passer le temps. Un jour, il irait à la Terre de Baffin vivre avec les Esquimaux. Un jour, il naviguerait sur des mers lointaines et ferait cuire un requin pour le dîner de Noël, comme le Capitaine Jim. Il irait en expédition au Congo à la recherche des gorilles. Il ferait de la plongée et vagabonderait à travers les murs de cristal radieux sous la mer. La prochaine fois qu'il irait à Avonlea, il demanderait à oncle Davy de lui montrer comment traire en faisant tomber le lait dans la gueule d'un chat. C'était la spécialité d'oncle Davy. Il deviendrait peut-être un pirate. Susan voulait qu'il soit pasteur. Un pasteur ferait davantage de bien, mais le pirate n'était-il pas celui qui s'amuserait le plus? Supposons que le petit soldat de bois saute du manteau de la cheminée et tire avec son fusil! Et que les chaises se mettent à marcher dans la pièce! Que le tigre du tapis devienne vivant! Que les monstres que lui et Walter «imaginaient» quand ils étaient très jeunes soient vraiment là! Jem eut soudain très peur. Pendant le jour, il n'oubliait pas souvent la différence entre le rêve et la réalité, mais ce n'était pas la même chose pendant cette interminable nuit. Tic tac, faisait l'horloge... tic tac... et pour chaque tic, il y avait un monstre assis sur une marche de l'escalier. L'escalier était noir de monstres. Ils resteraient là jusqu'au matin... *à baragouiner.*

Supposons que Dieu oublie de laisser le soleil se lever! Cette pensée était si terrible que Jem enfouit sa tête dans la couverture de laine, et c'est là que Susan le retrouva profondément endormi en rentrant dans l'orange flamboyant d'un lever de soleil hivernal.

« Petit Jem ! »

Jem s'étira et s'assit en bâillant. Le marchand de Givre d'argent avait passé une nuit très occupée et les bois étaient féeriques. Une colline lointaine était illuminée par une pointe écarlate. Tous les prés blancs au-delà du Glen étaient d'une charmante teinte rosée. C'était le matin de l'anniversaire d'Anne Blythe.

« Je t'attendais, Susan… pour te dire de me réveiller… et tu n'es jamais venue. »

« J'étais allée chez les Warren parce que leur tante venait de mourir, et ils m'ont demandé de rester pour veiller au corps, expliqua Susan avec bonne humeur. Je n'imaginais pas que tu essaierais d'attraper une pneumonie, toi aussi, dès que j'aurais le dos tourné. Va-t'en vite dans ton lit et j'vais t'appeler quand j'entendrai ta mère bouger. »

« Susan, comment on fait pour poignarder un requin ? » voulut savoir Jem avant d'aller au lit.

« J'en ai jamais poignardé », répondit Susan.

Quand il entra dans sa chambre, Anne était levée. Elle brossait ses longs cheveux luisants devant le miroir. Quel éclat prirent ses yeux quand elle vit le collier !

« Jem, mon chéri ! C'est pour moi ! »

« À présent, t'auras pas besoin d'attendre que le bateau de papa arrive », dit Jem avec une belle désinvolture. Quelle était cette chose verte qui brillait sur la main de maman ? Une bague… le cadeau de papa. Très bien, mais les bagues étaient si communes, même Sissy Flagg en avait une. Mais un collier de perles !

« Un collier est un si beau présent d'anniversaire », dit fièrement Anne.

20

Quand, un soir de la fin de mars, Gilbert et Anne allèrent dîner chez des amis à Charlottetown, Anne revêtit sa nouvelle robe vert d'eau dont le col et les poignets étaient garnis d'incrustations d'argent; et elle porta la bague d'émeraude de Gilbert et le collier de Jem.

«N'est-ce pas que j'ai une belle femme, Jem?» demanda fièrement Gilbert.

Jem pensa que sa mère était très belle et que la robe était ravissante. Comme les perles étaient jolies sur sa gorge blanche! Il aimait toujours voir sa mère vêtue avec élégance. Pourtant, il la préférait encore quand elle s'habillait plus simplement. Les bijoux la transformaient en étrangère. Elle n'était plus vraiment sa maman.

Après le souper, Jem se rendit au village faire une course pour Susan.

Et pendant qu'il attendait dans le magasin de M. Flagg, craignant un peu de voir entrer Sissy comme elle le faisait parfois de façon vraiment trop amicale, le vent souffla, le vent bouleversant de la désillusion, si terrible pour un enfant parce que si inattendu et apparemment si inévitable.

Deux filles se tenaient devant la vitrine où M. Flagg gardait les colliers, les gourmettes et les barrettes à cheveux.

«Ces colliers de perles sont vraiment jolis», remarqua Abbie Russell.

«On dirait presque que ce sont de vraies perles», ajouta Leona Reese.

Puis elles s'en allèrent, inconscientes de ce qu'elles avaient fait au petit garçon assis sur le baril de clous. Jem resta assis là encore quelques minutes. Il était incapable du moindre mouvement.

« Qu'est-ce qui se passe, fiston ? s'enquit M. Flagg. As-tu perdu un pain de ta fournée ? »

Jem lança un regard tragique à M. Flagg. Il avait la bouche étrangement sèche.

« S'il vous plaît, M. Flagg... est-ce que ces... ces colliers... ce sont de vraies perles, n'est-ce pas ? »

M. Flagg éclata de rire.

« Non, Jem. J'ai peur que tu ne puisses avoir de vraies perles pour cinquante cents, tu sais. Un collier de perles véritables comme celui-là coûterait des centaines de dollars. Ce ne sont que des boules nacrées, mais très bonnes pour le prix. Je les ai obtenues chez un commerçant en faillite... c'est pourquoi je peux les vendre si peu cher. D'ordinaire, ces colliers coûtent un dollar. Il en reste qu'un... ils se sont vendus comme de petits pains. »

Jem descendit du tonneau et sortit du magasin, oubliant ce pourquoi Susan l'avait envoyé. Il marcha comme un aveugle dans le chemin gelé jusqu'à la maison. Au-dessus de lui, le ciel d'hiver était dur et sombre ; on aurait dit que, pour employer le terme de Susan, cela « sentait » la neige et les flaques étaient couvertes d'une mince couche de glace. Le port s'étalait, noir et maussade, entre ses rives nues. Il n'était pas encore arrivé chez lui qu'une rafale commença à les blanchir. Il souhaitait qu'il neigeât... et neigeât... et neigeât... jusqu'à ce qu'il fût enseveli et tout le monde avec lui... à des mètres et des mètres de profondeur. Il n'y avait de justice nulle part ici-bas.

Jem avait le cœur brisé. Et que personne ne se moque de sa peine. Son humiliation était absolue et totale. Il avait offert à sa mère ce qu'il et elle avaient supposé être un collier de perles, et ce n'était qu'une vulgaire imitation. Qu'est-ce qu'elle dirait ? Comment se sentirait-elle quand elle le saurait ? Parce qu'il fallait évidemment qu'elle apprenne la vérité. Jem ne pensa pas un seul instant qu'il n'était pas nécessaire de lui dire. On ne devait pas « rire d'elle » plus longtemps. Il fallait qu'elle sache que ses perles n'étaient pas authentiques. Pauvre Anne ! Elle en était si fière. N'avait-il pas vu la fierté briller dans ses yeux quand elle l'avait embrassé pour le remercier ?

Jem se glissa par la porte de côté et alla directement dans sa chambre, où Walter dormait déjà profondément. Mais Jem ne pouvait dormir ; il était éveillé lorsque Anne entra pour vérifier que lui et Walter étaient bien couverts.

« Jem, mon chou, tu ne dors pas encore ? Tu n'es pas malade ? »

« Non, mais j'suis très malheureux ici, maman chérie », expliqua-t-il en mettant sa main sur son estomac, absolument sûr qu'il s'agissait de son cœur.

« Que se passe-t-il, mon chéri ? »

« Je... je... il faut que je t'avoue quelque chose, maman. Tu vas être très déçappointée, maman, mais j'voulais pas te décevoir, maman... c'est vrai. »

« J'en suis certaine, trésor. Qu'est-ce que c'est ? N'aie pas peur. »

« Oh ! Maman chérie, ces perles sont pas de vraies perles. J'pensais qu'elles l'étaient... je pensais vraiment. »

Les yeux de Jem étaient pleins de larmes. Il ne put continuer.

Si Anne eut envie de sourire, son visage demeura cependant impassible. Shirley s'était cogné la tête, ce jour-là, Nan s'était foulé la cheville, et Di avait une extinction de voix. Anne avait embrassé, pansé et soigné ; mais ceci était différent... nécessitant la sagesse secrète d'une mère.

« Jem, je n'ai jamais cru que tu pensais que c'étaient de vraies perles. Je savais qu'elles ne l'étaient pas, du moins, dans un sens. Dans un autre sens, elles sont les choses les plus authentiques qu'on m'ait jamais offertes. Parce qu'elles contiennent de l'amour, du travail et de l'abnégation... et cela me les rend plus précieuses que toutes les pierres que les plongeurs ont trouvées dans la mer pour les reines. Mon chéri, je n'échangerais pas mes jolies perles pour le collier qu'un millionnaire a offert à sa femme et qui coûtait un demi-million de dollars, comme je l'ai lu dans le journal hier soir. Cela te montre quelle valeur ton collier a pour moi, mon fiston adoré. Te sens-tu mieux, à présent ? »

Jem était si heureux qu'il en avait honte. Il craignait que ce ne fût puéril d'être si heureux. « Oh ! La vie est encore *supportable* », répondit il prudemment.

Les larmes avaient disparu de ses yeux brillants. Tout allait bien. Anne le tenait dans ses bras. Anne aimait le collier. Rien d'autre n'avait d'importance. Un jour, il lui en donnerait un qui ne coûterait pas seulement un demi-million, mais un million au complet. En attendant, il était fatigué, son lit était très chaud et confortable, les mains de sa mère sentaient la rose, et il ne haïssait plus Leona Reese.

« Maman chérie, tu es si jolie dans cette robe, dit-il d'une voix ensommeillée. Tu as l'air pure... comme le cacao Epps. »

Anne sourit en le serrant dans ses bras et songea à cette chose ridicule qu'elle avait lue le jour même dans une revue médicale, signée par le Dr V. Z. Tomachowsky. *« Vous ne devez jamais embrasser votre fils sinon vous lui donnerez le complexe de Jocaste. »* Elle en avait ri sur le coup tout en se sentant un peu choquée. Pauvre homme ! À présent, elle ne sentait plus que de la pitié pour l'auteur de cet article. Car, de toute évidence, V. Z. Tomachowsky était un homme. Jamais une femme n'aurait écrit quelque chose d'aussi stupide et d'aussi méchant.

21

Avril arriva magnifiquement sur la pointe des pieds cette année-là, et on connut quelques jours de soleil et de vents doux ; ensuite, une tempête de neige venant du nord-est couvrit de nouveau la terre d'un édredon immaculé. « C'est abominable, de la neige en avril, protesta Anne. C'est comme recevoir une gifle quand on attendait un baiser. » Ingleside fut orné d'une frange de glaçons et, pendant deux longues semaines, les journées furent humides et les nuits, mordantes. Puis la neige disparut de mauvaise grâce et, quand on sut la nouvelle que la première hirondelle avait été aperçue dans le Creux, Ingleside reprit courage et s'aventura à croire que le miracle du printemps allait réellement se produire.

« Oh ! Maman, ça sent le printemps aujourd'hui, s'écria Nan, respirant avec ravissement l'air frais. Maman, le printemps est une saison excitante, pas vrai ? »

Le printemps faisait ses premiers pas ce jour-là, comme un adorable bébé qui apprend à marcher. Des touches de vert commençaient à estomper les motifs d'hiver sur les prés et les arbres et Jem cueillit une fois de plus les premières fleurs de mai. Mais une dame incroyablement obèse, s'enfonçant, tout essoufflée, dans un des fauteuils d'Ingleside, soupira et déclara tristement que les printemps n'étaient plus aussi beaux que dans ses jeunes années.

« Vous ne croyez pas que c'est nous qui avons changé, non pas les printemps, Mme Mitchell ? » demanda Anne en souriant.

« Peut-être ben. En tout cas, moi, j'ai changé, j'le sais que trop. J'pense pas qu'en me regardant maintenant vous pourriez vous figurer que j'étais une des plus jolies filles du coin. »

Anne se dit qu'elle ne le penserait certainement pas, en effet. Sous le bonnet de crêpe et le long voile de veuve, les cheveux couleur souris de Mme Mitchell étaient clairsemés, raides et striés de gris; ses yeux bleus et inexpressifs étaient délavés et caves. Appeler son double menton un menton était de la pure charité. Mme Anthony Mitchell se sentait pourtant plutôt satisfaite d'elle-même car personne n'avait alors un plus bel accoutrement dans tout Four Winds. Sa volumineuse robe noire était en crêpe jusqu'aux genoux. À cette époque, c'était avec un sentiment de revanche qu'on portait le deuil.

Anne était épargnée de la nécessité de dire quoi que ce soit, Mme Mitchell ne lui en laissant pas la chance.

« Mon réservoir d'eau douce s'est tari cette semaine, il a une fuite, alors j'suis v'nue au village pour demander à Raymond Russell de v'nir le réparer. Et j'me suis dit : "Pendant que j'suis là, aussi bien en profiter pour aller à Ingleside demander à Mme Dr Blythe d'écrire une nécrologie pour Anthony". »

« Une notice nécrologique ? » fit Anne, stupéfaite.

« Oui, vous savez, ces choses qu'on met dans le journal sur les morts, expliqua Mme Mitchell. J'veux qu'Anthony en ait une très bonne... que'que chose hors du commun. Vous écrivez, pas vrai ? »

« J'écris occasionnellement des petites histoires, admit Anne. Mais une mère occupée n'a pas beaucoup de temps pour ça. J'ai déjà fait des rêves merveilleux, mais à présent, je crains de ne jamais voir mon nom inscrit dans le Répertoire des personnes célèbres, Mme Mitchell. Et je n'ai jamais écrit de notice nécrologique de ma vie. »

« Oh ! Ça doit pas être ben dur à écrire. Le vieux Charlie Bates par chez nous écrit la plupart de celles du Glen En-Bas, mais il est pas poétique du tout et c'est un poème que j'veux pour Anthony. J'suis allée écouter votre causerie sur les pansements la s'maine passée à l'Institut du Glen, et j'me suis dit à moi-même : "Une aussi belle parleuse doit être capable

d'écrire une nécrologie vraiment poétique." Vous allez l'faire
pour moi, hein, Mme Blythe? Anthony aurait aimé ça. Il vous
a toujours admirée. Il a dit une fois que quand vous entriez
dans une pièce, toutes les autres femmes avaient l'air "communes et sans distinction". Des fois, il parlait d'une manière
très poétique, mais il était bien intentionné. J'ai lu plein
de nécrologies – j'en ai un gros album – mais il m'semble qu'il
en aurait pas aimé une seule. Il avait coutume d'en rire
tellement. Et il est temps que ça se fasse. Ça fait deux mois
qu'il est mort. Il a langui pas mal, mais il a pas souffert. C'est
une période très malcommode pour mourir, le printemps,
mais j'ai fait tout c'que j'ai pu quand même. J'suppose que
l'vieux Charlie va être furieux que j'demande à quelqu'un
d'autre d'écrire la nécrologie d'Anthony, mais j'm'en fiche.
Le vieux Charlie a un vocabulaire fantastique, mais lui et
Anthony se sont jamais trop entendus et, bref, j'ai pas
l'intention qu'il écrive la nécrologie d'Anthony. J'ai été la
femme d'Anthony, sa femme fidèle et aimante pendant
trente-cinq ans, trente-cinq années, Mme Blythe », insista-t-
elle comme si elle craignait qu'Anne pense que c'était
seulement trente-quatre... « et j'veux qu'il ait une nécrologie
qu'il aimerait, même si je dois me démener pour l'avoir. Ma
fille Seraphine pense comme moi; elle s'est mariée à
Lowbridge, vous savez... c'est un beau nom, Seraphine, vous
trouvez pas? Je l'ai trouvé sur une pierre tombale. Anthony
l'aimait pas; il voulait qu'on l'appelle Judith comme sa mère,
mais j'ai dit que c'était un nom trop solennel et il a cédé très
gentiment. Il était bon à rien pour argumenter... même s'il l'a
toujours appelée Seraph... Où en étais-je? »

« Votre fille disait... »

« Oh! oui, Seraphine m'a dit : "Maman, peu importe le
reste, mais que papa ait une nécrologie vraiment belle." Elle
et son père étaient toujours très complices, même s'il se
moquait un peu d'elle de temps en temps, exactement comme
il faisait avec moi. Alors, vous allez le faire, Mme Blythe? »

« Je ne connais vraiment pas grand-chose sur votre mari,
Mme Mitchell. »

« Oh ! J'peux tout vous raconter sur lui, à condition de ne pas me d'mander la couleur de ses yeux. Savez-vous, Mme Blythe, que quand Seraphine et moi on parlait de lui après les funérailles, j'pouvais pas me rappeler la couleur de ses yeux, après avoir vécu trente-cinq ans avec lui ? C'que j'peux dire, c'est qu'ils étaient doux et rêveurs, en tout cas, et même implorants, quand il me courtisait. Il a vraiment eu d'la misère à m'avoir, Mme Blythe. Il m'en a voulu pendant des années. J'étais pleine de vie, dans c'temps-là, et c'était moi qui décidait. L'histoire de ma vie est très passionnante si jamais vous êtes à court de sujets, Mme Blythe. Ah ! Seigneur, ce temps-là est révolu. J'avais plus d'amoureux que j'pouvais en repousser. Mais ils allaient et venaient, alors qu'Anthony, lui, venait seulement. Il paraissait bien, aussi – un bel homme maigre. J'ai jamais pu supporter les gros hommes. Et il était d'une classe sociale un peu plus élevée que moi, j'serais la dernière à le nier. "Ça s'ra un échelon de grimpé pour une Plummer que de marier un Mitchell", disait ma mère... J'étais une Plummer, Mme Blythe, la fille de John A. Plummer. Et il me faisait des compliments si romantiques, Mme Blythe. Une fois, il m'a dit que j'avais le charme éthéré d'un clair de lune. J'savais que c'était beau, même si j'connaissais pas le mot "éthéré". J'ai toujours eu l'intention de chercher dans le dictionnaire, mais j'y pense jamais. Bon, j'lui ai finalement donné ma parole d'honneur que j'l'épouserais. C'est-à-dire, j'ai dit que j'serais sa femme. Seigneur, vous auriez dû me voir dans ma robe de mariée, Mme Blythe. Tout le monde disait que j'avais l'air d'une image. Mince comme une truite avec des cheveux plus blonds que l'or, et un teint ! Ah ! On change terriblement avec le temps ! Vous êtes pas encore rendue là, vous, Mme Blythe. Vous êtes encore très jolie, et une femme ben instruite par-dessus le marché. Ah ! On peut pas toutes être intelligentes, il y en a qui doivent faire la cuisine. La robe que vous portez est très belle, Mme Blythe. J'ai remarqué que vous ne portez jamais de noir. Vous avez ben raison. Vous serez obligée d'en porter bien assez tôt. Portez-en pas avant d'être obligée, comme je dis toujours. Bon, où en étais-je ? »

« Vous étiez en train d'essayer de me dire quelque chose au sujet de M. Mitchell. »

« Oh ! oui. Ben, on s'est mariés. Il y avait une grosse comète cette nuit-là. J'me souviens de l'avoir vue quand on s'en allait chez nous. C'est vraiment dommage que vous n'ayez pas vu cette comète, Mme Blythe. Elle était si jolie. J'imagine que vous pourrez pas la mettre dans la nécrologie, n'est-ce pas ? »

« Ce... ce sera peut-être difficile. »

« Bon », Mme Mitchell renonça à la comète en soupirant. « Vous ferez de votre mieux. Il a pas eu une vie très excitante. Il s'est saoulé une fois, il a dit qu'il voulait juste voir à quoi ça ressemblait – il a toujours eu l'esprit curieux. Mais vous pouvez évidemment pas mettre ça dans sa nécrologie. Y a pas grand-chose d'autre qui lui soit arrivé. C'est pas pour me plaindre, mais pour dire les choses comme elles sont, il était un peu mou et facile à manier. Il aurait pu passer une heure à regarder une primerose. Seigneur, comme il aimait les fleurs ! Il avait horreur de faucher les boutons d'or. Il se fichait que la récolte de blé soit mauvaise, en autant qu'il y avait des asters et des verges d'or. Et les arbres – si vous aviez vu son verger – j'lui disais toujours, pour plaisanter, qu'il aimait plus ses arbres que moi. Et sa ferme... Seigneur, comme il aimait sa parcelle de terre. Il avait l'air de la prendre pour un être humain. Combien de fois je l'ai entendu dire : "Je pense que je vais sortir bavarder un peu avec ma ferme." Quand on a vieilli, je lui ai demandé de vendre, vu qu'on n'avait pas de fils, et de prendre notre retraite à Lowbridge, mais il a refusé : "J'peux pas vendre ma ferme, qu'il a dit. J'peux pas vendre mon cœur." Les hommes sont drôles, vous trouvez pas ? Peu de temps avant sa mort, il a eu envie d'une poule bouillie pour le dîner, "cuite à ta façon", qu'il a dit. Il a toujours apprécié ma cuisine, si j'peux dire. La seule chose qu'il pouvait pas supporter, c'était ma salade de laitue avec des noix. Il disait que les noix arrivaient comme un cheveu sur la soupe. Mais il y avait pas de poule à sacrifier, elles étaient toutes de bonnes pondeuses, et il restait rien qu'un coq et j'pouvais évidemment pas le tuer. Mon Dieu ! J'aime tellement voir les coqs se pavaner. Y a-t-il quelque chose de plus beau qu'un beau coq, Mme Blythe? Bien, où en étais-je?»

«Vous disiez que votre mari voulait que vous lui fassiez cuire une poule.»

«Oh! oui. Et j'ai pas arrêté de le regretter depuis. J'me réveille la nuit pour y penser. Mais j'savais pas qu'il allait mourir, Mme Blythe. Il se plaignait jamais et disait toujours qu'il se sentait mieux. Il s'est intéressé aux choses jusqu'à la fin. Si j'avais su qu'il allait mourir, Mme Blythe, j'lui aurais fait cuire une poule, œufs ou pas œufs.»

Mme Mitchell enleva ses mitaines de dentelle d'un noir rouillé et s'essuya les yeux avec un mouchoir à la bordure noire de deux pouces.

«Il aurait aimé ça, sanglota-t-elle. Il a eu ses vraies dents jusqu'à la fin, le pauvre chéri. Bon, en tout cas... dit-elle en repliant le mouchoir et en remettant ses mitaines, comme il avait soixante-cinq ans, il était pas loin de l'âge prescrit par la Bible. Et j'ai une autre plaque commémorative. Mary Martha Plummer et moi, on a commencé à collectionner les plaques en même temps, mais elle m'a vite dépassée. Elle a perdu tellement de parenté, sans parler de ses trois enfants. Elle a plus d'plaques commémoratives que n'importe qui dans le coin. J'semblais pas avoir beaucoup de chance, mais j'ai finalement rempli le dessus de ma cheminée. Mon cousin, Thomas Bates, a été enterré la semaine passée et j'voulais que sa femme me donne la plaque, mais elle l'a enterrée avec lui. Elle a dit que collectionner les plaques commémoratives était un restant de barbarie. Elle était une Hampson et les Hampson ont toujours été bizarres. Mon Dieu, où en étais-je?»

Cette fois, Anne était réellement incapable de dire à Mme Mitchell où elle en était. Les plaques l'avaient abasourdie.

«Oh! Eh bien, en tout cas, le pauvre Anthony est mort. "Je pars content et l'âme en paix" est tout ce qu'il en a dit, mais il a souri jusqu'à la fin... au plafond, pas à moi ni à Seraphine. Ça m'fait tant plaisir qu'il ait été si heureux juste avant de mourir. Il m'est arrivé de penser qu'il était peut-être pas tout à fait heureux, Mme Blythe – il était si terriblement nerveux et sensible. Mais il avait un air vraiment noble et sublime dans son cercueil. On lui a fait de belles funérailles. Il faisait si beau, ce jour-là. J'ai eu des vertiges à la fin, mais à part ça, tout s'est bien passé. On l'a enterré dans le cimetière du Glen d'En-Bas même si toute sa famille est ensevelie à Lowbridge. Mais il y avait longtemps qu'il avait choisi son cimetière. Il disait qu'il voulait être enterré près de sa ferme et où il pourrait entendre le bruit de la mer et du vent dans les arbres – il y a des arbres de trois côtés de ce cimetière, vous savez. Moi aussi, j'étais contente. J'ai toujours trouvé que c'était un petit cimetière si douillet et on peut faire pousser des géraniums sur sa tombe. C'était un homme si bon, il doit être au ciel à présent, alors ça ne doit pas vous inquiéter. Il m'a toujours semblé que ça devait être une telle corvée d'écrire une nécrologie quand on sait pas où se trouve le disparu. J'peux donc compter sur vous, Mme Blythe ?»

Anne consentit, car elle avait l'impression que Mme Mitchell resterait là à parler jusqu'à ce qu'elle cède, mais, poussant un autre soupir de soulagement, celle-ci réussit à s'extraire du fauteuil.

«Il faut que j'parte. J'attends une couvée de dindonneaux aujourd'hui. J'ai bien aimé notre conversation et j'aurais voulu rester plus longtemps. On s'ennuie quand on est veuve. C'est pas que j'accorde tant d'importance à un homme, mais il nous manque, comme qui dirait, quand il nous quitte.»

Anne l'accompagna poliment dans l'allée. Les enfants pourchassaient des hirondelles sur la pelouse et on voyait des jonquilles partout.

«C'est une belle et fière maison que vous avez là, Mme Blythe, réellement belle et fière. J'ai toujours eu l'impression que j'aurais aimé avoir une grande maison. Mais avec seulement nous deux et Seraphine – où on aurait pris l'argent ? Et de toute façon, Anthony ne voulait pas en entendre parler. Il avait tellement d'affection pour sa vieille maison. J'ai l'intention de la vendre si j'ai une offre convenable et d'aller m'installer à Lowbridge ou à Mowbray Narrows, quand j'aurai décidé lequel des deux endroits convient l'mieux à une veuve.

L'assurance d'Anthony va tomber à pic. Quoi qu'on en dise, vaut mieux porter sa peine les mains pleines que vides. Vous verrez quand vous serez veuve, vous aussi, bien que j'espère que ça sera pas avant quelques années. Comment se porte le docteur ? Comme on a eu beaucoup de maladies cet hiver, il a dû s'en tirer pas trop mal. Mon Dieu, quelle belle petite famille vous avez ! Trois filles ! C'est bien maintenant, mais attendez qu'elles soient rendues à l'âge d'être folles des garçons. C'est pas que j'aie eu tellement de problèmes avec Seraphine. Elle était tranquille comme son père, et tête de mule comme lui. Quand elle est tombée en amour avec John Whitaker, il a fallu qu'elle l'épouse, malgré tout c'que j'ai pu lui dire. Vous avez un frêne ? Vous auriez dû le planter devant la porte d'entrée. Il empêcherait les fées d'entrer. »

« Mais qui voudrait empêcher les fées d'entrer, Mme Mitchell ? »

« Maintenant, vous parlez comme Anthony. Je plaisantais, bien entendu. Je crois pas aux fées, mais si jamais elles existaient, j'ai entendu dire qu'elles sont très malignes. Eh bien, au revoir, Mme Blythe. Je reviendrai la semaine prochaine pour la nécrologie. »

22

« Vous vous êtes fait emberlificoter, chère Mme Docteur », dit Susan qui avait entendu presque toute la conversation en polissant l'argenterie dans le garde-manger.

« N'est-ce pas ? Mais, Susan, je veux vraiment écrire cette "nécrologie". J'aimais bien Anthony Mitchell, même si je l'ai très peu connu, et je suis convaincue qu'il se retournerait dans sa tombe si sa notice ressemblait à celles du *Daily Enterprise*. Anthony avait un sens de l'humour inconvenant. »

« Anthony Mitchell était un très chic type dans sa jeunesse, chère Mme Docteur. Bien qu'un peu rêveur, à c'qu'on disait. Il se démenait pas assez pour plaire à Bessy Plummer, mais il a mené une vie respectable et a payé ses dettes. Il a évidemment marié la fille qui lui convenait le moins. Mais même si Bessy Plummer ressemble aujourd'hui à une carte de Saint-Valentin comique, elle était belle comme une image dans l'temps. Y en a parmi nous, chère Mme Docteur, conclut Susan en soupirant, qui n'ont même pas le privilège d'avoir de tels souvenirs. »

« Maman, dit Walter, il y a plein de libellules autour du porche arrière. Et un couple d'hirondelles a commencé à faire son nid sur le rebord de la fenêtre du garde-manger. Tu vas les laisser, n'est-ce pas, maman ? Tu n'ouvriras pas la fenêtre pour les chasser ? »

Anne avait rencontré Anthony Mitchell une ou deux fois, même si la petite maison grise où il vivait, entre le bois d'épinettes et l'océan, nichée sous un grand saule comme sous un immense parapluie, se trouvait au Glen En-Bas et que c'était le médecin de Mowbray Narrows qui soignait la plupart des gens qui y habitaient. Mais Gilbert lui achetait du foin à l'occasion. Anne lui avait fait visiter son jardin et ils avaient découvert qu'ils parlaient le même langage. Anthony Mitchell lui avait plus son maigre visage buriné, ses yeux noisette jaunâtre, braves et perçants qui n'avaient jamais été trompés, sauf une fois, peut-être, quand la beauté superficielle et éphémère de Bessy Plummer lui avait fait faire un mariage absurde. Il n'avait pourtant jamais paru malheureux ou insatisfait. En autant qu'il pouvait labourer son jardin et moissonner, il était aussi content qu'un vieux pré ensoleillé. Ses cheveux noirs étaient légèrement givrés d'argent, et ses rares mais gentils sourires révélaient un esprit mûr et serein. Ses vieux champs lui avaient donné le pain et les plaisirs, la joie de la conquête et le réconfort dans la peine. Anne était contente qu'il soit enterré près d'eux. Il était peut-être parti « content », mais il avait également vécu content. Le médecin de Mowbray Narrows avait raconté que quand il avait appris à Anthony Mitchell qu'il ne pouvait lui donner aucun espoir de se rétablir, Anthony avait souri et répondu : « Mon Dieu, la vie est devenue un tantinet monotone maintenant que je me fais vieux. La mort sera un changement. D'ailleurs, elle m'intrigue réellement, docteur. » Même Mme Anthony, au milieu de tous ses propos incohérents, avait laissé échapper certaines choses qui révélaient le véritable Anthony.

Anne écrivit « La Tombe du vieil homme » deux ou trois soirs plus tard près de la fenêtre de sa chambre et relut son texte avec satisfaction.

Creusez-la où l'on entend les vents
Gémir dans les pins, très doucement,
Où l'on entend la mer murmurer
À l'est, à travers le pré,
Et la pluie fredonner en tombant
Sur son sommeil, mélodieusement.

Creusez-la où les grands prés
S'étalent verts, de chaque côté,
Près des champs qu'il a moissonnés
Dans l'odeur du trèfle qu'il a aimée
Et creusez là près des vergers
Où sont les arbres qu'il a jadis plantés.

Creusez-la pour qu'il soit tout près
Du scintillement des étoiles, à jamais,
Et où se répandra la splendeur du soleil levant
Autour de sa couche, généreusement,
Où ramperont les herbes couvertes de rosée
Pour son sommeil, tendrement, protéger.

Puisqu'elles étaient chères à son cœur
Pendant tant d'années de bonheur,
Que ces merveilles
Sur son lieu de repos veillent,
Et que la plainte de l'océan
Soit son hymne funèbre, éternellement.

« Je crois que cela aurait plu à Anthony Mitchell », dit Anne, ouvrant la fenêtre pour se pencher vers le printemps. On voyait déjà de petites rangées irrégulières de jeunes laitues dans le jardin des enfants ; le soleil couchant était doux et rose derrière les érables ; le Creux résonnait du rire léger et cristallin des enfants.

« Le printemps est si charmant que je déteste devoir me coucher et en manquer un instant », dit Anne.

Mme Anthony Mitchell vint, un après-midi de la semaine suivante, chercher sa « nécrologie ». Anne la lui lut avec une pointe de fierté, mais le visage de Mme Anthony exprimait des sentiments quelque peu mitigés.

« Mon Dieu, c'est très pétillant, je dirais. Vous exprimez si bien les choses. Mais... mais... vous avez pas dit qu'il était au paradis. Vous en étiez pas sûre ? »

« Tellement certaine qu'il n'était pas nécessaire de le mentionner, Mme Mitchell. »

« Mais *certaines* personnes pourraient en douter. Il... il allait pas à l'église aussi souvent qu'il l'aurait pu, même s'il était un membre en bonne et due forme. Et ça dit pas son âge, et ça mentionne pas les fleurs. Seigneur ! On pouvait tout simplement pas compter les couronnes sur son cercueil. J'pensais pourtant que les fleurs étaient assez poétiques ! »

« Je regrette... »

« Oh ! J'vous blâme pas, pas une miette. Vous avez fait votre possible et ça sonne très bien. Combien je vous dois ? »

« Mais... mon Dieu, rien, Mme Mitchell. Je n'aurais jamais pensé à une telle chose. »

« Bon, j'me doutais que vous diriez ça, alors j'vous ai apporté une bouteille de mon vin de pissenlits. Ça soulage l'estomac, si vous avez des gaz. J'vous aurais bien apporté une bouteille de mon thé d'herbes, mais j'ai eu peur que le docteur soit pas d'accord. Mais si vous pensez que vous pourriez en garder sans qu'il le sache, vous avez qu'à me le dire. »

« Non, je vous remercie », répondit sèchement Anne. Elle n'était pas encore tout à fait revenue de l'épithète « pétillant ».

« C'est comme vous voudrez. Vous seriez la bienvenue. J'aurai pas besoin d'autres médicaments ce printemps. Quand mon cousin au deuxième degré, Malachi Plummer, est mort l'hiver dernier, j'ai demandé à sa veuve de me donner les trois bouteilles de remèdes qui restaient. Ils les commandaient à la douzaine. Elle allait les jeter mais j'ai jamais supporté le gaspillage. J'pouvais pas en prendre plus d'une bouteille moi-même, mais j'ai donné les deux autres à notre homme de peine. "Si ça vous fait pas de bien, ça peut pas vous faire de mal non plus", que j'lui ai dit. J'dirai pas que ça m'soulage pas qu'vous vouliez pas être payée, parce que j'suis plutôt à court d'argent ces temps-ci. Ça coûte tellement cher, des funérailles, même si D. B. Martin est à peu près l'entrepreneur de pompes funèbres le moins cher du coin. J'ai même pas encore payé mes habits noirs. J'me sentirai pas réellement en deuil avant que ça soit fait. J'ai heureusement pas été obligée d'acheter un nouveau bonnet. C'est celui que j'avais fait faire pour les funérailles de maman il y a dix ans. C'est une chance que le noir m'aille bien, n'est-ce pas? Si vous voyiez la veuve de Malachi Plummer maintenant, avec son visage jaunâtre! Bon, il faut que j'parte. Et j'vous suis bien reconnaissante, Mme Blythe, même si... mais j'suis certaine que vous avez fait de votre mieux, c'est d'la belle poésie. »

« Voulez-vous rester souper avec nous? lui proposa Anne. Nous sommes seules, Susan et moi... le docteur est absent et les enfants font leur premier pique-nique dans le Creux. »

« J'veux bien, accepta Mme Anthony, se reglissant de bon gré dans son fauteuil. Ça m'fera plaisir de rester un peu plus longtemps. D'une certaine façon, ça prend tellement de temps avant d'être reposée quand on vieillit. Et, ajouta-t-elle avec un sourire de béatitude rêveuse sur son visage rose, est-ce que j'ai pas senti l'odeur des panais frits? »

Anne regretta presque d'avoir offert les panais frits quand le *Daily Enterprise* arriva la semaine suivante. Là, dans la colonne des notices nécrologiques, se trouvait « La Tombe du vieil homme »... avec cinq strophes au lieu des quatre d'origine. Et la cinquième était :

> *« Un compagnon, un soutien, un mari merveilleux,*
> *Un des meilleurs jamais créés par Dieu,*
> *Tendre et loyal, un merveilleux mari*
> *Un sur un million, et c'était toi, cher Anthony. »*

Ingleside fut frappé de stupeur.

« J'espère que ça vous a pas dérangée que j'aie ajouté une strophe, dit Mme Mitchell à Anne lors de la réunion suivante de l'Institut. J'voulais juste louanger Anthony un peu plus, et c'est mon neveu, Johnny Plummer, qui l'a écrite. Il s'est juste assis et l'a gribouillée en un clin d'œil. Il est comme vous... il a pas l'air brillant mais il peut rimer. Il tient ça de sa mère, c'était une Wickford. Les Plummer ont pas un grain de poésie, pas un grain. »

« Quel dommage que vous n'ayez pas pensé à lui faire rédiger toute la "nécrologie" en premier lieu », dit froidement Anne.

«Oui, n'est-ce pas? Mais j'savais pas qu'il pouvait écrire des poèmes et j'avais décidé que l'adieu d'Anthony serait poétique. Ensuite, sa mère m'a montré un poème qu'il avait composé à propos d'un écureuil noyé dans un seau de sirop d'érable – une chose bien touchante. Mais le vôtre était très beau, lui aussi, Mme Blythe. J'trouve que les deux ensemble donnent quelque chose hors du commun, vous pensez pas?»

«C'est le moins qu'on puisse dire», répondit Anne.

23

Les enfants d'Ingleside n'avaient pas de chance avec leurs animaux familiers. Le chiot noir frisé et frétillant que Gilbert avait rapporté un jour de Charlottetown se sauva une semaine plus tard et disparut dans la brume. On n'en entendit plus jamais parler, et bien qu'il y eût des rumeurs à propos d'un marin de l'entrée du port qu'on avait aperçu en train d'embarquer un petit chien noir sur son navire la nuit de son départ, son sort resta l'un des sombres et profonds mystères irrésolus des chroniques d'Ingleside. Walter réagit plus mal que Jem qui, n'ayant pas encore tout à fait oublié l'angoisse causée par la mort de Gyp, n'allait plus jamais se laisser aller à aimer un chien de cette façon déraisonnable. Ensuite, Tom le Tigre, qui vivait dans la grange et ne fut jamais autorisé à pénétrer dans la maison à cause de ses propensions au vol mais qui était quand même passablement cajolé, fut trouvé raide mort sur le plancher de la grange et enterré en grandes pompes dans le Creux.

Finalement, Brioche, le lapin de Jem, acheté à Joe Russell pour la somme de vingt-cinq cents, tomba malade et mourut. Son décès fut peut-être précipité par une dose de médicament breveté que Jem lui avait administrée, et peut-être pas. C'est Joe qui le lui avait conseillé et Joe devait savoir ce qu'il faisait. Mais Jem eut l'impression d'avoir assassiné Brioche.

« A-t-on jeté un sort sur Ingleside ? » demanda-t-il sombrement quand Brioche fut mis en terre pour reposer auprès de

Tom le Tigre. Walter lui composa une épitaphe, et lui, Jem et
les jumelles portèrent pendant une semaine un ruban noir
noué autour du bras, à la grande horreur de Susan qui considérait cela comme un sacrilège. Susan n'était pas, quant à elle,
inconsolable de la perte de Brioche qui avait fait du ravage
dans son jardin. Elle approuva encore moins les deux crapauds
que Walter avait installés dans la cave. Le soir venu, elle en
mit un dehors mais ne put trouver l'autre et Walter resta
éveillé, plein d'inquiétude.

« Peut-être qu'ils étaient mari et femme, songea-t-il. Peut-
être qu'ils sont terriblement malheureux et qu'ils s'ennuient à
présent qu'ils sont séparés. Comme c'est le plus petit que
Susan a mis dehors, j'suppose que c'était la dame crapaud et
qu'elle doit être mortellement terrifiée, toute seule dans la
grande cour sans personne pour la protéger... exactement
comme une veuve. »

L'esprit torturé par les soucis de la veuve, Walter se glissa
dans la cave à la recherche de monsieur crapaud, mais ne
réussit qu'à heurter une pile de vieilles casseroles de Susan,
ce qui produisit un vacarme suffisant pour réveiller les morts.
Il ne réveilla cependant que Susan qui se précipita en bas
avec une bougie dont la flamme vacillante dessinait sur son
visage émacié les ombres les plus inquiétantes.

« Walter Blythe ! Qu'est-ce que tu fais ici ? »

« Il faut que j'trouve ce crapaud, Susan, répondit Walter
d'un air désespéré. Susan, as-tu pensé comment tu te sentirais
sans ton mari, si t'en avais un ? »

« Grand Dieu ! Mais de quoi parle-tu ? » s'écria Susan,
totalement mystifiée.

À cet instant, le monsieur crapaud, qui avait de façon
manifeste renoncé à l'idée de passer pour perdu lorsque Susan
était entrée en scène, surgit de derrière un baril de cornichons.
Walter se précipita sur lui et le glissa par la fenêtre, espérant
qu'il retrouva sa supposée dulcinée et qu'ils vécurent à jamais
heureux par la suite.

« Tu sais que tu n'aurais pas dû apporter ces créatures
dans la cave, dit sèchement Susan. De quoi vivraient-elles ? »

« J'avais évidemment l'intention de leur attraper des insectes, protesta Walter, déçu. Je voulais les *étudier*. »

« Y a vraiment rien à faire avec eux », gémit Susan en suivant un jeune Blythe indigné dans l'escalier. Et elle ne parlait pas des crapauds !

Ils eurent plus de chance avec leur rouge-gorge. Ils l'avaient découvert, encore un oisillon, un matin de juin, sur le seuil de la porte, après une tempête de pluie et de vent. Il avait le dos gris, la poitrine tachetée et les yeux clairs et, dès le début, il parut vouer une entière confiance à tous les habitants d'Ingleside. Fripon lui-même ne tenta jamais de molester Hirondeau, puisque c'est ainsi qu'on l'appela, même quand il sautillait malicieusement jusqu'à son plat pour y picorer. On commença par le nourrir de vers et il avait un tel appétit que Shirley passait une grande partie de son temps à en déterrer pour lui. Il rangeait les vers dans des boîtes de métal qu'il laissait autour de la maison, au grand dégoût de Susan, mais elle aurait enduré bien davantage pour Hirondeau qui se posait avec tant de confiance sur son doigt usé par le travail et pépiait jusque sous son nez. Susan, qui s'était beaucoup entichée d'Hirondeau, jugea digne d'être mentionné dans une lettre à Rebecca Dew le fait que sa poitrine était en train de prendre une belle teinte rouge ocré.

« Je vous supplie de ne pas penser que mon intelligence faiblit, chère Mlle Dew, écrivait-elle. Je suppose que c'est très stupide d'être si attachée à un oiseau, mais le cœur humain a ses faiblesses. Il n'est pas en cage comme un canari, chose que je ne pourrais jamais supporter, chère Mlle Dew, mais il se promène en liberté dans la maison et le jardin, et dort sur une branche à côté de la plate-forme où Walter étudie dans le grand pommier, tout près de la fenêtre de Rilla. Une fois que les enfants l'avaient amené au Creux, il s'est envolé mais est revenu le soir à leur grande joie et à la mienne aussi, dois-je ajouter. »

Le Creux n'était désormais plus le « Creux ». Walter avait commencé à sentir qu'un endroit aussi ravissant méritait un nom plus en harmonie avec ses possibilités romantiques.

Un après-midi pluvieux, les enfants durent jouer dans le grenier, mais le soleil parut au début de la soirée et répandit sa splendeur sur le Glen. «Oh! Regardez le zoli arc-en-ciel!» s'écria Rilla qui zézayait toujours de façon charmante.

On n'avait jamais vu d'arc-en-ciel plus magnifique. Une de ses extrémités semblait reposer sur la flèche même de l'église presbytérienne tandis que l'autre tombait dans un coin envahi de roseaux de l'étang qui s'étendait à l'autre bout de la vallée. Et c'est à ce moment que Walter nomma l'endroit Vallée Arc-en-ciel.

La Vallée Arc-en-ciel était devenue tout un univers pour les enfants d'Ingleside. De petites brises y jouaient constamment et les chants des oiseaux y résonnaient du matin jusqu'au soir. Elle était parsemée de bouleaux blancs qui luisaient et, s'inspirant de l'un d'eux, appelé la Dame blanche, Walter imaginait qu'une petite nymphe venait tous les soirs bavarder avec eux. Il appela Arbres amoureux un érable et une épinette poussant si près l'un de l'autre que leurs branches s'entremêlaient, et il y avait accroché une vieille ficelle de grelots tintant comme un carillon magique et léger quand le vent l'agitait. Un dragon gardait le pont de pierre qu'ils avaient bâti au dessus du ruisseau. Les arbres qui se croisaient au-dessus pouvaient être au besoin des païens basanés et les mousses d'un vert intense le long des rives étaient des tapis non moins somptueux que ceux de Samarcande. Robin des Bois et ses joyeux lurons pointaient le nez de tous les côtés; trois lutins d'eau habitaient dans la source; la vieille maison Barclay, abandonnée, à l'autre bout du Glen, avec son fossé herbeux et son jardin envahi de cumin, se transformait facilement en château assiégé. L'épée des Croisés était depuis longtemps rouillée, mais le couteau de boucher d'Ingleside était une lame forgée au pays des fées et chaque fois que Susan cherchait le couvercle de sa rôtissoire, elle savait qu'il était en train de servir de bouclier à un chevalier rutilant et empanaché vivant une spectaculaire aventure dans la Vallée Arc-en-ciel.

Ils jouaient parfois aux pirates pour faire plaisir à Jem qui, à dix ans, commençait à apprécier les jeux d'aventure teintés de danger, mais Walter était toujours figé lorsqu'il fallait subir le supplice de la planche, jeu que Jem affectionnait particulièrement. Il se demandait parfois si Walter était réellement assez fort pour être un boucanier, quoiqu'il étouffât loyalement cette pensée et se battît plus d'une fois contre des garçons de l'école qui surnommaient Walter «Blythe la Femmelette»... ou l'avaient surnommé ainsi jusqu'à ce qu'ils découvrent que cela signifiait un affrontement en règle avec Jem qui avait la réputation d'être un boxeur imbattable.

Jem était désormais parfois autorisé à se rendre à l'entrée du port le soir pour acheter du poisson. C'était une course qui le ravissait, car cela voulait dire qu'il pouvait s'asseoir dans la cabane du Capitaine Malachi Russell au pied d'un champ en pente près du port, et écouter le Capitaine Malachi et ses compères, qui avaient déjà été de jeunes et vaillants marins, raconter leurs souvenirs. Chacun d'eux avait son mot à dire quand venait le temps des histoires. Le vieil Oliver Reese – qu'on soupçonnait vraiment d'avoir été pirate dans sa jeunesse – avait été capturé par un roi cannibale. Sam Elliott avait vécu le tremblement de terre de San Francisco. William «le Chauve» Macdougall avait eu un combat terrible avec un requin. Andy Baker avait été pris dans un tourbillon. Plus encore, Andy assurait qu'il pouvait cracher plus droit que n'importe quel homme de Four Winds. Le favori de Jem était le Capitaine Malachi au nez crochu, à la mâchoire osseuse et à la moustache grise et hérissée. Âgé de dix-sept ans seulement, il avait été capitaine d'une brigantine transportant jusqu'à Buenos Aires des cargaisons de bois. Il avait une ancre tatouée sur chacune de ses joues et une merveilleuse vieille montre qu'on remontait avec une clé. Quand il était de bonne humeur, il laissait Jem la remonter et quand il était de très bonne humeur, il l'amenait pêcher la morue ou déterrer les palourdes à marée basse, et quand il était d'une humeur exceptionnelle, il lui montrait ses nombreux modèles réduits de bateaux sculptés. Pour Jem, rien ne pouvait être plus romanesque. Parmi eux se trouvaient un drakkar à la voile carrée et rayée portant un effrayant dragon sur sa poupe, une caravelle de Christophe Colomb, le *Mayflower*, une vieille embarcation appelée le *Hollandais volant*, et d'innombrables brigantines, goélettes, barques, clippers et péniches à bois.

« Allez-vous me montrer à sculpter des bateaux comme ça, Capitaine Malachi ? » demanda Jem.

Le Capitaine hocha la tête et cracha d'un air songeur dans le golfe.

« Ça s'apprend pas avec des cours, petit. Faudrait qu'tu navigues sur les mers trente, quarante années et peut-être qu'alors tu comprendrais assez les navires pour le faire... que tu les comprendrais et les aimerais. Les navires, c'est comme les femmes, fiston, faut les comprendre et les aimer, sinon, ils livrent pas leurs secrets. Et même si tu pensais qu'tu connais un bateau de l'étrave à l'étambot, au-dedans comme au-dehors, tu pourrais t'apercevoir qu'il veut pas de toi et qu'la porte de son âme t'est fermée. Il s'envolerait de toi comme un oiseau si tu desserrais ton emprise sur lui. Y a un bateau sur lequel j'ai navigué et j'ai jamais été capable d'en fabriquer le modèle, même si j'ai essayé des centaines de fois. Quel vaisseau dur et têtu c'était ! Et il y avait une femme... mais il est temps que j'me ferme la trappe. J'ai un bateau tout prêt à entrer dans une bouteille et j'vais t'initier au secret, fiston. »

Jem n'a donc rien appris de plus sur la « femme », et cela lui était égal, car le sexe opposé ne l'intéressait pas, à part sa mère et Susan. Elles n'étaient d'ailleurs pas des « femmes ». Elles étaient simplement maman et Susan.

Après la mort de Gyp, Jem avait eu l'impression qu'il ne voudrait jamais un autre chien ; mais le temps cicatrise incroyablement les blessures et Jem commençait à avoir de nouveau envie d'un chien. Le chiot n'était pas vraiment un chien... il n'avait fait que passer. Jem avait une procession de chiens paradant autour des murs de son refuge au grenier où il conservait la collection de curiosités du Capitaine Jim, des chiens découpés dans les magazines : un imposant mastiff, un beau bouledogue à bajoues, un basset qui ressemblait à un chien qu'on aurait pris par la tête et les talons et étiré comme un élastique, un caniche rasé avec un pompon au bout de la queue, un fox-terrier, un chien-loup russe – Jem se demandait si un chien-loup russe trouvait parfois quelque chose à manger – un coquet poméranien, un dalmatien tacheté, un épagneul aux yeux implorants, tous des chiens de race mais auxquels il manquait quelque chose aux yeux de Jem. Il ne savait pourtant pas ce que c'était.

Puis, il y eut l'annonce dans le *Daily Enterprise*. « À vendre, un chien. Communiquer avec Roddy Crawford à l'entrée du port. » Rien d'autre. Jem n'aurait pu expliquer pourquoi cette annonce l'avait attiré ni pourquoi il avait trouvé de la tristesse dans sa brièveté même. Craig Russell lui apprit qui était Roddy Crawford.

« Le père de Roddy est mort il y a un mois et il a dû aller vivre avec sa tante en ville. Sa mère est morte depuis des années. Jake Millison a acheté la ferme. Mais la maison doit être démolie. Peut-être que sa tante lui permet pas de garder son chien. C'est pas un chien extraordinaire, mais Roddy lui a toujours été terriblement attaché. »

« Je me demande combien il veut le vendre. Je n'ai qu'un dollar. »

« J'imagine qu'il veut surtout un bon foyer pour lui, répondit Craig. Mais ton père te donnerait pas l'argent qui manque ? »

« Oui, mais je veux acheter un chien avec mon propre argent, insista Jem. Je sentirais qu'il est plus à moi. »

Ce soir-là, Gilbert amena Jem à la vieille ferme en ruines, où ils trouvèrent Roddy Crawford et son chien. Roddy était un gamin de l'âge de Jem, un garçon pâlot aux cheveux brun roux, raides, et au visage semé de taches de rousseur ; son chien avait des soyeuses oreilles brunes, une truffe et une queue brunes et les plus beaux et doux yeux bruns qu'un chien eût jamais eus. Dès qu'il vit ce chien adorable, avec la raie blanche qui se séparait en deux branches entre ses yeux et encadrait son museau, Jem sut qu'il le voulait.

« Tu veux vendre ton chien ? » demanda-t-il avec enthousiasme.

« C'est pas que j'veuille le vendre, expliqua mélancoliquement Roddy. Mais Jake dit que j'dois le faire, sinon il va le noyer. Il dit que Tante Vinnie ne veut pas de chien chez elle. »

« Combien en demandes-tu ? » reprit Jem, craignant d'entendre un chiffre astronomique.

Roddy avala bruyamment sa salive. Puis il lui tendit son chien.

« Tiens, prends-le, dit-il d'une voix rauque. Pas question que j'le vende... pas question. Bruno n'a pas de prix. Si tu lui donnes un bon foyer... et que t'es gentil avec lui... »

« Oh ! Je le traiterai avec bonté, assura Jem avec empressement. Mais tu dois prendre mon dollar. Je ne sentirai pas que c'est mon chien si tu refuses. Je ne le prendrai pas si tu refuses. »

Il fourra le billet dans la main que Roddy tendit à contrecœur, prit Bruno et le serra contre sa poitrine. Le petit chien se retourna vers son maître. Jem ne put voir ses yeux, mais il vit ceux de Roddy.

« Si tu veux tellement le garder... »

« Je le veux, mais je n'peux pas l'avoir, interrompit Roddy. Y a cinq personnes qui sont venues pour le prendre, mais j'ai voulu le laisser à aucune d'elles. Ça a mis Jake très en colère, mais ça m'est égal. Ces gens n'étaient pas convenables. Mais toi... Comme j'peux pas le garder, j'veux que ça soit toi qui l'aies... et que tu l'enlèves de ma vue le plus vite possible ! »

Jem obéit. Le petit chien tremblait dans ses bras, mais il ne protesta pas. Jem le tint tendrement pendant tout le chemin de retour.

« Papa, comment Adam savait-il qu'un chien était un chien au Paradis terrestre ? »

« Parce qu'un chien ne pouvait être rien d'autre qu'un chien, répondit Gilbert en souriant. Tu ne crois pas ? »

Jem était si ému qu'il mit très longtemps à s'endormir, cette nuit-là. Il n'avait jamais vu un chien qu'il aimait autant que Bruno. Pas étonnant que Roddy répugnait à se séparer de lui. Mais Bruno oublierait vite Roddy et l'aimerait, *lui.* Ils deviendraient de bons amis. Il devait penser à demander à Anne de s'assurer que le boucher avait envoyé les os.

« J'aime tout le monde et j'aime tout, dit Jem. Cher Dieu, bénissez tous les chats et tous les chiens de la terre, mais particulièrement Bruno. »

Jem finit par s'endormir. Peut-être que le petit chien couché au pied du lit, le menton sur ses pattes étendues, dormit, lui aussi ; ou peut-être que non !

24

Hirondeau ne vivait plus uniquement de vers de terre, mais mangeait du riz, du maïs, de la laitue et des graines de capucines. Il était devenu énorme – le «gros rouge-gorge» d'Ingleside était célèbre dans les environs – et sa poitrine avait pris une belle couleur vermeille. Il se perchait sur l'épaule de Susan et la regardait tricoter. Il volait à la rencontre d'Anne quand elle revenait après s'être absentée et la précédait en sautillant à l'intérieur de la maison; il venait chaque matin chercher des miettes sur le rebord de la fenêtre de Walter. On avait installé une bassine près de la haie d'églantiers dans la cour et il y prenait son bain quotidien, faisant tout un tintamarre s'il n'y avait pas d'eau dedans. Le docteur se plaignit que ses allumettes et ses stylos étaient éparpillés dans toute la bibliothèque, mais ne trouva personne pour sympathiser avec lui, et finit par céder quand Hirondeau se posa un jour sur sa main pour picorer une graine. Tout le monde était ensorcelé par Hirondeau, à l'exception, peut-être, de Jem qui avait donné son affection à Bruno et était en train d'apprendre, lentement mais sûrement, une amère leçon : si on peut acheter un chien, on ne peut acheter son amour.

Au début, Jem ne s'en douta aucunement. Il était normal que, pendant quelque temps, Bruno s'ennuyât de sa maison et de son maître, mais cela ne durerait pas. Bruno était le petit chien le plus obéissant au monde; il faisait exactement ce qu'on lui demandait de faire et même Susan admettait qu'on ne pouvait trouver d'animal mieux élevé. Mais il n'y avait pas de vie en lui. Quand Jem le sortait, ses yeux commençaient par briller, il agitait sa queue et partait avec entrain. Pourtant, quelques instants plus tard, la lueur quittait son regard et, d'une démarche lasse, il trottait humblement à côté de Jem. Tout le monde lui manifestait de la bonté; il avait à sa disposition les os les plus juteux; personne ne faisait la moindre objection à ce qu'il dorme chaque soir au pied du lit de Jem. Mais Bruno restait distant, inaccessible... un étranger. Jem s'éveillait parfois au milieu de la nuit pour flatter le petit corps robuste mais, en retour, aucune langue ne lui léchait la main, aucune queue ne bougeait. Si Bruno autorisait les caresses, il n'y répondait pas.

Jem serra les dents. Il y avait une bonne dose de détermination en James Matthew Blythe et il n'allait pas se laisser vaincre par un chien... son chien qu'il avait payé de sa propre poche avec l'argent difficilement épargné sur son allocation. Il fallait seulement que Bruno cesse de s'ennuyer de Roddy, de regarder avec les yeux pathétiques d'une créature perdue. Il fallait seulement que Bruno apprenne à l'aimer.

Jem devait souvent défendre Bruno, car les autres garçons de l'école, soupçonnant combien il aimait son chien, cherchaient toujours à le taquiner.

«Ton chien a des puces... C't'un chien plein d'puces!» railla Perry Reese. Jem avait dû le battre pour lui faire ravaler ses paroles et déclarer que Bruno n'avait pas de puces, pas une seule.

«Mon toutou a des convulsions une fois par semaine, se vanta Rob Russell. J'gage que ton vieux cabot a pas eu une seule crise de sa vie. Si j'avais un chien comme ça, je le ferais passer dans le hachoir.»

«On a *déjà* eu un chien comme le tien, renchérit Mike Drew, et on l'a noyé.»

«Mon chien est terrible, affirma fièrement Sam Warren. Il tue les poulets et mâchouille tous les vêtements le jour de lessive. J'parie qu'ton vieux toutou a pas assez de cran pour faire ça.»

Jem avoua tristement, à lui-même sinon à Sam, que Bruno n'avait pas de cran. Il souhaitait presque qu'il en ait. Et ça lui fit mal quand Watty Flagg lui lança : « T'as un *bon* chien, il aboie jamais le dimanche », parce que Bruno n'aboyait jamais, ni le dimanche, ni les autres jours.

Mais c'était quand même un mignon, un adorable petit chien.

« Bruno, pourquoi tu ne m'aimes pas ? demandait Jem, au bord des larmes. Je ferais n'importe quoi pour toi, nous pourrions avoir tellement de plaisir ensemble. » Mais jamais il n'admettrait sa défaite devant qui que ce soit.

Un soir, sachant qu'un orage se préparait, Jem se hâta de rentrer à la maison après s'être régalé de moules à l'entrée du port. La mer gémissait tellement. Le paysage avait un air sinistre et solitaire. On entendit le tonnerre gronder et crépiter longuement au moment où Jem se précipitait à Ingleside.

« Où est Bruno ? » cria-t-il.

C'était la première fois qu'il allait quelque part sans lui. Il s'était dit que la longue marche à partir de l'entrée du port serait trop difficile pour un petit chien. Jem ne se serait pas avoué que même pour lui, une si longue marche en compagnie d'un chien dont le cœur n'y était pas aurait été trop pénible.

Il s'ensuivit que personne ne savait où se trouvait Bruno. On ne l'avait pas vu depuis le départ de Jem après le souper. Jem fouilla partout, sans succès. Il pleuvait à boire debout, le monde était noyé dans les éclairs. Bruno était-il dehors dans la nuit noire... *égaré* ? Il avait si peur des orages. Les seules fois où son esprit avait paru se rapprocher de Jem avaient été quand il s'était faufilé tout près de lui pendant que le ciel se déchirait.

Jem était si inquiet qu'après l'orage, Gilbert proposa :

« Je dois de toute façon aller jusqu'à la pointe pour voir comment se porte Roy Westcott. Tu peux venir avec moi, Jem, et nous passerons par la vieille maison des Crawford au retour. J'ai idée que Bruno y est retourné. »

« À six milles ? Il n'aurait jamais pu ! » s'écria Jem.

C'était pourtant ce qui s'était passé. À leur arrivée à la vieille maison Crawford plongée dans les ténèbres, ils trouvèrent une petite créature crottée et frissonnante misérablement recroquevillée sur le seuil humide. Bruno les regarda avec des yeux fatigués et malheureux. Il ne protesta pas quand Jem le prit dans ses bras et le porta dans le boghei à travers les longues herbes emmêlées.

Jem était heureux. Comme la lune brillait dans le ciel pendant que les nuages déchirés passaient devant elle ! Comme étaient délicieuses les odeurs de bois mouillés ! Quel monde c'était !

« J'imagine qu'après ça, Bruno va être content à Ingleside, papa. »

« Peut-être », répondit laconiquement Gilbert. Il avait horreur d'administrer des douches froides, mais il soupçonnait qu'après avoir perdu son dernier foyer, le cœur du petit chien était définitivement brisé.

Bruno n'avait jamais eu beaucoup d'appétit, mais après cette nuit, il mangea de moins en moins. Vint un jour où il n'avala plus une bouchée. On envoya chercher le vétérinaire, mais il ne put rien diagnostiquer.

« Dans toute mon expérience, j'ai connu un chien qui était mort de chagrin et je crois que c'est un autre cas », confia-t-il au docteur en aparté.

Il laissa un « tonique » que Bruno prit avec docilité avant de se recoucher, la tête sur ses pattes, fixant le vide. Jem le regarda longuement, les mains dans ses poches ; puis il alla dans la bibliothèque s'entretenir avec son père.

Gilbert se rendit en ville le lendemain et ramena Roddy Crawford à Ingleside. Quand ce dernier monta les marches de la véranda, Bruno, qui était dans le salon, leva la tête et dressa les oreilles en entendant son pas. Un instant plus tard, son petit corps décharné se rua sur le tapis vers le garçon pâle aux yeux bruns.

« Chère Mme Docteur, relata Susan d'un ton respectueux ce soir-là, le chien pleurait, il pleurait vraiment. Les larmes roulaient réellement sur son nez. Je vous blâmerais pas de n'pas m'croire. Je l'aurais moi-même jamais cru si j'l'avais pas vu de mes propres yeux. »

Roddy serra Bruno contre son cœur et regarda Jem d'un air mi-provocateur, mi-implorant.

« Tu l'as acheté, je sais... mais il m'appartient. Jake m'avait menti. Tante Vinnie dit qu'un chien ne la dérangerait pas du tout mais j'pensais que j'devais pas te demander de me le rendre. Voici ton dollar, j'en ai pas dépensé un cent... j'aurais pas pu. »

Pendant un court instant, Jem hésita. Puis, en voyant les yeux de Bruno, « Quel petit égoïste je suis ! » pensa-t-il, dégoûté de lui-même. Il prit le dollar.

Roddy sourit soudain. Son visage boudeur fut complètement transformé, mais il ne réussit qu'à prononcer d'une voix rauque : « Merci ».

Roddy dormit avec Jem cette nuit-là, un Bruno comblé allongé entre eux. Mais avant de se coucher, Roddy s'agenouilla pour réciter ses prières et Bruno s'accroupit à côté de lui, ses pattes d'en avant sur le lit. Les chiens peuvent-ils prier ? Si oui, Bruno pria, remerciant sans doute le bon Dieu de lui avoir rendu son maître.

Lorsque Roddy lui apporta à manger, Bruno mangea avec anxiété, gardant sans cesse un œil sur Roddy. Il cabriola vivement devant Jem et Roddy quand ils se rendirent au Glen. « On n'a jamais vu de chien plus en forme », déclara Susan.

Mais le lendemain soir à la brunante, après le départ de Roddy et de Bruno, Jem resta longtemps assis dans l'escalier. Il refusa d'aller creuser dans la Vallée Arc-en-ciel à la recherche de trésors des pirates. Il ne se sentait plus téméraire ni boucanier. Il n'accorda même pas un regard à Fripon blotti dans la menthe, hérissant sa queue comme un féroce lion de montagne se préparant à bondir. Qu'est-ce que les chats avaient à continuer d'être heureux à Ingleside quand les chiens vous brisaient le cœur ?

Il se montra même grognon avec Rilla quand elle lui apporta son éléphant de velours bleu. Des éléphants de

velours quand Bruno s'en était allé! Nan fut accueillie avec
la même désinvolture lorsqu'elle vint lui suggérer de
chuchoter ce qu'ils pensaient de Dieu.

« Tu penses quand même pas que je blâme Dieu pour ça ?
riposta-t-il froidement. Tu n'as vraiment aucun sens de la
mesure, Nan Blythe ! »

Nan repartit plutôt bouleversée bien qu'elle n'eût pas
la moindre idée de ce que Jem voulait dire, et Jem se ren-
frogna devant les braises du crépuscule estompé. Les chiens
jappaient dans tout le Glen. Les Jenkin, au bout de la route,
appelaient les leurs, à tour de rôle. Tout le monde, même la
tribu Jenkin, avait un chien. Tout le monde, sauf lui. La vie
s'étalait devant Jem comme un désert où il n'y aurait jamais
de chien.

Anne vint s'asseoir près de lui sur une marche plus basse,
prenant soin de ne pas le regarder. Jem sentit sa sympathie.

« Maman chérie, commença-t-il d'une voix étranglée,
pourquoi Bruno ne voulait-il pas m'aimer quand moi je l'aimais
tant ? Est-ce que je suis... est-ce que je suis le genre de garçon
que les chiens n'aiment pas ? »

« Non, mon trésor. Rappelle-toi combien Gyp t'aimait.
C'est seulement que Bruno avait tant d'amour à donner... et
qu'il l'avait tout donné. Il y a des chiens comme ça, qui
n'appartiennent qu'à une seule personne. »

« En tout cas, Bruno et Roddy sont heureux, poursuivit
Jem avec une mélancolique satisfaction en se penchant pour
embrasser la tête soyeuse et ondulée de maman. Mais j'aurai
plus jamais de chien. »

Anne se dit que cela passerait ; il avait éprouvé la même
chose à la mort de Gyppy. Mais cela ne passa pas. La blessure
avait été trop profonde. Des chiens allaient venir à Ingleside,
des chiens qui appartiendraient à la famille et qui seraient de
bonnes bêtes, que Jem flatterait et avec qui il jouerait comme
les autres. Mais aucun n'allait être le chien de Jem jusqu'à ce
qu'un petit chien qu'on appela Lundi prenne possession de
son cœur et de son amour avec une dévotion qui dépasserait
l'amour qu'il avait éprouvé pour Bruno, une dévotion qui

marquerait l'histoire d'Ingleside. Mais cela n'arriverait pas avant de nombreuses années; et c'est un gamin très solitaire qui grimpa dans le lit de Jem ce soir-là.

« Si seulement j'étais une fille, pensa-t-il avec amertume, j'pourrais pleurer et pleurer encore. »

25

Nan et Di allaient à l'école. Elles avaient commencé la dernière semaine d'août.

«Est-ce qu'on va tout savoir ce soir, maman?» demanda solennellement Di le premier matin.

À présent, au début de septembre, Anne et Susan s'étaient habituées à ce changement et prenaient même plaisir à voir les deux gamines partir chaque matin, si petites, insouciantes et mignonnes, convaincues qu'aller à l'école était toute une aventure. Elles apportaient toujours dans leur panier une pomme pour l'institutrice et portaient des tabliers de calicot rose et bleu à volants. Comme elles ne se ressemblaient pas du tout, elles n'étaient jamais habillées de la même façon. Diana, avec ses cheveux roux, ne pouvait porter de rose qui allait cependant très bien à Nan, de loin la plus jolie des jumelles d'Ingleside. Celle-ci avait les yeux et les cheveux bruns, et un beau teint dont, même à sept ans, elle avait déjà très conscience. Elle avait quelque chose d'éblouissant. Elle portait la tête haute, son petit menton impertinent légèrement en évidence, et on la trouvait déjà un peu «fière».

«Elle imitera toutes les attitudes et les poses de sa mère, disait Mme Alec Davies. Si vous voulez mon avis, elle a déjà les mêmes airs, la même grâce.»

Ce n'était pas seulement dans l'apparence que les jumelles étaient différentes. Di, malgré sa ressemblance physique avec sa mère, était beaucoup la fille de son père, dont elle avait les qualités et les dispositions : son tempérament pratique, son

gros bon sens et son pétillant sens de l'humour. Nan avait,
quant à elle, pleinement hérité l'imagination de sa mère et
savait déjà rendre sa vie intéressante. Pendant l'été, par
exemple elle n'avait cessé de conclure des marchés avec
Dieu, marchandant de la façon suivante : «Si Vous faites
telle ou telle chose, je ferai en retour telle ou telle chose.»

Tous les enfants d'Ingleside avaient débuté dans la vie par
le vieux classique «Bonsoir, mon bon ange»; ils avaient
ensuite appris le «Notre Père», puis avaient été encouragés à
inventer leurs propres petites prières. Il était cependant
difficile de savoir ce qui avait donné à Nan l'idée que Dieu
pouvait être amené à exaucer ses prières par des promesses de
bonne conduite ou des démonstrations de courage. Une
certaine jeune et jolie institutrice de l'école du dimanche en
était peut-être indirectement responsable en leur répétant
fréquemment que si elles n'étaient pas sages, Dieu ne ferait pas
ceci ou cela pour elles. Il était facile de retourner cette idée à
l'envers et d'en venir à la conclusion que si on *était* ceci ou
cela, *faisait* ceci ou cela, on était en droit de s'attendre à ce que
Dieu nous accorde ce qu'on lui demandait. Le premier
«marché» conclu par Nan au printemps avait eu un tel succès
qu'il compensait pour les quelques échecs qu'elle avait connus
tout au long de l'été. Personne n'était au courant, pas même
Di. Nan garda son secret et se mit à prier à divers moments et
divers endroits. Di n'était pas d'accord et le lui fit savoir.

«Ne mêle pas Dieu à tout, reprocha-t-elle sévèrement à
Nan. Tu Le rends trop *commun.*»

Surprenant cette conversation, Anne s'interposa et lui
dit : «Dieu est en tout, ma chérie. Il est l'Ami toujours à nos
côtés pour nous donner force et courage. Et Nan a parfaitement raison de Le prier où elle en a envie.» Si toutefois
Anne avait su la vérité sur les dévotions de son enfant, elle
aurait été plutôt horrifiée.

Un soir de mai, Nan pria : «Cher Dieu, si vous faites
pousser ma dent avant la fête d'Amy Taylor la semaine
prochaine, j'prendrai sans faire d'histoires toutes les doses
d'huile de ricin que Susan me donnera.»

Le lendemain même, la dent, dont l'absence avait causé un vide si disgracieux et trop prolongé dans la jolie bouche de Nan, était donc apparue et était bien en place le jour de la fête. Quel signe plus sûr pouvait-on désirer ? Nan respecta loyalement sa partie du contrat et Susan fut stupéfaite et émerveillée chaque fois qu'elle administra de l'huile de ricin. Nan l'avalait sans grimace ni protestation, tout en souhaitant parfois avoir fixé une limite de temps... mettons de trois mois !

Dieu ne répondait pas toujours. Mais quand elle Lui demanda de lui envoyer un bouton spécial pour sa ficelle – les fillettes du Glen avait attrapé le virus des collections de boutons comme on attrape la rougeole – Lui promettant que s'il le faisait, elle ne protesterait plus quand Susan lui donnerait l'assiette ébréchée, le bouton arriva le lendemain même, Susan en ayant trouvé un sur une vieille robe dans le grenier. Un magnifique bouton rouge orné de minuscules diamants, ou ce que Nan prenait pour des diamants. Elle fit l'envie de toutes ses camarades grâce à ce bouton et quand, ce soir-là, Di refusa l'assiette ébréchée, Nan déclara vertueusement : « Donne-la-moi, Susan. Je la prendrai *toujours*, désormais. » Après quoi, Nan parut et se sentit comblée. Elle obtint qu'il fasse beau pour le pique-nique de l'école du dimanche – tout le monde avait prédit de la pluie – en promettant de se brosser les dents tous les matins sans qu'on le lui demande. Elle retrouva sa bague perdue en échange de la promesse de tenir ses ongles scrupuleusement propres ; et quand Walter lui offrit son image d'un ange volant qu'elle convoitait depuis longtemps, Nan mangea désormais le gras avec le maigre sans se plaindre.

Elle fut toutefois déçue quand elle demanda à Dieu de redonner la jeunesse à son ourson de peluche défraîchi et rapiécé sous promesse de garder son tiroir de commode en ordre. Ourson ne rajeunit pas même si Nan attendait anxieusement le miracle et souhaitait que Dieu se dépêchât un peu. Elle finit par se résigner. Après tout, c'était un vieil ourson sympathique et ce serait rudement difficile de tenir ce tiroir en ordre. Quand Gilbert lui apporta un nouvel ourson de peluche, elle ne fut pas très contente et, malgré diverses appréhensions éprouvées dans sa jeune conscience, elle décida qu'il n'était pas nécessaire de se donner trop de peine à propos du tiroir. La foi lui revint quand, ayant prié que l'œil manquant de son chat de porcelaine fût retrouvé, l'œil était dans son orbite le lendemain matin, quoiqu'un peu de travers, ce qui donnait l'impression d'un chat qui louchait. Susan l'avait trouvé en passant le balai et l'avait fixé avec de la colle, mais comme Nan ne s'en doutait pas, elle tint joyeusement sa promesse de faire quatorze fois le tour de la grange à quatre pattes. Quel bien le fait de marcher quatorze fois autour de la grange à quatre pattes pourrait-il faire à Dieu ou à qui que ce soit? Nan ne s'était pas posé la question. Mais elle détestait le faire – les garçons voulaient toujours qu'elle et Di fissent semblant d'être des animaux dans la Vallée Arc-en-ciel – et peut-être que, dans sa petite tête d'enfant, l'idée avait-elle germé que cela pourrait plaire à l'Être mystérieux qui pouvait donner ou retenir selon son bon plaisir. De toute façon, elle eut d'autres plans tout aussi saugrenus cet été-là, amenant Susan à se demander fréquemment où diable les enfants trouvaient-ils de telles idées.

«À votre avis, chère Mme Docteur, pourquoi est-ce que Nan doit faire deux fois par jour le tour du salon sans marcher sur le plancher?»

«Sans marcher sur le plancher? Mais comment s'y prend-elle?»

«En sautant d'un meuble à l'autre, y compris le garde-feu. Elle a glissé dessus hier et est tombée la tête la première dans le seau à charbon. Chère Mme Docteur, pensez-vous qu'elle ait besoin d'une dose de vermifuge?»

Plus tard, quand on mentionna cette année-là dans les chroniques d'Ingleside, on dit toujours que c'était celle où papa avait *presque* attrapé une pneumonie et où maman en *avait* attrapée une. Un soir, Anne, qui souffrait déjà d'un vilain rhume, avait accompagné Gilbert à une réception à Charlottetown, portant une nouvelle robe très seyante et le rang de perles de Jem. Elle avait si fière allure que tous les enfants venus la voir avant son départ pensèrent que c'était merveilleux d'avoir une mère aussi élégante.

« Quel beau jupon bruissant, soupira Nan. Quand j'serai grande, est-ce que j'aurai des jupons de taffetas comme ça, maman ? »

« Je doute que les filles portent encore des jupons à ce moment-là, répondit Gilbert. Je retire ce que j'ai dit avant, Anne. J'admets que cette robe est sensationnelle, même si je n'approuve pas les sequins. À présent, femme, n'essaie pas de m'enjôler. Je t'ai fait tous les compliments auxquels tu peux t'attendre de ma part ce soir. Rappelle-toi ce que nous avons lu dans la *Revue médicale* aujourd'hui : "La vie n'est rien de plus que de la chimie délicatement équilibrée", et que cela te rende humble et modeste. Des sequins, vraiment ! Un jupon de taffetas, réellement ! "Nous ne sommes qu'une agglomération fortuite d'atomes", c'est le grand D^r von Bemburg qui l'affirme. »

« Ne me cite pas cet horrible von Bemburg ! Il doit souffrir d'indigestion chronique. Il est possible qu'*il* soit une agglomération d'atomes, mais pas moi ! »

Quelques jours plus tard, Anne était une « agglomération d'atomes » très mal en point, et Gilbert était très inquiet. Susan allait et venait, épuisée et harassée, l'infirmière promenait dans la maison un visage anxieux, et une ombre innommable surgit soudain, se répandit et assombrit Ingleside. On ne parla pas aux enfants de la gravité de la maladie de leur mère et même Jem ne s'en rendit pas totalement compte. Mais tous sentirent le froid et la peur et bougeaient sans faire de bruit, malheureux. Pour une fois, il n'y eut pas de rires dans l'érablière, pas de jeux dans la Vallée Arc-en-ciel. Mais le plus insupportable, c'est qu'ils n'étaient pas autorisés à voir leur mère. Pas de maman vous accueillant avec le sourire quand vous rentriez, pas de maman se glissant dans votre chambre le soir pour vous embrasser, pas de maman pour soigner, sympathiser et comprendre, pas de maman pour rire de vos blagues – personne n'avait jamais ri comme maman. C'était cent fois pire que lorsqu'elle était absente, parce qu'alors on savait qu'elle reviendrait... et à présent on ne savait... *rien*. Personne ne vous disait rien, on vous écartait, c'est tout.

Nan revint de l'école très pâle à cause de ce qu'Amy Taylor lui avait dit.

« Susan, est-ce que maman... maman ne va pas... elle ne va pas *mourir*, Susan ? »

« Bien sûr que non », répondit trop sèchement et trop vivement Susan. Ses mains tremblaient pendant qu'elle versait le verre de lait de Nan. « Qui t'a dit ça ? »

« Amy. Elle a dit... oh ! Susan, elle a dit qu'elle pensait que maman ferait un très joli cadavre ! »

« T'occupe pas de ce qu'elle raconte, mon cœur. Les Taylor ont tous de grandes langues. Ta chère maman est assez malade, mais elle va s'en tirer, tu peux en être sûre. Tu n'sais pas que ton père a la situation en main ? »

« Dieu ne laisserait pas maman mourir, n'est-ce pas, Susan ? » demanda un Walter exsangue, la regardant avec cette intensité grave qui rendait si difficile à Susan de proférer des mensonges réconfortants. Elle avait terriblement peur que ses paroles fussent des mensonges. Susan était une femme complètement terrifiée. L'infirmière avait secoué la tête, cet après-midi-là. Le docteur avait refusé de descendre souper.

« Je suppose que la Providence sait ce qu'Elle fait », marmonna-t-elle en lavant la vaisselle du souper – elle brisa trois assiettes – mais pour la première fois de sa vie honnête et simple, elle en douta.

Nan errait misérablement dans la maison. Gilbert était dans la bibliothèque, la tête dans ses mains. L'infirmière entra dans la pièce et Nan l'entendit dire qu'à son avis, la crise se produirait ce soir-là.

« C'est quoi, une crise ? » demanda-t-elle à Di.

« J'pense que c'est quand le papillon sort du cocon, répondit prudemment Di. Demandons à Jem. »

Jem le savait et le leur dit avant de monter s'enfermer dans sa chambre. Walter avait disparu – il s'était étendu, la face contre terre, sous la Dame blanche dans la Vallée Arc-en-ciel – et Susan avait mis Shirley et Rilla au lit. Nan sortit toute seule et s'assit dans les marches. Dans la maison, derrière elle, un calme terrible et inhabituel régnait. Devant elle, le Glen resplendissait sous le soleil du soir, mais la longue route rougeâtre était brumeuse de poussière et la sécheresse avait brûlé à blanc les herbes inclinées des champs du port. Il n'avait pas plu depuis des semaines et les fleurs flétrissaient dans le jardin... les fleurs bien aimées de maman.

Nan réfléchissait profondément. C'était le moment ou jamais de marchander avec Dieu. Quelle promesse pourrait-elle lui faire pour qu'Il guérisse maman ? Ce devait être quelque chose d'extraordinaire, quelque chose qui en vaudrait la peine pour Lui. Nan se rappela avoir entendu, à l'école, Dicky Drew dire un jour à Stanley Reese : « Je te défie de marcher dans le cimetière après le coucher du soleil. » Cette fois-là, Nan avait frémi. Comment *n'importe qui* pourrait-il marcher dans le cimetière pendant la nuit... comment n'importe qui pourrait-il même songer à le faire ? Nan avait une horreur du cimetière que personne ne soupçonnait à Ingleside. Amy Taylor lui avait déjà confié qu'il était rempli de personnes mortes... « et elles ne *restent* pas toujours mortes », avait ajouté Amy d'une voix sombre et mystérieuse. C'est à peine si Nan pouvait se risquer à marcher à proximité en plein jour.

Au loin, les arbres sur une colline entourée d'un brouillard doré touchaient le ciel. Nan avait souvent pensé que si elle pouvait se rendre jusqu'à cette colline, elle pourrait aussi toucher le ciel. Dieu vivait juste de l'autre côté. Peut-être que, de là, il vous entendrait mieux. Mais, comme elle ne pouvait aller sur cette colline, elle devait faire de son mieux ici à Ingleside.

Elle joignit ses petites mains basanées et leva vers le ciel son visage barbouillé de larmes.

« Cher Dieu, chuchota-t-elle, si vous guérissez maman, *je vais traverser le cimetière à la noirceur. Ô cher Dieu, je vous en prie, je vous en prie. Et si vous le faites, je ne vous embêterai plus jamais.* »

26

Ce fut la vie, non la mort, qui se présenta à Ingleside à l'heure des fantômes. Les enfants enfin endormis durent sentir même dans leur sommeil que l'Ombre s'était retirée aussi silencieusement et rapidement qu'elle était venue. À leur réveil, malgré le jour sombre et la pluie depuis long-temps attendue, il y avait du soleil dans leurs yeux. Ils eurent à peine besoin de se faire apprendre la bonne nouvelle par une Susan rajeunie de dix ans. La crise était passée et maman allait vivre.

Comme c'était samedi, il n'y avait pas d'école. Ils ne pouvaient aller dehors, même s'ils adoraient jouer sous la pluie. Il pleuvait vraiment trop fort et ils durent rester calmement à l'intérieur. Ils ne s'étaient pourtant jamais sentis plus heureux. Gilbert, qui n'avait pratiquement pas dormi de la semaine, était tombé dans le lit de la chambre d'ami où il dormait comme un loir... mais pas avant d'avoir fait un appel interurbain à une certaine maison d'Avonlea ornée de pignons verts où deux vieilles dames tremblaient chaque fois que le téléphone sonnait.

Susan, qui n'avait pas eu le cœur aux desserts ces derniers temps, concocta une splendide mousse à l'orange pour le dîner, promit un gâteau roulé à la confiture pour le souper, et fit cuire une double recette de biscuits au caramel. Hirondeau gazouilla dans toute la maison. Même les chaises avaient l'air d'avoir envie de danser. Les fleurs du jardin relevèrent brave-ment leurs têtes tandis que la terre desséchée accueillait la

pluie. Et Nan, au milieu de la liesse générale, essayait
d'affronter les conséquences de son marché avec Dieu.

Elle n'avait pas l'intention de manquer à sa promesse, mais
elle la remettait à plus tard, espérant rassembler le courage
nécessaire pour tenir parole. Cette seule pensée lui « glaçait le
sang dans les veines » selon une expression qu'Amy Taylor
affectionnait particulièrement. Susan comprit que quelque
chose ne tournait pas rond chez cette enfant et lui administra
de l'huile de ricin, sans amélioration visible. Nan avala
calmement la dose tout en ne pouvant s'empêcher de penser
que Susan lui en faisait prendre beaucoup plus fréquemment
depuis le marché précédent. Mais qu'était l'huile de ricin
comparée à la traversée du cimetière la nuit ? Nan ne savait
tout simplement pas comment elle pourrait faire une telle
chose. Il le fallait pourtant.

Anne était encore si faible que personne n'était autorisé
à la voir plus de quelques secondes. Et elle semblait alors
tellement maigre et pâle. Était-ce parce que Nan ne respectait pas le pacte conclu ?

« Il faut lui donner du temps », disait Susan.

Comment pouvait-on donner du temps à quelqu'un, se
demandait Nan. Mais elle savait pourquoi maman ne se
rétablissait pas plus vite. Nan serra ses petites dents nacrées.
Demain était de nouveau samedi, et demain soir, elle allait
tenir sa promesse.

Le lendemain, il plut de nouveau toute la matinée et Nan
ne put s'empêcher de ressentir un soulagement. S'il pleuvait
cette nuit, personne, même pas Dieu, ne pourrait s'attendre à
ce qu'elle aille vagabonder dans les cimetières. À midi, la
pluie avait cessé mais un brouillard envahit le port et le Glen,
plongeant Ingleside dans une inquiétante magie. Nan eut
donc encore de l'espoir. S'il y avait du brouillard, elle ne
pourrait pas y aller non plus. Mais au souper le vent se leva et
le paysage que la brume rendait si inquiétant s'évanouit.

« Il n'y aura pas de lune ce soir », dit Susan.

« Oh ! Susan, tu n'peux pas fabriquer une lune ? » s'écria
Nan avec désespoir. Si elle devait traverser le cimetière, il
fallait qu'il y ait une lune.

« Ma pauvre enfant, personne ne peut faire de lune, répondit Susan. J'voulais seulement dire qu'il y aurait des nuages et qu'on pourrait pas la voir. Et quelle différence cela peut-il te faire qu'il y ait une lune ou non ? »

C'est exactement ce que Nan ne pouvait expliquer, et Susan fut plus inquiète que jamais. Quelque chose devait tourmenter l'enfant – elle avait eu, toute la semaine, un si étrange comportement. Elle ne mangeait pratiquement pas et elle était maussade. Était-ce l'état de sa mère qui la tracassait ? Il ne fallait pas. Cette chère Mme Docteur se rétablissait si bien.

Oui, mais Nan savait que sa mère cesserait bientôt de se rétablir si elle ne respectait pas son marché. Au coucher du soleil, les nuages roulèrent au loin et la lune se leva. Mais c'était une lune si étrange, si énorme, si rousse. Nan n'avait jamais vu une lune pareille. Elle en fut terrifiée. Elle aurait presque préféré l'obscurité.

Les jumelles allèrent se coucher à huit heures et Nan dut attendre que Di fût endormie – et elle y mit du temps. Elle se sentait trop triste et déçue pour s'endormir rapidement. Son amie, Elsie Palmer, était rentrée de l'école avec une autre fillette et Di avait l'impression que sa vie était pratiquement gâchée. Ce ne fut pas avant neuf heures que Nan sentit qu'elle pouvait se glisser hors du lit et s'habiller avec des doigts qui tremblaient tant que c'est à peine si elle arriva à boutonner sa robe. Ensuite, elle descendit et se faufila par la porte de côté tandis que Susan pétrissait le pain dans la cuisine en songeant, sûre d'elle-même, que tous ceux dont elle avait la charge étaient en sécurité dans leurs lits à l'exception de ce pauvre docteur qui avait été appelé en hâte à une maison de l'entrée du port où un bébé avait avalé un clou.

Nan sortit et se dirigea vers la Vallée Arc-en-ciel. Elle devait emprunter le raccourci, puis gravir le pâturage de la colline. Elle savait que la vue d'une des jumelles d'Ingleside errant sur la route et traversant le village causerait tout un émoi et que quelqu'un insisterait sans aucun doute pour la ramener chez elle. Comme cette nuit de fin septembre était

froide! Elle n'y avait pas pensé et n'avait pas mis son manteau. De nuit, la Vallée Arc-en-ciel n'était pas accueillante
comme durant la journée. La lune avait rapetissé jusqu'à une
taille raisonnable et n'était plus rouge, mais elle était couverte
d'ombres sinistres et noires. Nan avait toujours eu plutôt
peur des ombres. Étaient-ce des pas feutrés qu'on entendait
dans l'obscurité des fougères blanches le long du ruisseau?

Nan releva la tête et avança le menton. «Je n'ai pas peur,
prononça-t-elle à voix haute et vaillante. C'est juste mon
estomac qui est un peu à l'envers. J'suis une héroïne.»

Cette pensée réconfortante la porta jusqu'à mi-chemin sur
la colline. Puis, une ombre étrange passa sur le monde – un
nuage devant la lune – et Nan pensa à l'Oiseau. Amy Taylor
lui avait un jour raconté la terrifiante histoire d'un Grand
Oiseau Noir qui s'abattait sur vous et vous emportait. Était-ce
l'ombre de l'Oiseau qui venait de planer au-dessus d'elle?
Pourtant, Anne avait nié l'existence du Grand Oiseau Noir.
«Je n'crois pas que maman pourrait mentir, pas *maman*», se dit
Nan qui poursuivit son chemin jusqu'à la clôture. Après,
c'était la route et, de l'autre côté, le cimetière. Nan s'arrêta
pour reprendre son souffle.

Un nouveau nuage passait devant la lune. Tout autour
d'elle s'étendait une terre étrange, sombre et inconnue. «Oh!
Le monde est trop grand!» frissonna Nan en s'approchant de
la clôture. Si seulement elle était de retour à Ingleside! Mais...
«Dieu me regarde», songea la gamine de sept ans qui grimpa
sur la clôture. Elle tomba de l'autre côté, s'éraflant le genou et
faisant un accroc à sa robe. Tandis qu'elle se redressait, une
souche pointue transperça complètement sa pantoufle et lui
entailla le pied. Elle boitilla de l'autre côté du chemin jusqu'au
cimetière.

Le vieux cimetière s'étendait dans l'ombre des sapins à
l'extrémité est. D'un côté se trouvait l'église méthodiste et de
l'autre, la maison du pasteur presbytérien, sombre et silencieuse pendant l'absence de ce dernier. La lune surgit soudain
de derrière un nuage et le cimetière fut envahi d'ombres qui se
déplaçaient et dansaient et qui vous attraperaient si vous vous

risquiez au milieu d'elles. Un vieux journal voleta le long du chemin comme une vieille sorcière qui dansait, et bien que Nan sût de quoi il s'agissait, cela faisait pour elle partie du mystère de la nuit. Chou... Chou... bruissait le vent nocturne dans les sapins. Près de la barrière, une longue feuille du saule toucha soudain la joue de l'intruse comme la main d'un elfe. Son cœur cessa de battre pendant un moment, mais elle posa pourtant la main sur le loquet.

Supposons qu'un long bras sorte d'une tombe et vous attire dans le trou!

Nan fit volte-face. Elle sut que, malgré sa promesse, jamais elle ne pourrait traverser le cimetière pendant la nuit. Un grognement macabre résonna tout à coup près d'elle. Ce n'était que la vieille vache que Mme Ben Barker faisait paître dans le chemin qui arrivait derrière un bosquet d'épinettes. Mais Nan n'attendit pas de voir ce que c'était. Dans un spasme de panique incontrôlable, elle dévala la colline, traversa le village et grimpa la pente qui menait à Ingleside. À l'extérieur de la barrière, elle tomba tête première dans ce que Rilla appelait une «plaque» de boue. Mais c'était la maison avec les douces lumières aux fenêtres, et un moment plus tard, elle trébucha dans la cuisine de Susan, maculée de boue, les pieds mouillés et sanglants.

«Juste ciel!» s'écria Susan, interloquée.

«J'ai pas pu traverser le cimetière, Susan. J'ai pas pu!» bafouilla Nan.

Pour commencer, Susan ne posa aucune question. Elle prit la fillette transie et affolée, lui retira ses pantoufles et ses chaussettes trempées. Elle la dévêtit, lui enfila sa chemise de nuit et la porta dans son lit. Puis elle descendit lui chercher une «bouchée». Peu importait ce qui était arrivé à l'enfant, elle ne pouvait la laisser se coucher l'estomac vide.

Nan grignota son casse-croûte et sirota une tasse de lait chaud. Comme c'était bien d'être de retour dans une chambre chaude et éclairée, à l'abri dans son lit douillet! Mais elle ne voulut rien révéler à Susan. «C'est un secret entre Dieu et moi, Susan.» Cette dernière alla se coucher, jurant qu'elle serait une femme heureuse quand chère Mme Docteur serait de nouveau sur pied.

« Je ne comprends plus ces enfants », soupira-t-elle.

Pauvre Nan ! Sa mère allait-elle mourir à présent ? Nan se réveilla avec cette terrible certitude. N'ayant pas respecté son marché, elle ne pouvait s'attendre à ce que Dieu tienne parole. La vie fut affreuse pour la fillette pendant la semaine qui suivit. Elle ne prenait de plaisir à rien, pas même à regarder Susan filer de la laine au grenier, ce qui, d'habitude, la fascinait tellement. Elle ne pourrait plus jamais rire. Plus rien n'aurait d'importance. Elle donna son chien de son, dont Ken Ford avait arraché les oreilles et qu'elle aimait encore plus que son vieil ourson – Nan préférait toujours les vieilles choses – elle le donna donc à Shirley qui le convoitait depuis longtemps, et elle fit cadeau à Rilla de sa maison de coquillages rapportés des Indes occidentales par le Capitaine Malachi, espérant que Dieu serait satisfait. Mais elle craignait toujours le pire, et quand son nouveau chaton, qu'elle avait offert à Amy qui le désirait, revint à la maison et persista à y revenir, Nan sut que Dieu n'était pas satisfait. Seule la traversée du cimetière l'apaiserait, et la pauvre Nan savait que cela, elle ne pourrait jamais le faire. Elle était lâche et mesquine. Seuls les mesquins essayaient de ne pas respecter les marchés, avait proclamé Jem un jour.

Presque rétablie, Anne fut autorisée à s'asseoir dans son lit. Elle pourrait de nouveau s'occuper de sa maison, lire des livres, se reposer sur ses oreillers, manger tout ce dont elle aurait envie, s'asseoir auprès du feu, jardiner, voir ses amis, se délecter de petits potins savoureux, accueillir les jours scintillants, telles les pierres précieuses du collier de la nature, faire de nouveau partie de la pompe multicolore de la vie.

Elle avait eu un si délicieux dîner : le cuissot d'agneau de Susan était cuit à point. C'était formidable d'avoir retrouvé l'appétit. Elle regarda les choses qu'elle aimait dans la chambre. Il fallait de nouveaux rideaux, quelque chose entre le vert printemps et le doré pâle ; et ces nouvelles étagères pour les serviettes devaient certainement être installées dans la salle de bain. Ensuite, elle regarda par la fenêtre. Il y avait de la magie dans l'air. Elle pouvait apercevoir, entre les érables, un fragment bleu du port; sur la pelouse, le saule pleureur ressemblait à une douce pluie d'or qui tombait gracieusement. Au ciel, les nuages évoquaient de vastes jardins formant une voûte sur une terre opulente payant son dû à l'automne, un paysage de couleurs indescriptibles, de lumière subtile et d'ombres allongées. Hirondeau gazouillait follement sur la cime d'un sapin; les enfants s'esclaffaient en cueillant des pommes dans le verger. Le rire était revenu à Ingleside. «La vie *est* plus qu'une chimie organique délicatement équilibrée», songea-t-elle joyeusement.

Nan se faufila dans la pièce, les yeux et le nez écarlates d'avoir tant pleuré.

«Maman, il faut que je te dise... je n'peux plus attendre. Maman, *j'ai triché avec Dieu.*»

Anne fut de nouveau émue du doux contact de la menotte d'enfant qui s'accrochait à la sienne, une enfant qui, dans ses douloureux petits problèmes, cherchait aide et réconfort. Elle écouta Nan lui déballer toute l'histoire entre ses sanglots, et essaya de garder un visage impassible. Anne s'efforçait toujours de rester impassible quand c'était indiqué, même si elle devait rire de bon cœur avec Gilbert par la suite. Elle comprenait que l'inquiétude de Nan était réelle et épouvantable; et elle comprit également que la théologie de sa fillette avait besoin d'une attention toute particulière.

«Tu t'es complètement trompée sur tout, ma pauvre chérie. Dieu ne fait pas de marchés. Il *donne* sans rien demander en retour, sauf notre amour. Quand tu nous demandes, à papa ou à moi, ce que tu veux, nous ne faisons pas de marchandage avec toi, et Dieu est tellement, tellement meilleur que nous. Il sait bien mieux que nous ce qui est bon pour nous.»

«Et Il... Il te fera pas mourir, maman, parce que j'ai pas tenu ma promesse?»

«Certainement pas, mon chou.»

«Maman, même si je me suis trompée au sujet de Dieu, est-ce que je dois pas respecter le marché que j'ai fait? J'ai *dit* que je le ferais, tu sais. Papa dit qu'il faut toujours tenir ses

promesses. Est-ce que je serai pas *déshonorée pour la vie* si je la
tiens pas ?»

«Quand je serai rétablie, ma chérie, j'irai avec toi un soir,
et je resterai en dehors de la barrière, et je ne pense pas que
tu auras peur de traverser le cimetière. Cela soulagera ta
conscience, et tu ne feras plus de ces marchés absurdes avec
Dieu, n'est-ce pas ?»

«Non», promit Nan, tout en sentant avec regret qu'elle
renonçait à une chose qui, malgré tous les inconvénients,
avait été agréablement excitante. Mais ses yeux scintillaient
de nouveau, et sa voix avait repris un peu de son piquant.

«J'vais aller me laver le visage et ensuite, j'vais revenir
t'embrasser, maman. Et j'vais te cueillir toutes les *oreilles-de-
loup* que j'pourrai trouver. C'était affreux sans toi, maman.»

«Oh! Susan, s'exclama Anne quand Susan lui apporta
son souper, dans quel beau, intéressant et merveilleux monde
nous vivons! Vous ne pensez pas ?»

«J'irais jusqu'à dire, admit Susan en pensant à la belle
rangée de tartes qu'elle venait de laisser dans le garde-manger,
que c'est un monde très supportable.»

27

Octobre fut un mois très heureux à Ingleside, cette année-là. Certains jours, il *fallait* à tout prix courir, chanter et siffloter. Anne était de nouveau sur pied, refusant d'être traitée en convalescente, faisant les plans de son jardin, riant. Jem avait toujours pensé que maman avait un rire si beau, si joyeux. Elle répondait à d'innombrables questions. « Maman, à quelle distance se trouve le coucher du soleil ? Maman, pourquoi on peut pas ramasser le clair de lune ? Maman, est-ce que les âmes des morts reviennent vraiment à l'Halloween ? Maman, qu'est-ce que ça veut dire "cause à effet"? Maman, t'aimerais pas mieux te faire tuer par un serpent à sonnette que par un tigre, parce que le tigre te mettrait en morceaux et te mangerait ? C'est quoi, un cagibi ? Est-ce vrai qu'une veuve est une femme dont le rêve s'est réalisé ? C'est Wally Taylor qui dit ça. Maman, qu'est-ce que les petits oiseaux font quand il pleut fort ? Maman, est-ce qu'on est vraiment une famille trop romantique ?»

La dernière question était de Jem qui, à l'école, avait entendu répéter ces propos de Mme Alec Davis. Jem n'aimait pas Mme Alec Davis parce que chaque fois qu'elle le rencontrait avec Anne ou Gilbert, elle secouait invariablement un long index dans sa direction en demandant : «Jemmy est-il un bon garçon à l'école ?» Jemmy ! C'était peut-être vrai qu'ils étaient un peu romantiques. C'est certainement ce que Susan pensa en découvrant le chemin de la grange géné-reusement décoré de taches de peinture écarlate. « Il nous les fallait pour notre jeu de bataille, Susan, expliqua Jem. Ça représente les flaques de sang. »

À la tombée de la nuit, il y avait parfois un vol d'oies sauvages passant devant une lune rousse et basse, et quand il les voyait, Jem languissait mystérieusement de s'envoler au loin avec elles, jusqu'à des rives inconnues d'où il rapporterait des singes, des léopards, des perroquets, et autres choses du même genre ; il rêvait d'explorer la Mer des Caraïbes.

Certaines expressions comme « la Mer des Caraïbes » recelaient, pour Jem, un charme irrésistible. « Secrets de la mer » en était une autre. Être pris dans les anneaux mortels d'un python et devoir combattre un rhinocéros blessé faisaient partie du quotidien de Jem. Et le seul mot de « dragon » lui procurait une extraordinaire émotion. Son image favorite, épinglée sur le mur au pied de son lit, représentait un chevalier en armure sur un magnifique cheval blanc debout sur ses pattes de derrière pendant que le cavalier transperçait un dragon à la queue ravissante flottant derrière lui, tout en anneaux et en boucles, se terminant par une fourche. Une dame vêtue de rose était agenouillée paisiblement et calmement à l'arrière plan, les mains jointes. Il ne faisait aucun doute que la dame ressemblait beaucoup à Maybelle Reese qui, malgré ses neuf ans, faisait déjà palpiter le cœur de plusieurs écoliers du Glen. Même Susan avait remarqué la ressemblance et en taquinait Jem qui rougissait de fureur. Le dragon était pourtant un peu décevant ; il paraissait si petit et insignifiant sous l'immense cheval. Il ne semblait pas y avoir une valeur spéciale reliée au fait de le tuer. Les dragons dont Jem délivrait Maybelle dans ses rêves secrets étaient beaucoup plus effrayants. Le lundi précédent, il l'avait vraiment sauvée du vieux jars de Sarah Palmer. Quel hasard... ah ! le hasard faisait bien les choses ! Elle avait vu avec quel air digne il avait saisi la créature sifflante par son cou de reptile et l'avait jetée de l'autre côté de la clôture. Mais un jars n'était pas vraiment aussi romanesque qu'un dragon.

Ce fut un octobre de vents, petites brises qui ronronnaient dans la vallée, bourrasques qui fouettaient la cime des érables, vents qui hurlaient le long de la plage mais se blottissaient une fois arrivés aux rochers, se blottissaient et rebondissaient. Les nuits, avec leurs pleines lunes ensommeillées, étaient suffisamment fraîches pour rendre agréable l'idée d'un lit douillet, les buissons de bleuets avaient viré à l'écarlate, les fougères mortes avaient pris une riche teinte rouge brique, les sumacs flamboyaient derrière la grange, les prés verts s'étalaient çà et là comme des pièces sur les champs desséchés du Glen En-Haut et il y avait des chrysanthèmes roux et dorés sur la pelouse, dans le coin des épinettes. Des écureuils bavardaient joyeusement un peu partout et des criquets jouaient de leurs violons pour les bals des fées sur mille collines. Il y avait des pommes à cueillir, des carottes à déterrer. Les garçons allaient parfois creuser le sable à la recherche de «coques» quand de mystérieuses marées le permettaient, des marées qui venaient caresser la grève puis retournaient dans leurs abysses. Il y avait une multitude de feux de feuilles mortes partout dans le Glen, une tonne de grosses citrouilles jaunes dans la grange, et Susan fit ses premières tartes aux canneberges.

De l'aurore au couchant, Ingleside résonnait de rires. Même lorsque les aînés étaient à l'école, Shirley et Rilla étaient à présent assez vieux pour continuer la tradition du rire. Même Gilbert rit plus que d'habitude, cet automne-là. «J'aime un père capable de rire», songea Jem. Le Dr Bronson de Mowbray Narrows ne riait jamais. La rumeur disait qu'il s'était entièrement bâti une clientèle à partir de son air de hibou sage; mais Gilbert avait encore plus de patients et les gens étaient morts depuis longtemps quand ils ne pouvaient plus rire d'une de ses blagues.

Anne travaillait dans son jardin chaque fois que le temps le permettait, buvant les couleurs comme un nectar quand le soleil de la fin du jour tombait sur les érables rouges, révélant une tristesse exquise de beauté évanescente. Un après-midi de brume gris jaunâtre, elle planta avec Jem tous les bulbes de tulipes qui ressusciteraient en juin dans une splendeur rose, écarlate, jaune et indigo. «Tu ne trouves pas ça merveilleux de préparer le printemps quand on sait qu'on a l'hiver à affronter, Jem?» «Et c'est bien de faire un si beau jardin, répondit Jem. Susan dit que c'est Dieu qui fait tout ce qui est beau, mais on peut L'aider un peu, pas vrai, maman?»

«Toujours, Jem toujours. C'est un privilège qu'il partage avec nous.»

Rien n'est pourtant jamais parfait. Les gens d'Ingleside s'inquiétaient au sujet d'Hirondeau. On leur avait dit que quand les rouges-gorges s'envoleraient pour le sud, il voudrait se joindre à eux.

«Gardez-le enfermé jusqu'à ce que les autres soient partis, et qu'il ait commencé à neiger, conseilla le Capitaine Malachi. Il aura alors oublié et restera jusqu'au printemps.»

Ainsi, Hirondeau était en quelque sorte prisonnier. Il devint très agité. Il volait sans but dans la maison ou s'installait sur le rebord de la fenêtre et regardait mélancoliquement ses camarades qui se préparaient à suivre Dieu savait quel appel mystérieux. Il perdit l'appétit et même les vers ou les plus belles noix de Susan n'arrivaient pas à le tenter. Les enfants l'informèrent des dangers qu'il pourrait rencontrer : le froid, la faim, la solitude, les tempêtes, la nuit noire, les chats. Mais Hirondeau avait senti l'appel et tout son être languissait pour y répondre.

Susan fut la dernière à céder. Elle fut très taciturne pendant plusieurs jours. Mais elle se résigna finalement. «Laissons-le partir. C'est contre-nature de le retenir.»

Ils le libérèrent le dernier jour d'octobre, après l'avoir gardé enfermé pendant un mois. C'est avec des larmes plein les yeux que les enfants l'embrassèrent pour lui souhaiter bon voyage. Il prit joyeusement son envol, et revint le lendemain matin picorer les miettes de Susan sur le rebord de la fenêtre puis déploya ses ailes pour le long voyage. «Il va peut-être revenir au printemps, ma chérie», dit Anne à Rilla qui sanglotait. Mais Rilla était inconsolable.

«Ze trouve ça trop loin», répondit-elle en pleurant.

Anne sourit et soupira. Les saisons qui paraissaient si longues à bébé Rilla commençaient à passer trop vite pour elle. Un autre été était terminé, et les flambeaux des peupliers sans âge avaient accompagné son départ. Bientôt, bien trop tôt, les enfants d'Ingleside ne seraient plus des enfants. Mais ils étaient encore les siens, à accueillir quand ils rentraient, le soir, les siens pour remplir la vie d'émerveillement, de ravissement, les siens à chérir, à encourager, à gronder... un petit peu. Ils étaient parfois très vilains, même s'ils ne méritaient pas d'être appelés «cette bande de démons d'Ingleside» comme Mme Alec Davis avait dit en apprenant que Bertie Shakespeare Drew avait été légèrement brûlé en jouant à Ingleside le rôle d'un Peau Rouge attaché au poteau de torture. Jem et Walter avaient mis un peu plus de temps que prévu à le délier. Ils furent légèrement roussis, eux aussi, pourtant personne ne les plaignit.

Novembre fut un mois sinistre, cette année-là. Le vent soufflait de l'est et le brouillard sévissait. Certains jours, il n'y avait rien d'autre qu'une brume glaciale le long ou au-dessus de la mer grise par-delà la jetée. Les peupliers frissonnants perdirent leurs dernières feuilles. Le jardin était mort, et toute sa couleur, toute sa personnalité l'avaient quitté. Seule la plate-bande d'asperges était encore une jungle dorée et fascinante. Walter dut déserter son pupitre dans l'érable et étudier à l'intérieur de la maison. Il pleuvait... et il pleuvait. «Est-ce que le monde pourra redevenir sec un jour?» se lamentait Di avec désespoir. Puis, il y eut une semaine baignant dans le soleil magique de l'été des Indiens et, pendant les soirées frisquettes, Anne allumait le four à bois et Susan y faisait rôtir des pommes de terre pour le souper.

La grande cheminée était le centre de la maison, ces soirs-là. C'était le lieu de prédilection autour duquel tout le monde se rassemblait après le souper. Anne cousait et planifiait de petites garde-robes d'hiver. «Nan doit avoir une robe rouge, elle en a tellement envie», tout en pensant quelquefois à Hannah filant chaque année un manteau pour le petit Samuel. Les mères étaient les mêmes d'un siècle à l'autre, qu'elles fussent célèbres ou anonymes, elles étaient sœurs dans l'amour et dans le dévouement.

Susan faisait réciter les leçons des enfants, puis ils pouvaient s'amuser à leur gré. Walter, vivant dans son monde imaginaire de rêves merveilleux, était absorbé à rédiger une série de lettres d'«écureuils» : le petit suisse qui vivait dans la Vallée Arc-en-ciel voulait à tout prix communiquer avec celui qui habitait derrière la grange. Susan faisait semblant de s'en moquer quand il les lui lisait, mais elle les copiait secrètement pour les envoyer à Rebecca Dew.

«À mon avis, elles ont un certain intérêt, chère Mlle Dew, bien que vous puissiez les trouver trop triviales. Si c'est le cas, je sais que vous pardonnerez à une vieille radoteuse de vous avoir ennuyée avec cela. On considère Walter comme très brillant à l'école et, heureusement, ces compositions ne sont pas des poèmes illisibles. Je pourrais aussi ajouter que Petit Jem a obtenu quatre-vingt-dix-neuf à son examen d'arithmétique la semaine dernière et personne n'a pu comprendre pourquoi on lui avait enlevé un point. Je ne devrais peut-être pas dire cela, chère Mlle Dew, mais j'ai la conviction que cet enfant est né pour de grandes choses. Nous ne vivrons peut-être pas pour le voir, mais il pourrait bien devenir premier ministre du Canada.»

Fripon se chauffait dans la lueur du feu et Chaton de saule, le chat de Nan, qui faisait toujours penser à une exquise et coquette petite dame vêtue de noir et d'argenté, grimpait sur les genoux de n'importe qui avec impartialité. Mais «deux chats, et des trappes à souris partout dans le garde-manger», commentait prosaïquement Susan. Les enfants se racontaient leurs petites aventures et le gémissement de l'océan au loin traversait la nuit froide de l'automne.

Mlle Cornelia faisait parfois une brève visite pendant que son mari palabrait au magasin de Carter Flagg. Les petits assoiffés de commérages tendaient alors leurs longues oreilles, car Mlle Cornelia était toujours au courant du dernier cancan et ils entendaient toujours raconter les choses les plus intéressantes sur les gens. Ce serait si amusant, le dimanche suivant, de regarder à l'église les personnes mentionnées et de savourer ce qu'on savait d'elles, malgré leur apparence élégante et impeccable.

«Mon Dieu, votre maison est confortable, ma chère Anne. La nuit est très fraîche et il commence à neiger. Le docteur est absent?»

« Oui. J'avais horreur de le voir sortir, mais on l'a appelé de l'entrée du port pour lui dire que Mme Brooker Shaw insistait pour le voir, expliqua Anne tandis que Susan se hâtait d'escamoter une grosse arête de poisson que Fripon avait apportée sur la carpette du foyer, priant le ciel que Mlle Cornelia n'eût rien remarqué.

« Elle est pas plus malade que moi, déclara Susan avec amertume. Mais j'ai entendu dire qu'elle avait *une nouvelle chemise de nuit en dentelle* et il y a pas de doute qu'elle voulait que son docteur la voie dedans. Une chemise de nuit en dentelle ! »

« C'est sa fille Leona qui la lui a rapportée de Boston. Elle est arrivée vendredi soir, avec *quatre malles*, précisa Mlle Cornelia. Je me rappelle quand elle est partie pour les États il y a neuf ans, traînant un vieux sac Gladstone dont le contenu débordait. C'était quand elle broyait du noir après avoir été plaquée par Phil Turner. Elle essayait de le cacher, mais tout le monde savait. La voici de retour pour "prendre soin de sa mère", comme elle le prétend. Elle va essayer de séduire le docteur, ma chère Anne, je vous en avertis. Mais j'imagine que ça lui sera égal, même s'il est un homme. Et vous ne ressemblez pas à Mme Dr Bronson de Mowbray Narrows. On m'a dit qu'elle est très jalouse de toutes les patientes de son mari. »

« Et des infirmières aussi », ajouta Susan.

« Ma foi, certaines de ces infirmières sont vraiment trop jolies pour le travail qu'elles font, reprit Mlle Cornelia. Prenez Janie Arthur ; elle se repose entre ses visites et essaie d'empêcher ses deux soupirants d'apprendre l'existence l'un de l'autre. »

« Jolie ou pas, c'est plus une poulette du printemps, décréta fermement Susan, et ça vaudrait bien mieux pour elle de faire un choix et de s'établir. Regardez sa tante Eudora, elle disait qu'elle avait pas l'intention de se marier avant d'en avoir assez de flirter, et voyez le résultat. Même encore, à quarante-cinq ans, elle essaie de charmer tous les hommes en vue. C'est ce qui arrive quand on en fait une habitude. Vous a-t-on déjà rapporté, chère Mme Docteur, ce qu'elle avait dit à sa cousine Fanny quand cette dernière s'est mariée ? "Tu prends mes restes", qu'elle a dit. J'ai su qu'il y avait eu des étincelles et qu'elles se sont jamais adressé la parole depuis. »

« Les mots ont le pouvoir de vie et de mort », murmura Anne d'un air absent.

« Une parole vraie, très chère. À propos, j'aimerais que M. Smith se montre un peu plus judicieux dans ses sermons. Il a offensé Wallace Young et Wallace va quitter l'église. Tout le monde prétend que le sermon de dimanche dernier s'adressait à lui. »

« Quand un pasteur prêche sur un sujet qui convient à un individu, les gens croient toujours que le sermon lui est personnellement destiné. Si un chapeau fait sur la tête de quelqu'un, il ne s'ensuit pas nécessairement qu'il ait été fabriqué pour lui. »

« C'est plein de bon sens, approuva Susan, et Wallace Young me plaît pas du tout. Il a permis à une compagnie de peindre des annonces publicitaires sur ses vaches il y a trois ans. Sur ses vaches ! À mon avis, il est trop grippe-sou. »

« Son frère David va finalement se marier, reprit Mlle Cornelia. Ça lui a pris du temps pour déterminer ce qui coûterait le moins cher : se marier ou embaucher une domestique. "On peut tenir une maison sans femme, mais c'est toute une corvée, Cornelia", m'a-t-il dit après la mort de sa mère. J'avais l'impression qu'il tâtait le terrain, mais il n'a pas eu d'encouragement de ma part. Et voilà qu'il va épouser Jessie King. »

« Jessie King ! Mais j'croyais qu'il était censé courtiser Mary North ! »

« Il prétend qu'il n'allait pas épouser une femme qui mange du chou. Mais on raconte qu'il lui a demandé sa main et qu'elle l'a envoyé promener. Et on dit aussi que Jessie King a dit qu'elle aurait préféré un homme plus beau mais qu'il ferait l'affaire. Bien entendu, certaines personnes ne peuvent se permettre d'être trop difficiles. »

« Je ne crois pas, Mme Marshall Elliott, que les gens d'ici disent la moitié des choses qu'on leur impute, objecta Susan.

Je suis d'avis que Jessie King fera à David Young une bien meilleure épouse qu'il le mérite, même si, en ce qui concerne l'apparence extérieure, j'admets qu'il me fait penser à du bois d'épave. »

« Saviez-vous qu'Alden et Stella ont eu une petite fille ? » demanda Anne.

« C'est ce que j'ai cru comprendre. J'espère que Stella sera une mère un peu plus sensée que Lisette l'était avec elle. Pourriez-vous croire, chère Anne, que Lisette a réellement pleuré parce que le bébé de sa cousine Dora a marché avant Stella ? »

« Nous, les mères, sommes une race de folles, remarqua Anne en souriant. Je me souviens de m'être sentie d'une humeur meurtrière quand le petit Bob Taylor, qui avait, à un jour près, le même âge que Jem, a percé trois dents avant que Jem en perce une. »

« Bob Taylor s'est fait enlever les amygdales », dit Mlle Cornelia.

« Pourquoi on a jamais d'opérations, nous, maman ? » s'insurgèrent ensemble Walter et Di. Il leur arrivait souvent de dire la même chose ensemble. Puis ils se croisaient les doigts et faisaient un vœu. « On pense et on sent la même chose sur *tout*», avait coutume de dire Di avec conviction.

« Pourrai-je un jour oublier le mariage d'Elsie Taylor, reprit Mlle Cornelia d'un ton plein de réminiscence. C'est sa meilleure amie, Maisie Millison, qui devait jouer la marche nuptiale. Elle a joué la marche funèbre à la place. Bien entendu, elle a toujours prétendu s'être trompée parce qu'elle était trop nerveuse, mais les gens savaient ce qu'ils devaient penser de ça. Elle voulait Mac Moorside pour elle-même. Un joli coquin à la langue bien pendue, qui disait toujours aux femmes ce qu'il croyait qu'elles souhaitaient entendre. Il a fait vivre à Elsie une existence misérable. Ah ! Seigneur, ils sont tous deux passés depuis longtemps de l'autre côté, très chère Anne, et Maisie est mariée à Harley Russell depuis des années et tout le monde a oublié qu'il l'avait demandée en mariage en s'attendant à ce qu'elle réponde "non" et qu'elle a répondu "oui". Harley lui-même l'a oublié... comme un homme. Il pense avoir la meilleure femme au monde et se félicite d'avoir été assez intelligent pour la conquérir. »

« Pourquoi l'avoir demandée s'il voulait qu'elle refuse ? Ça m'paraît très étrange », remarqua Susan qui ajouta avec une humilité pesante, « mais évidemment, j'suis pas censée être au courant de ces choses. »

« Son père le lui avait ordonné. Il ne le voulait pas, mais il croyait qu'il n'y avait pas grand danger... Voici le docteur qui arrive. »

Au moment où Gilbert entrait, une petite rafale de neige s'infiltra à l'intérieur de la maison. Il lança son manteau et s'assit d'un air content auprès du feu.

« Il ne fait aucun doute que la nouvelle chemise de nuit en dentelle était très jolie », fit Anne en jetant un regard malicieux à Mlle Cornelia.

« Qu'est-ce que tu racontes ? Ce doit être une de vos plaisanteries féminines dépassant ma rude perception masculine, je suppose. Je suis allé au Glen En-Haut voir Walter Cooper. »

« La survie de cet homme tient du mystère », déclara Mlle Cornelia.

« Je n'ai plus de patience avec lui, acquiesça Gilbert en souriant. Il devrait être mort depuis longtemps. Il y a un an, je lui ai donné deux mois à vivre et il sape ma réputation en s'acharnant comme il le fait. »

« Si vous connaissiez les Cooper aussi bien que moi, vous ne vous risqueriez pas à faire des prédictions à leur sujet. Vous ne savez pas que son grand père est ressuscité après qu'on ait creusé sa fosse et acheté le cercueil ? L'entrepreneur a refusé de le reprendre. D'après ce que je comprends, Walter Cooper s'amuse énormément à répéter ses propres funérailles... un vrai homme. Bon, je reconnais les grelots de Marshall. Ce pot de poires en conserve est pour vous, très chère Anne. »

Ils accompagnèrent tous Mlle Cornelia à la porte. Les yeux gris foncé de Walter fouillèrent la nuit de tempête.

« Je me demande où est Hirondeau ce soir et s'il s'ennuie de nous », dit-il tristement. Peut-être qu'Hirondeau était parti à cet endroit mystérieux que Mme Elliott appelait « l'autre côté ».

« Hirondeau est au sud, dans un pays de soleil, répondit Anne. Il reviendra au printemps, j'en suis convaincue, et c'est dans seulement cinq mois. Et puis, vous devriez tous être au lit depuis longtemps. »

« Susan, demandait Di dans le garde-manger, aimerais-tu avoir un bébé ? Je sais où tu peux en trouver un... flambant neuf. »

« Oui ? Où ça ? »

« Ils en ont un nouveau chez Amy. Amy dit que c'est les anges qui l'ont apporté et qu'ils auraient pu avoir plus de bons sens. À part lui, ils sont déjà huit enfants. Hier, je t'ai entendue dire que ça te rendait triste de voir Rilla grandir tellement... que t'avais plus de bébé, à présent. Je suis certaine que Mme Taylor te donnerait le sien. »

« Les enfants imaginent vraiment n'importe quoi ! Les Taylor ont tous de grosses familles. Le père d'Andrew Taylor n'a jamais pu dire spontanément combien d'enfants il avait, il devait toujours s'arrêter et les compter. Mais j'prévois pas adopter de bébés pour l'instant. »

« Susan, Amy Taylor dit que t'es une vieille fille. C'est vrai ? »

« Tel a été le lot que la Providence m'a réservé », répondit Susan sans fléchir.

« Est-ce que ça te plaît d'être une vieille fille, Susan ? »

« Honnêtement, non, ma chouette. Mais, ajouta-t-elle en se rappelant le sort de certaines épouses de sa connaissance, j'ai appris qu'il y avait des compensations. À présent, apporte la pointe de tarte aux pommes à ton père et j'vais lui apporter son thé. Le pauvre homme doit mourir de faim. »

« On a la maison la plus adorable au monde, pas vrai, maman ? demanda Walter en montant dans sa chambre, à moitié endormi. Seulement... tu ne crois pas que ça l'améliorerait si on avait quelques fantômes ? »

« Des fantômes ? »

« Oui. La maison de Jerry Palmer est pleine de fantômes.
Il en a vu un, une grande femme en blanc avec une main de
squelette. J'en ai parlé à Susan et elle a répondu qu'il mentait
ou qu'il avait des problèmes de digestion. »

« Susan avait raison. Comme seuls des gens heureux y
ont vécu, Ingleside ne peut donc pas être hanté, tu vois. Dis
tes prières maintenant et couche-toi. »

« Maman, j'pense que j'ai pas été gentil hier soir. J'ai dit :
"Donnez-nous *demain* notre pain quotidien au lieu d'*aujour-
d'hui*. Ça me paraissait plus logique. Penses-tu que ça a
offusqué Dieu, maman ? »

28

Hirondeau revint quand Ingleside et la Vallée Arc-en-ciel revêtirent les teintes vert tendre du printemps, et il amena sa jeune compagne avec lui. Tous deux firent leur nid dans le pommier de Walter et si Hirondeau reprit toutes ses vieilles habitudes, son épouse était plus timide ou moins aventureuse que lui et ne laissait jamais personne l'approcher de trop près. Pour Susan, le retour d'Hirondeau était un véritable miracle et elle décrivit l'événement dans une lettre qu'elle écrivit à Rebecca Dew le soir même.

Sur la petite scène d'Ingleside, les projecteurs alternaient, éclairant parfois tel personnage, parfois tel autre. L'hiver passa sans que rien de spectaculaire n'arrivât à personne, et en juin, ce fut au tour de Di d'avoir une aventure.

Une nouvelle fille commença à fréquenter l'école, une fille qui répondit, quand l'institutrice lui demanda son nom : « Je suis Jenny Penny », comme une autre aurait pu déclarer : « Je suis la reine Elizabeth », ou « Je suis Hélène de Troie ». Dès que vous entendiez ces paroles, vous sentiez que de ne pas connaître Jenny Penny signifiait que vous étiez vous-même un obscur anonyme, et que si Jenny Penny ne condescendait pas à vous remarquer, vous n'existiez plus du tout. C'est du moins ce qu'éprouva Diana Blythe même si elle n'aurait pu traduire son sentiment en ces termes exacts.

Jenny Penny avait neuf ans alors que Di en avait huit mais dès le début, elle se tint avec les « grandes » de dix ou onze ans. On ne pouvait ni la regarder de haut, ni l'ignorer.

Si elle n'était pas jolie, elle attirait cependant l'attention. On se retournait sur son passage. Elle avait un visage rond au teint crémeux encadré d'un doux nuage de cheveux mats, noir charbon, et d'immenses yeux bleu crépuscule ourlés de longs cils noirs emmêlés. Lorsqu'elle levait lentement ses longs cils et vous jetait un de ses regards dédaigneux, vous vous trouviez réduit au rang de ver de terre honoré qu'on ne lui marche pas dessus. Vous préfériez encore être snobé par elle que courtisé par n'importe qui d'autre. Être choisie comme confidente temporaire par Jenny Penny constituait un honneur si exceptionnel qu'il en était presque insupportable. Les confidences de Jenny Penny étaient inouïes. Il n'y avait aucun doute que les Penny étaient des gens hors du commun. La tante Lina de Jenny possédait, semblait-il, un collier d'or et de grenats qui lui avait été offert par un oncle millionnaire. Une de ses cousines avait une bague de diamants qui avait coûté mille dollars tandis qu'une autre avait remporté un prix d'éloquence sur mille sept cents concurrents. Elle avait une tante missionnaire travaillant au milieu des léopards aux Indes. Pour résumer, les écolières du Glen acceptèrent, du moins pour un temps, Jenny Penny selon la valeur qu'elle-même s'accordait. Elles la considéraient avec une admiration mêlée d'envie, et parlaient tant d'elle au souper que l'attention des adultes était finalement attirée.

«Qui est cette petite fille dont Di semble si entichée, Susan?» demanda Anne un soir, après que Di eût mentionné le «manoir» où Jenny vivait, au toit entouré de dentelle de bois, aux cinq fenêtres en saillie, au merveilleux bosquet de bouleaux derrière et au manteau de cheminée de marbre rouge dans le salon. «Je n'ai jamais entendu le nom de Penny à Four Winds. En savez-vous quelque chose?»

«Il y a une nouvelle famille qui vient d'emménager dans la vieille ferme Conway sur le rang Base, chère Mme Docteur. On raconte que M. Penny est un menuisier qui n'arrive pas à vivre de son travail. Il est trop occupé, d'après ce que j'ai compris, à essayer de prouver que Dieu existe pas. Il a donc décidé de devenir fermier. Si je me fie à la rumeur, ça m'a l'air d'être un bizarre de clan. Les jeunes font tout ce qui leur chante. Le père prétend qu'il a été mené par le bout du nez dans son enfance et que sa progéniture aura pas le même sort. C'est pourquoi cette Jenny vient à l'école du Glen. Ils sont plus près de l'école de Mowbray Narrows et c'est celle-là que fréquentent les autres enfants, mais Jenny a décidé d'aller à l'école du Glen. Comme la moitié de la ferme Conway se trouve dans ce district-ci, M. Penny paie des taxes aux deux écoles et il peut évidemment envoyer ses enfants à l'une ou l'autre. Il paraît pourtant que cette Jenny est pas sa fille, mais sa nièce. Ses parents sont morts. On raconte que c'est George Andrew Penny qui a mis le mouton dans la cave de l'église baptiste de Mowbray Narrows. J'dis pas que ce sont pas des gens respectables, mais ils sont tous si négligés, chère Mme Docteur, et la maison est dans un tel désordre et, si je peux me permettre de vous donner un conseil, vous ne voudriez pas voir Diana mêlée à une bande de singes comme celle-là. »

« Je ne peux pas vraiment l'empêcher de jouer avec Jenny à l'école, Susan. Je n'ai réellement rien contre cette enfant, même si je suis sûre qu'elle exagère dans ce qu'elle raconte de sa parenté et de ses aventures. D'ailleurs, Di reviendra probablement bientôt de cette toquade et nous n'entendrons plus parler de Jenny. »

Ils continuèrent pourtant à en entendre parler. Jenny avait dit à Di qu'elle la préférait à toutes les filles de l'école du Glen, et Di, aussi émue que si une reine s'était penchée sur elle, l'idolâtra en retour. Aux récréations, elles devinrent inséparables; elles s'écrivaient des billets la fin de semaine; elles s'offraient des « mâchées de gomme »; elles échangeaient des boutons et, en un mot, partageaient tout; finalement, Jenny demanda à Di de l'accompagner chez elle après l'école et de passer la nuit chez elle.

Anne refusa catégoriquement et Di pleura abondamment.

« Tu m'as permis de passer la nuit chez Persis Ford », sanglota-t-elle.

« C'était... différent », répondit Anne un peu vaguement. Elle ne souhaitait pas faire une snob de Di, mais après tout ce qu'on lui avait raconté sur la famille Penny, elle avait conclu que leur amitié n'était pas souhaitable. Ces derniers temps, Anne avait été très préoccupée par la fascination que Jenny exerçait sur Diana.

« Je ne vois aucune différence, gémit Di. Jenny est autant une dame que Persis, si tu veux le savoir. Elle ne fait jamais de bulles avec son chewing-gum. Elle a une cousine qui connaît toutes les règles de l'étiquette. Jenny dit que nous ne savons pas ce qu'est l'étiquette. Et elle a eu les aventures les plus excitantes. »

« Qui dit qu'elle les a eues ? » demanda Susan.

« C'est elle qui me l'a dit. Sa famille n'est pas riche, mais ses parents ont des parents très riches et respectables. Jenny a un oncle qui est juge et un cousin de sa mère est le capitaine du plus gros bateau au monde. C'est Jenny qui a baptisé le bateau quand il a été inauguré. Nous, on n'a pas d'oncle qui est juge, ni de tante qui est missionnaire au milieu des léopards. »

« Lépreux, ma chérie, pas léopards. »

« Jenny a dit léopards. J'imagine qu'elle doit le savoir puisqu'il s'agit de sa tante. Et il y a tant de choses que je veux voir dans sa maison : sa chambre est tapissée de perroquets, le salon est plein de hiboux empaillés, et dans le couloir, ils ont un tapis crocheté avec une maison dessus. Ils ont des stores tout couverts de roses aux fenêtres, et son oncle a construit une cabane pour les enfants. Sa mémé habite dans la même maison et c'est la plus vieille personne au monde. Jenny dit qu'elle vivait avant le déluge. J'aurai peut-être jamais plus la chance de rencontrer une personne qui a vécu avant le déluge. »

« On m'a dit que la grand-mère a près de cent ans, interrompit Susan, mais si ta Jenny prétend qu'elle a vécu avant le déluge, elle ment. Tu pourrais attraper Dieu sait quoi en allant dans un tel endroit. »

« Ils ont tout attrapé il y a longtemps, protesta Di. Jenny dit qu'ils ont eu les oreillons et la rougeole et la coqueluche et la fièvre scarlatine, tout ça la même année. »

« J'serais pas surprise qu'ils aient eu la variole aussi, marmonna Susan. Tu parles de gens ensorcelés ! »

« Jenny va se faire enlever les amygdales, pleurnicha Di. Mais c'est pas contagieux, n'est-ce pas ? Jenny a une cousine qui est morte quand elle s'est fait enlever les amygdales : elle a saigné à mort sans reprendre conscience. Alors, c'est probable que c'est aussi ce qui va arriver à Jenny, c'est de famille. Elle est si délicate, elle s'est évanouie trois fois la semaine dernière. Mais elle est tout à fait préparée. C'est un peu pour ça qu'elle voudrait tellement que je passe une nuit chez elle… pour me laisser ce souvenir après sa mort. *S'il te plaît*, maman. Si tu me permets d'y aller, j'me passerai du chapeau neuf avec les longs rubans que tu m'as promis. »

Mais Anne demeura inflexible et Di alla pleurer sur son oreiller. Nan ne lui témoigna aucune sympathie car Jenny Penny ne lui plaisait pas.

« Je ne sais pas ce qui est arrivé à cette enfant, dit Anne avec inquiétude. Elle ne s'est jamais comportée de cette façon avant. Comme vous dites, cette petite Penny l'a ensorcelée. »

« Vous aviez tout à fait raison de refuser qu'elle aille dans cet endroit si indigne d'elle, chère Mme Docteur. »

« Oh ! Susan, je ne veux pas qu'elle sente que quiconque est "au-dessous" d'elle. Mais il faut bien fixer une limite quelque part. Ce n'est pas tant Jenny – je crois qu'à part sa manie d'exagérer, elle est plutôt inoffensive – mais on m'a dit que les garçons sont vraiment terribles. L'institutrice de Mowbray Narrows est à bout de nerfs à cause d'eux. »

« Est-ce qu'ils te *tyrannisent* comme ça ? demanda hautainement Jenny lorsque Di lui apprit qu'elle n'avait pas la permission d'aller chez elle. Je ne laisserais jamais personne me contrôler de cette façon. J'ai trop de caractère. Mon Dieu, moi, je passe toute la nuit dehors quand j'en ai envie. J'imagine que tu ne serais jamais capable de faire ça ? »

Di regarda tristement cette mystérieuse fille qui avait souvent dormi à la belle étoile. Comme c'était extraordinaire !

« Tu ne me blâmes pas de ne pas y aller, Jenny ? Tu sais que je le voulais. »

« Bien sûr que non. Certaines filles n'accepteraient jamais ça, évidemment, mais je suppose que ce n'est pas ta faute. On aurait eu tellement de plaisir. J'avais prévu une partie de pêche au clair de lune dans notre ruisseau noir. On le fait souvent. J'ai attrapé une truite ça de long. Et on a les plus mignons porcelets et un nouveau poulain adorable et une portée de chiots. Bon, je pense que je devrai inviter Sadie Taylor. Ses parents la laissent vivre, elle. »

« Mon père et ma mère sont très justes, protesta loyalement Di. Et mon père est le meilleur médecin de l'Île-du-Prince-Édouard. Tout le monde le dit. »

« Tu me regardes de haut parce que tu as des parents et moi, non, riposta Jenny d'un air dédaigneux. Bien, mon père à moi a des ailes et porte toujours une couronne d'or. Mais je ne passe pas mon temps à me promener le nez en l'air à cause de ça, n'est-ce pas ? Écoute, Di, je ne veux pas me quereller avec toi, mais j'ai horreur d'entendre qui que ce soit se vanter de ses parents. Ce n'est pas conforme à l'étiquette. Et j'ai décidé d'être une dame. Quand cette Persis Ford dont tu nous rebats les oreilles viendra à Four Winds l'été prochain, je ne vais pas me lier d'amitié avec elle. Tante Lina dit qu'il y a quelque chose de bizarre au sujet de sa mère. Elle était mariée à un mort qui est ressuscité. »

« Oh ! Ce n'est pas du tout ça, Jenny. Je le sais, maman m'a tout raconté. Tante Leslie... »

« Je ne veux rien savoir. Quoi que ce soit, c'est quelque chose dont il vaut mieux ne pas parler, Di. La cloche sonne, c'est la fin de la récréation. »

« Vas-tu vraiment inviter Sadie ? » bredouilla Di, les yeux agrandis de chagrin.

« Eh bien, pas tout de suite. Je vais voir. Je te donnerai peut-être une autre chance. Mais dans ce cas, ce sera la dernière. »

Quelques jours plus tard, Jenny vint trouver Di à la récréation.

« J'ai entendu Jem dire que tes parents sont partis hier et qu'ils ne rentreront pas avant demain soir ? »

« Oui, ils sont allés à Avonlea voir tante Marilla. »

« Alors voilà ta chance. »

« Ma chance ? »

« De passer la nuit chez moi. »

« Oh Jenny... mais je ne pourrais pas. »

« Bien sûr que tu peux. Ne sois pas idiote. Ils ne le sauront jamais. »

« Mais Susan ne me permettra pas... »

« Tu n'as pas à lui demander. Tu n'as qu'à venir chez moi après l'école. Nan peut lui dire où tu es allée. Elle ne s'inquiétera pas. Et elle ne dira rien à tes parents quand ils reviendront. Elle aura trop peur d'être blâmée. »

Di en fut malade d'indécision. Elle savait parfaitement qu'elle ne devait pas aller avec Jenny, pourtant la tentation était irrésistible. Jenny tourna vers Di l'entière batterie de ses yeux enjôleurs.

« C'est ta *dernière chance*, poursuivit-elle dramatiquement. Je ne peux continuer à fréquenter une fille qui se considère trop bien pour me rendre visite. Si tu ne viens pas, nous nous séparerons pour toujours. »

Cela régla la question. Di, toujours fascinée par Jenny, ne pouvait supporter l'idée de se séparer d'elle pour toujours. Nan revint seule à la maison cet après-midi-là pour annoncer à Susan que Di était allée passer toute la nuit chez cette Jenny Penny.

Si Susan avait eu sa vigueur habituelle, elle se serait rendue directement chez les Penny et aurait ramené Di à la maison. Mais elle s'était foulé la cheville le matin et même si elle arrivait, de peine et de misère, à préparer le repas des enfants, elle savait que jamais elle ne pourrait parcourir un mille sur la route du rang Base. Les Penny n'avaient pas le téléphone et Jem et Walter refusèrent tout simplement d'y aller. Ils étaient invités à un festin de moules au phare et personne ne mangerait Di chez les Penny. Susan dut se résigner à l'inévitable.

Pour rentrer, Di et Jenny parcoururent un peu plus d'un quart de mille à travers les champs. Quoique sa conscience l'aiguillonnât un peu, Di se sentait heureuse. Elles marchaient dans une telle splendeur : de petites baies de fougères hantées par les lutins dans les baies de forêts d'un vert profond ; un vallon rutilant et venteux où on enfonçait jusqu'aux genoux dans les boutons d'or ; un sentier sinueux sous de jeunes érables... tout cela composait une écharpe irisée, un pâturage ensoleillé gorgé de fraises. Di, qui venait de s'éveiller à une perception de la beauté du monde, était captivée et aurait presque souhaité que Jenny bavardât moins. C'était très bien à l'école, mais ici, Di n'était pas sûre qu'elle voulait entendre Jenny lui raconter l'histoire de son empoisonnement « z'acci-dentel », bien entendu – elle avait avalé le mauvais médica-ment. Jenny lui dépeignit magnifiquement les souffrances de l'agonie tout en restant quelque peu vague sur la raison pour laquelle elle n'avait pas succombé. Elle avait perdu connaissance », mais le médecin avait réussi à la tirer du tombeau.

« Mais j'ai jamais été la même, après ça. Di Blythe, qu'est-ce que tu regardes ? Je crois que tu n'as rien écouté. »

« Mais oui, protesta Di d'un air coupable. Je pense vraiment que tu as vécu une vie fantastique. Mais regarde la vue. »

« La vue ? C'est quoi, une vue ? »

« Mais... mais... c'est quelque chose qu'on regarde. Ça...» montrant de la main les prés, les bois, la colline dont le sommet baignait dans les nuages, et l'éclat saphir de l'océan entre les collines.

Jenny renifla.

« Juste un paquet de vieux arbres et de vaches. J'ai vu ça une centaine de fois. T'es vraiment drôle, des fois, Di Blythe. Je n'veux pas te faire de peine, mais des fois, j'pense que t'es pas tout à fait là. C'est vrai. Mais j'suppose que c'est pas ta faute. On dit que ta mère est toujours en train de rêvasser comme ça. Bon, on est arrivées. »

En voyant la maison des Penny, Di vécut son premier choc de déception. Était-ce là le « manoir » dont Jenny lui avait parlé ? C'était certes une grande maison et elle avait vraiment cinq fenêtres en saillie ; mais elle avait un urgent besoin d'être repeinte et il manquait des bouts aux moulures de dentelle. La véranda était dans un état de décrépitude avancée et la vieille lanterne au-dessus de la porte d'entrée, si elle avait déjà été jolie, était à présent brisée. Les stores étaient de travers, plusieurs carreaux étaient remplacés par du papier d'emballage et, derrière la maison, quelques vieux arbres rabougris et noueux tenaient lieu de « splendide bosquet de bouleaux ». Les granges étaient dans un état pitoyable, la cour, jonchée de vieux outils rouillés et le jardin était une parfaite jungle de mauvaises herbes. De toute sa vie, Di n'avait jamais vu pareil endroit et, pour la première fois, elle en vint à se demander si toutes les histoires de Jenny étaient authentiques. Était-ce possible qu'à neuf ans elle eût, comme elle l'affirmait, si souvent frôlé la mort ?

Ce n'était guère plus reluisant à l'intérieur de la maison. Le salon était poussiéreux et sentait le renfermé. Le plafond décoloré était craquelé de partout. Le fameux manteau de cheminée en marbre n'était que peint – même Di pouvait s'en apercevoir – et drapé d'un hideux foulard japonais tenu en place par un rang de tasses « moustaches ». Les rideaux de dentelle trouée, d'une couleur affreuse, pendouillaient lamentablement. Sur les stores de papier bleu, fendillés et déchirés, était dessiné un énorme panier de roses. Quant aux hiboux empaillés dont le salon était censé être plein, il y avait dans un coin une petite étagère de verre contenant trois volatiles plutôt ébouriffés dont un n'avait plus d'yeux. Pour Di, habituée à la beauté et à la dignité d'Ingleside, la pièce évoquait une vision de cauchemar. Ce qui était néanmoins étrange, c'était que Jenny ne semblait avoir aucunement conscience de l'écart entre ses descriptions et la réalité. Di se demanda si elle avait simplement rêvé toutes ces choses que Jenny lui avait racontées.

C'était moins décrépit dehors. La petite maison de jeu que M. Penny avait construite dans le coin des épinettes, pareille à une véritable maison miniature, était vraiment un endroit très intéressant et les cochonnets et le poulain nouveau-né étaient « tout simplement ravissants ». Quant à la portée de chiots

bâtards, ils étaient aussi laineux et mignons que s'ils avaient
appartenu à une race de champions. L'un d'eux était
particulièrement adorable avec ses longues oreilles brunes, une
tache blanche sur le front, une minuscule langue rose et des
pattes blanches. Di fut amèrement déçue d'apprendre qu'ils
étaient tous promis.

« Mais j'sais pas si on t'en aurait donné un s'ils ne l'avaient
pas été, dit Jenny. Mon oncle est vraiment pointilleux quand
il s'agit de ses chiens. On a entendu dire que vous n'étiez pas
capables de garder un chien à Ingleside. Il doit y avoir quelque
chose de bizarre chez vous. Mon oncle dit que les chiens
savent des choses que les gens ignorent. »

« J'suis certaine qu'ils ne peuvent rien savoir de mauvais
à notre sujet ! » s'écria Di.

« Bien, j'espère que non. Est-ce que ton père est cruel
avec ta mère ? »

« Non, évidemment. »

« Bien, on raconte qu'il la bat... qu'il la bat jusqu'à ce
qu'elle crie. Mais je ne crois pas à cette histoire, bien entendu.
C'est pas épouvantable les mensonges que les gens racontent ? En tout cas, je t'ai toujours aimée, Di, et j'ai toujours
pris ta part. »

Di sentit qu'elle aurait dû lui en être reconnaissante,
pourtant, elle ne l'était pas. Elle commençait à se sentir très
peu à sa place et l'auréole que Jenny portait à ses yeux était
irrémédiablement ternie. Elle n'éprouva pas l'ancienne
émotion quand Jenny lui relata la fois où elle s'était presque
noyée dans l'étang d'un moulin. Elle ne la crut pas... Jenny
imaginait seulement ces choses. Comme elle avait probablement imaginé l'oncle millionnaire, la bague de diamants de
mille dollars et la missionnaire au milieu des léopards. Di se
sentit comme un ballon crevé.

Mais il restait Mémé. Mémé était sûrement réelle. Quand
Jenny et Di rentrèrent dans la maison, tante Lina, une dame
à la poitrine opulente et aux joues vermeilles portant une
robe de cotonnade défraîchie, leur annonça que Mémé
voulait rencontrer la visiteuse.

« Mémé est au lit, expliqua Jenny. Il faut toujours qu'on aille lui présenter les visiteurs sinon, elle pique une crise. »

« Surtout, pense à lui demander si elle a mal au dos, avertit tante Lina. Elle n'aime pas que les gens oublient son dos. »

« Et oncle John, ajouta Jenny. N'oublie pas de lui demander des nouvelles d'oncle John. »

« Qui est oncle John ? » demanda Di.

« Un de ses fils qui est mort il y a cinquante ans, expliqua tante Lina. Il a été malade pendant des années avant de mourir et Mémé s'est comme habituée à entendre les gens demander de ses nouvelles. Ça lui manque. »

À la porte de la chambre de Mémé, Di recula soudain. Elle était tout à coup terrifiée par cette femme incroyablement vieille.

« Qu'est-ce qui t'arrive ? demanda Jenny. Personne va te mordre. »

« Est-ce qu'elle a vraiment vécu avant le déluge, Jenny ? »

« Bien sûr que non. Qui t'a raconté ça ? Mais elle va avoir cent ans si elle vit jusqu'à son prochain anniversaire. Allez, entre ! »

Di entra vaillamment dans la petite chambre encombrée où Mémé était étendue dans un lit immense. Son visage, indescriptiblement ridé et rapetissé, ressemblait à celui d'un vieux singe. Elle fixa Di avec des yeux caves, bordés de rouge et dit d'un ton irrité :

« Arrête de me dévisager. Qui es-tu ? »

« C'est Diana Blythe, Mémé », répondit Jenny, plutôt amortie.

« Hum ! Un nom qui sonne bien ! On me dit que ta sœur est une orgueilleuse ? »

« Nan n'est pas orgueilleuse », s'écria Di, retrouvant ses esprits. Est-ce que Jenny parlait contre Nan ?

« T'es pas un peu impertinente, par hasard ? J'ai pas été élevée à parler à mes aînés sur ce ton. Elle est orgueilleuse. Quiconque marche le nez en l'air comme elle, d'après ce que m'a raconté la jeune Jenny, est une orgueilleuse. Elle se donne de grands airs ! Ne me contredis pas ! »

Mémé eut l'air si fâchée que Di s'empressa de s'informer de son dos.

« Qui dit que j'ai un dos ? Quelle présomption ! Mon dos, ça me regarde. Approche... plus près de mon lit. »

Di s'approcha, souhaitant être à un millier de milles. Qu'est-ce que cette terrible vieille femme allait lui faire ?

Mémé s'agrippa alertement à un bord du lit et posa sur la tête de Di une main griffue.

« Plutôt carotte, mais c'est de la vraie soie. C'est une jolie robe. Relève-la et montre-moi ton jupon. »

Di obéit, soulagée d'avoir mis son jupon blanc orné d'un volant de dentelle crochetée par Susan. Mais quelle sorte de famille était-ce où l'on exigeait de voir votre jupon ?

« Je juge toujours les filles d'après leurs jupons, expliqua Mémé. Le tien est convenable. À présent, ton caleçon. »

Di n'osa pas refuser. Elle releva son jupon.

« Hum ! Encore de la dentelle ! C'est ce que j'appelle de l'extravagance. Et tu m'as pas demandé des nouvelles de John. »

« Comment va-t-il ? » bafouilla Di.

« Comment va-t-il, qu'elle demande, l'indiscrète. Il pourrait être mort, pour ce que tu en sais. Est-ce vrai que ta mère a un dé à coudre en or... un dé en or massif ? »

« Oui, papa le lui a offert pour son anniversaire. »

« Eh ben, je l'aurais jamais cru. La jeune Jenny me l'avait dit, mais on peut pas croire un mot de ce que raconte cette petite. Un dé à coudre en or massif ! J'ai jamais rien entendu de pareil. Eh ben, vous feriez mieux d'aller souper. Manger ne passe jamais de mode. Jenny, remonte ta culotte. Y a une jambe qui dépasse de ta robe. Ayons au moins de la décence. »

« La jambe de ma culotte... de mon caleçon ne dépasse pas », protesta Jenny avec indignation.

« Des culottes pour les Penny et des caleçons pour les Blythe. C'est la différence entre vous et ça le sera toujours. Ne me contredis pas ! »

La famille Penny au grand complet était rassemblée autour de la table du souper dans la cuisine. Di n'avait jamais vu personne d'entre eux, à l'exception de tante Lina, mais lorsqu'elle jeta un coup d'œil circulaire, elle comprit pourquoi ni sa mère ni Susan ne voulaient la laisser venir ici. La nappe était usée à la corde et maculée d'anciennes taches de sauce. La vaisselle était indescriptiblement dépareillée. Quant aux Penny... Di n'avait jamais pris place à une table en pareille compagnie et elle aurait bien voulu être en sûreté à Ingleside. Mais à présent, elle devait passer à travers l'épreuve.

Oncle Ben, comme Jenny l'appelait, était assis à un bout de la table ; il avait une barbe rouge flamme et une tête chauve frangée de gris. Son frère célibataire, Parker, blondasse et mal rasé, s'était installé dans un angle lui permettant de cracher dans la boîte à bois, ce dont il ne se privait pas. Les garçons, Curt, douze ans, et George Andrew, treize, avaient des yeux bleu pâle de poisson, le regard effronté et on voyait leur peau nue par les trous de leurs chemises en lambeaux. Curt s'était coupé la main sur une bouteille et l'avait emmaillotée dans un chiffon tache de sang. Annabel Penny, onze ans, et « Gert » Penny, dix ans, étaient deux fillettes plutôt jolies aux yeux ronds et bruns. « Tuppy », âgé de deux ans, avait de ravissantes boucles et des joues roses et, sur les genoux de tante Lina, le bébé aux yeux noirs malicieux aurait été adorable s'il avait été *propre*.

« Curt, pourquoi tu t'es pas nettoyé les ongles quand tu savais qu'on aurait de la visite ? interpella Jenny. Annabel, parle pas la bouche pleine. Je suis la seule à essayer d'enseigner les belles manières à cette famille, expliqua-t-elle en aparté à Di.

« Ferme-la ! » dit oncle Ben d'une voix retentissante.

« Je la fermerai pas... tu peux pas m'obliger à me taire », riposta Jenny.

« Ne sois pas effrontée avec ton oncle, intervint placidement tante Lina. Allons, les filles, conduisez-vous comme des dames. Curt, passe les pommes de terre à Mlle Blythe. »

« Ho ho, Mlle Blythe », ricana Curt.

Mais Diana avait au moins éprouvé une émotion forte. Pour la première fois de sa vie, on l'avait appelée Mlle Blythe.

Étonnamment, la nourriture était savoureuse et abondante. Di, qui avait faim, aurait apprécié le repas – même si elle détestait boire dans une tasse ébréchée – si elle avait été certaine que tout était propre, et si tout le monde ne s'était pas autant querellé. Les prises de bec ne cessaient pas : entre George Andrew et Curt, entre Curt et Annabel, entre Gert et Jen, et même entre oncle Ben et tante Lina. Ils eurent une engueulade terrible et se lancèrent les pires injures. Tante Lina énuméra à oncle Ben tous les magnifiques hommes qu'elle aurait pu épouser et oncle George se borna à répondre qu'il regrettait seulement qu'elle n'en ait pas choisi un autre que lui.

« Ce serait vraiment épouvantable si papa et maman se disputaient comme ça, songea Di. Oh ! J'aimerais tant être chez nous ! Ne suce pas ton pouce, Tuppy. »

Cela lui avait échappé. Cela avait été si difficile de faire abandonner cette habitude à Rilla.

Curt fut instantanément rouge de colère.

« Fous-lui la paix ! hurla-t-il. Il peut sucer son pouce s'il en a envie. Ici, on se laisse pas mener par le bout du nez comme vous, à Ingleside. Pour qui tu te prends ? »

« Curt, Curt ! Mlle Blythe va croire que tu es mal élevé, dit tante Lina. Elle était redevenue calme et souriante et mit deux cuillerées de sucre dans le thé d'oncle Ben. Ne t'occupe pas de lui, chère. Prends un autre morceau de tarte. »

Di n'en voulait pas. Elle voulait seulement retourner chez elle... et ne voyait pas comment cela pourrait se faire.

« Bon, fit oncle Ben en aspirant bruyamment le reste de son thé dans sa soucoupe, une autre de passée. Se lever le matin, travailler toute la journée, manger trois repas et se coucher. Quelle vie ! »

« Papa aime faire de petites blagues », expliqua en souriant tante Lina.

« Parlant de blagues, j'ai vu le pasteur méthodiste au magasin Flagg aujourd'hui. Il a essayé de me contredire quand j'ai dit que Dieu n'existait pas. "Vous, vous parlez le dimanche, que je lui ai dit. À présent, c'est mon tour. Prouvez-moi que

Dieu existe", que je lui ai dit. "Mais je ne peux pas puisque c'est vous qui parlez", qu'il m'a répondu. Et tout le monde a ri comme des idiots. Ils l'ont trouvé intelligent.»

Dieu n'existait pas! Di eut l'impression que le sol cédait sous ses pieds. Elle eut envie de pleurer.

29

La situation s'envenima encore après le souper. Avant cela, elle avait au moins été seule avec Jenny. À présent, toute la clique était là. George Andrew l'attrapa par la main et la fit galoper dans une mare de boue avant qu'elle ne réussisse à lui échapper. De toute sa vie, Di n'avait jamais été traitée de cette façon. Jem et Walter la taquinaient, tout comme Ken Ford, mais elle n'avait jamais côtoyé de garnements comme ceux-là.

Curt lui offrit de la gomme à mâcher fraîchement sortie de sa bouche et se fâcha quand elle refusa.

« J'vais mettre une souris vivante sur toi ! hurla t-il. Espèce de petite morveuse ! Snobinarde ! Ton frère est une femmelette ! »

« Walter n'est pas une femmelette ! » protesta Di. Elle était presque malade de peur mais n'aurait jamais laissé quiconque injurier Walter.

« Il l'est. Il écrit des poèmes. Sais-tu ce que je ferais si j'avais un frère qui écrivait des poèmes ? J'le noierais... comme on fait pour les chatons. »

« À propos de chatons, il y en a plein dans la grange, dit Jen. Allons les chercher. »

Il n'était pas question pour Di d'aller à la recherche de chatons sauvages avec ces garçons, et elle le dit.

« Nous avons plein de chatons chez moi, déclara-t-elle fièrement. Nous en avons onze. »

« J'te crois pas ! cria Jen. C'est pas vrai. Personne a jamais eu onze chatons. Ce ne serait pas juste d'avoir onze chatons. »

«Une chatte en a cinq et l'autre, six. Et, de toute façon, je ne vais pas dans la grange. Je suis tombée du grenier l'hiver dernier dans la grange d'Amy Taylor. Je me serais tuée si je n'avais pas atterri sur une botte de foin.»

«Bien, j'aurais tombé de notre grenier une fois, si Curt m'avait pas rattrapée», rétorqua Jen d'un ton boudeur. Personne d'autre qu'elle n'avait le droit de tomber des greniers. Di Blythe qui se permettait d'avoir des aventures! Quelle impudence!

«Tu devrais dire je *serais* tombée, la reprit Di; et à partir de ce moment-là, tout était terminé entre elle et Jenny.

Il fallait pourtant arriver à passer à travers la nuit d'une façon ou d'une autre. Elles n'allèrent pas se coucher avant qu'il fût très tard, car aucun des enfants Penny ne se couchait tôt. La grande chambre où Jenny l'amena à dix heures et demie contenait deux lits. Annabel et Gert se préparaient à se coucher dans le leur. Di jeta un coup d'œil sur l'autre lit. Les oreillers étaient très malpropres. L'édredon avait un grand besoin d'être lavé. La pluie avait dégoutté sur le papier peint – ce fameux papier peint à perroquets – et même ces derniers n'avaient plus rien d'oiseaux exotiques. Sur la table de chevet il y avait une bassine de granit et une cruche de fer-blanc à demi pleine d'eau croupie. Elle ne pourrait jamais se laver le visage dans ça. Eh bien, pour une fois, elle devrait se coucher sans s'être lavé le visage. Au moins, la chemise de nuit que tante Lina lui avait prêtée était propre.

Quand Di se releva après avoir récité ses prières, Jenny se mit à rire.

«Mon doux que tu es démodée. Tu avais l'air si drôle et si sainte en disant tes prières. J'savais pas qu'il y avait encore des gens qui priaient. Ça sert à rien. Pourquoi tu pries?»

«Je dois le faire pour sauver mon âme», répondit Di en citant Susan.

«J'ai pas d'âme», se moqua Jenny.

«Peut-être, mais moi, si», proclama Di en se redressant.

Jenny la regarda. Mais le charme émanant des yeux de Jenny était rompu. Jamais plus Di ne succomberait à leur pouvoir.

« T'es pas la fille que je croyais, Diana Blythe », dit tristement Jenny, l'air très déçue.

Avant que Di n'eût le temps de répondre, George Andrew et Curt entrèrent en trombe dans la chambre. George Andrew portait un masque, une chose hideuse avec un énorme nez. Di poussa un hurlement.

« Arrête de crier comme un cochon sous une clôture, ordonna George Andrew. Tu dois nous embrasser pour nous dire bonne nuit. »

« Si tu le fais pas, on va t'enfermer dans ce placard, et il est plein de rats », ajouta Curt.

George Andrew continua à avancer vers Di qui cria encore et recula. Le masque la paralysait de terreur. Elle savait pertinemment bien qu'il n'y avait que George Andrew derrière et elle n'avait pas peur de *lui*; mais elle en mourrait si cet horrible masque l'approchait, elle en était sûre. Au moment où il semblait que l'affreux nez touchait son visage, elle trébucha sur un tabouret et tomba à la renverse, se cognant la tête sur le coin du lit d'Annabel. Elle fut étourdie quelques instants et resta étendue, les yeux clos.

« Elle est morte, elle est morte ! » renifla Curt en se mettant à pleurer.

« Oh ! Tu vas en attraper toute une si tu l'as tuée, George Andrew ! » dit Annabel.

« Peut-être qu'elle fait juste semblant, suggéra Curt. Mets un ver sur elle. J'en ai dans cette boîte. Si elle fait semblant, ça va la réveiller. »

Di entendit mais elle était trop terrifiée pour ouvrir les yeux. (*Peut-être qu'ils s'en iraient et la laisseraient toute seule s'ils la croyaient morte. Mais s'ils mettaient un ver sur elle…*)

« Pique-la avec une épingle. Si elle saigne, elle est pas morte », poursuivit Curt.

(*Elle pouvait supporter une épingle, mais pas un ver.*)

« Elle est pas morte, elle peut pas être morte, chuchota Jenny. Vous lui avez tellement fait peur qu'elle a perdu connaissance. Mais si elle revient à elle, elle va crier comme une perdue et oncle Ben va venir nous passer un savon. J'aurais jamais dû l'inviter ici, cette peureuse. »

« Pensez-vous qu'on peut la transporter chez elle avant qu'elle se réveille ? » proposa George Andrew.

(*Oh ! Si seulement ils faisaient ça !*)

« On pourrait pas, c'est trop loin », dit Jenny.

« C'est seulement un quart de mille à travers les champs. On va prendre chacun un bras et une jambe, toi, Curt, moi et Annabel. »

Personne d'autre que les Penny n'aurait pu concevoir une telle idée ni la mener à terme. Mais ils avaient l'habitude de faire tout ce qui leur passait par la tête et une engueulade avec le chef de famille était, autant que possible, une chose à éviter. M. Penny leur laissait jusqu'à un certain point la paix, mais dépassé cette limite, c'était bonsoir et au lit !

« Si elle revient à elle pendant qu'on la transporte, on la laisse là et on se sauve », dit Curt.

Il n'y avait aucun danger que Di revienne à elle. Elle trembla de soulagement quand elle se sentit soulevée par les quatre enfants. Ils se faufilèrent en bas et sortirent de la maison, traversèrent la cour, le long champ de trèfle, le bois, descendirent la colline. À deux reprises, ils durent la déposer à terre pour se reposer. Ils étaient désormais à peu près certains qu'elle était morte et tout ce qu'ils voulaient, c'était la ramener chez elle sans être vus. Si Jenny Penny n'avait jamais prié de sa vie, à présent, elle priait pour que personne au village ne soit debout. S'ils arrivaient à porter Di Blythe chez elle, ils jureraient tous qu'elle s'était trop ennuyée au moment de se coucher et avait insisté pour retourner chez elle. Ce qui s'était passé par la suite ne les concernait pas.

Di se risqua à ouvrir les yeux pendant qu'ils complotaient cela. Autour d'elle, le monde endormi lui paraissait très étrange. Les sapins étaient sombres et étrangers. Les étoiles se moquaient d'elle. (*Je n'aime pas un ciel si vaste. Mais si seulement j'arrive à tenir encore un peu, je serai à la maison. S'ils s'aperçoivent que je ne suis pas morte, ils vont tout simplement me planter là et jamais je ne pourrai rentrer toute seule dans le noir.*)

Après avoir déposé Di sur la véranda d'Ingleside, les Penny prirent leurs jambes à leur cou. Di n'osait pas revenir trop tôt à la vie, mais elle se risqua finalement à ouvrir les yeux. Oui, elle était chez elle. Cela semblait presque trop beau pour être vrai. Elle avait été très, très vilaine, mais elle était convaincue qu'elle ne le serait plus jamais. Elle se redressa et Fripon grimpa rapidement l'escalier pour venir se frotter contre elle en ronronnant. Elle le serra dans ses bras. Comme il était gentil et chaud! Elle ne croyait pas pouvoir entrer dans la maison sachant que, vu qu'Anne et Gilbert étaient absents, Susan aurait verrouillé toutes les portes et elle n'osait pas la réveiller à une heure pareille. Mais cela lui était égal. Cette nuit de juin était assez fraîche, mais elle se blottirait dans le hamac avec Fripon sachant que, tout près d'elle, derrière les portes closes, il y avait Susan, les garçons, Nan… et *la maison*.

Comme le monde était étrange, dans le noir! Est-ce que tout le monde dormait sauf elle? Les grosses roses blanches du rosier à côté de l'escalier avaient l'air de petits visages humains dans la nuit. L'odeur de la menthe était sympathique. On voyait luire une luciole dans le verger. Tout compte fait, elle pourrait se vanter d'avoir «dormi toute une nuit à la belle étoile».

Pourtant non. Deux silhouettes sombres arrivèrent à la grille et s'engagèrent dans l'allée. Gilbert fit le tour pour aller forcer une fenêtre de la cuisine mais Anne monta l'escalier et resta figée en voyant la pauvre gamine assise là, le chat dans les bras.

«Maman… oh! maman!» Elle était en sûreté dans les bras de sa mère.

«Di, ma chérie! Qu'est-ce que ça signifie?»

«Oh! maman, j'ai été méchante, mais je regrette tellement, et tu avais raison, et Mémé est si horrible… mais je croyais que tu ne reviendrais que demain.»

«Papa a reçu un coup de téléphone de Lowbridge; on doit opérer Mme Parker demain et le Dr Parker voulait que ton père soit là. On a donc pris le train du soir et on est revenus de la gare à pied. À présent, dis-moi…»

Toute l'histoire, entrecoupée de sanglots, fut racontée avant que Gilbert fût entré et eût ouvert la porte. Il croyait avoir effectué une entrée très silencieuse, mais Susan avait des oreilles pouvant entendre crier une chauve-souris quand la sécurité d'Ingleside était en jeu, et elle se traîna en bas, un peignoir sur sa chemise de nuit.

Il y eut des exclamations et des explications, mais Anne y coupa court.

«Personne ne vous blâme, chère Susan. Di s'est très mal conduite mais elle le sait et je crois qu'elle a eu sa punition. Je suis désolée de vous avoir dérangée, vous devez retourner vous coucher et le docteur ira voir votre cheville.»

«Je ne dormais pas, chère Mme Docteur. Pensez-vous que je pouvais dormir en sachant où se trouvait cette chère enfant? Et cheville ou pas, je m'en vais vous préparer à tous les deux une bonne tasse de thé.»

«Maman, demanda Di, la tête sur son oreiller blanc, est-ce que papa est cruel avec toi, des fois?»

«Cruel? Avec moi? Mais Di...»

«Les Penny ont dit qu'il l'était... et qu'il te battait...»

«Ma chérie, tu connais à présent les Penny, alors tu sais que tu n'as pas à t'en faire avec ce qu'ils racontent. Il y a toujours un brin de commérage malicieux qui flotte partout, et des gens comme eux inventeraient n'importe quoi. Cela ne doit pas te déranger.»

«Est-ce que tu vas me gronder, demain matin, maman?»

«Non. Je pense que tu as eu ta leçon. Maintenant, il faut dormir, mon trésor.»

«Maman est si intelligente», fut la dernière pensée consciente de Di. Mais Susan, en s'allongeant paisiblement dans son lit, la cheville pansée confortablement d'une main experte, se dit à elle-même:

«Il faut que je cherche le peigne fin, demain matin... et quand je reverrai cette Mlle Jenny Penny, je vais lui passer un savon qu'elle sera pas près d'oublier.»

Jenny Penny ne reçut jamais le savon promis car elle cessa de fréquenter l'école du Glen pour aller à celle de Mowbray Narrows avec les autres Penny. On entendit certaines rumeurs à son sujet, notamment comment Di Blythe, qui vivait dans la «grande maison» à Glen St. Mary mais qui venait toujours coucher chez elle, s'était évanouie un soir et comment Jenny, seule et sans assistance, l'avait portée chez elle sur son dos, en pleine nuit. De gratitude, les gens d'Ingleside s'étaient agenouillés et lui avaient baisé les mains et le docteur en personne avait sorti son boghei au toit frangé et sa fameuse couverture grise mouchetée pour la raccompagner chez elle. «Et si je peux faire *quoi que ce soit* pour vous, Mlle Penny, pour la bonté que vous avez témoignée à mon enfant bien-aimée, vous n'avez qu'à me le faire savoir. Je me saignerais à blanc pour vous payer de votre peine. J'irais jusqu'en Afrique équatoriale pour vous récompenser de ce que vous avez fait», avait supposément déclaré le docteur.

30

« J'sais quelque chose que tu n'sais pas, que tu n'sais pas, que tu n'sais pas », psalmodiait Dovie Johnson en se balançant sur l'extrême bord du quai.

Le projecteur était à présent braqué sur Nan, dont c'était le tour d'ajouter une anecdote aux « t'en souviens-tu » des futures années d'Ingleside. Jusqu'à sa mort, Nan rougirait chaque fois qu'on lui rappellerait cette histoire. Elle s'était montrée si *stupide*.

Nan frémit en voyant Dovie se balancer, et c'était pourtant fascinant. Elle était si certaine que Dovie finirait par tomber et alors, quoi ? Mais Dovie ne tombait jamais. Sa chance tenait bon.

Tout ce que Dovie faisait, ou disait qu'elle faisait – deux choses peut-être très différentes, bien que Nan, élevée à Ingleside où on ne disait toujours que la vérité même quand on plaisantait, était trop innocente ou crédule pour le savoir – tout, donc, chez Dovie, fascinait Nan. Âgée de onze ans et ayant vécu toute sa vie à Charlottetown, Dovie savait tellement plus de choses que Nan qui n'avait que huit ans. Charlottetown, disait Dovie, était le seul endroit où les gens savaient tout. Qu'est-ce qu'on pouvait connaître quand on était confiné dans un trou comme Glen St. Mary ?

Dovie passait une partie de ses vacances au Glen chez sa tante Ella et les deux fillettes étaient devenues des amies très intimes malgré leur différence d'âge. C'était peut-être parce que Nan regardait Dovie qui, à ses yeux, était presque une adulte, avec cette adoration que les petits éprouvent envers les grands. Dovie aimait son humble petit satellite adorateur.

« Il n'y a rien de mauvais en Nan Blythe, elle manque seulement un peu de ressort », confia-t-elle à sa tante Ella.

Les gens prudents d'Ingleside ne voyaient rien de suspect concernant Dovie – bien que, réfléchissait Anne, sa mère fût une cousine des Pye d'Avonlea – et ne s'opposèrent pas à ce que Nan se liât d'amitié avec elle, même si Susan se méfia dès le début de ces yeux vert groseille ourlés de pâles cils dorés. Mais pourquoi s'y serait-on opposé ? Dovie avait de belles manières, elle était bien vêtue, se conduisait comme une petite dame et ne parlait pas trop. Susan ne pouvait justifier sa méfiance et resta en paix. Dovie retournerait chez elle à la rentrée et, entre temps, le fameux peigne fin n'était certes pas nécessaire dans ce cas-ci.

Nan et Dovie passaient donc presque tout leur temps libre ensemble au quai où il y avait généralement un navire ou deux aux ailes repliées, et la Vallée Arc-en-ciel ne fut pas un endroit très fréquenté par Nan pendant le mois d'août. Les autres enfants d'Ingleside n'étant pas très attirés par Dovie, personne ne s'en formalisa. Elle avait joué un simple tour à Walter, et Di, furieuse, avait répliqué vertement. Il semblait que Dovie aimait jouer des tours. C'était peut-être la raison pour laquelle aucune des filles du Glen n'avait jamais essayé de l'enlever à Nan.

« Oh ! Je t'en prie, dis-le-moi », supplia Nan.

Mais Dovie se contenta de cligner un œil malicieux et de rétorquer que Nan était bien trop jeune pour le savoir. C'était assez pour rendre fou.

« *S'il te plaît*, Dovie, dis-le. »

« C'est impossible. C'est un secret qui m'a été confié par tante Kate et elle est morte. Je suis la seule personne au monde qui le sache maintenant. Quand je l'ai entendu, j'ai promis de ne jamais le répéter à personne. Tu le dirais, tu ne pourrais pas t'en empêcher. »

« Jamais, j'peux garder un secret ! » protesta Nan.

« Les gens disent que vous, à Ingleside, vous racontez tout. Susan te tirerait les vers du nez dans le temps de le dire. »

« Non. Je sais des tas de choses que je n'ai jamais dites à Susan. Des secrets. Je te dirai les miens si tu me dis le tien. »

« Oh! Je ne suis pas intéressée par les secrets d'une petite fille comme toi », fit Dovie avec condescendance.

Quelle belle insulte! Nan trouvait ses petits secrets charmants : celui des cerisiers sauvages qu'elle avait découverts, tout en fleurs, dans le bois d'épinettes loin derrière la grange à foin de M. Taylor; son rêve d'une minuscule fée blanche étendue sur un pétale de lis dans le marais; le vaisseau arrivant dans le port tiré par des cygnes attachés par des chaînes d'argent; la romance qu'elle commençait à inventer au sujet de la belle dame à la vieille maison MacAllister. Pour Nan, ils étaient tous merveilleux et magiques et elle fut contente, quand elle reconsidéra la question, de ne pas avoir à les confier à Dovie.

Mais qu'est-ce que Dovie pouvait bien savoir à son sujet qu'elle-même ignorait? La question tourmenta Nan comme un moustique.

Le lendemain, Dovie fit de nouveau allusion à son secret.

« J'y ai repensé, Nan, puisque ça te concerne, tu devrais peut-être le savoir. Évidemment, ce que tante Kate voulait dire c'est que je ne dois le répéter à personne d'autre qu'à celle qui est concernée. Écoute. Si tu me donnes ton bonhomme de porcelaine, je te dirai ce que je sais sur toi. »

« Oh! Je ne peux te donner ça, Dovie. C'est Susan qui me l'a offert pour mon dernier anniversaire. Elle serait terriblement blessée. »

« Très bien, alors. Si tu aimes mieux garder ton vieux bonhomme que connaître une chose importante à ton sujet, libre à toi. Ça m'est égal. Je préfère garder mon secret. J'aime toujours savoir des choses que les autres filles ignorent. Ça me donne de l'*importance*. Je vais te regarder dimanche prochain à l'église en pensant : "Si seulement tu savais ce que je sais sur toi, Nan Blythe". Ce sera amusant. »

« Est-ce beau, ce que tu sais sur moi? »

« Oh! C'est très romantique, exactement comme quelque chose qu'on lit dans un livre d'histoire. Mais ne t'en fais pas. Tu n'es pas intéressée et je sais ce que je sais. »

Cette fois, Nan était folle de curiosité. La vie ne vaudrait plus la peine d'être vécue si elle ne pouvait découvrir le mystérieux secret de Dovie. Elle eut une inspiration subite.

« Je ne peux te donner mon bonhomme, Dovie, mais si tu me dis ce que tu sais à mon sujet, je te donnerai mon parasol rouge. »

Les yeux de groseille de Dovie brillèrent. Elle avait été dévorée d'envie à l'égard de cette ombrelle.

« Le nouveau parasol rouge que ta mère t'a rapporté de la ville la semaine dernière ? » marchanda-t-elle.

Nan fit signe que oui. Elle respirait plus vite. Était-ce... oh ! était-ce possible que Dovie lui révélât enfin le secret ?

« Ta mère te le permettra-t-elle ? »

Nan acquiesça de nouveau, mais avec un peu d'incertitude. Elle n'en était pas trop sûre. Dovie s'en aperçut.

« Il faudra que tu m'apportes le parasol ici avant que je te le dise, déclara-t-elle fermement. Pas de parasol, pas de secret. »

« Je vais te le donner demain, s'empressa de promettre Nan. Il fallait tout simplement qu'elle sache ce que Dovie connaissait à son sujet, rien d'autre ne comptait.

« Bon, je vais y penser, reprit Dovie, indécise. Ne te fais pas trop d'illusions. Tout compte fait, je ne pense pas que je vais te le dire. Tu es trop jeune, je te l'ai souvent répété. »

« Je suis plus vieille qu'hier, plaida Nan. Oh ! Allez, Dovie, ne sois pas mesquine. »

« J'imagine que j'ai un droit sur ce que je sais, fit Dovie avec majesté. Tu vas le dire à Anne... c'est ta mère. »

« Je connais évidemment le prénom de ma mère », riposta Nan, avec dignité. Secrets ou non, il y avait des limites. « Je t'ai dit que je n'en parlerais à personne à Ingleside.

« Vas-tu le jurer ? »

« Jurer ? »

« Fais pas le perroquet. Tu sais bien que je voulais seulement dire le promettre solennellement. »

« Je le promets solennellement. »

« Plus solennellement que ça. »

Nan ne voyait pas comment elle pouvait être plus solennelle. Le visage lui figerait si elle l'était.

« *Croix de bois, croix de fer,*
Si je mens, je vais en enfer »

dit Dovie.

Nan répéta la phrase rituelle.

« Tu apporteras l'ombrelle demain et nous verrons, reprit Dovie. Qu'est-ce que ta mère faisait avant de se marier, Nan ? »

« Elle enseignait, et elle était très compétente », répondit Nan.

« Bon, je me demandais. Maman pense que ton père a commis une erreur en l'épousant. Personne n'a jamais rien su de sa famille. Et quand on pense aux filles qu'il aurait pu avoir, dit maman. Je dois y aller, à présent. *Arrivederci.* »

Nan savait que cela voulait dire « au revoir ». Elle était très fière d'avoir une amie pouvant parler italien. Elle demeura assise sur le quai longtemps après le départ de Dovie. Elle aimait s'asseoir et regarder les bateaux de pêche aller et venir et, parfois, un navire s'éloigner du port en route vers de lointains pays magiques. Comme Jem, elle rêvait souvent de naviguer, par-delà le port bleu, la barre de dunes ombrées, la pointe du phare où, la nuit, le phare tournant de Four Winds devenait un lieu de mystère, au loin, très loin, vers la vapeur bleutée qu'était le golfe en été, toujours plus loin, vers des îles enchantées dans des mers de matins dorés. Nan volait au-dessus du monde sur les ailes de son imagination tout en restant assise sur le vieux quai.

Pourtant, cet après-midi-là, elle se posait plein de questions à propos du secret de Dovie. Dovie le lui révélerait-elle vraiment ? Qu'est-ce que ce serait ? Qu'est-ce que cela pouvait bien être ? Et qu'en était-il de ces filles que papa aurait pu épouser ? Nan aimait les imaginer. L'une d'elles aurait pu être sa mère. Mais c'était horrible. Personne d'autre qu'Anne ne pouvait être sa mère. La chose était tout simplement impensable.

« Je *pense* que Dovie Johnson va me révéler un secret, confia Nan à sa mère après l'avoir embrassée avant d'aller se coucher. Je ne pourrai évidemment pas te le répéter, maman, parce que je l'ai promis. Cela ne te dérangera pas, hein, maman ? »

« Pas du tout », répondit Anne, très amusée.

Quand Nan se rendit au quai le lendemain, elle apporta l'ombrelle rouge. C'était son parasol, s'était-elle dit. Comme il lui avait été offert, elle avait parfaitement le droit d'en disposer à son gré. Ayant apaisé sa conscience avec ce sophisme, elle se glissa dehors en veillant à ce que personne ne la vît. Cela lui faisait mal de penser à céder son cher et gai petit parasol, mais le désir de découvrir ce que Dovie savait était devenu trop fort pour qu'on lui résistât.

« Voici le parasol, Dovie, lança-t-elle, hors d'haleine. Maintenant, dis-moi le secret. »

Dovie fut vraiment prise de court. Elle n'avait jamais eu l'intention que les choses aillent aussi loin, elle n'avait jamais cru que la mère de Nan lui permettrait de donner son parasol rouge. Elle serra les lèvres.

« Tout compte fait, je me demande si cette teinte de rouge va avec mon teint. C'est plutôt criard. Je pense que je ne le dirai pas. »

Nan avait du caractère et Dovie ne l'avait pas assujettie à une soumission aveugle. Rien ne l'enflammait davantage que l'injustice.

« Un marché est un marché, Dovie Johnson ! Tu as dit le parasol contre le secret. Voici le parasol et tu dois tenir ta promesse ! »

« Oh ! Ça va », céda Dovie d'un air ennuyé.

Tout devint immobile. Le vent mourut. L'eau cessa de glouglouter autour des piliers du quai. Nan frémit, en proie à une extase délicieuse. Elle allait enfin découvrir ce que Dovie savait.

« Tu connais les Thomas qui habitent à l'entrée du port ? demanda-t-elle. Tu sais, Jimmy Thomas Six Orteils ? »

Nan hocha la tête. Bien sûr qu'elle connaissait les Thomas, du moins certains d'entre eux. Jimmy Six Orteils venait parfois vendre du poisson à Ingleside. Susan prétendait qu'on ne pouvait jamais être certain que ses poissons étaient frais. Il ne plaisait pas à Nan. Il avait une tête chauve avec une petite touffe de cheveux blancs frisés de chaque côté, et un nez crochu et violacé. Mais qu'est-ce que les Thomas pouvaient bien avoir à faire dans cette histoire ?

« Et tu connais Cassie Thomas ? » poursuivit Dovie.

Nan avait vu Cassie Thomas une fois quand Jimmy Six Orteils l'avait amenée avec lui dans sa charrette à poissons. Cassie avait à peu près son âge, une tignasse rousse et des yeux globuleux, gris-vert. Elle avait tiré la langue à Nan.

« Eh bien – Dovie prit une grande inspiration – voici la vérité à ton sujet. Tu es Cassie Thomas et elle est Nan Blythe. »

Nan regarda fixement Dovie. Elle n'avait pas la moindre idée de ce que Dovie voulait dire. Ce qu'elle avait dit n'avait aucun sens.

« Je… je… qu'est-ce que tu veux dire ? »

« C'est pourtant simple, je trouve, expliqua Dovie en esquissant un sourire de pitié. » Puisqu'elle avait été forcée de parler, elle s'arrangerait pour que son histoire en vaille la peine. « Elle et toi êtes nées le même soir. C'était quand les Thomas vivaient au Glen. L'infirmière a apporté la jumelle de Di chez les Thomas et l'a mise dans le berceau et t'a rapportée à la mère de Di. Elle n'a pas osé prendre Di aussi. Elle détestait ta mère et voulait se venger. Et c'est pourquoi tu es en réalité Cassie Thomas et devrais habiter à l'entrée du port tandis que la pauvre Cass devrait vivre à Ingleside au lieu de se faire bousculer par sa vieille belle mère. J'ai souvent pitié d'elle. »

Nan crut chaque mot de cette fable extravagante. On ne lui avait jamais menti auparavant et pas un instant elle ne douta de la véracité de l'histoire de Dovie. Elle n'aurait jamais cru que personne, encore moins sa chère Dovie, pût inventer une pareille histoire. Elle contempla Dovie avec des yeux pleins d'angoisse et de désillusion.

« Comment… comment ta tante Kate l'a-t-elle appris ? » bafouilla-t-elle, les lèvres sèches.

« L'infirmière le lui a dit sur son lit de mort, déclara solennellement Dovie. Je suppose que sa conscience la troublait. Tante Kate ne l'a jamais répété à personne d'autre que moi.

Quand je suis venue au Glen et que j'ai vu Cassie Thomas, Nan Blythe, je veux dire, je l'ai examinée avec attention. Elle a les cheveux roux et les yeux exactement de la même couleur que ceux de ta mère. Toi, tu as les yeux et les cheveux bruns. C'est pour ça que tu ne ressembles pas à Di, les jumeaux sont *toujours* identiques. Et Cass a des oreilles de la même forme que celles de ton père, posées bien à plat contre sa tête. Je crois qu'on ne peut plus rien faire, désormais. Mais j'ai souvent pensé que ce n'était pas juste, toi qui as une vie si facile et qui es habillée comme une poupée et la pauvre Cass – Nan – en haillons, qui ne mange pas à sa faim plus souvent qu'à son tour. Et le vieux Six Orteils qui la bat quand il rentre, complètement soûl! Mon Dieu, pourquoi tu me regardes comme ça?»

Nan n'avait jamais autant souffert. Tout devenait horriblement clair. Les gens avaient souvent trouvé drôle qu'elle et Di se ressemblent si peu. Elle venait de comprendre pourquoi.

«Je te *déteste* de m'avoir dit ça, Dovie Johnson!»

Dovie haussa ses épaules potelées.

«Je ne t'avais pas dit que tu aimerais ça, n'est-ce pas? C'est toi qui m'as obligée à parler. Où vas-tu?»

Pâle et étourdie, Nan s'était relevée.

«À la maison... le dire à maman», répondit-elle d'un ton misérable.

«Tu ne dois pas, tu ne peux pas! Rappelle-toi que tu as juré de ne pas le répéter!» cria Dovie.

Nan la dévisagea. C'était vrai qu'elle avait promis. Et Anne disait toujours qu'il ne faut pas briser une promesse.

«Je pense que je vais rentrer, moi aussi», dit Dovie qui n'aimait pas beaucoup l'allure de Nan.

Elle saisit le parasol et s'enfuit en courant, ses jambes nues et grassouillettes martelant le vieux quai. Elle laissait derrière elle une enfant au cœur brisé, assise au milieu des ruines de son petit univers. Dovie n'en avait cure. Dans le cas de Nan, «sans ressort» n'était pas le mot. On n'avait vraiment aucun plaisir à la tromper. Bien entendu, elle le dirait à sa mère sitôt rentrée et comprendrait que Dovie lui avait menti.

« Heureusement que je repars dimanche », se dit Dovie.

Nan resta assise sur le quai pendant ce qui lui parut des heures... aveuglée par les larmes, effondrée, désespérée. Elle n'était pas l'enfant de sa mère ! Elle était la fille de Jimmy Six Orteils... Jimmy Six Orteils dont elle avait toujours eu secrètement peur à cause de ses pieds anormaux. Elle n'avait pas d'affaire à vivre à Ingleside, aimée de ses parents. Nan gémit pitoyablement. Anne et Gilbert ne l'aimeraient plus s'ils savaient. Tout leur amour irait à Cassie Thomas.

Nan porta la main à sa tête. « Cela me donne le vertige », dit-elle.

31

«Pourquoi est-ce que tu ne manges rien, ma poulette ? demanda Susan au souper.

« As-tu été exposée au soleil trop longtemps, ma chérie ? ajouta Anne avec anxiété. As-tu mal à la tête ? »

« Ou... oui », répondit Nan. Mais ce n'était pas la tête qui lui faisait mal. Était-elle en train de mentir à sa mère ? Si oui, combien d'autres mensonges devrait-elle encore lui raconter ? Car Nan savait qu'elle ne pourrait plus jamais manger, tant qu'elle serait seule à connaître cette histoire épouvantable. Et elle savait que jamais elle ne pourrait la révéler. Pas tant à cause de la promesse – Susan n'avait-elle pas affirmé une fois qu'il vaut mieux rompre une mauvaise promesse que la tenir ? – mais parce que cela ferait de la peine à sa mère. Et il ne fallait jamais faire de peine à sa mère. Ni à son père.

Et pourtant, il y avait cette Cassie Thomas. Pas question qu'elle l'appelle Nan Blythe. Cela lui faisait horriblement mal de penser que Cassie Thomas était Nan Blythe. Elle se sentait rayée de la carte. Si elle n'était pas Nan Blythe, elle n'était personne. Elle ne serait jamais Cassie Thomas.

Mais Cassie Thomas la hantait. Pendant une semaine, Nan fut assiégée par elle, une terrible semaine durant laquelle Anne et Susan furent réellement inquiètes au sujet de cette enfant qui refusait de manger, de jouer et, comme disait Susan, ne faisait qu'errer l'âme en peine. Était-ce parce que Dovie Johnson était repartie chez elle ? Nan prétendait que non. Nan disait qu'il n'y avait *rien*. Elle se sentait juste fatiguée. Gilbert l'examina et prescrivit un médicament qu'elle prit docilement. C'était moins mauvais que l'huile de ricin, mais même cet affreux purgatif ne signifiait plus rien pour elle désormais. Rien d'autre n'avait plus d'importance que Cassie Thomas, et l'épouvantable question qui avait surgi dans la confusion de son esprit et avait pris possession d'elle.

Fallait-il rendre à Cassie Thomas ce qui lui revenait?

Était-ce juste qu'elle, Nan Blythe – Nan se cramponnait frénétiquement à son identité – jouisse de tous les privilèges dont Cassie Thomas avait été lésée et qui lui revenaient de droit? Non, ce n'était pas juste, Nan en était désespérément convaincue. Il y avait en elle un sens très fort de la justice et de l'équité. Et elle devint de plus en plus sûre que la seule justice était d'apprendre la vérité à Cassie Thomas.

Après tout, peut-être que personne n'y attacherait une grande importance. Ses parents seraient un peu troublés au début, évidemment, mais dès qu'ils sauraient que Cassie Thomas était leur enfant, ils lui donneraient leur amour et elle, Nan, ne compterait plus pour eux. Anne embrasserait Cassie Thomas et chanterait pour elle les soirs d'été... elle chanterait la chanson préférée de Nan...

À Saint-Malo, beau port de mer,
Trois beaux navires sont arrivés...

Nan et Di avaient souvent parlé du jour où leur bateau arriverait. Mais à présent, les jolies choses qu'il apportait – sa part, en tout cas – appartiendraient à Cassie Thomas. Ce serait Cassie Thomas qui jouerait son rôle de reine des fées au prochain concert de l'école du dimanche et porterait son diadème de paillettes étincelantes. Comme Nan avait attendu ce moment! Susan confectionnerait des feuilletés aux fruits pour Cassie Thomas et Chaton de Saule ronronnerait pour elle. Elle jouerait dans l'érablière avec les poupées de Nan dans sa maison de jeu tapissée de mousse et dormirait dans son lit. Est-ce que cela plairait à Di? Di aimerait-elle avoir Cassie Thomas comme sœur?

Vint un jour où Nan ne put supporter la situation davantage. Elle devait accomplir ce qui était juste. Elle se

rendrait à l'entrée du port et apprendrait la vérité aux Thomas.
Ils pourraient l'annoncer eux-mêmes à Anne et Gilbert. Nan
n'avait pas la force de le faire.

Elle se sentit un peu mieux après avoir pris cette décision,
quoique très, très triste. Elle tenta de manger un peu au souper
car ce serait le dernier repas qu'elle prendrait à Ingleside.

« J'appellerai toujours maman "maman", songea Nan, au
désespoir. Et je n'appellerai pas Jimmy Six Orteils "papa". Je
dirai simplement "M. Thomas" avec respect. Sûrement que
cela ne le dérangera pas. »

Mais quelque chose l'étranglait. Levant les yeux vers Susan,
Nan sut ce qui l'attendait : une dose d'huile de ricin. Petite
Nan songea qu'elle ne serait pas là à l'heure du coucher pour
l'avaler. C'est Cassie Thomas qui devrait l'ingurgiter. Voilà au
moins une chose que Nan n'enviait pas à Cassie Thomas.

Nan sortit immédiatement après le souper. Elle devait
partir avant la noirceur, sinon le courage lui manquerait. Elle
garda sa robe de jeu de calicot quadrillé, n'osant pas se
changer sinon Susan ou Anne lui poseraient des questions.
D'ailleurs, en réalité, toutes ses belles robes appartenaient
à Cassie Thomas. Elle mit pourtant le nouveau tablier que
Susan avait cousu pour elle, un si pimpant petit tablier
imprimé de coquillages entouré d'une bordure rouge pivoine.
Nan adorait ce tablier. Cassie Thomas ne lui en tiendrait
certainement pas rigueur.

Petite silhouette vaillante et fière, elle marcha jusqu'au
village, le traversa, emprunta le chemin du quai puis la route
du port. Nan ne se prenait aucunement pour une héroïne. Elle
avait au contraire très honte parce qu'il lui était si difficile de
faire ce qui était droit et juste, si difficile de s'empêcher de haïr
Cassie Thomas, si difficile de ne pas avoir peur de Jimmy Six
Orteils, si difficile de s'empêcher de faire demi-tour pour
courir vers Ingleside.

Le ciel était bas, ce soir-là. Un lourd nuage noir montait
de la mer, semblable à une grande chauve-souris. Des éclairs
fous jouaient au-dessus du port et des collines boisées au loin.
Le groupe de maisons des pêcheurs à l'entrée du port baignait

dans une lumière rougeâtre s'échappant du nuage. Ici et là, des flaques d'eau luisaient comme de gros rubis. Un voilier blanc, silencieux, dépassa les dunes sombres et brumeuses pour répondre à l'appel mystérieux de l'océan ; les mouettes criaient étrangement.

Nan n'aima pas l'odeur des maisons de pêcheurs ni les bandes d'enfants malpropres qui jouaient, se battaient et hurlaient sur le sable. Ils la considérèrent avec curiosité quand elle s'arrêta pour leur demander où était la maison de Jimmy Six Orteils.

« Celle-là, indiqua un gamin en pointant du doigt. Qu'est-ce que tu lui veux ? »

« Merci », répondit Nan en se tournant.

« T'as pas plus de manières que ça ? cria une fille. Trop snob pour répondre à une question civilisée ? »

Le garçon lui barra le chemin.

« Tu vois cette maison derrière celle des Thomas ? dit-il. Y a un serpent de mer dedans et j'vais t'y enfermer si tu m'dis pas c'que tu veux à Jimmy Six Orteils. »

« Allez, Mlle la Fière, ricana une grande fille. Tu viens du Glen et les gens du Glen se prennent tous pour la crème. Réponds à la question de Bill. »

« Si tu nous regardes pas, dit un autre garçon, j'vais noyer des chatons et ça s'pourrait que j'te fasse subir le même sort. »

« Si t'as dix cents, j'vais te vendre ma dent, dit une fillette aux sourcils noirs. J'en ai fait arracher une hier. »

« J'ai pas dix cents et j'ai pas besoin de ta dent, riposta Nan, rassemblant un peu de courage. Laissez-moi tranquille. »

« Petite pimbêche ! » s'exclama la fille aux sourcils noirs.

Nan se mit à courir. Le gamin au serpent de mer lui fit un croc-en-jambe. Elle s'étala de tout son long sur le sable ondulé par la marée. Les autres éclatèrent de rire.

« T'auras un peu moins le nez en l'air maintenant, j'imagine, se moqua la fille aux sourcils noirs. Venir te pavaner ici avec tes coquillages rouges ! »

Puis quelqu'un s'écria : « Voilà le bateau de Jack le Bleu qui arrive ! » et ils partirent tous en courant. Le nuage noir était descendu plus bas et les flaques rubis étaient devenues grises.

Nan se releva. Il y avait des plaques de sable sur sa robe et ses chaussettes étaient souillées. Mais elle était délivrée de ses tortionnaires. Seraient-ils ses futurs compagnons de jeu?

Elle ne devait pas pleurer, il ne fallait pas. Elle gravit les marches branlantes menant à la porte de Jimmy Six Orteils. Comme toutes les maisons de l'entrée du port, celle de Jimmy Six Orteils était installée sur des blocs de bois la gardant hors de portée des marées anormalement hautes et l'espace au-dessous était un fouillis de vaisselle brisée, de boîtes de conserve vides, de vieilles cages à homards et de toutes sortes de détritus. La porte était ouverte et Nan jeta un coup d'œil dans une cuisine comme elle n'en avait jamais vue de sa vie. Le parquet nu était sale, le plafond, taché et enfumé, l'évier, plein de vaisselle sale.

Sur une table bancale se trouvaient les reliefs d'un repas et d'horribles grosses mouches noires bourdonnaient tout autour. Une femme à la tignasse grise en désordre était assise dans une chaise berçante en train d'allaiter un bébé gras... et gris de poussière.

«Ma sœur», songea Nan.

Aucun signe de Cassie ni de Jimmy Six Orteils ce qui, dans ce dernier cas, soulagea Nan.

«Qui es-tu et qu'est-ce que tu veux?» demanda la femme d'un ton bourru.

«Je voudrais voir Cassie, s'il vous plaît, répondit-elle. J'ai quelque chose d'important à lui dire.»

«Vraiment! Ce doit être très important, d'après l'air que t'as. Bon, Cass n'est pas à la maison. Son papa l'a amenée faire un tour au Glen En-Haut et avec l'orage qui s'en vient, impossible de dire quand ils seront de retour. Assieds-toi.»

Nan s'assit sur une chaise cassée. Elle savait que les gens de l'entrée du port étaient miséreux, mais elle ignorait comment ils vivaient. Mme Tom Fitch du Glen était pauvre, elle aussi, pourtant sa maison était aussi propre et bien tenue qu'Ingleside.

Bien sûr, tout le monde savait que Jimmy Six Orteils buvait tout ce qu'il gagnait. Et dire que c'était ici qu'elle vivrait, désormais!

«De toute façon, j'essaierai de nettoyer la maison», songea Nan, désespérée. Mais elle avait le cœur lourd. La flamme du sacrifice qui l'avait séduite était éteinte.

«Pourquoi veux-tu voir Cass? s'enquit Mme Six Orteils avec curiosité en essuyant le visage sale du bébé avec un tablier plus sale encore. Si c'est à propos du concert de l'école du dimanche, elle peut pas y aller, un point, c'est tout. Elle a rien à se mettre sur le dos. Comment est-ce que je peux lui acheter une robe? Je te le demande.»

«Non, ce n'est pas au sujet du concert», répondit sombrement Nan. Elle pouvait bien raconter toute l'histoire à Mme Thomas. D'ailleurs, il faudrait bien qu'elle soit mise au courant, tôt ou tard. «Je suis venue lui dire que... lui dire que... qu'elle est moi et que moi, je suis elle.»

On pourrait peut-être pardonner à Mme Six Orteils de n'avoir pas trouvé ces propos très lucides.

«Tu dois être fêlée, dit-elle. Qu'est-ce que tu veux dire, pour l'amour?»

Nan releva la tête. Le pire était fait.

«Je veux dire que Cassie et moi sommes nées la même nuit et... et... l'infirmière nous a échangées parce qu'elle en voulait à maman, et... et... Cassie devrait vivre à Ingleside... et jouir de nos privilèges.»

Elle avait entendu l'institutrice de l'école du dimanche utiliser cette dernière expression et trouvait que cela terminait dignement ce discours par ailleurs morne.

Mme Six Orteils la regarda fixement.

«Est-ce toi qui es folle ou moi? C'que tu dis ne tient pas debout. Qui a bien pu te raconter ces sornettes?»

«Dovie Johnson.»

Mme Six Orteils rejeta en arrière sa tête échevelée et éclata de rire. Elle était peut-être sale et mal fichue, mais elle avait un joli rire. «Ça m'surprend pas. J'ai fait la lessive de sa tante tout l'été et cette fille est tout un numéro! Seigneur, ce qu'elle peut se trouver brillante quand elle se moque des gens! Bon, ma petite demoiselle Je-ne-sais-qui, tu ferais mieux de ne pas croire toutes les fables de Dovie. Ou elle t'a monté un d'ces bateaux.»

«Voulez-vous dire que ce n'est pas vrai?» bredouilla Nan.

«Voyons donc! Juste ciel, tu dois être plutôt naïve pour te laisser conter de pareilles sornettes. Cass doit avoir une bonne année de plus que toi. Qui es-tu, d'ailleurs?»

«Nan Blythe.»

«Nan Blythe! Une des jumelles d'Ingleside! Mon Dieu, je me souviens du soir où tu es née. J'étais allée faire une course à Ingleside. J'étais pas mariée encore à Six Orteils alors – et j'aurais dû rester comme ça –, la mère de Cass était vivante et en santé, et Cass faisait ses premiers pas. Tu ressembles à la mère de ton père. Elle était là, ce soir-là, fière comme Artaban de ses petites jumelles. Et quand je pense que t'es assez sotte pour croire une histoire aussi absurde.»

«J'ai l'habitude de croire les gens», rétorqua Nan, retrouvant des manières légèrement plus hautaines, mais trop frénétiquement heureuse pour traiter vraiment de haut Mme Six Orteils.

«Eh bien, c'est une habitude dont tu ferais mieux de te défaire dans cette sorte de monde, conseilla cyniquement Mme Six Orteils. Et arrête de fréquenter des enfants qui aiment se moquer des autres. Assieds-toi, petite. Tu ne peux rentrer chez toi avant que l'averse soit finie. Il pleut à boire debout et il fait noir comme chez le loup. Seigneur, elle est partie... la petite est partie!»

Nan avait déjà disparu sous la pluie. Rien d'autre que le sentiment d'exultation pure suscité par les dénégations de Mme Six Orteils aurait pu la porter chez elle dans cette tempête. Le vent la secouait, la pluie coulait sur elle, les coups de tonnerre effroyables lui faisaient penser que le monde était en train d'exploser. Seule l'incessante lueur bleue glacée des éclairs lui indiquait le chemin. À plusieurs reprises, elle glissa et tomba avant de pénétrer enfin, toute dégoulinante, dans le vestibule d'Ingleside.

Anne se précipita pour la prendre dans ses bras.

«Ma chérie, quelle peur tu nous as faite! Oh! Où étais-tu passée?»

« J'espère seulement que Jem et Walter n'attraperont pas leur coup de mort à te chercher sous cette pluie », ajouta Susan d'un ton désespéré.

Nan était pratiquement hors d'haleine. Elle ne put que balbutier en sentant les bras de sa mère l'envelopper :

« Oh ! Maman, je suis moi... vraiment moi. Je n'suis pas Cassie Thomas et j'serai jamais une autre que moi. »

« Elle délire, la pauvre chouette, déclara Susan. Elle a dû manger quelque chose qu'elle a mal digéré. »

Avant de la laisser parler, Anne fit prendre un bain à Nan et la mit au lit. Puis elle l'écouta raconter son histoire.

« Oh ! Maman, est-ce que je suis réellement ton enfant ? »

« Bien sûr, ma chérie. Comment as-tu pu croire qu'il en était autrement ? »

« Je n'aurais jamais pensé que Dovie me mentirait, pas Dovie. Maman, est-ce qu'on peut croire quelqu'un ? Jen Penny a raconté d'affreuses histoires à Di... »

« Ce ne sont que deux de toutes les fillettes que vous connaissez, chérie. Aucune autre de vos camarades ne vous a jamais raconté quelque chose de faux. Il y a des gens comme ça dans le monde, des adultes aussi bien que des enfants. Quand tu seras un peu plus vieille, tu seras mieux capable de distinguer les vessies des lanternes. »

« Maman, j'aimerais que ni Jem, ni Walter, ni Di ne sachent combien j'ai été stupide. »

« Ils n'ont pas besoin de le savoir. Di s'est rendue à Lowbridge avec papa et nous dirons seulement aux garçons que tu étais allée trop loin sur la route du port et que tu as été prise dans la tempête. Tu as été folle de croire Dovie mais je te trouve très courageuse d'être allée offrir à la pauvre petite Cassie Thomas ce que tu croyais lui revenir de droit. Maman est très fière de toi. »

La tempête était finie et la lune se mirait dans un monde rafraîchi et heureux.

« Oh ! J'suis si contente d'être moi-même ! » fut la dernière pensée de Nan avant de sombrer dans le sommeil.

Gilbert et Anne vinrent plus tard contempler les mignons petits visages endormis si proches l'un de l'autre. Diana dormait avec les coins de sa petite bouche plissés, mais Nan s'était endormie en souriant. Gilbert avait entendu l'histoire et il était si fâché qu'il valait mieux pour Dovie Johnson d'être à trente milles de distance. Mais Anne éprouvait des remords de conscience.

« J'aurais dû découvrir ce qui la troublait. Mais j'ai été trop prise par d'autres choses, cette semaine, des bagatelles, en réalité, comparées au malheur d'un enfant. Pense à ce que la pauvre chérie a souffert. »

Elle se pencha sur ses filles, à la fois contrite et réjouie. Elles étaient encore siennes : elle pouvait les chérir, les dorloter, les protéger. C'était encore à elle qu'elles venaient confier tous les amours et chagrins de leurs jeunes cœurs. Elles lui appartenaient pour quelques années encore... et ensuite ? Anne frémit. La maternité était très douce, tout en étant terrible.

« Je me demande ce que la vie leur réserve », chuchotat-elle.

« Souhaitons-leur au moins de trouver un bon mari, comme celui de leur mère », conclut Gilbert d'un ton taquin.

32

« Comme ça, les "Dames patronnesses" vont venir faire des courtepointes à Ingleside ? Sortez toute votre belle vaisselle, Susan, et fournissez plusieurs balais pour balayer ensuite les réputations en miettes », plaisanta Gilbert.

Susan sourit légèrement, en femme indulgente à l'égard de l'absence totale de compréhension des hommes concernant les choses essentielles, mais elle n'avait pas le cœur à sourire, du moins pas avant que soit réglée la question du souper de ces dames.

« Du pâté au poulet chaud, continua-t-elle à marmonner, de la purée de pommes de terre et des petits pois en crème comme plat principal. C'est l'occasion rêvée pour étrenner votre nouvelle nappe de dentelle, chère Mme Docteur. On n'a jamais rien vu de pareil au Glen et j'suis convaincue que ça va faire sensation. J'ai hâte de voir la face d'Annabel Clow quand elle la verra. Utiliserez-vous votre vase bleu et argent pour les fleurs ? »

« Oui, pour les pensées et les fougères jaune vert que nous cueillerons dans l'érablière. Et je veux que vous mettiez vos trois magnifiques géraniums quelque part, dans le salon si c'est là que nous cousons, ou sur la balustrade de la véranda s'il fait assez chaud pour que nous puissions travailler dehors. Je suis contente qu'il reste encore tant de fleurs. Le jardin n'a jamais été aussi beau que cet été, Susan. Mais c'est ce que je dis chaque automne, n'est-ce pas ? »

Il y avait beaucoup de choses à régler. Qui s'assoirait à côté de qui ? Il ne faudrait jamais, par exemple, placer Mme Simon

Millison à côté de Mme William McCreery car elles ne s'adressaient plus la parole depuis quelque obscure querelle datant de l'époque où elles allaient à l'école. Il y avait aussi la question de décider qui inviter, car l'hôtesse avait le privilège de recevoir quelques personnes en plus des membres de association.

«Je vais inviter Mmes Best et Campbell», dit Anne.

Susan eut l'air perplexe.

«Ce sont des nouvelles venues, chère Mme Docteur», sur le même ton que si elle avait dit : «Ce sont des crocodiles.»

«Le docteur et moi avons aussi été des nouveaux venus un jour, Susan.»

«Mais l'oncle du docteur était installé ici depuis des années. Personne ne sait rien de ces Best et de ces Campbell. Mais vous êtes chez vous, chère Mme Docteur, et ce n'est pas à moi de m'opposer à ce que vous receviez qui ça vous chante. Je me souviens d'une réunion de courtepointes chez Mme Carter Flagg il y a plusieurs années quand Mme Flagg avait invité une femme bizarre. Elle était arrivée en *guenilles*, chère Mme Docteur... elle avait dit qu'elle pensait pas qu'il fallait s'habiller pour venir à une réunion pour les œuvres de charité ! Au moins, on n'a pas à craindre ça avec Mme Campbell. Elle est très élégante... même si je ne me vois pas porter du bleu à grosses fleurs à l'église.»

Anne était d'accord, mais elle n'osa pas sourire.

«J'ai trouvé que cette robe allait bien avec les cheveux argentés de Mme Campbell, Susan. Et à propos, elle voudrait votre recette de marinade épicée aux groseilles. Elle dit qu'elle en a mangé au souper du Cercle des Fermières et que c'était délicieux.»

«Oh ! bien, chère Mme Docteur, c'est pas tout le monde qui peut réussir les groseilles épicées.» Aucune autre remarque désobligeante ne fut émise à propos des robes bleues à fleurs. Mme Campbell pourrait dès lors apparaître dans le costume d'une habitante des îles Fidji et Susan lui trouverait encore une excuse.

Si les jeunes mois avaient vieilli, l'automne se souvenait encore de l'été et quand arriva la journée des courtepointes, on avait davantage l'impression d'être en juin qu'en octobre. Toutes les dames qui le pouvaient se présentèrent, prévoyant se régaler de potinages et d'un souper à Ingleside, en plus de pouvoir admirer quelques jolis vêtements à la mode puisque l'épouse du docteur était récemment allée en ville.

Susan, la tête haute vu les responsabilités d'ordre culinaire qui lui incombaient, déambulait fièrement, introduisant les dames dans la chambre d'ami, satisfaite de voir qu'aucune d'elles ne possédait de tablier orné de cinq pouces de dentelle crochetée avec du fil numéro cent. Avec cette dentelle, Susan avait remporté le premier prix à l'exposition de Charlottetown la semaine précédente. Elle et Rebecca Dew s'y étaient donné rendez-vous et y avaient passé une journée mémorable, et quand Susan était rentrée ce soir-là, elle était la femme la plus fière de l'Île-du-Prince-Édouard.

Si l'expression de Susan était parfaitement contrôlée, elle n'en pensait pas moins, parfois avec une pointe de malice un peu frénétique.

«*Celia Reese est ici, cherchant à se moquer de quelque chose, comme d'habitude. Eh bien, elle le trouvera pas à notre souper, c'est certain. Myra Murray en velours rouge… c'est un peu trop somptueux, à mon goût, pour faire des courtepointes, mais j'peux pas nier qu'elle ait fière allure là-dedans. Au moins, c'est pas de la guenille. Agatha Drew… ses lunettes attachées par une ficelle, comme d'habitude. Sarah Taylor… c'est peut-être la dernière fois qu'elle fait une courtepointe… elle a le cœur dans un fichu état, comme dit le docteur, mais quelle force de caractère! Mme Donald Reese… grâce à Dieu, elle a pas amené Mary Anna, mais aucun doute qu'avec elle, on va en entendre parler tout notre soûl. Jane Burr du Glen En-Haut. Elle fait pas partie de l'Association. Bon, il faudra que je compte les cuillers après le souper, c'est sûr. Ils sont tous un peu cleptomanes dans la famille. Candace Crawford… elle se dérange pas souvent pour les œuvres de charité, mais faire une courtepointe est une bonne occasion de montrer ses jolies mains et sa bague de diamant. Emma Pollock avec un jupon qui dépasse de sa robe, évidemment : une jolie femme mais écervelée comme toute cette tribu. Tillie MacAllister :*

j'espère que tu vas pas renverser le pot de gelée sur la nappe comme tu l'as fait chez Mme *Palmer. Martha Crothers : pour une fois, tu vas avoir un repas convenable. C'est dommage que ton mari ait pas pu venir, lui aussi. On me dit qu'il ne peut manger que des noix et des choses comme ça. M*^{me} *Baxter, la femme du marguillier : j'ai entendu dire que son mari a fini par chasser Harold Reese loin de Mina. Harold a toujours eu un bréchet à la place de la colonne vertébrale et ce ne sont pas les cœurs sensibles qui gagnent les belles dames, comme on dit dans la Bible. Bon, il y a suffisamment de couturières pour deux courtepointes et quelques-unes pour enfiler les aiguilles. »*

Les courtepointes furent installées sur la grande véranda et les mains et les langues se délièrent. Anne et Susan étaient prises par les préparatifs du souper dans la cuisine et Walter, qu'on avait gardé à la maison à cause d'un léger mal de gorge, était installé dans les marches de la véranda, un rideau de vignes empêchant les couturières de le voir. Il aimait toujours entendre les conversations des adultes. Ils disaient des choses si surprenantes, mystérieuses, des choses auxquelles on pouvait réfléchir par la suite et autour desquelles on pouvait broder un drame véritable, des choses reflétant les couleurs et les ombres, les comédies et les tragédies, les joies et les peines de tous les clans de Four Winds.

De toutes les femmes présentes, Walter préférait Mme Myra Murray à cause de son rire contagieux et des petites rides joyeuses autour de ses yeux. Elle pouvait raconter l'anecdote la plus simple et la faire paraître dramatique ; partout où elle allait, elle égayait la vie ; et elle était si jolie en velours cerise, avec les soyeuses ondulations de sa chevelure noire et ses petites boucles d'oreilles vermillon. Mme Tom Chubb, mince comme une aiguille, était celle qu'il aimait le moins, peut-être parce qu'il l'avait une fois entendue l'appeler « un enfant maladif ». Il trouva que Mme Allan Milgrave avait tout à fait l'air d'une poule grise et lisse et que Mme Grant Clow n'était vraiment rien de plus qu'un baril sur pattes. La jeune Mme David Ransome était très belle avec ses cheveux caramel, « trop belle pour habiter dans une ferme », avait commenté

Susan quand Dave l'avait épousée. La nouvelle mariée, Mme
Morton MacDougall, ressemblait à un coquelicot rose som-
nolent. Edith Bailey, la modiste du Glen, avec ses vaporeuses
boucles argentées et ses yeux noirs pétillants d'humour, ne
faisait pas du tout « vieille fille ». Il aimait Mme Meade, la plus
âgée des femmes présentes, qui avait un regard gentil et
indulgent et écoutait beaucoup plus qu'elle ne parlait, mais
Celia Reese ne lui plaisait pas avec son sournois regard amusé
comme si elle riait de tout le monde.

Les couturières n'avaient pas encore commencé à potiner.
Comme elles discutaient simplement de la pluie et du beau
temps tout en se demandant si elles opteraient pour les motifs
d'éventails ou de diamants, Walter méditait sur la beauté de
cette journée mûre, de l'immense pelouse avec ses arbres
magnifiques et du monde qui avait l'air de se blottir dans les
bras dorés d'un Être grandiose et bon. Les feuilles teintées
voltigeaient lentement vers le sol, mais les primeroses impo-
santes égayaient encore le mur de brique et les peupliers se
mariaient avec les trembles le long du sentier menant à la
grange. Walter était si absorbé par les choses charmantes qui
l'entouraient que la conversation battait déjà son plein quand
il fut ramené à la réalité par les propos de Mme Simon Millison.

« Ce clan est célèbre pour ses funérailles sensationnelles.
L'une de vous pourra-t-elle jamais oublier ce qui s'est passé à
l'enterrement de Peter Kirk ? »

Walter dressa l'oreille. Cela semblait intéressant. Mais à
sa grande déception, Mme Simon ne raconta pas ce qui était
arrivé. Toutes devaient soit avoir assisté à ces funérailles soit
avoir entendu l'histoire.

(« *Mais pourquoi ont-elles l'air aussi gênées ?* »)

« C'est incontestable que tout ce que Clara Wilson a dit sur
Peter était vrai, mais il est dans sa tombe, le pauvre homme,
alors laissons-le reposer en paix », décréta Mme Tom Chubb
d'un ton péremptoire – comme si quelqu'un avait proposé de
l'exhumer.

« Mary Anna dit toujours des choses si intelligentes, lança
Mme Donald Reese. Savez-vous ce qu'elle a demandé l'autre

jour au moment du départ pour les funérailles de Margaret Hollister ? "M'man, qu'elle a dit, est-ce qu'il y aura de la crème glacée à l'enterrement ?"

Quelques femmes échangèrent furtivement des sourires amusés.

La plupart ignorèrent Mme Donald. C'était vraiment la seule chose à faire quand elle ramenait Mary Anna sur le tapis comme elle le faisait invariablement, à propos de tout et de rien. Si on lui donnait le moindre encouragement, impossible de l'arrêter. « Savez-vous ce que Mary Anna a dit ? » était une réplique célèbre au Glen.

« Parlant d'enterrements, dit Celia Reese, il y en a eu un bizarre à Mowbray Narrows quand j'étais petite. Stanton Lane était parti dans l'Ouest et on entendit dire qu'il était mort. Sa famille télégraphia pour que le corps fût envoyé, ce qui fut fait, mais Wallace MacAllister, l'entrepreneur des pompes funèbres, leur conseilla de ne pas ouvrir le cercueil. Les funérailles venaient de commencer quand Stanton Lane en personne arriva, frais et dispos. On n'a jamais découvert l'identité du cadavre. »

« Qu'est-ce qu'on en a fait ? » demanda Agatha Drew.

« Oh ! On l'a enterré. Wallace a dit que c'est ce qu'il fallait faire. Mais on ne pouvait vraiment appeler ça un enterrement quand tout le monde était si heureux du retour de Stanton. M. Dawson a changé le dernier hymne "Consolez-vous, chrétiens » pour « Parfois une belle surprise », mais la plupart des gens ont pensé qu'il aurait pu s'en abstenir. »

« Savez-vous ce que Mary Anna m'a dit, l'autre jour. Elle m'a demandé : "M'man, est-ce que les pasteurs connaissent tout ? » »

« M. Dawson perdait toujours la tête dans une situation de crise, remarqua Jane Burr. Le Glen En-Haut faisait alors partie de sa charge et je me rappelle qu'un dimanche il a congédié l'assemblée puis s'est souvenu qu'on n'avait pas encore procédé à la quête. Alors il n'a rien trouvé de mieux à faire que de se précipiter dans la cour une assiette à la main. C'est sûr, ajouta Jane, que des gens n'ayant jamais donné avant ou après ont donné ce jour-là. Ils n'avaient pas le cœur de refuser au pasteur. Mais cela manquait de dignité. »

« Ce que je reprochais à M. Dawson, dit Mlle Cornelia, c'était l'impitoyable longueur de ses prières à des funérailles. Les choses en arrivaient à un tel point que les gens disaient envier le cadavre. C'est à l'enterrement de Letty Grant qu'il s'est surpassé. Quand j'ai vu que sa mère était sur le point de s'évanouir, je lui ai donné un bon coup de parapluie dans le dos en lui disant qu'il avait prié assez longtemps. »

« C'est lui qui a enterré mon pauvre Jarvis », rappela Mme George Carr, des larmes coulant de ses yeux. Elle pleurait toujours quand elle parlait de son mari, bien qu'il fût mort depuis vingt ans.

« Son frère aussi était pasteur, dit Christine Marsh. Il était au Glen quand j'étais enfant. Nous avons eu un concert à la salle paroissiale, un soir, et il faisait partie des conférenciers assis sur la tribune d'honneur. Il était aussi nerveux que son frère et n'arrêtait pas de reculer sa chaise encore et encore jusqu'à ce que tout à coup, il tombe avec sa chaise dans le parterre de fleurs et de plantes que nous avions arrangé autour de la base. On ne voyait plus de lui que ses pieds qui se dressaient devant l'estrade. D'une certaine façon, j'ai trouvé ses sermons moins efficaces, après ça. Il avait de si grands pieds ! »

« Les funérailles de Lane ont peut-être été décevantes, remarqua Emma Pollock, mais au moins c'était mieux que de ne pas en avoir du tout. Vous vous souvenez du méli-mélo chez les Cromwell ? »

L'évocation de ce souvenir provoqua un concert de rires. « Racontez-nous l'histoire, demanda Mme Campbell. Vous savez que je suis une étrangère ici et que je ne sais à peu près rien de toutes les sagas familiales. »

Emma ignorait la signification du mot « saga », mais elle adorait raconter des histoires.

« Abner Cromwell vivait près de Lowbridge dans une des plus grosses fermes de ce district et il était député, à cette époque. C'était une des grosses légumes du Parti conservateur

et il connaissait tout le monde de quelque importance sur l'Île.
Comme il était marié à Julie Flagg dont la mère était une
Reese et la grand-mère une Clow, ils étaient également
apparentés à presque toutes les familles de Four Winds. Un
jour, le *Daily Enterprise* fit paraître cet avis : M. Abner
Cromwell était décédé subitement à Lowbridge et ses
funérailles auraient lieu le lendemain après-midi à deux
heures. D'une façon ou d'une autre, les Abner Cromwell
n'avaient pas lu l'avis, et il n'y avait évidemment pas de
téléphone dans les campagnes à l'époque. Le lendemain
matin, Abner partit pour Halifax assister à un congrès libéral.
À deux heures, les gens commencèrent à arriver pour les
obsèques. Ils arrivaient tôt pour être sûrs d'avoir une bonne
place, croyant que vu l'envergure d'Abner, il y aurait foule. Et
foule il y avait, je vous en passe un papier. À des milles à la
ronde, les bogheis se suivaient à la queue leu leu sur les routes
et les gens affluèrent jusqu'à à peu près trois heures. Mme
Abner était en train de devenir folle à essayer de faire
comprendre aux gens que son mari n'était pas mort. Certaines
personnes commencèrent par refuser de la croire. Elle m'a
confié en larmes qu'on avait l'air de penser qu'elle avait
escamoté le corps. Et quand elle finit par les convaincre, ils
agirent comme s'ils pensaient qu'Abner aurait dû être mort. Et
ils piétinèrent toutes les plates-bandes dont elle était si fière.
Toute la parenté éloignée se présenta à son tour, s'attendant à
recevoir un souper et un lit pour la nuit et elle n'avait pas
beaucoup cuisiné – il faut admettre que Julie n'avait jamais été
très prévoyante. Lorsque Abner est rentré à la maison deux
jours plus tard, il l'a trouvée au lit dans un état de prostration
nerveuse dont elle a mis des mois à se rétablir. Pendant six
semaines, elle n'a pratiquement pas avalé une bouchée. On
m'a raconté qu'elle avait dit qu'elle n'aurait pas été plus
bouleversée si ça avait été un véritable enterrement. Mais je
n'ai jamais cru qu'elle avait réellement dit cela. »

« On ne peut pas en être sûr, admit Mme William
MacCreery. Les gens disent des choses si terribles. La vérité
sort quand ils sont bouleversés. Clarice, la sœur de Julie, a

vraiment chanté dans la chorale comme d'habitude le premier dimanche après l'enterrement de son mari. »

« Même l'enterrement d'un mari ne pouvait accabler Clarice bien longtemps, renchérit Agatha Drew. Il n'y avait rien de *solide* chez elle. Elle passait son temps à danser et à chanter. »

« J'avais coutume de danser et de chanter... sur la grève, quand personne ne m'entendait », remarqua Myra Murray.

« Ah ! Mais vous vous êtes assagie, depuis », dit Agatha Drew.

« Non, je suis devenue plus folle, répondit lentement Myra Murray. Trop folle pour danser sur la grève. »

« Au début, poursuivit Emma, qui n'avait pas l'intention d'être privée du plaisir de raconter l'histoire au complet, on a cru que l'avis avait été publié à titre de plaisanterie, parce que Abner avait perdu son élection quelques jours avant, mais il s'est finalement avéré qu'il s'agissait d'un certain Amasa Cromwell qui habitait dans les bois de l'autre côté de Lowbridge. Aucun lien de parenté avec eux. Il était vraiment mort. Mais les gens ont mis du temps à pardonner leur désappointement à Abner, si jamais ils lui ont pardonné. »

« Ma foi, c'était vraiment un peu malcommode de parcourir toute cette distance, en pleine saison des semailles, pour s'apercevoir qu'on avait fait le voyage pour des prunes », rétorqua Mme Tom Chubb, sur la défensive.

« Et par principe, les gens aiment les funérailles, ajouta Mme Donald Reese avec esprit. Nous sommes tous comme des enfants, j'imagine. J'ai amené Mary Anna aux obsèques de son oncle Gordon et cela lui a tellement plu. "M'man, on pourrait pas le sortir du trou pour avoir le plaisir de l'enterrer une autre fois ?" m'a-t-elle demandé. »

Elles s'esclaffèrent toutes, cette fois-là, à l'exception de Mme Baxter qui crispa son long visage maigre et piqua impitoyablement sa courtepointe. Plus rien n'était sacré, de nos jours. Tout le monde se moquait de tout. Mais elle, l'épouse d'un marguillier, n'allait certainement pas condescendre à rire à propos d'un enterrement.

« Parlant d'Abner, vous souvenez vous de la notice nécrologique que son frère John avait écrit pour sa femme ? demanda Mme Allan Milgrave. Ça commençait par "Dieu, pour des raisons mieux connues de Lui-même, a été heureux de prendre ma ravissante femme et de laisser en vie la laide épouse de mon cousin William." Jamais je n'oublierai le branle-bas que ça a causé. »

« Comment a-t-il réussi à faire imprimer une telle chose ? » s'étonna Mme Best.

« Mon Dieu, il était le rédacteur en chef de l'*Enterprise*, à l'époque. Il idolâtrait sa femme – c'était Bertha Morris – et détestait Mme William Cromwell parce qu'elle s'était opposée à son mariage avec Bertha. Elle trouvait Bertha trop frivole. »

« Mais qu'elle était jolie ! » renchérit Elizabeth Kirk.

« La plus jolie chose que j'aie jamais vue de ma vie, approuva Mme Milgrave. On a toujours été beau chez les Morris. Mais elle était légère... légère comme la brise. Personne n'a jamais compris comment elle avait pu tenir à la même idée assez longtemps pour épouser John. On dit que c'est sa mère qui l'a convaincue. Bertha était amoureuse de Fred Reese, mais c'était un Don Juan notoire. "Un tiens vaut mieux que deux tu l'auras", lui a dit sa mère. »

« J'ai entendu cet adage toute ma vie, commenta Myra Murray, et je me demande s'il dit la vérité. Peut-être que les "tu l'auras" ont plus de charme que le "tiens". »

Personne ne sut que répondre, mais d'une certaine façon, Mme Tom Chubb exprima l'opinion générale.

« Vous êtes toujours si lunatique, Myra. »

« Savez-vous ce que Mary Anna m'a dit l'autre jour ? récidiva Mme Donald. Elle m'a demandé : "M'man, qu'est-ce que je vais faire si personne me demande en mariage ?" »

« On pourrait répondre à ça, nous, les vieilles filles, pas vrai ? fit Celia Reese en donnant un coup de coude à Edith Bailey. Celia n'aimait pas Edith parce que cette dernière était encore assez jolie et toujours plus ou moins dans la course.

« Gertrude Cromwell *était* laide, affirma Mme Grant Clow. Elle avait la face comme une planche. Mais c'était une maîtresse de maison hors pair. Chaque mois, elle lavait tous les rideaux de la maison. Si Bertha lavait les siens une fois par année, c'était beau. Et les toiles de ses fenêtres étaient toujours de travers. Gertrude prétendait que passer devant la maison de John Cromwell lui donnait des frissons. Pourtant, John Cromwell était fou de Bertha tandis que William tolérait tout juste Gertrude. Les hommes sont étranges. On dit que William s'était réveillé en retard le matin de ses noces et qu'il s'est habillé avec tant de hâte qu'il est arrivé à l'église avec des chaussures éculées et des chaussettes ravaudées. »

« Ma foi, c'est mieux qu'Oliver Random, gloussa Mme George Carr. Il avait oublié de se faire faire un costume et son habit du dimanche était tout simplement hors de question. Il était rapiécé. Alors Oliver a emprunté le meilleur complet de son frère qui ne lui allait absolument pas. »

« Au moins, William et Gertrude se sont mariés, reprit Mme Simon, mais pas sa sœur Caroline. Elle et Ronny Drew se sont querellés à propos du pasteur qui célébrerait le mariage et ne se sont pas mariés du tout. Ronny était si fâché qu'il a épousé Edna Stone avant d'avoir le temps de se calmer. Caroline est allée à la noce. Elle a gardé la tête haute mais elle faisait une tête d'enterrement. »

« Mais elle a tenu sa langue, au moins, dit Sarah Taylor. Pas comme Philippa Abbey. Quand Jim Mowbray l'a plaquée, elle est allée à son mariage et a proféré à voix haute les choses les plus méchantes pendant toute la cérémonie. Ils étaient tous anglicans, évidemment », conclut Sarah Taylor comme si cela expliquait ces fantaisies.

« Est-elle vraiment allée à la réception portant tous les bijoux que Jim lui avait donnés pendant leurs fiançailles ? » s'enquit Celia Reese.

« Jamais de la vie ! J'ignore comment de telles rumeurs sont propagées. On croirait que certaines personnes ne font rien d'autre que répéter des ragots. J'imagine que Jim Mowbray a fini par regretter Philippa. Sa femme le menait au doigt et à l'œil... quoiqu'il ait toujours profité de son absence pour faire la noce. »

« La seule fois que j'ai vu Jim Mowbray, c'était le soir où les hannetons avaient jeté la panique sur l'assemblée lors de l'anniversaire de l'église à Lowbridge, raconta Christine Crawford. Et Jim Mowbray acheva ce que ces insectes avaient épargné. C'était une nuit torride et les hannetons entrèrent par centaines. Le lendemain, on en a ramassé quatre-vingt-sept cadavres sur l'estrade de la chorale. Certaines femmes devenaient hystériques quand les hannetons frôlaient leur visage. La femme du nouveau pasteur Mme Peter Loring était assise de l'autre côté de l'allée. Elle portait un grand chapeau de dentelle orné de plumes tombantes. »

« Elle a toujours été considérée bien trop élégante et extravagante pour une épouse de pasteur », interrompit Mme Baxter.

« "Regardez-moi faire fuir ce hanneton du chapeau de Mme Loring", l'ai-je entendu chuchoter – il était assis juste derrière elle. Il se pencha en avant et souffla sur l'insecte, le manqua mais fit valser le bibi jusqu'à la balustrade de communion. Le pauvre Jim était rouge de confusion. Quand le pasteur a vu le chapeau de sa femme voler dans les airs, il a perdu sa place dans son sermon, a été incapable de la retrouver et a fini par abandonner. La chorale a chanté le dernier hymne tout en ne cessant d'agiter les mains pour chasser les hannetons. Jim alla chercher le chapeau de Mme Loring. Il s'attendait à se faire rabrouer vertement, car elle était reconnue pour ne pas avoir la langue dans sa poche. Mais elle a seulement reposé le chapeau sur sa jolie tête blonde et s'est mise à rire. "Si vous n'aviez pas fait ça, a-t-elle dit, Peter aurait continué pendant encore trente minutes et tout le monde serait devenu fou furieux." Bien entendu, c'était gentil à elle de ne pas se fâcher mais les gens ont trouvé que ce n'était pas une chose à dire de son mari. »

« Mais vous savez comment elle est née », dit Martha Crothers.

« Mon Dieu, comment ? »

« Son nom était Bessy Talbot et elle venait de l'Ouest. La maison de son père a passé au feu une nuit et c'est au milieu du tohu-bohu qu'elle est venue au monde, dehors dans le jardin, sous les étoiles. »

« Comme c'est romantique ! » s'exclama Myra Murray.

« Romantique ! J'appelle ça à peine respectable. »

« Quand on y pense, naître sous les étoiles », poursuivit rêveusement Myra. Seigneur, elle a dû être une enfant des étoiles, scintillante, belle, courageuse, loyale, avec une étincelle dans les yeux. »

« Elle était tout cela, répondit Martha, que cela ait été grâce aux étoiles ou non. Et elle n'a pas eu la vie facile à Lowbridge où on considérait que l'épouse d'un pasteur devait être précieuse et pincée. Mon Dieu, un des marguilliers l'a surprise un jour en train de danser autour du berceau de son bébé et lui a déclaré qu'elle ne devait pas se réjouir de son fils avant de savoir s'il faisait partie des élus ou non. »

« À propos de bébés, savez vous ce que Mary Anna m'a dit, l'autre jour. "M'man, qu'elle m'a demandé, est-ce que les reines ont des bébés ? »

« Ça devait être Alexander Wilson, dit Mme Allan. Hargneux de naissance, celui-là. Il ne permettait pas à sa famille de prononcer une parole pendant les repas, à ce qu'on m'a dit. Quant aux rires, il n'y en avait pas dans sa maison. »

« Une maison sans rires ! s'écria Myra. Mon Dieu, c'est... un sacrilège ! »

« Alexander avait coutume de faire des crises pendant lesquelles il n'adressait pas la parole à sa femme trois jours d'affilée, poursuivit Mme Allan. C'était un vrai soulagement pour elle, ajouta-t-elle.

« Alexander Wilson était au moins un homme d'affaires honnête », remarqua sèchement Mme Grant Clow. Ledit Alexander était son cousin au quatrième degré et les Wilson avaient l'esprit de famille. Il a laissé quatorze mille dollars à sa mort. »

« Quel dommage qu'il ait été obligé de les laisser ! » commenta Celia Reese.

« Son frère Jeffry n'a pas laissé un sou, poursuivit Mme Clow. Je dois avouer que c'était le mouton noir de la famille. Dieu sait qu'il s'est payé du bon temps, lui. Dépensait tout ce qu'il gagnait, ami de tout le monde, et il est mort sur la paille. Qu'est-ce que toutes ces fêtes et ces rires lui ont rapporté ? »

« Peut-être pas grand-chose, répondit Myra, mais pensez à tout ce qu'il a fait dans sa vie. Il était toujours en train de donner : de l'encouragement, de la sympathie, de l'amitié, et même de l'argent. Il était au moins riche d'amis, tandis qu'Alexander n'en a jamais eu un seul de sa vie. »

« Ce ne sont pas les amis de Jeff qui l'ont enterré, persifla Mme Allan. C'est Alexander qui a payé pour tout... et il lui a mis une belle pierre tombale. Elle avait coûté cent dollars. »

« Mais est-ce qu'Alexander n'avait pas refusé quand Jeff avait voulu lui emprunter cent dollars pour payer une opération qui lui aurait peut-être sauvé la vie ? » insinua Celia Drew.

« Allons, allons, nous sommes en train de trop manquer de charité, protesta Mme Carr. Après tout, on ne vit pas dans un monde de myosotis et de pâquerettes et tout le monde a ses défauts. »

« Lem Anderson épouse Dorothy Clark aujourd'hui, annonça Mme Millison, considérant qu'il était grand temps que la conversation prenne une tournure plus joyeuse. Et il n'y a pas un an, il jurait qu'il se ferait sauter la cervelle si Jane Elliott ne se mariait pas avec lui. »

« Les jeunes gens disent des choses si bizarres, commenta Mme Chubb. Ils ont bien gardé le secret. Il n'y a que trois semaines que leurs fiançailles sont connues. Je parlais à sa mère la semaine dernière et elle ne s'était pas doutée qu'ils se marieraient si tôt. Je ne suis pas sûre qu'une femme capable d'être un tel sphinx pourrait me plaire beaucoup. »

« Je suis étonnée que Dorothy Clark l'ait choisi, commenta Agatha Drew. Au printemps dernier, j'avais l'impression que c'était avec Frank Clow qu'elle convolerait. »

« J'ai entendu Dorothy affirmer que Frank était le meilleur parti mais qu'elle était incapable de supporter la pensée de ce nez qui dépasserait des draps chaque matin à son réveil. »

Mme Baxter frémit comme une vieille fille et refusa de se joindre à l'hilarité générale.

« Vous ne devriez pas parler comme ça devant une jeune fille comme Edith », reprocha Celia, faisant des clins d'œil à la ronde.

« Est-ce qu'Ada Clark est fiancée ? » demanda Emma Pollock.

« Non, pas exactement, répondit Mme Millison. Elle espère seulement. Mais elle trouvera quelqu'un. Ces filles ont le tour de se dénicher un mari. Sa sœur Pauline a épousé le fermier le plus prospère du port. »

« Pauline est jolie mais elle a toujours des idées si saugrenues, remarqua Mme Milgrave. Il m'arrive de penser qu'elle n'apprendra jamais à être un peu sensée. »

« Oh ! oui, elle apprendra, objecta Myra Murray. Elle aura des enfants, un jour, et ils lui apprendront la sagesse, comme ce fut le cas pour vous et moi. »

« Où Lem et Dorothy vont-ils habiter ? » demanda Mme Meade.

« Oh ! Lem a acheté une ferme au Glen En-Haut. La vieille maison Carey, vous savez, où la pauvre Mme Roger Carey a assassiné son mari. »

« Assassiné son mari ! »

« Oh ! Je ne dis pas qu'il ne le méritait pas, mais tout le monde a trouvé qu'elle était allée un petit peu trop loin. Oui, de l'herbicide dans sa tasse de thé... ou était-ce dans sa soupe ? Tout le monde l'a su mais on n'a rien pu y faire. La bobine de fil, je vous prie, Celia. »

« Voulez-vous dire, Mme Millison, qu'elle n'a jamais été jugée... ni punie ? » s'étrangla Mme Campbell.

« Ma foi, personne ne voulait voir une voisine dans un pétrin pareil. Les Carey avaient des relations haut placées au Glen En-Haut. De plus, elle avait été réduite au désespoir. Évidemment, personne n'approuve le meurtre comme pratique courante, mais si jamais un homme a mérité d'être assassiné, c'est bien Roger Carey. Elle est partie pour les États et s'est remariée. Ça fait des années qu'elle est morte. Son deuxième lui a survécu. Tout ça est arrivé quand j'étais enfant. On avait coutume de dire que le fantôme de Roger Carey *revenait*. »

« Il n'y a certainement plus personne pour croire aux revenants en cet âge de lumière », décréta Mme Baxter.

«Pourquoi est-ce que nous ne croirions plus aux revenants? demanda Tillie MacAllister. Les fantômes sont intéressants. Je connais un homme qui a été hanté par un fantôme qui riait toujours de lui, qui ricanait. Cela le rendait fou. Les ciseaux, je vous prie, Mme MacDougall.»

Elle fut obligée de répéter sa question à la jeune mariée qui les tendit en rougissant. Elle n'était pas encore habituée à se faire appeler Mme MacDougall.

«La vieille maison Truax de l'autre côté du port a été hantée pendant des années – on entendait résonner des bruits et des coups dans toute la place – un vrai mystère», dit Christine Crawford.

«Tous les Truax avaient des problèmes de digestion», commenta Mme Baxter.

«Bien sûr, si vous ne croyez pas aux revenants, ils n'existent pas, fit Mme MacAllister d'un air boudeur. Mais ma sœur a travaillé dans une maison en Nouvelle-Écosse qui était hantée par des gloussements de rire.»

«Un fantôme jovial! s'écria Myra. Moi, cela ne me dérangerait pas.»

«Ça devait être des hiboux», trancha avec détermination la sceptique Mme Baxter.

«Ma mère a vu des anges autour de son lit de mort», déclara Agatha Drew d'un air de triomphe plaintif.

«Les anges ne sont pas des fantômes», objecta Mme Baxter.

«En parlant de mères, comment va votre oncle Parker, Tillie?» s'informa Mme Chubb.

«Très mal par moments. Nous ignorons ce qui va arriver. Cela nous laisse perplexes... à propos de nos vêtements d'hiver, je veux dire. Mais j'ai dit à ma sœur, l'autre jour, quand nous en avons parlé, que nous ferions aussi bien de nous procurer des robes noires de toute façon, comme ça, nous serons prêtes à toute éventualité.»

«Savez-vous ce que Mary Anna a dit l'autre jour? Elle a dit : "M'man, j'vais arrêter de demander à Dieu d'avoir les cheveux frisés. Je le Lui ai demandé tous les soirs pendant une semaine et Il a rien fait.»

« Cela fait vingt ans que je Lui demande quelque chose », fit Mme Bruce Duncan d'un ton amer ; elle n'avait pas encore ouvert la bouche ni levé les yeux de la courtepointe. Elle était reconnue pour la beauté de ses courtepointes, peut-être parce qu'elle cousait chaque point avec précision sans se laisser distraire par les commérages.

Il y eut quelques instants de silence. Elles pouvaient toutes deviner ce que Mme Duncan demandait à Dieu, mais il s'agissait d'une chose dont on ne pouvait discuter à une réunion de courtepointes. Mme Duncan n'ajouta rien.

« Est-ce vrai que May Flagg et Billy Carter ont rompu et qu'il sort avec une des MacDougall de l'autre côté du port ? » demanda Martha Crothers après un intervalle décent.

« Oui, mais personne ne sait ce qui s'est passé. »

« C'est triste, les bagatelles qui brisent les fiançailles parfois, remarqua Candace Crawford. Prenez Dick Pratt et Lilian MacAllister. Dick était en train de lui faire sa demande à un pique-nique quand il s'est mis à saigner du nez. Il a dû aller au ruisseau... et il a rencontré une inconnue qui lui a prêté son mouchoir. Il en est tombé amoureux et ils se sont mariés deux semaines plus tard. »

« Avez-vous appris ce qui est arrivé au grand Jim MacAllister samedi soir dernier au magasin de Milt Cooper à l'entrée du port ? demanda Mme Simon, trouvant qu'il était temps que quelqu'un introduise un sujet de conversation plus gai que les fantômes et les ruptures. Pendant l'été, il avait pris l'habitude de s'asseoir sur le poêle. Mais il faisait frais samedi soir et Milt avait allumé un feu. Alors quand Jim s'est assis... eh bien, il s'est brûlé le... »

Mme Simon n'osa pas prononcer ce que Jim s'était roussi mais elle tapota silencieusement une partie de son anatomie.

« Le derrière », précisa Walter dont la tête apparut à travers le lierre. Il croyait honnêtement que Mme Simon ne se rappelait pas le mot juste.

Un silence consterné fondit sur les couturières. Est-ce que Walter Blythe avait été présent tout le temps ? Elles essayaient toutes de se rappeler les histoires racontées en se demandant si certaines avaient été trop salées pour de jeunes oreilles. On prétendait que Mme Docteur Blythe était vraiment pointilleuse à propos de ce que ses enfants entendaient. Les langues paralysées n'avaient pas encore récupéré quand Anne vint annoncer que le souper était près.

« Encore dix minutes, Mme Blythe. Nous aurons alors terminé les deux courtepointes », dit Elizabeth Kirk.

Elles furent terminées, sorties, secouées, étalées et admirées.

« Je me demande qui dormira dessous », dit Myra Murray.

« Peut-être qu'une nouvelle maman tiendra son premier bébé sous l'une d'elle », suggéra Anne.

« Ou de petits enfants se blottiront dessous par une nuit froide dans la prairie », fit Mlle Cornelia d'une manière inattendue.

« Ou un vieux perclus de rhumatismes se sentira plus confortable grâce à elles », ajouta Mme Meade.

« J'espère que personne ne mourra en dessous d'elles », conclut tristement Mme Baxter.

« Savez-vous ce que Mary Anna m'a dit avant mon départ ? » demanda Mme Donald au moment où elles entraient dans la salle à manger. Elle m'a dit : "M'man, n'oublie pas que tu dois manger tout ce qu'il y aura dans ton assiette. »

Sur ce, elles prirent place, mangèrent et burent à la gloire de Dieu, car elles avaient bien travaillé et, somme toute, il y avait très peu de malice dans la plupart d'entre elles. Elles retournèrent chez elles après le souper.

Jane Burr marcha jusqu'au village en compagnie de Mme Simon Millison.

« Il faut que je me souvienne de toutes les garnitures pour les décrire à maman, dit mélancoliquement Jane, ignorant que Susan était en train de compter les cuillers. Comme elle est clouée au lit, elle ne sort jamais mais elle adore qu'on lui raconte ce qui s'est passé. La description de la table l'enchantera. »

« C'était exactement comme une image qu'on voit dans les magazines, approuva Mme Simon en soupirant. Je suis capable de cuisiner un aussi bon repas que n'importe qui, si je puis dire, mais je n'ai aucun talent pour décorer une table.

Quant à ce jeune Walter, je taperais son derrière avec plaisir. Quel choc il m'a donné ! »

« Je suppose qu'Ingleside est à présent jonché de réputations en lambeaux ? » ironisait le docteur.

« Je ne cousais pas, répondit Anne, alors je n'ai pas entendu ce qui se disait. »

« Vous ne l'entendrez jamais, ma chère, dit Mlle Cornelia qui s'était attardée pour aider Susan à attacher les courte-pointes. Elles ne se laissent jamais aller quand vous êtes là. Elles pensent que vous n'approuvez pas les commérages. »

« Ça dépend de quel genre », répondit Anne.

« Ma foi, personne n'a rien dit de trop terrible, aujour-d'hui. La majorité des gens dont elles ont parlé étaient morts, ou devraient l'être, dit Mlle Cornelia, se rappelant avec un sourire l'histoire des funérailles ratées d'Abner Cromwell. Il a seulement fallu que Mme Millison ramène sur le tapis cette vieille affaire de Madge Carey et son mari. Je m'en souviens parfaitement. Il n'y avait pas l'ombre d'une preuve que Madge l'avait fait, sauf qu'un chat était mort après avoir mangé un peu de potage. Cela faisait une semaine que la bête était malade. Si vous voulez mon avis, Roger Carey est mort d'une crise d'appendicite... même si, à l'époque, personne ne savait qu'on avait un appendice. »

« Et j'trouve que c'est vraiment malheureux qu'on l'ait découvert, ajouta Susan. Les cuillers sont toutes intactes, chère Mme Docteur, et il est rien arrivé de fâcheux à la nappe. »

« Bien, il faut que je rentre, à présent, dit Mlle Cornelia. Je vous enverrai des côtelettes la semaine prochaine quand Marshall aura tué le cochon. »

Walter était de nouveau assis dans l'escalier, les yeux pleins de rêves. Le soir était tombé. D'où, se demandait-il, avait-il bien pu tomber ? Était-ce un grand esprit avec des ailes comme celles d'une chauve-souris qui le versait sur la terre d'une jarre violette ? La lune se levait et trois vieilles épinettes tordues avaient l'air de sorcières décharnées et bossues claudiquant à sa rencontre sur la colline. Et s'il ouvrait la porte du mur de brique, maintenant, ne se retrouverait-il pas, non

dans le jardin familier, mais dans un monde étrange et ensorcelé où des princesses s'éveillaient de sommeils enchantés et
où il pourrait peut-être trouver et suivre l'écho, comme il en
avait si souvent eu envie ? Il ne fallait pas parler. Quelque
chose s'évanouirait si quelqu'un ouvrait la bouche.

« Mon chéri, dit maman en sortant, tu ne dois pas rester
assis ici plus longtemps. Il commence à faire frais. Pense à ta
gorge. »

Ces paroles avaient rompu le charme. Une lueur magique
s'était éteinte. La pelouse était encore un lieu ravissant, mais
ce n'était plus féerique. Walter se leva.

« Maman, est-ce que tu vas me raconter ce qui s'est passé
aux funérailles de Peter Kirk ? »

Anne réfléchit un moment, puis frissonna.

« Pas maintenant, mon cœur. Une autre fois... peut-être. »

33

Seule dans sa chambre – Gilbert ayant dû sortir – Anne
s'assit près de la fenêtre pour communier quelques minutes
avec cette soirée si tendre et jouir du charme irréel de sa
chambre au clair de lune. On peut dire ce qu'on veut, il y a
toujours quelque chose d'un peu étrange dans une pièce
éclairée par la lune. Toute sa personnalité est transformée.
Elle est moins amicale, moins humaine. Elle est distante et
réservée et repliée sur elle-même. C'est tout juste si elle ne
vous considère pas comme un intrus.

Anne était un peu lasse après cette journée bien remplie et
tout était si magnifiquement tranquille à présent : les enfants
endormis, Ingleside remis en ordre. On n'entendait aucun
bruit dans la maison, à l'exception d'un léger tapotement
rythmé dans la cuisine où Susan était en train de pétrir le
pain.

Mais les sons de la nuit entraient par la fenêtre ouverte
et Anne reconnaissait et aimait chacun d'eux. Des rires
étouffés parvenaient du port dans l'air immobile. Quelqu'un
chantait dans le Glen et cela ressemblait aux notes enchantées d'une chanson entendue autrefois. On voyait au-dessus
de l'eau des sentiers argentés éclairés par la lune, pourtant
Ingleside était plongé dans l'ombre. Les arbres chuchotaient
d'anciennes histoires lugubres et une chouette ululait dans la
Vallée Arc-en-ciel.

« Quel été heureux nous avons eu », songea Anne. Puis,
avec un petit pincement au cœur, elle se rappela une phrase

qu'elle avait un jour entendue dire par la vieille Kitty l'Écossaise : « Le même été ne revient jamais deux fois. »

Jamais exactement le même. Un autre été viendrait, mais les enfants seraient un peu plus âgés et Rilla irait à l'école. « Et je n'ai plus d'autre bébé », pensa tristement Anne. Jem avait maintenant douze ans et on commençait déjà à parler de son « entrée au collège ». Jem qui, hier encore, était le minuscule bébé de la maison de rêve. Walter poussait comme un champignon et, le matin même, elle avait entendu Nan taquiner Di à propos d'un « garçon » à l'école ; et Di avait vraiment rougi et secoué sa tête rousse. Eh bien, c'était la vie. Joie et chagrin, espoir et peur, changement. Toujours le changement ! On n'y pouvait rien. Il fallait laisser aller l'ancien et accueillir le nouveau dans son cœur, apprendre à l'aimer puis le laisser aller à son tour. Le printemps, aussi joli qu'il fût, devait céder sa place à l'été, et l'été se retirer devant l'automne. Le cycle se répétait : naissance, mariage, mort.

Anne pensa soudain à Walter qui lui avait demandé de raconter ce qui s'était produit à l'enterrement de Peter Kirk. Même si cela faisait des années qu'elle n'y avait pas pensé, elle ne l'avait pas oublié. Aucune personne présente, elle en était convaincue, n'avait jamais oublié ni ne le pourrait jamais. Assise là, dans la pénombre éclairée par la lune, elle se remémora toute l'histoire.

Cela s'était passé en novembre – leur premier novembre à Ingleside – après une semaine d'été des Indiens. Les Kirk vivaient à Mowbray Narrows mais fréquentaient l'église du Glen et Gilbert était leur médecin ; c'est pourquoi Anne et lui avaient tous deux assisté aux funérailles.

Elle se rappelait que la journée avait été douce, calme, nacrée. Tout autour s'étalait le paysage brun et violacé de novembre avec des taches de soleil ici et là sur le plateau et dans la vallée où le soleil brillait à travers un trou dans les nuages. « Kirkwynd » était si près de la grève qu'une brise saline soufflait à travers les sapins mélancoliques derrière la maison. Bien que ce fût une grosse demeure à l'allure prospère, Anne avait toujours trouvé que le pignon en forme de L ressemblait exactement à un long visage étroit et méprisant.

Anne s'était arrêtée pour bavarder avec un petit groupe de femmes sur la pelouse raide et sans fleurs. Elles étaient toutes de braves travailleuses pour lesquelles un enterrement ne constituait pas un événement trop désagréable.

« J'ai oublié d'apporter un mouchoir, disait Mme Bryan Blake. Qu'est-ce que je vais faire quand je vais pleurer ? »

« Pourquoi devrais-tu pleurer ? » la rabroua sa belle-sœur Camilla Blake. Camilla n'aimait pas les femmes qui pleuraient trop facilement. « Peter Kirk n'était pas un de tes parents et tu ne l'as jamais aimé. »

« Je crois qu'il est *opportun* de pleurer à des funérailles, répliqua Mme Blake avec raideur. Ça montre qu'on a de l'émotion quand un voisin est convoqué à sa dernière demeure. »

« Si seules les personnes qui l'aimaient réellement pleurent aux funérailles, il n'y aura pas beaucoup de larmes, remarqua sèchement Mme Curtis Rodd. C'est la vérité, alors pourquoi se la cacher ? C'était rien qu'un vieil imposteur bigot, et je suis payée pour le savoir. Mais regardez qui arrive à la petite grille ? Ne me dites pas... ne me dites pas que c'est Clara Wilson ? »

« C'est elle », murmura Mme Bryan, incrédule.

« Ma foi, vous savez qu'après la mort de sa première femme, elle a dit à Peter que jamais elle ne rentrerait dans sa maison à moins que ce soit pour ses funérailles et elle a tenu parole, poursuivit Camilla Blake. Elle est la sœur de la première épouse de Peter »... expliqua-t-elle en aparté à Anne qui regardait avec curiosité Clara Wilson au moment où elle les dépassait sans les voir, regardant fixement devant elle avec ses yeux topaze où couvait la haine. C'était une femme maigrichonne aux sourcils foncés, à l'expression tragique et à la chevelure noire sous un de ces absurdes bonnets que les femmes âgées portaient encore à l'époque, une chose ornée de plumes et de cônes avec une voilette étriquée.

Elle ne jeta un regard ni n'adressa la parole à personne tandis que sa longue jupe de taffetas noir froufroutait sur l'herbe et dans les marches de la véranda.

« Voilà Jed Clinton à la porte, prenant sa face d'enterrement, commenta sarcastiquement Camilla. Il doit considérer qu'il est temps que nous entrions. Il s'est toujours vanté qu'à ses funérailles tout se déroulait conformément à l'horaire. Il n'a jamais pardonné à Winnie Clow de s'être évanouie avant le sermon. Il aurait trouvé plus convenable qu'elle le fasse après. Ma foi, il est peu probable que quelqu'un perde conscience à ces funérailles-ci. Olivia n'est pas du type à s'évanouir. »

« Jed Clinton, l'entrepreneur de Lowbridge, dit Mme Reese. Pourquoi ne pas avoir engagé le croque-mort du Glen ? »

« Qui ? Carter Flagg ? Seigneur, ma chère dame, Peter et lui ont été à couteaux tirés toute leur vie. Carter était amoureux d'Amy Wilson, vous savez. »

« Il n'était pas le seul, renchérit Camilla. C'était une très jolie fille avec ses cheveux cuivrés et ses yeux noir d'encre, même si les gens trouvaient que Clara était la plus belle des deux à l'époque. C'est bizarre qu'elle ne se soit jamais mariée. Voici enfin le pasteur, et le révérend M. Owen de Lowbridge l'accompagne. Évidemment, c'est le cousin d'Olivia. Très bien, sauf qu'il met trop de "Oh !" dans ses prières. Nous ferions mieux d'entrer sinon Jed va faire une crise d'apoplexie. »

Se dirigeant vers un siège, Anne s'arrêta pour jeter un coup d'œil à Peter Kirk. Elle ne l'avait jamais aimé. « Il a un visage cruel », avait-elle pensé la première fois qu'elle l'avait vu. Bel homme, oui, mais avec des yeux d'acier froid même quand ils étaient devenus pochés, et une bouche mince, pincée et impitoyable de grippe-sou. Il était reconnu pour être égoïste et arrogant dans ses transactions avec ses pairs malgré sa piété ostentatoire et ses prières onctueuses. « Il a toujours conscience de son importance », avait-elle entendu dire un jour. Pourtant, dans l'ensemble, on l'avait respecté et vénéré.

Il était aussi arrogant dans sa mort que dans sa vie et quelque chose dans ses doigts trop longs croisés sur sa poitrine fit frémir Anne. Elle songea à un cœur de femme emprisonné là et leva les yeux vers Olivia Kirk, assise en face d'elle, en deuil. Olivia était une belle femme, grande et blonde, aux immenses yeux bleus – « pas de femme laide pour moi », avait décrété Peter Kirk un jour – et au visage composé et inexpressif. Il n'y avait pas de traces apparentes de larmes, mais Olivia était une Random et les Random n'étaient pas des émotifs. Elle était du moins assise avec tout le décorum voulu et la veuve la plus éplorée au monde n'aurait pas porté de vêtements de deuil plus épais.

L'air était lourd du parfum des fleurs qui emplissaient le cercueil – pourtant Peter Kirk avait toujours méprisé les fleurs. Sa loge avait envoyé une couronne, l'église en avait envoyé une autre, tout comme l'Association conservatrice, les commissaires scolaires et l'Association fromagère. Son fils unique, avec lequel il était brouillé depuis longtemps, n'avait rien envoyé, mais le clan Kirk s'était cotisé pour envoyer une énorme ancre de roses blanches avec les mots « Le port enfin » écrit en boutons de roses rouges ; il y avait même quelque chose d'Olivia : un coussin de lis. Le visage de Camilla Blake se contracta en les voyant et Anne se rappela avoir déjà entendu Camilla raconter qu'elle se trouvait à Kirkwynd peu après le second mariage de Peter quand il avait jeté par la fenêtre un lis en pot que la mariée avait apporté avec elle. Il avait déclaré qu'il n'allait pas laisser sa maison être encombrée de mauvaises herbes.

Olivia avait apparemment pris la chose très froidement et on n'avait plus vu de lis à Kirkwynd. Était-ce possible qu'Olivia... mais Anne cessa de soupçonner Mme Kirk en voyant son air placide. Après tout, c'était généralement le fleuriste qui suggérait les fleurs à offrir.

La chorale entonna « La mort, telle une mer étroite, nous sépare du paradis » et Anne, croisant le regard de Camilla, sut que toutes deux se demandaient comment Peter Kirk pourrait se trouver à sa place dans ce paradis. Anne pouvait presque entendre Camilla dire « Essayez donc de vous figurer Peter Kirk avec une harpe et une auréole ! »

M. Owen lut un texte de la Bible et pria, parsemant son oraison de « Oh ! » et de supplications pour que soient consolés les cœurs souffrants. Le pasteur du Glen fit un sermon qu'en privé plusieurs personnes considérèrent vraiment trop pompeux, même en tenant compte du fait qu'il fallait bien dire quelque chose de positif sur un mort. Mais que Peter Kirk se

fasse appeler «père affectueux» et «tendre époux», «voisin
prévenant» et «chrétien sincère» constituait, à leur avis, une
mauvaise utilisation de la langue. Camilla se réfugia derrière
son mouchoir – certainement pas pour cacher ses larmes – et
Stephen MacDonald se racla la gorge une ou deux fois. Mme
Bryan avait dû emprunter le mouchoir de quelqu'un car elle
pleurait dedans, mais les yeux bleus d'Olivia, baissés, restèrent
secs.

Jed Clinton poussa un soupir de soulagement. Tout
s'était magnifiquement bien déroulé. Un autre hymne, le
défilé habituel pour jeter un dernier regard aux «restes», et
un autre enterrement réussi serait ajouté à sa longue liste.

Il y eut un léger remue-ménage dans un coin de la grande
pièce et Clara Wilson se fraya un chemin à travers le dédale
de chaises jusqu'à la table à côté du cercueil. Là, elle se tourna
et fit face à l'assemblée. Son absurde bonnet avait légèrement
glissé sur le côté et une mèche de ses épais cheveux noirs
s'était échappée du chignon et tombait sur son épaule. Mais
personne ne trouva que Clara Wilson avait l'air ridicule. Son
long visage cireux avait rougi, son regard hanté et tragique
était enflammé. C'était une femme possédée. L'amertume,
comme quelque insidieuse maladie incurable, semblait avoir
envahi son être.

«Vous venez d'entendre un tissu de mensonges, vous, les
gens qui êtes venus présenter vos respects, ou satisfaire votre
curiosité, peu importe. Je vais à présent vous dire la vérité sur
Peter Kirk. Je ne suis pas une hypocrite : je ne l'ai jamais
craint de son vivant, et je ne le crains pas maintenant qu'il est
mort. Si personne n'a jamais osé lui dire la vérité en face, c'est
maintenant que cela va se faire... ici, à ses funérailles où on l'a
défini comme un bon mari et un voisin prévenant. Un bon
mari ! Il a épousé ma sœur Amy, ma sœur si belle. Vous savez
tous combien elle était mignonne et gentille. Il lui a donné
une vie de misère. Il l'a torturée et humiliée, il aimait ça. Oh !
il fréquentait l'église régulièrement, il faisait de longues prières
et il payait ses dettes. Mais c'était un tyran et une brute.
Même son chien s'enfuyait quand il l'entendait arriver.

J'avais dit à Amy qu'elle se repentirait de l'épouser. Je l'ai
aidée à faire sa robe de mariée... j'aurais mieux fait de coudre
son linceul. Elle était folle de lui à l'époque, pauvre petite,
mais elle n'était pas sa femme depuis une semaine qu'elle avait
compris quel homme il était. Sa mère avait été une esclave et
il entendait que sa femme le soit aussi. "Il n'y aura pas de
discussion chez moi", lui avait il dit. Elle n'avait pas la force de
discuter : elle avait le cœur brisé. Oh ! Je sais à travers quoi
elle est passé, ma pauvre jolie sœurette. Il lui défendait tout.
Elle ne pouvait avoir un jardin de fleurs, elle ne pouvait même
pas avoir un chaton – je lui en ai donné un et il l'a noyé. Elle
devait lui rendre compte de chaque sou qu'elle dépensait.
L'avez-vous déjà vue avec un vêtement décent sur le dos ? Il la
blâmait si elle portait son meilleur chapeau quand il y avait
apparence de pluie. La pluie ne pouvait endommager aucun de
ses chapeaux, pauvre elle. Il était toujours en train de se
moquer de sa famille. Il n'a jamais ri de sa vie... est-ce que
quelqu'un d'entre vous l'a déjà entendu rire ? Il souriait... oh !
pour ça, oui, il souriait toujours calmement et gentiment
quand il était à faire les choses les plus exaspérantes. Il a souri
en lui disant après la naissance de son petit bébé mort-né
qu'elle aurait mieux fait de mourir aussi si elle ne pouvait pas
avoir autre chose que des enfants morts. Elle a succombé après
dix ans de cette vie-là, et j'étais contente qu'elle lui échappe.
Je lui ai dit alors que je ne remettrais pas les pieds chez lui
avant le jour de ses funérailles. Certains d'entre vous m'ont
entendue. J'ai tenu parole et je suis venue à présent vous dire
la vérité à son sujet. C'est la vérité, vous le savez ». Elle pointa
férocement Stephen MacDonald, « vous le savez », son long
doigt dardé vers Camilla Blake, « vous le savez », pas un muscle
ne bougea dans le visage d'Olivia Kirk, « vous le savez »... le
pauvre pasteur lui-même eut l'impression que l'index de Clara
le transperçait. « J'ai pleuré au mariage de Peter Kirk, mais je
lui ai dit que je rirais à son enterrement. Et c'est ce que je vais
faire. »

Elle se tourna en froufroutant furieusement et se pencha sur
le cercueil. Les injustices qu'elle avait depuis des années sur le

cœur avaient été vengées. Elle avait enfin réussi à assouvir sa
haine. Tout son corps vibrait de triomphe et de satisfaction
tandis qu'elle regardait le froid et calme visage du mort. Tout le
monde attendait qu'éclate le rire vengeur. Ce rire ne vint pas.
Le visage en colère de Clara Wilson se transforma soudain, se
crispa, se plissa comme celui d'un enfant. Clara pleurait.

Elle se tourna pour quitter la pièce, les larmes ruisselant
sur ses joues ravagées. Mais Olivia Kirk se dressa devant elle
et posa une main sur son bras. Pendant un instant, les deux
femmes se regardèrent. La pièce était engloutie dans un
silence presque tangible.

« Merci, Clara Wilson », prononça Olivia Kirk. Son visage
était toujours aussi impassible, mais quelque chose de sous-
entendu dans le ton calme et égal de sa voix fit frissonner
Anne. Elle eut l'impression qu'un abîme s'ouvrait devant
elle. Clara Wilson pouvait haïr Peter Kirk, mort ou vivant,
mais Anne sentit que sa haine était une chose bien anodine
comparée à celle d'Olivia Kirk.

Clara sortit, sanglotant, passant devant un Jed furieux de
ces funérailles ratées. Le pasteur qui avait eu l'intention
d'annoncer « Se reposant en Jésus » comme dernier hymne, y
réfléchit et se contenta de prononcer une timide bénédiction.
Jed ne proposa pas, comme d'habitude, aux amis et parents
d'aller jeter un dernier regard aux « restes ». Il sentit que la
seule chose convenable à faire à présent était de fermer le couvercle du cercueil et d'enterrer Peter Kirk le plus tôt possible.

Anne prit une longue respiration en descendant l'escalier
de la véranda. Comme l'air frais était le bienvenu après les
moments passés dans cette pièce suffocante et parfumée où
flottait l'amertume de deux femmes.

L'après-midi était devenu plus froid et plus gris. De petits
groupes s'étaient formés ici et là sur la pelouse pour discuter
de la chose à voix basse. On pouvait encore apercevoir Clara
Wilson traverser un pâturage desséché pour rentrer chez elle.

« Eh bien ! Ça dépasse tout, pas vrai ? » s'écria Nelson, l'air
abasourdi.

« Choquant... choquant ! » renchérit le marguillier Baxter.

« Pourquoi est-ce que personne d'entre nous ne l'a arrêtée ? » demanda Henry Reese.

« Parce que vous vouliez tous savoir ce qu'elle avait à dire », rétorqua Camilla.

« Ça manquait de... décorum », déclara le vieux Sandy MacDougall. Il avait trouvé un mot qui lui plaisait et le roulait sous sa langue. « De décorum. Des funérailles doivent avoir du décorum, peu importe ce qu'elles ont d'autre. Du décorum. »

« Seigneur ! Vous avez pas trouvé ça tordant ? » dit Augustus Palmer.

« J'me rappelle quand Peter et Amy ont commencé à sortir ensemble, fit le vieux James Porter d'un air songeur. J'fréquentais ma femme cet hiver-là. Clara était une sacrée belle fille à l'époque. Et sa tarte aux cerises ! Un délice ! »

« Elle a jamais eu la langue dans sa poche, remarqua Boyce Warren. J'me doutais qu'il y aurait du grabuge quand je l'ai vue arriver mais j'aurais jamais cru que ça prendrait cette forme-là. Et Olivia ! Qui aurait pensé ça ? Les femmes sont de drôles de pistolets. »

« Ça nous fera toute une histoire à nous rappeler pour le reste de nos jours, commenta Camilla. D'ailleurs, je suppose que s'il ne se passait jamais de choses comme celle-là, la vie serait plutôt terne. »

Un Jed démoralisé rassembla ses porteurs et fit transporter le cercueil. Pendant que le corbillard descendait l'allée, suivi par la lente procession des bogheis, un chien se mit à hurler à fendre l'âme dans la grange. Peut-être qu'après tout une créature vivante regrettait Peter Kirk.

Stephen MacDonald s'approcha d'Anne qui attendait Gilbert. C'était un homme du Glen En-Haut, de taille élevée, avec la tête d'un vieil empereur romain. Anne l'avait toujours aimé.

« Ça sent la neige, remarqua-t-il. Pour moi, novembre est toujours un temps nostalgique. Avez-vous cette impression, des fois, Mme Blythe ? »

« Oui. L'année regarde tristement son printemps perdu. »

« Le printemps, le printemps ! Je me fais vieux, Mme Blythe. Je me retrouve en train de penser que les saisons changent.

L'hiver n'est plus ce qu'il était, je ne reconnais plus l'été, ni le printemps. Il n'y a plus de printemps, à présent. C'est du moins ce que nous ressentons quand les gens qu'on avait coutume de connaître ne reviennent plus pour les partager avec nous. Pauvre Clara Wilson... qu'est-ce que vous avez pensé de tout ça ? »

« Oh ! Ça faisait mal au cœur. Tant de haine... »

« Mmm. Voyez-vous, Clara était amoureuse de Peter autrefois, terriblement amoureuse. C'était la plus belle fille de Mowbray Narrows à cette époque – de petites boucles noires tout autour de son visage blanc crème – mais Amy était un fille rieuse, enjouée. Peter a plaqué Clara pour fréquenter Amy. On est bizarrement faits, Mme Blythe. »

Les sapins tordus par le vent bougèrent de façon inquiétante derrière Kirkwynd ; au loin, une rafale de neige balaya la colline où un rang de peupliers perçait le ciel gris. Tout le monde se hâtait de partir avant qu'elle n'atteignît Mowbray Narrows.

« Ai-je le droit d'être heureuse quand d'autres femmes sont si misérables ? » se demandait Anne sur le chemin du retour, se rappelant les yeux d'Olivia Kirk pendant qu'elle remerciait Clara Wilson.

Anne se leva. Cela s'était passé près de douze ans auparavant. Clara Wilson était morte et Olivia Kirk était partie pour la côte où elle s'était remariée. Elle était beaucoup plus jeune que Peter.

« Le temps guérit mieux les blessures qu'on ne le pense, songea Anne. C'est une terrible erreur que de passer des années à chérir sa peine, à la serrer dans son cœur comme un trésor. Mais je crois que Walter ne doit jamais connaître ce qui est arrivé aux funérailles de Peter Kirk. Ce n'est certes pas une histoire pour les enfants. »

34

Rilla était assise dans l'escalier de la véranda d'Ingleside,
un genou croisé sur l'autre – de si adorables petits genoux
bronzés et potelés – très occupée à être malheureuse. Et si
quelqu'un demande pourquoi une petite puce si cajolée était
malheureuse, il doit avoir oublié sa propre enfance quand les
choses qui étaient pour les adultes de simples bagatelles
devenaient pour lui de noires et effrayantes tragédies. Rilla
avait sombré dans les profondeurs du désespoir parce que
Susan lui avait dit qu'elle allait faire un de ses gâteaux d'or et
d'argent pour la soirée de l'orphelinat ce soir-là et qu'elle,
Rilla, devait le porter à l'église pendant l'après-midi.

Ne me demandez pas pourquoi Rilla avait l'impression
qu'elle aurait préféré mourir plutôt que de porter un gâteau à
travers le village jusqu'à l'église presbytérienne de Glen St.
Mary. Les enfants ont parfois des idées bizarres dans leurs
petites têtes et Rilla croyait que c'était une chose honteuse et
humiliante que de transporter un gâteau où que ce soit. C'était
peut-être parce qu'un jour, quand elle avait cinq ans, elle avait
croisé la vieille Tillie Pake portant un gâteau dans la rue avec
tous les gamins du village à ses trousses se moquant d'elle. La
vieille Tillie vivait à l'entrée du port et c'était une vieille
femme très sale vêtue de haillons.

« *La vieille Tillie Pake*
A volé un gâteau
Et elle a mal au dos »,
scandaient les garçons.

Être classée avec Tillie Pake était une chose que Rilla ne pouvait tout simplement pas supporter. L'idée s'était incrustée dans son esprit qu'on ne pouvait à la fois « être une dame » et porter des gâteaux. C'était donc la raison pour laquelle elle était assise dans les marches, inconsolable, et son adorable petite bouche, où il manquait une incisive, n'avait pas son sourire habituel. Au lieu d'avoir l'air de comprendre à quoi pensaient les jonquilles, ou de partager avec une rose jaune le secret qu'elles étaient seules à connaître, elle avait l'air d'une enfant effondrée pour toujours. Même ses grands yeux noisette habituellement ensorceleurs et qui se fermaient presque quand elle riait, étaient douloureux et tourmentés. « Ce sont les fées qui ont touché tes yeux », lui avait dit un jour la vieille Kitty MacAllister. Son père assurait qu'elle était une séductrice-née et qu'elle avait souri au Dr Parker une demi-heure après sa naissance. Rilla s'exprimait encore, comme à cette époque, mieux avec ses yeux qu'avec sa langue, car elle zézayait résolument. Mais elle se débarrasserait de ce tic en grandissant... et elle grandissait vite. L'an dernier, Gilbert l'avait mesurée d'après un rosier; cette année, ça avait été le phlox; ce serait bientôt d'après les roses trémières et elle irait à l'école. Rilla avait été très heureuse et satisfaite d'elle-même jusqu'à la terrible révélation de Susan. Vraiment, disait Rilla en s'adressant au ciel d'un ton indigné, Susan n'avait aucun sens de la honte. En réalité, elle avait prononcé « Ze trouve que Susan a aucun sens de la honte », mais le charmant ciel bleu tendre avait fait semblant de comprendre.

Anne et Gilbert étaient allés à Charlottetown ce matin-là et les enfants étaient à l'école; Rilla et Susan se trouvaient donc seules à Ingleside. D'ordinaire, cette situation aurait ravi Rilla. Elle ne s'ennuyait jamais; elle aurait été contente de s'asseoir dans les marches ou sur sa pierre personnelle, recouverte de mousse verte, dans la Vallée Arc-en-ciel, avec un joli chaton ou deux pour lui tenir compagnie et ses pensées virevoltant sur tout ce qu'elle voyait : le coin de la pelouse qui avait l'air d'un joyeux petit pays de papillons, les coquelicots flottant au-dessus du jardin, le grand nuage floconneux tout seul dans le ciel, les gros bourdons bourdonnant autour des capucines, le chèvrefeuille qui pendait assez bas pour toucher d'un doigt jaune ses boucles acajou, le vent qui soufflait – où pouvait-il bien souffler ? – Hirondeau qui était de retour et se pavanait d'un air important sur la rampe de la véranda, se demandant pourquoi Rilla ne voulait pas jouer avec lui. Rilla ne pouvait penser à rien d'autre qu'au terrible fait qu'elle devait porter un gâteau, un *gâteau*, à travers le village jusqu'à l'église pour cette stupide soirée qu'ils organisaient pour les orphelins. Rilla était sombrement consciente que l'orphelinat se trouvait à Lowbridge et que de pauvres petits enfants vivaient là qui n'avaient ni père ni mère. Elle avait vraiment beaucoup de peine pour eux. Mais pas même pour le plus orphelin des orphelins de la terre, la petite Rilla aurait-elle consenti à être vue en public en train de porter un gâteau !

Peut-être qu'elle n'aurait pas besoin d'y aller s'il pleuvait. Il n'y avait pas apparence de pluie, mais Rilla joignit les mains – il y avait une fossette à la racine de chacun de ses doigts – et dit avec ferveur :

« Ze vous en prie, cher Dieu, faites qu'il pleuve fort, qu'il pleuve des clous. Ou alors... » Rilla songea à une autre possibilité pouvant la sauver, « faites que le gâteau de Susan brûle, brûle complètement. »

Hélas, à l'heure du dîner, le gâteau, parfaitement réussi, fourré et glacé, trônait triomphalement sur la table de la cuisine. C'était le gâteau préféré de Rilla... « Gâteau d'or et d'argent » sonnait si luxueux, mais elle sentit qu'elle ne serait plus jamais capable d'en avaler une bouchée.

Pourtant... n'était ce pas le tonnerre qu'on entendait rouler sur les collines basses de l'autre côté du port ? Dieu avait peut-être entendu sa prière, peut-être qu'il y aurait un tremblement de terre avant qu'il soit temps de partir. Peut-être pourrait-elle avoir mal au ventre si le pire arrivait ? Non. Rilla frissonna. Mal de ventre signifiait huile de ricin. Elle préférait encore le tremblement de terre.

Les autres enfants ne remarquèrent pas que Rilla, assise sur sa chaise bien-aimée avec le coquin canard blanc gravé au dossier, était très tranquille. Espèces de vilains égoïstes! Si Anne avait été là, elle s'en serait aperçue, elle! Anne avait tout de suite vu combien elle était troublée l'affreux jour où le portrait de Gilbert avait paru dans l'*Enterprise*. Rilla pleurait à chaudes larmes dans son lit quand Anne était venue et elle avait compris que Rilla croyait que seuls les assassins avaient leur photo dans le journal. Elle n'avait pas été longue à remettre les choses au point. Aimerait-elle voir sa fille porter des gâteaux dans le Glen comme la vieille Tillie Pake?

Rilla trouva difficile d'avaler une bouchée, même si Susan avait sorti sa jolie assiette bleue bordée de boutons de rose que tante Rachel Lynde lui avait envoyée pour son dernier anniversaire et qui ne servait habituellement que le dimanche. Une assiette bleue et des boutons de rose! Quand on avait une chose si humiliante à faire! Néanmoins, les feuilletés aux fruits que Susan avait faits pour dessert étaient succulents.

«Susan, est-ce que Nan et Di peuvent pas apporter le gâteau après l'école?»

«Après l'école, Di s'en va chez Jessie Reese et Nan traîne de la patte, répondit Susan, se croyant spirituelle. De plus, ce serait trop tard. Le comité veut avoir tous les gâteaux pour trois heures de façon à les couper et arranger les tables avant de retourner souper. Veux-tu bien me dire pourquoi tu ne veux pas y aller, ma toutoune? Tu trouves toujours si amusant d'aller chercher le courrier.»

Rilla était peut-être un peu *toutoune*, mais elle détestait qu'on l'appelle comme ça.

«Ze ne veux pas me faire souffrir», expliqua-t-elle avec raideur.

Susan pouffa de rire. Rilla commençait à dire des choses qui faisaient rire la famille. Elle n'arrivait pas à comprendre pourquoi ils riaient car elle était toujours sincère. Seule Anne ne riait jamais; elle ne s'était jamais moquée, même le jour où elle avait découvert que Rilla prenait son père pour un meurtrier.

«La soirée est organisée pour ramasser de l'argent pour les pauvres petits garçons et petites filles qui n'ont pas de bons parents », expliqua Susan... comme si elle était un bébé qui ne comprenait rien !

« Ze suis presque une orpheline, répondit Rilla. Z'ai rien qu'un papa et une maman. »

Susan ne fit rien d'autre que rire une fois de plus. Personne ne comprenait !

« Tu sais que ta maman a promis ce gâteau au comité, trésor. J'ai pas le temps de l'apporter moi-même. Alors mets ta robe de calicot bleue et vas-y. »

« Ma poupée est tombée malade, insista Rilla, au désespoir. Ze dois la mettre au lit et rester avec elle. C'est peut-être une *ammonie*. »

« Ta poupée se portera très bien d'ici à ce que tu reviennes. Tu peux faire l'aller-retour en une demi-heure », fut la réponse insensible de Susan.

Il n'y avait plus d'espoir. Même Dieu l'avait abandonnée – il n'y avait aucun signe de pluie.

Trop proche des larmes pour protester davantage, Rilla monta mettre sa nouvelle robe d'organdi et son chapeau du dimanche, orné de marguerites. Peut-être que si elle avait l'air respectable, les gens ne penseraient pas qu'elle était comme la vieille Tillie Pake.

« Ze pense que mon visage est propre et z'aimerais que tu aies la zentillesse de regarder derrière mes oreilles », pria-t-elle Susan d'un air majestueux.

Elle craignait que Susan ne la gronde pour avoir mis sa plus belle robe et son meilleur chapeau. Mais Susan inspecta à peine derrière ses oreilles, lui tendit un panier contenant le gâteau, lui recommanda de bien se conduire et, pour l'amour de Dieu, de ne pas s'arrêter en route pour parler à tous les chats qu'elle croiserait.

Rilla fit une grimace rebelle à Gog et Magog et s'éloigna à grandes enjambées. Susan la regarda tendrement.

« Quand on pense que notre benjamine est assez grande pour porter toute seule un gâteau à l'église », songea-t-elle, mi-fière, mi-attristée en retournant à son travail, absolument inconsciente de la torture qu'elle infligeait à une petite gamine pour qui elle aurait sacrifié sa vie.

Jamais Rilla ne s'était sentie aussi mortifiée depuis la fois où elle s'était endormie à l'église et avait dégringolé de son siège. D'habitude, elle adorait aller au village ; il y avait tant de choses intéressantes à voir. Ce jour-là, elle n'accorda pourtant pas un regard à la fascinante corde à linge de Mme Carter Flagg sur laquelle étaient suspendues toutes ces ravissantes courtepointes, et le nouveau chevreuil de fer forgé que M. Augustus Palmer avait installé dans sa cour la laissa de glace. Le soleil inondait la rue et tout le monde était dehors. Elle croisa deux fillettes qui chuchotaient. Était-ce à son sujet ? Elle imagina ce qu'elles pouvaient se dire. Un homme cheminant sur la route la dévisagea. En réalité, il se demandait si ce pouvait être le bébé Blythe et, parbleu, quelle petite beauté c'était ! Mais Rilla sentit que ses yeux perçaient le panier et voyaient le gâteau. Et quand elle croisa Annie Drew qui marchait avec son père, Rilla fut certaine qu'elle se moquait d'elle. Annie Drew avait dix ans et elle était une très grande fille aux yeux de Rilla.

Ensuite, il y eut toute une bande de garçons et de filles près de chez les Russell. *Elle devait passer devant eux.* C'était effrayant de sentir qu'ils la regardaient tous puis se regardaient. Elle marcha donc, si orgueilleusement désespérée qu'ils la prirent pour une petite prétentieuse et décidèrent de lui rabattre le caquet.

Ils lui montreraient à vivre, à cette petite face de chat ! Une autre qui se donnait de grands airs comme toutes ces filles d'Ingleside ! Juste parce qu'elles habitaient dans la grande maison !

Millie Flagg trottina à côté d'elle, imitant sa démarche et faisant voler des nuages de poussière.

« Tiens ! Un panier qui promène une enfant. Où vont-ils ? » cria « Grande Gueule » Drew.

« T'as une tache sur le nez, face de confitures ! » railla Bill Palmer.

« Le chat t'a mangé la langue ? » demanda Sarah Warren.

« Haute comme trois pommes ! » ricana Beenie Bentley d'un air méprisant.

« Reste sur ton côté de la route ou j'te fais avaler un hanne-ton », fit le gros Sam Flagg en cessant de ronger une carotte crue.

« Regardez comme elle rougit », gloussa Mamie Taylor.

« J'parie que t'apportes un gâteau à l'église presbytérienne, dit Charlie Warren. À moité levé, comme tous les gâteaux de Susan Baker. »

L'orgueil empêchait Rilla de pleurer, mais il y avait une limite à ce qu'on pouvait supporter. Après tout, un gâteau d'Ingleside...

« La prochaine fois qu'un de vous sera malade, ze dirai à mon père de pas vous donner de médicament », dit-elle d'un air provocateur.

Puis elle regarda fixement, stupéfaite. Cela ne pouvait être Kenneth Ford qui tournait le coin du chemin du port. Cela ne pouvait être lui ! C'était lui !

C'était insupportable. Ken et Walter était des amis et Rilla, dans son petit cœur, pensait que Ken était le plus gentil, le plus beau garçon du monde entier. Il faisait rarement attention à elle, même si une fois il lui avait donné un canard en chocolat. Et un jour inoubliable, il s'était assis à côté d'elle sur une roche moussue de la Vallée Arc-en-ciel et lui avait raconté l'histoire de Boucle d'or et des trois ours. Mais elle était contente de le vénérer de loin. Et voilà que cet être merveilleux la prenait en flagrant délit de porter un gâteau !

« Allô, toutoune ! C'est pas possible comme il fait chaud, hein ? J'espère que je vais avoir une tranche de ce gâteau, ce soir. »

Ainsi, il savait que c'était un gâteau ! Tout le monde le savait !

Rilla avait traversé le village et pensa que le pire était fait. Elle jeta un coup d'œil sur un chemin de traverse et aperçut son institutrice de l'école du dimanche, Mlle Emmy Parker, qui y cheminait. Mlle Emmy Parker était encore à quelque distance, mais Rilla reconnut sa robe, cette robe en organdi vert pâle à volants, parsemée de fleurettes blanches, la robe « fleurs de cerisiers », comme Rilla l'appelait en secret. Mlle

Emmy la portait le dimanche précédent à l'école du dimanche et Rilla avait trouvé que c'était la robe la plus ravissante qu'elle eût jamais vue. Mais c'était vrai que Mlle Emmy portait toujours des robes élégantes, parfois ornées de dentelle et de volants, et parfois de soie bruissante.

Rilla vénérait littéralement Mlle Emmy. Elle était si jolie, si mignonne, avec sa peau blanche, si blanche, ses yeux bruns, si bruns, et son sourire triste et gentil – triste, lui avait confié en chuchotant une autre fillette, parce que l'homme qu'elle allait épouser était mort. Rilla était si contente d'être dans la classe de Mlle Emmy. Elle aurait détesté être dans celle de Mlle Florrie Flagg. Florrie Flagg était laide et Rilla n'aurait pu supporter d'avoir une institutrice laide.

Le fait de rencontrer Mlle Emmy en dehors de l'école du dimanche et que celle-ci lui adressât la parole en souriant constituait un des grands moments de la vie de Rilla. Que Mlle Emmy lui fît seulement un signe de tête dans la rue faisait bondir son cœur et lorsque Mlle Emmy avait invité toute sa classe à une fête de bulles de savon à laquelle les enfants avaient fait des bulles rougies au jus de fraises, Rilla avait failli succomber de bonheur.

Mais il ne pouvait être question de rencontrer Mlle Emmy quand on transportait un gâteau, et Rilla n'allait pas vivre cela. En outre, Mlle Emmy devait monter une saynète pour le prochain concert de l'école du dimanche et Rilla nourrissait en secret l'espoir d'y jouer le rôle de la fée, une fée vêtue de rouge avec un petit chapeau pointu vert. Mais c'était inutile de l'espérer si Mlle Emmy la voyait en train de porter un gâteau !

Mlle Emmy n'allait pas la voir ! Rilla se trouvait sur le petit pont enjambant le ruisseau, profond et formant comme une anse à cet endroit. Elle sortit précipitamment le gâteau du panier et le lança dans le ruisseau où les aulnes se rencontraient au-dessus d'une mare sombre. Le gâteau dégringola à travers les branches et sombra en faisant entendre un glougloutement. Rilla éprouva une sensation de vif soulagement, de liberté et de délivrance quand elle se tourna pour rencontrer Mlle Emmy qui, elle le voyait à présent, portait un gros paquet boursouflé dans du papier d'emballage.

Mlle Emmy lui sourit sous son petit chapeau vert orné d'une plume orangée.

«Oh! Vous êtes belle, mademoiselle, si belle», balbutia Rilla avec adoration.

Mlle Emmy sourit de nouveau. Même quand on a le cœur brisé – et Mlle Emmy croyait sincèrement que le sien l'était – ce n'est pas désagréable de recevoir un compliment aussi sincère.

«Ce doit être le chapeau, mon chou. De jolies plumes, tu sais. Je suppose...» – elle venait de jeter un coup d'œil au panier vide – «que tu viens de porter ton gâteau pour la soirée. Quel dommage que tu en reviennes. J'apporte le mien, un beau gros gâteau au chocolat bien massif.»

Rilla la regarda d'un air piteux, incapable de prononcer un mot. Si Mlle Emmy portait un gâteau, cela ne pouvait donc être déshonorant de le faire. Et elle... oh! qu'est-ce qu'elle avait fait? Elle avait jeté le joli gâteau d'or et d'argent de Susan dans le ruisseau, ratant par le fait même l'occasion de marcher jusqu'à l'église avec Mlle Emmy, toutes deux en train de porter un gâteau!

Après le départ de Mlle Emmy, Rilla rentra chez elle avec son terrible secret. Elle se cacha dans la Vallée Arc-en-ciel jusqu'au souper pendant lequel, une fois de plus, personne ne remarqua à quel point elle était tranquille. Elle avait affreusement peur que Susan lui demande à qui elle avait remis le gâteau, mais il n'y eut aucune question embarrassante. Après le souper, les autres allèrent jouer dans la Vallée, mais Rilla s'assit toute seule dans l'escalier jusqu'à ce que le soleil tombe, que le ciel devienne doré derrière Ingleside et que les lumières s'allument dans le village au-dessous. Rilla avait toujours aimé les regarder surgir, ici et là, dans tout le Glen, mais ce soir, rien ne l'intéressait. Elle ne s'était jamais sentie aussi malheureuse de sa vie. Elle ne voyait plus comment elle pourrait continuer à vivre. Le soir vira graduellement au pourpre et Rilla fut encore plus malheureuse. Une odeur des plus délectables de brioches au sucre d'érable parvint jusqu'à elle – Susan ayant attendu la fraîcheur du soir pour confectionner la pâtisserie familiale – pourtant les brioches au sucre d'érable, comme tout le reste, n'étaient que vanité. Elle grimpa misérablement les marches et alla se coucher sous le nouvel édredon imprimé de fleurs roses dont elle avait été si fière. Mais elle n'arriva pas à s'endormir. Elle était toujours hantée par le fantôme du gâteau qu'elle avait noyé. Sa mère avait promis ce gâteau au comité... qu'est-ce qu'on penserait d'elle à présent ? Et ç'aurait été le plus joli gâteau de la soirée ! Le vent soufflait si tristement, ce soir. Il la blâmait. Il ne cessait de répéter : « Stupide... stupide... stupide. »

« Qu'est-ce qui t'empêche de dormir, trésor ? » s'étonna Susan qui entrait avec une brioche.

« Oh ! Susan ! Ze suis... ze suis zuste fatiguée d'être moi. »

Susan parut troublée. En y repensant, c'était vrai que l'enfant avait eu l'air fatiguée au souper.

« Et bien entendu, le docteur est pas là. La famille du médecin meurt et la femme du cordonnier se promène nu-pieds », songea-t-elle. Puis, à voix haute :

« Je vais voir si tu fais de la température, ma chouette. »

« Non, non, Susan. Ze suis zuste... z'ai fait quelque chose d'épouvantable, Susan, c'est Satan qui m'a poussée... non, non, c'est pas vrai, Susan, ze l'ai fait toute seule... z'ai zeté le gâteau dans le ruisseau. »

« Juste ciel ! s'écria Susan, stupéfaite. Mais pourquoi as-tu fait ça ? »

« Fait quoi ? » C'était Anne qui venait de rentrer de la ville. Susan fut contente de se retirer, soulagée que Mme Docteur prît la situation en main. Rilla lui relata en sanglotant toute l'histoire.

« Je ne comprends pas, ma chérie. Pourquoi as-tu pensé que c'était une chose si terrible de porter un gâteau à l'église ? »

« Ze croyais que c'était zuste comme la vieille Tillie Pake, maman. Et ze t'ai déshonorée. Oh ! maman, si tu me pardonnes, ze serai plus zamais méchante, et ze dirai au comité que tu avais vraiment envoyé le gâteau. »

« Ne te préoccupe pas du comité, mon cœur. Ils auront plus de gâteaux qu'ils en ont besoin, comme d'habitude. Cela m'étonnerait qu'on s'aperçoive que nous n'en avons pas envoyé. Nous ne parlerons de cela à personne. Mais à partir d'aujourd'hui, Bertha Marilla Blythe, je veux que tu te rappelles que ni Susan, ni maman, ne te demanderont jamais de faire quoi que ce soit de déshonorant. »

La vie était belle à nouveau. Gilbert vint à la porte pour souhaiter « Bonne nuit, petit chaton », et Susan se glissa dans la chambre pour annoncer qu'il y aurait du pâté au poulet au dîner du lendemain.

« Avec beaucoup de sauce, Susan ? »

« Plein de sauce. »

« Et est-ce que ze peux avoir un œuf *brun* pour dézeuner, Susan ? Ze le mérite pas… »

« T'auras deux œufs bruns si tu le désires. Et maintenant, il faut que tu manges ta brioche et que tu dormes, petit trésor. »

Rilla mangea sa brioche, mais avant de s'endormir, elle se glissa hors du lit et s'agenouilla. Avec une grande sincérité, elle dit :

« Cher Dieu, faites que ze sois toujours une enfant bonne et obéissante, peu importe ce qu'on me demande de faire. Et bénissez ma chère Mlle Emmy et tous les pauvres orphelins. »

35

Les enfants d'Ingleside partageaient leurs jeux, leurs promenades et toutes sortes d'aventures ; de plus, chacun d'eux avait sa propre vie intérieure de rêve et d'imaginaire. Particulièrement Nan qui, dès le début, forgeait pour elle-même des drames secrets à partir de tout ce qu'elle entendait, voyait ou lisait et séjournait dans des royaumes de merveilleux et de romanesque dont on ne se doutait absolument pas dans son cercle familial. Pour commencer, elle imaginait des chorégraphies de lutins et d'elfes dans les vallées hantées et de nymphes dans les bouleaux. Elle et le grand saule à la grille s'étaient chuchoté des secrets et la vieille maison abandonnée des Bailey au bout de la Vallée Arc-en-ciel était la ruine d'une tour hantée. Pendant des semaines, elle pouvait être une princesse emprisonnée dans un palais solitaire près de la mer ; pendant des mois, une infirmière dans une léproserie aux Indes ou dans quelque pays « très très loin ». « Très très loin » avaient toujours été des mots magiques pour Nan – comme une musique lointaine sur une colline exposée aux vents.

En grandissant, elle se mit à construire ses drames à propos des personnes réelles qu'elle voyait dans sa petite vie. Particulièrement les gens à l'église. Nan aimait regarder les gens à l'église parce que tout le monde était vêtu avec élégance. C'était presque miraculeux. Ils avaient l'air si différents de ce qu'ils étaient pendant la semaine.

Les occupants calmes et respectables des divers bancs de famille auraient été stupéfaits et peut-être même un peu horrifiés s'ils avaient été au courant des romances que la petite jeune fille sage aux yeux bruns d'Ingleside concoctait à leur sujet. Annetta Millison aux sourcils noirs et au cœur généreux aurait été estomaquée en apprenant que Nan Blythe la voyait comme une ravisseuse d'enfants qu'elle faisait bouillir vivants pour confectionner des potions qui lui assureraient une jeunesse éternelle. Nan se figurait cela avec tant de réalisme qu'elle faillit mourir de peur quand elle rencontra Annetta Millison au crépuscule dans un sentier agité par le joli murmure des boutons d'or. Elle fut littéralement incapable de répondre au salut cordial d'Annetta, laquelle se dit que Nan Blythe était réellement en train de devenir une petite trop fière et impertinente et qu'elle aurait eu besoin de se faire enseigner les bonnes manières. La pâle Mme Rod Palmer n'aurait jamais imaginé qu'elle avait empoisonné quelqu'un et qu'elle se mourait de remords. Le marguiller Gordon MacAllister au visage solennel ne se doutait aucunement qu'une sorcière lui avait jeté un sort à sa naissance, le rendant incapable de sourire. Fraser Palmer à la moustache sombre ne savait pas que quand Nan Blythe le regardait, elle pensait : « Je suis sûre que cet homme a commis un geste terrible et désespéré. Il a l'air d'avoir un terrible secret sur la conscience. » Et Archibald Fyfe ne soupçonnait pas que lorsque Nan Blythe le voyait arriver, elle se hâtait de composer une rime en réponse à toute remarque qu'il pourrait lui faire car il ne fallait lui parler qu'en rimes. Comme il avait excessivement peur des enfants, il ne lui adressa jamais la parole, pourtant Nan eut un plaisir incessant à inventer désespérément et rapidement des rimes.

Je vais très bien merci, M. Fyfe, et vous,
Comment vous et votre femme vous portez-vous ?

ou

Il fait très beau aujourd'hui, en effet,
Pour faire les foins, c'est un jour parfait…

On ignore comment Mme Morton Kirk aurait réagi si on lui avait appris que Nan Blythe n'irait jamais chez elle – en supposant qu'elle eût été invitée – parce qu'il y avait une empreinte de pas sanglante sur le seuil de sa porte ; et sa belle sœur, la placide, bonne et esseulée Elizabeth Kirk, ne se doutait pas qu'elle était restée célibataire parce que son amoureux était tombé raide mort à l'autel juste avant la cérémonie.

Tout cela était très amusant et intéressant et jamais Nan ne s'égara entre la réalité et la fiction jusqu'au moment où elle devint réellement possédée par la Dame aux yeux mystérieux.

Inutile de demander comment les rêves se développent. Nan elle-même n'aurait jamais pu expliquer comment celui-ci émergea. Il débuta par la MAISON LUGUBRE – Nan la voyait toujours exactement comme ça, écrite en majuscules. Elle aimait tisser ses histoires autour des lieux aussi bien qu'autour des personnes et la MAISON LUGUBRE était le seul endroit aux alentours, à l'exception de la vieille maison Bailey, se prêtant à une rêverie romantique. Nan n'avait jamais vu la MAISON, elle savait seulement qu'elle existait, derrière une grosse épinette noire sur le chemin de traverse de Lowbridge et qu'elle était inhabitée depuis des temps immémoriaux – comme disait Susan. Nan ignorait ce que signifiait « temps immémoriaux » mais c'était une expression absolument fascinante convenant exactement aux maisons lugubres.

Nan courait toujours comme une folle en passant devant l'allée qui menait à la MAISON LUGUBRE quand elle empruntait le chemin de traverse pour aller chez son amie Dora Clow. C'était une longue allée sombre au-dessus de laquelle les arbres formaient une voûte, où une herbe épaisse poussait entre les ornières et les hautes fougères sous les épinettes. Près du portail en ruines, il y avait la longue branche grise d'un érable qui avait tout à fait l'air d'un vieux bras crochu s'étirant pour l'agripper. Nan ne savait jamais quand il pourrait se pencher un peu plus loin et l'attraper. Lui échapper lui procurait une émotion forte.

Un jour, à sa grande stupéfaction, Nan entendit Susan dire que Thomasine Fair était venue habiter dans la MAISON LUGUBRE ou, comme le disait prosaïquement Susan, dans la vieille maison MacAllister.

« Elle va trouver ça un peu solitaire, j'imagine, avait remarqué Anne. C'est si loin de tout. »

« Ça la dérangera pas, avait rétorqué Susan. Elle va jamais nulle part, même pas à l'église. Est pas allée nulle part depuis des années, quoiqu'on raconte qu'elle se promène dans son jardin, la nuit. Bien, bien, quand on pense à ce qu'elle est devenue, elle qui était si belle et si séductrice. Les cœurs qu'elle a brisés, dans ses jeunes années ! Et regardez la, à présent ! Ma foi, c'est ce que j'appelle un avertissement, c'est certain. »

Mais à qui s'adressait cet avertissement, Susan ne le précisa pas et rien ne fut ajouté car personne à Ingleside n'était très intéressé par Thomasine Fair. Mais Nan, un peu lasse de ses vieux rêves, grillait d'envie d'avoir quelque chose de neuf à se mettre sous la dent, à la mesure de Thomasine Fair dans la MAISON LUGUBRE. Petit à petit, jour après jour, nuit après nuit – on pouvait croire en n'importe quoi, la nuit – elle bâtit une légende à son sujet qui devint pour Nan un rêve plus cher que tous ceux qu'elle avait eus. Rien auparavant n'avait paru si séduisant, si réel, que sa vision de la Dame aux yeux mystérieux. De grands yeux de velours noirs, des yeux *enfoncés*, *hantés*, remplis de remords au souvenir des cœurs qu'elle avait brisés. Des yeux méchants quiconque brisait les cœurs et ne fréquentait pas l'église devait être méchant. Les gens méchants étaient si intéressants. La Dame s'isolait du monde pour se punir de ses crimes.

Pouvait-elle être une princesse ? Non, les princesses étaient trop rares à l'Île-du-Prince-Édouard. Mais elle était grande, mince, distante, glacialement belle comme une princesse, avec une longue chevelure de jais coiffée en deux épaisses tresses tombant jusqu'à ses pieds. Elle devait avoir un teint d'ivoire, des traits bien dessinés, un beau nez grec, comme celui de l'Artémis à l'arc d'argent de sa mère, et de jolies mains blanches qu'elle tordait en marchant dans son jardin, la nuit, attendant le seul amoureux sincère qu'elle avait dédaigné et appris trop tard à aimer – vous voyez comment la légende se développait ? – tandis que ses longues jupes de velours noir traînaient dans l'herbe. Elle portait un corselet

doré et de gros pendants de perles à ses oreilles et devait vivre
sa vie dans l'ombre et le mystère jusqu'à ce que l'amoureux
vienne la délivrer. Elle se repentirait alors de la méchanceté et
de la dureté dont elle avait fait preuve autrefois, lui tendrait
ses mains magnifiques et inclinerait enfin sa tête en signe de
soumission. Ils s'assoiraient près de la fontaine – à ce moment
de l'histoire, il y avait une fontaine – se renouvelleraient leurs
serments et elle le suivrait, « par-delà les collines, très loin, au-
delà de l'horizon empourpré », exactement comme la Belle au
Bois dormant le faisait dans le poème qu'Anne lui avait lu un
soir, dans le vieux livre de Tennyson que Gilbert lui avait
donné il y avait très très longtemps. Mais l'amoureux de la
Dame aux yeux mystérieux lui offrait d'incomparables joyaux.

La MAISON LUGUBRE serait bien sûr magnifiquement
meublée, et il y aurait des pièces et des escaliers secrets, et la
Dame aux yeux mystérieux dormirait dans un lit de nacre sous
un baldaquin de velours pourpre. Elle serait servie par un
lévrier, un couple de lévriers, une meute entière, et elle tendrait sans cesse l'oreille, la tendrait, la tendrait, espérant entendre la musique d'une harpe lointaine. Mais elle ne pourrait
l'entendre tant qu'elle serait méchante, jusqu'au jour où son
amoureux viendrait lui pardonner... et voilà où on en était.

Évidemment, cela peut sembler idiot. Les rêves paraissent
toujours idiots quand on les traduit en simples mots. La petite
Nan de dix ans ne les traduisait jamais en mots ; elle se
contentait de les vivre. Ce rêve de la méchante Dame aux
yeux mystérieux devint pour elle aussi réel que la vie qui
continuait autour d'elle. Il prit possession d'elle. Cela faisait à
présent deux ans qu'il faisait partie d'elle ; elle en était venue,
d'une certaine façon étrange, à y croire. Pour rien au monde
elle ne l'aurait confié à quelqu'un, pas même à Anne. C'était
son trésor personnel, son secret inviolable, sans lequel elle ne
pouvait plus imaginer la vie. Elle préférait se retirer pour rêver
à la Dame aux yeux mystérieux qu'aller jouer dans la Vallée
Arc-en-ciel.

Anne remarqua ce penchant et s'en inquiéta un peu. Nan
s'y abandonnait trop. Gilbert voulait l'envoyer en visite à

Avonlea mais Nan, pour la première fois, supplia passionnément qu'on ne l'envoyât pas. Elle ne voulait pas quitter la maison, dit-elle d'un air pitoyable. À elle-même, elle avouait qu'elle aurait préféré mourir que de partir si loin de l'étrange, belle et triste Dame aux yeux mystérieux. C'était vrai que la Dame mystérieuse n'allait jamais nulle part. Mais elle *pourrait* sortir un jour et si Nan était au loin, elle raterait l'occasion de la voir. Comme ce serait merveilleux de seulement pouvoir l'apercevoir! Mon Dieu, la route même sur laquelle elle marcherait deviendrait pour toujours un lieu romantique. Le jour où cela se produirait serait différent des autres. Elle l'encerclerait sur le calendrier. Nan en était arrivée au point où elle souhaitait fortement la voir, ne fût-ce qu'une fois. Elle savait parfaitement bien que beaucoup de ce qu'elle avait imaginé d'elle n'était rien d'autre que de la fiction. Mais elle ne doutait aucunement que Thomasine Fair était jeune, belle, méchante et séduisante. Nan était absolument certaine d'avoir entendu Susan la décrire ainsi. Et en autant qu'elle était cela, Nan pouvait continuer à imaginer des choses à son sujet.

Nan put à peine en croire ses oreilles quand Susan lui dit un matin:

«Voici un paquet que je veux envoyer à Thomasine Fair à la vieille maison MacAllister. Ton père l'a rapporté de la ville hier soir. Veux-tu y aller après-midi, ma chouette?»

Juste comme ça! Nan retint son souffle. Irait-elle? Était-ce ainsi que les rêves devenaient réalité? Elle verrait la MAISON LUGUBRE, elle verrait la belle et méchante Dame aux yeux mystérieux. Elle la verrait vraiment, l'entendrait peut-être parler, et peut-être, oh! bonheur suprême, toucherait-elle sa délicate main blanche. Quant aux lévriers, à la fontaine et ainsi de suite, Nan savait qu'ils n'étaient que des produits de son imagination mais la réalité serait sûrement tout aussi merveilleuse.

Nan regarda l'horloge toute la matinée, constatant que le temps coulait lentement – oh! si lentement – que l'heure se rapprochait de plus en plus. Quand un roulement de tonnerre effrayant se fit entendre et que la pluie commença à tomber, elle retint difficilement ses larmes.

«Je ne comprends pas comment Dieu peut permettre qu'il pleuve aujourd'hui », murmura-t-elle d'un ton révolté.

Mais l'averse fut bientôt terminée et le soleil brilla de nouveau. Nan était si excitée qu'elle put à peine avaler une bouchée.

«Maman, est-ce que je peux mettre ma robe jaune ? »

«Pourquoi veux-tu t'endimancher pour aller chez une voisine, ma petite ? »

Une voisine ! Mais bien sûr, maman ne comprenait pas, ne pouvait pas comprendre.

«*S'il te plaît, maman.*»

«Très bien, dit Anne. La robe jaune sera bientôt trop petite. On peut bien laisser Nan la porter pendant qu'elle lui fait.»

Les jambes de Nan tremblaient presque lorsqu'elle partit, le précieux petit colis dans sa main. Elle emprunta un raccourci par la Vallée Arc-en-ciel, gravit la colline, s'engagea dans le chemin de traverse. Les gouttes de pluie reposaient toujours sur les feuilles des capucines comme de grosses perles ; l'air était plein d'une fraîcheur délicieuse ; les abeilles bourdonnaient dans le trèfle blanc qui bordait le ruisseau ; de minces libellules bleues glissaient sur l'eau, les aiguilles maudites du diable, comme Susan les appelait ; dans le pré de la colline, les marguerites hochaient la tête vers elle, se balançaient vers elle, ondulaient vers elle, riaient vers elle, d'un rire frais d'or et d'argent. Tout était si charmant et elle allait voir la Dame méchante aux yeux mystérieux. Qu'est-ce que la Dame lui dirait ? Est-ce que c'était tout à fait *prudent* d'aller la voir ? Et si, après avoir passé quelques instants avec elle, on découvrait que mille ans avaient passé, comme dans l'histoire qu'elle avait lue avec Walter la semaine précédente ?

36

Nan éprouva une bizarre sensation de chatouillement dans la région de l'épine dorsale en s'engageant dans l'allée. Est-ce que la branche de l'érable mort avait bougé ? Non, elle l'avait évitée, elle était passée. Ha Ha ! Vieille sorcière, tu ne m'as pas eue ! Elle montait l'allée et ni la boue ni les ornières n'avaient le pouvoir de gâcher son attente. Encore quelques pas... la MAISON LUGUBRE était en face d'elle, au milieu de ces sombres arbres aux branches tombantes. Elle allait enfin la voir ! Elle frémit un peu, sans savoir que c'était parce qu'elle ressentait une peur secrète et inavouée de perdre son rêve. Ce qui est toujours, pour les jeunes comme pour les adultes, une catastrophe.

Elle franchit un fossé dans une futaie sauvage de jeunes épinettes qui obstruait l'extrémité de l'allée. Ses yeux étaient fermés ; oserait-elle les ouvrir ? Pendant un instant, elle fut envahie de pure terreur et pour un peu elle aurait fait demi-tour et se serait enfuie à toutes jambes. Après tout, la Dame était méchante. Dieu sait ce qu'elle pouvait vous faire ? Elle pourrait même être une sorcière. Comment se faisait-il qu'elle n'avait pas songé avant que la Dame méchante pouvait être une sorcière ?

Puis elle ouvrit résolument les yeux et contempla d'un air désenchanté la vision qui s'offrait à elle.

Est-ce que c'était ça, la MAISON LUGUBRE, le manoir sombre de ses rêves, imposant, flanqué de tours et de tourelles ? Ça ?

Voilà une grande bâtisse qui avait un jour été blanche et était à présent d'un gris boueux. Çà et là, des persiennes disloquées, auparavant vertes, se balançaient librement. Les marches étaient effondrées. La majorité des carreaux du misérable porche vitré étaient cassés. La garniture spiralée entourant la véranda était toute démantibulée. Grand Dieu, ce n'était qu'une vieille maison fatiguée qui en avait assez de la vie !

Nan jeta un regard désespéré sur les alentours. Il n'y avait ni fontaine, ni jardin – c'est-à-dire rien pouvant réellement être appelé jardin. Le terrain devant la maison, entouré d'une clôture déglinguée, était envahi de mauvaises herbes et de joncs emmêlés arrivant aux genoux. Un cochon famélique fouillait le sol de l'autre côté de la clôture. Des bardanes poussaient le long de l'allée. Des touffes éparses de rudbeckie fleurissaient dans les coins, mais il y avait un splendide bouquet de braves lis tigrés et, juste à côté des marches usées, une gaie plate-bande de soucis.

Nan se dirigea lentement vers cette dernière. La MAISON LUGUBRE avait disparu pour toujours. Mais la Dame aux yeux mystérieux demeurait. Elle était sûrement réelle, elle devait l'être ! Qu'est-ce que Susan avait dit à son sujet il y avait longtemps ?

« Miséricorde divine ! T'as failli me faire mourir de peur ! » marmonna une voix assez cordiale.

Nan regarda la silhouette qui venait de surgir à côté de la plate-bande. *Qui était-ce ?* Cela ne pouvait pas être... Nan refusa de croire qu'il s'agissait de Thomasine Fair. Ce serait vraiment trop affreux !

« Seigneur, songea Nan, malade de dépit, elle... elle est vieille ! »

Thomasine Fair, si c'était Thomasine Fair – et Nan savait maintenant que c'était elle – était certes vieille. Et grosse ! Elle ressemblait à un matelas de plumes attaché par une corde au milieu, auquel l'anguleuse Susan comparait toujours les dames bien en chair. Elle était pieds nus, portait une robe verte tournant au jaunâtre, et un vieux chapeau d'homme sur ses rares cheveux gris sable. Son visage était rond comme un O, rougeaud et ridé, et elle avait le nez en trompette. Ses yeux étaient d'un bleu délavé, entourés de grandes et joviales pattes d'oie.

« Oh ! ma Dame, ma charmante Dame méchante aux yeux mystérieux, où êtes-vous ? Qu'est-il advenu de vous ? Vous existez pourtant ! »

« Ben à présent, dis-moi quelle belle petite fille tu es », demanda Thomasine Fair.

Nan s'accrocha à ses bonnes manières.

« Je suis... je suis Nan Blythe. Je suis venue vous apporter ceci. »

Thomasine se précipita joyeusement sur le colis.

« Ben, si j'suis pas contente de ravoir mes lunettes, s'exclama-t-elle. Elles me manquaient rudement pour lire l'almanach le dimanche. Comme ça, t'es une des petites Blythe ? Comme t'as de jolis cheveux ! J'ai toujours eu envie d'rencontrer une de vous autres. On m'a dit que ta mère vous élevait *escientifiquement*. Ça te plaît ? »

« Qu'est-ce qui me plaît ? » Oh ! Méchante et charmante Dame, ce n'est pas vrai que vous lisez l'almanach le dimanche et que vous prononcez « escientifiquement » !

« Ben, être élevée *escientifiquement* ! »

« J'aime la façon dont je suis élevée », répondit Nan en essayant, sans trop de succès, de sourire.

« Ben, c'est une femme vraiment gentille, ta mère. Elle se débrouille bien. La première fois que j'l'ai vue aux funérailles de Libby Taylor, je l'ai prise pour une jeune mariée tellement elle avait l'air heureuse. Quand elle entre dans une pièce, il m'semble toujours voir tout un chacun se r'dresser comme s'ils s'attendaient à quelque chose d'*espécial*. Les nouvelles modes lui vont bien, aussi. La plupart d'entre nous, on n'a pas l'physique pour porter ça. Mais entre et assis-toi une minute. J'suis contente d'avoir d'la visite. J'm'ennuie un peu, des fois. J'peux pas m'payer le téléphone. Les fleurs me tiennent compagnie. As-tu déjà vu des soucis plus beaux ? Et j'ai un chat. »

Nan aurait voulu fuir à l'autre bout de la terre, mais elle sentait que ce serait mal de blesser la vieille dame en refusant d'entrer. Thomasine, le jupon dépassant de sa jupe, grimpa la première les marches branlantes pour entrer dans une pièce qui faisait apparemment office de cuisine et de salon. Elle était scrupuleusement propre et égayée par des plantes d'intérieur bon marché. L'air était plein de l'agréable parfum du pain fraîchement cuit.

« Assis-toi là, dit gentiment Thomasine, avançant une berçante au gai coussin rapiécé. J'vais enlever ce lis de ton chemin. Attends que je mette mon dentier du bas. J'ai l'air drôle quand j'l'enlève, pas vrai ? Mais il m'fait un peu mal. Bon, j'vas parler plus clair, à présent. »

Un chat tacheté, faisant entendre toutes sortes de miaulements, s'avança pour les saluer. Oh ! Où donc étaient les lévriers de son rêve !

« Ce chat est un bon chasseur, expliqua Thomasine. C'est infesté de rats, ici. Mais la maison protège de la pluie et j'en avais assez de vivre avec la parenté. J'avais plus rien à moi. On m'donnait des ordres comme si j'étais moins que rien. La femme de Jim était la pire. S'est plainte parce que j'faisais des grimaces à la lune, une nuit. Eh ben, pis même si c'était vrai ? Ça faisait y mal à la lune ? "J'veux plus être traitée comme un paillasson", que j'y ai dit. Alors j'suis v'nue ici toute seule et j'y resterai tant que j'pourrai me servir de mes jambes. À présent, qu'est-ce que tu veux ? Aimerais-tu que j'te prépare un sandwich aux oignons ? »

« Non... non, merci. »

« Ça fait du bien quand on a le rhume. J'en ai eu un, t'as remarqué comme j'suis enrouée ? Mais j'm'attache autour d'la gorge un morceau de flanelle rouge avec d'la *terbenthine* et d'la graisse d'oie dessus et j'vais me coucher. Rien de mieux. »

De la flanelle rouge et de la graisse d'oie ! Sans parler de la *terbenthine* !

« Si tu veux pas de sandwich... t'es sûre que t'en veux pas ? J'vais voir c'qu'il y a dans la jarre à biscuits. »

Les biscuits, en forme de coqs et de canards, étaient étonnamment savoureux et fondaient presque dans la bouche. Les pâles yeux ronds de Mme Fair rayonnèrent.

« À présent, tu vas m'aimer, pas vrai ? J'aime ça quand les petites filles m'aiment. »

« Je vais essayer », bredouilla Nan qui, pour le moment, haïssait la pauvre Thomasine Fair comme on ne peut détester que ceux qui détruisent nos illusions.

« J'ai quelques petits-enfants dans l'Ouest, tu sais. »

Des petits-enfants !

« J'vas te montrer leurs portraits. Jolis, pas vrai ? Ça, c'est le portrait du pauvre cher Popa. Vingt ans qu'il est mort. »

Le pauvre cher Popa était un homme barbu avec une frange de cheveux blancs encadrant une tête chauve.

Oh ! L'amoureux dédaigné !

« C'était un bon mari même s'il est devenu chauve à trente ans, reprit tendrement Mme Fair. Seigneur ! C'que j'ai eu l'embarras du choix quand j'étais jeune. J'suis vieille à présent, mais j'me suis payé du bon temps dans ma jeunesse. Mes prétendants du dimanche soir ! Ils essayaient de se chasser mutuellement ! Et moi qui gardais la tête aussi haute qu'une reine ! Popa faisait partie de la bande mais, pour commencer, j'avais rien à lui dire. J'les aimais un peu plus fonceurs. Il y avait Andrew Metcalf. J'étais sur le point de m'enfuir avec lui. Mais j'savais que ça me porterait malheur. Enfuis-toi jamais. Ça porte vraiment malheur et laisse jamais personne te dire le contraire. »

« Je... je vous le promets. »

« J'ai épousé Popa. Il a fini par perdre patience et m'a donné vingt-quatre heures pour le prendre ou le laisser. Mon père voulait que j'me range. Ça l'avait rendu nerveux quand Jim Hewitt s'était noyé parce que j'voulais pas de lui. On a été très heureux, Popa et moi, quand on a été habitués l'un à l'autre. Il disait que j'lui convenais parce que j'réfléchissais pas trop. Popa soutenait que les femmes étaient pas faites pour penser. Il disait que ça les desséchait et leur enlevait leur naturel. Il réagissait mal aux fèves au lard et avait des crises de

lumbago, mais mon baume de balsamique le guérissait
toujours. Il y avait un *spécialiste* en ville qui disait qu'il
pouvait le guérir de façon permanente, mais Popa prétendait
toujours qu'une fois qu'on était dans les mains de ces *spécia-*
listes, on pouvait plus jamais s'en libérer, jamais. Il me manque
pour nourrir le cochon. Il aimait beaucoup le porc. J'mange
jamais une bouchée de bacon sans penser à lui. Le portrait en
face de celui de Popa est celui de la reine Victoria. Des fois,
j'lui dis : "Si on t'enlevait toute cette dentelle et ces bijoux,
ma chère, j'pense que tu paraîtrais pas mieux que moi. »

Avant de laisser Nan s'en aller, Thomasine insista pour lui
donner un sac de pastilles de menthe, une pantoufle de verre
rose pour mettre les fleurs et un verre de gelée de groseilles.

« C'est pour ta maman. J'ai toujours eu d'la chance avec
ma gelée de groseilles. J'vais aller à Ingleside, un bon jour.
J'ai envie d'voir vos chiens de porcelaine. Dis à Susan Baker
que j'la remercie beaucoup pour ce paquet de *navots* qu'elle
m'a envoyés au printemps. »

Des *navots*!

« J'admets que je l'aurais remerciée aux funérailles de Jacob
Warren, mais elle est partie trop vite. J'aime bien prendre mon
temps à des funérailles. J'trouve toujours que c'est ennuyant
les périodes où y a pas d'enterrements. Y en a toujours
beaucoup à Lowbridge. Ça m'paraît injuste. Tu vas revenir me
voir, hein ? T'as quelque chose... "la faveur de l'amour vaut
mieux que l'or et l'argent", comme on dit dans la Bible, et
j'imagine que c'est vrai. »

Elle sourit très gentiment à Nan. C'était vrai qu'elle avait
un beau sourire. On aurait presque dit la jolie Thomasine de
jadis. Nan réussit à lui rendre son sourire. Ses yeux piquaient.
Elle devait s'en aller avant d'éclater en sanglots.

« Jolie petite créature bien élevée, songea la vieille Thomasine Fair en la regardant s'éloigner par sa fenêtre. Elle a pas la
langue bien pendue comme sa mère, mais c'est peut-être aussi
bien comme ça. La plupart des enfants d'aujourd'hui pensent
qu'ils sont malins quand ils sont juste effrontés. La visite de
cette petite m'a comme qui dirait rajeunie. »

Thomasine soupira et sortit finir de couper ses soucis et faucher quelques bardanes.

« Dieu merci, j'suis restée souple », se dit-elle.

Nan retourna à Ingleside appauvrie : elle venait de perdre un rêve. Un vallon parsemé de marguerites ne réussit pas à l'attirer et c'est en vain que l'appela l'onde chantante. Elle voulait rentrer chez elle et se réfugier loin des regards. Elle croisa deux fillettes qui pouffèrent de rire après son passage. Est-ce qu'elles riaient d'elle ? Tout le monde rirait s'ils étaient au courant. Stupide petite Nan Blythe qui avait tissé une romance arachnéenne à propos d'une pâle reine de mystère et avait trouvé à la place la pauvre veuve de Popa et des pastilles de menthe.

Des pastilles de menthe !

Nan ne pleurerait pas. Les grandes filles de dix ans ne devaient pas pleurer. Mais elle se sentait d'une humeur indescriptiblement lugubre. Quelque chose de précieux et de beau s'en était allé, était perdu – une réserve secrète de joie qui, du moins le croyait-elle, ne lui appartiendrait plus jamais. Elle trouva Ingleside embaumant les biscuits aux épices mais n'alla pas à la cuisine essayer d'en soutirer quelques-uns à Susan. Elle ne manifesta que très peu d'appétit au souper, même si elle pouvait lire « huile de ricin » dans les yeux de Susan. Anne avait remarqué que Nan était très taciturne depuis son retour de la vieille maison MacAllister. Que s'était-il passé ? Habituellement, Nan chantait du matin jusqu'au soir et même après. Est-ce que la longue marche par cette journée chaude avait été trop dure pour l'enfant ?

« Pourquoi cet air sombre, fillette ? » s'enquit-elle avec naturel quand, entrant dans la chambre des jumelles au crépuscule avec des serviettes fraîches, elle avait trouvé Nan blottie dans le fauteuil près de la fenêtre au lieu d'être en train de traquer les tigres dans les jungles équatoriales avec les autres dans la Vallée Arc-en-ciel.

Nan n'avait pas eu l'intention de confier à qui que ce soit combien elle avait été sotte. Mais il était difficile de cacher quelque chose à Anne.

« Oh ! maman, est-ce que *tout* est décevant dans la vie ? »

« Pas tout, ma chérie. Aimerais-tu me raconter ce qui t'a déçue, aujourd'hui ? »

« Oh ! maman, Thomasine Fair est... est *bonne* ! Et elle a le nez retroussé ! »

« Pourquoi est-ce que cela te dérange qu'elle ait le nez retroussé ou non ? » demanda Anne, sincèrement décontenancée.

Tout sortit alors. Anne écouta avec son visage sérieux habituel, priant pour ne pas être trahie par l'éclat de rire qu'elle réprimait. Elle se souvint de l'enfant qu'elle avait été autrefois aux Pignons verts. Elle se souvint de la Forêt hantée et des deux fillettes qui avaient été horriblement effrayées par les choses qu'elles y imaginaient. Et elle savait combien il est douloureux de perdre une illusion.

« Il ne faut pas que tu prennes trop à cœur le fait que tes rêves s'évanouissent, ma chérie. »

« J'peux pas m'en empêcher, dit Nan d'un ton désespéré. Si je devais revivre ma vie, je ne voudrais plus d'imagination. Jamais. »

« Ma chère petite folle... ma petite folle chérie, ne dis pas ça. L'imagination est un don merveilleux mais, comme tous les dons, il faut le posséder, pas se laisser posséder par lui. Tu prends tes rêves un petit peu trop au sérieux. Oh ! C'est fantastique, je connais bien cette sensation. Mais tu dois apprendre à rester sur ce côté-ci de la frontière entre le réel et l'irréel. Alors, le pouvoir de t'évader à ton gré dans ton propre monde de beauté te sera d'une aide incroyable dans les moments difficiles de la vie. Je peux toujours résoudre plus facilement un problème après un voyage ou deux dans les Îles enchantées. »

Après ces sages et réconfortantes paroles, Nan sentit qu'elle retrouvait le respect d'elle-même. Tout compte fait, Anne ne trouvait pas cela si idiot. Et, sans aucun doute, quelque part au monde existait une belle Dame méchante aux yeux mystérieux, même si elle n'habitait pas la MAISON LUGUBRE. À présent que Nan y repensait, cette maison n'était pas un endroit si affreux après tout, avec ses soucis orangés, son sympathique chat moucheté, ses géraniums et le portrait du pauvre cher Popa. C'était réellement un lieu plutôt joyeux et peut-être qu'un jour elle retournerait voir Thomasine Fair et mangerait d'autres de ces succulents biscuits. Elle n'éprouvait plus de haine envers Thomasine.

«Quelle mère gentille tu es!» soupira-t-elle, réfugiée dans le sanctuaire de ces bras bien-aimés.

Un crépuscule gris mauve montait au-dessus de la colline. Le soir d'été s'assombrissait autour d'elles, un soir de velours et de chuchotements. Une étoile surgit au-dessus du gros pommier. Lorsque Mme Marshall Elliott arriva et qu'Anne dut descendre, Nan était de nouveau heureuse. Sa mère avait dit qu'elle allait retapisser la chambre avec un adorable papier peint jaune bouton d'or et achèterait un nouveau coffre de cèdre pour que Nan et Di y rangent leurs affaires. Mais ce ne serait pas un coffre de cèdre. Ce serait un coffre aux trésors enchanté qu'on ne pourrait ouvrir sans prononcer certaines paroles mystiques. La Sorcière des neiges pourrait vous en chuchoter une à l'oreille, la froide et blanche et ravissante Sorcière des neiges. Le vent pourrait vous en dire une autre, un vent gris et triste qui gémissait. Tôt ou tard, on connaîtrait la formule au complet et on pourrait ouvrir le coffre, pour découvrir qu'il regorgeait de perles, de rubis et de diamants. «Regorger» n'était-il pas un beau mot?

Oh! l'ancienne magie n'avait pas disparu. Le monde en était encore plein.

37

« Est-ce que je peux être ta meilleure amie, cette année ? »
demanda Delilah Green pendant la récréation de l'après-
midi.

Delilah avait des yeux bleu foncé très ronds, de soyeuses
boucles caramel et une voix troublante qui faisait de petits
trémolos. Diana Blythe réagit instantanément au charme de
cette voix.

À l'école du Glen, on savait que Diana Blythe languissait
pour avoir une amie. Pendant deux ans, elle et Pauline Reese
avaient été de bonnes camarades, mais la famille de Pauline
avait déménagé et Diana se sentait très seule. Pauline avait
une bonne nature.

Il lui manquait certes le charme mystique de Jenny Penny,
à présent presque oubliée, mais elle avait l'esprit pratique,
aimait s'amuser et était raisonnable. Ce dernier adjectif était
de Susan et, de sa part, il ne pouvait y avoir de plus grand
éloge. Elle avait été en tout point satisfaite de cette amitié
entre Pauline et Diana.

Diana regarda Delilah d'un air dubitatif, puis jeta un coup
d'œil de l'autre côté de la cour de récréation à Laura Carr, qui
était aussi une nouvelle. Laura et elle avaient passé ensemble
la récréation du matin et s'étaient mutuellement trouvées très
sympathiques. Mais Laura était plutôt ordinaire, avec des
taches de son et des cheveux rebelles, de couleur cendrée. Elle
n'avait rien de la beauté de Delilah Green et aucune étincelle
de son charme.

Delilah comprit la signification du regard de Diana et
une expression de souffrance se peignit sur son visage; ses
yeux bleus semblaient prêts à se remplir de larmes.

« Si c'est *elle* que tu aimes, tu ne peux m'aimer, moi.
Choisis entre nous », dit Delilah en tendant dramatiquement
les mains. Sa voix était plus vibrante que jamais : elle fit
littéralement courir un frisson le long de l'épine dorsale de
Diana. Elle mit ses mains dans celles de Delilah et elles se
regardèrent solennellement, se sentant engagées et soudées.
Du moins est-ce ainsi que Diana se sentit.

« Tu m'aimeras *toujours*, n'est-ce pas ? » demanda passionnément Delilah.

« Toujours », promit Diana avec une passion égale.

Delilah Green glissa son bras autour de la taille de Diana
et elles se rendirent ensemble jusqu'au ruisseau. Le reste de la
classe de quatrième comprit qu'une alliance avait été conclue.
Laura Carr poussa un léger soupir. Diana Blythe lui avait
beaucoup plu. Mais elle était consciente de ne pas pouvoir
rivaliser avec Delilah.

« Je suis *si* contente que tu me permettes de t'aimer, disait
cette dernière. Je suis si affectueuse. Je ne peux tout simplement pas m'empêcher d'aimer les gens. Je t'en prie, sois
gentille avec moi, Diana. Je suis une enfant du chagrin. On
m'a jeté un sort à ma naissance. Personne, *personne* ne m'aime. »

Delilah s'efforça de faire passer dans ce « personne » des
années de solitude. Diana resserra son étreinte.

« Tu n'auras plus jamais besoin de dire ça, Delilah. Moi,
je t'aimerai toujours. »

« Pour l'éternité ? »

« Pour l'éternité », promit Diana. Elles s'embrassèrent,
comme dans un rituel. Deux garçons sur la clôture s'esclaffèrent avec dérision, mais quelle importance ?

« Tu m'aimeras tellement plus que Laura Carr, reprit
Delilah. À présent que nous sommes des amies intimes, je
peux t'apprendre ce que je n'aurais jamais imaginé te dire si
c'est elle que tu avais choisie. *Elle est déloyale*. Épouvantablement déloyale. En face, elle fait semblant d'être ton amie

et dans ton dos, elle rit de toi et raconte les choses les plus
mesquines. Je connais une fille qui allait à l'école de Mowbray
Narrows avec elle et elle me l'a dit. Tu l'as échappée belle. Je
suis si différente de ça, je suis franche comme l'or, Diana. »

« J'en suis certaine. Mais qu'est-ce que tu entendais quand
tu disais que tu étais une enfant du chagrin, Delilah ? »

Les yeux de Delilah semblèrent s'agrandir.

« J'ai une *belle-mère*», chuchota-t-elle.

« Une belle-mère ? »

« Quand ta mère meurt et que ton père se remarie, tu as
une belle-mère, expliqua Delilah avec encore plus de trémolos
dans la voix. Tu sais tout maintenant, Diana. Si tu savais
comment on me traite ! Mais je ne me plains jamais. Je souffre
en silence. »

Si Delilah souffrait réellement en silence, on pourrait se
demander où Diana prit tous les renseignements qu'elle
déversa sur les gens d'Ingleside au cours des quelques semaines
qui suivirent. Elle était en proie à une frénétique passion
d'adoration et de compassion pour cette Delilah souffrante et
persécutée et il fallait qu'elle en parle à tous ceux qui voulaient bien l'écouter.

« Je suppose que ce nouvel engouement fera son temps,
dit Anne. Qui est cette Delilah ? Je ne veux pas que mes
enfants deviennent de petits snobs, mais après l'expérience
que nous avons vécue avec Jenny Penny... »

« Les Green sont très respectables, chère Mme Docteur.
C'est une famille bien connue à Lowbridge. Ils ont emménagé
dans l'ancienne maison Hunter cet été. Mme Green est la
deuxième femme et a deux enfants. J'sais pas grand-chose
d'elle, mais elle a l'air d'avoir une bonne nature. J'ai peine à
croire qu'elle traite Delilah comme Di le prétend. »

« N'ajoute pas trop foi à tout ce que te raconte Delilah,
conseilla Anne à Diana. Elle a peut être tendance à exagérer
un peu. Rappelle-toi Jenny Penny... »

« Mais maman, Delilah n'est pas comme Jenny, protesta
Di, indignée. Ça n'a rien à voir. Elle est *scrupuleusement*
franche. Si seulement tu la voyais, maman, tu saurais qu'elle

ne peut pas mentir. Tout le monde la houspille chez elle parce qu'elle est si *différente*. Et elle a un caractère si affectueux. Elle est persécutée depuis sa naissance. Sa belle-mère la *déteste*. Ça me fend le cœur d'entendre le récit de ses souffrances. Tu sais, maman, elle ne mange jamais à sa faim, c'est vrai. Elle ne sait pas ce que c'est que d'être rassasiée. Maman, ça arrive souvent qu'on l'envoie se coucher sans souper et elle s'endort en pleurant. As-tu déjà pleuré parce que tu avais faim, maman ? »

« Souvent », répondit Anne.

Diana regarda fixement sa mère : sa question purement rhétorique venait de tomber à plat.

« Il m'est souvent arrivé d'avoir très faim avant d'arriver aux Pignons verts, quand j'étais à l'orphelinat, et avant. Je n'ai jamais aimé parler de cette époque. »

« Eh bien, tu devrais donc être capable de comprendre Delilah, reprit Di, rassemblant ses esprits confus. Quand elle a *trop* faim, elle s'assoit et imagine des choses à manger. Penses-y, elle imagine des choses à manger ! »

« Toi et Nan le faites passablement vous-mêmes », remarqua Anne. Mais Di n'écoutait pas.

« Ses souffrances ne sont pas seulement physiques, mais *spirituelles*. Seigneur, maman, elle veut devenir missionnaire... consacrer sa vie à... mais ils se moquent tous d'elle. »

« Ils n'ont pas de cœur », approuva Anne. Mais quelque chose dans sa voix mit la puce à l'oreille de Di.

« *Pourquoi* es-tu si sceptique, maman ? » lui reprocha-t-elle.

« Pour la deuxième fois, répondit maman en souriant, je dois te rappeler Jenny Penny. Elle aussi, tu la croyais. »

« Je n'étais qu'une enfant alors, et c'était facile de me tromper », objecta Diana en prenant son air le plus digne. Elle sentit que sa mère n'était pas aussi sympathique et compréhensive que d'habitude à propos de Delilah Green. Après cela, elle n'en parla plus qu'à Susan, car Nan hochait à peine la tête quand le nom de Delilah était mentionné. « Pure jalousie », se disait tristement Diana.

Ce n'était pas que Susan manifestât une grande sympathie à l'égard de Delilah. Mais il fallait que Nan en parlât à quelqu'un et la dérision de Susan ne blessait pas comme celle de sa mère. On ne s'attendait pas à ce que Susan comprenne tout à fait. Mais Anne avait été jeune, elle avait aimé tante Diana, elle avait le cœur si tendre. Comment se faisait-il que les mauvais traitements de cette pauvre chère Delilah la laissaient si froide ?

« Elle est peut-être un peu jalouse, elle aussi, parce que j'aime tant Delilah, songea-t-elle avec sagesse. On dit que les mères deviennent jalouses avec le temps. Jalouses et *possessives*. »

« La façon dont la belle-mère de Delilah la traite me fait bouillir le sang dans les veines, confia Di à Susan. C'est une *martyre*, Susan. On ne lui donne rien d'autre qu'un peu de gruau pour le déjeuner et le souper, un tout petit peu. Et elle n'a pas le droit de mettre du sucre dans son gruau, Susan. J'ai cessé d'en mettre parce que je me sentais *coupable*. »

« Oh ! C'est pour ça ? Ma foi, c'est peut-être aussi bien, vu que le prix du sucre a augmenté d'un cent. »

Diana se jura qu'elle ne parlerait plus jamais de Delilah à Susan, mais le lendemain soir, elle était si indignée qu'elle ne put s'en empêcher.

« Susan, la mère de Delilah l'a poursuivie hier soir avec une *théière bouillante*. Imagine, Susan. Bien sûr, Delilah prétend qu'elle ne fait pas ça très souvent, seulement quand elle est *vraiment exaspérée*. La plupart du temps, elle se contente d'enfermer Delilah dans un grenier sombre, un grenier *hanté*. Les fantômes que cette pauvre petite a vus, Susan ! Ça ne peut pas être bon pour sa santé. La dernière fois qu'elle a été enfermée là, elle a vu la plus étrange petite créature noire assise sur le rouet, en train de *chantonner*. »

« Quel genre de créature ? » s'enquit gravement Susan. Elle commençait à aimer les tribulations de Delilah et le ton tragique de Di, dont elle riait en secret avec Mme Docteur.

« Je ne sais pas, c'était juste une *créature*. Ça l'a pratiquement menée au suicide. C'est ce qui va finir par arriver, j'en ai bien peur. Tu sais, Susan, elle a un oncle qui s'est suicidé *deux fois*. »

« Une fois ne lui suffisait pas ? » demanda insensiblement Susan.

Di s'en alla, froissée, mais elle revint à la charge dès le lendemain.

« Delilah n'a jamais eu de poupée, Susan. Elle espérait vraiment en trouver une dans son bas de Noël. Mais tu sais ce qu'il y avait à la place, Susan ? Un *fouet*! Ils la fouettent presque tous les jours, tu sais. Imagine cette pauvre enfant en train de se faire fouetter, Susan. »

« Je l'ai été bien des fois dans ma jeunesse et ne m'en porte pas plus mal », rétorqua Susan qui aurait fait Dieu seul sait quoi si quelqu'un avait essayé de fouetter un enfant d'Ingleside.

« Quand j'ai décrit nos sapins de Noël à Delilah, elle a pleuré, Susan. Elle n'a jamais eu d'arbre de Noël. Mais elle va en avoir un, cette année. Elle a trouvé un vieux parapluie qui n'a plus que les baleines ; elle va le mettre dans un seau et le décorer pour Noël. Tu ne trouves pas ça *pathétique*, Susan ? »

« Il y a tellement de jeunes épinettes chez les Hunter. L'arrière de leur vieille maison en était plein, ces dernières années, remarqua Susan... Je me demande pourquoi cette fille s'appelle Delilah. Quel prénom pour une enfant chrétienne ! »

« Mon Dieu, c'est dans la Bible, Susan. Delilah est très fière de son nom biblique. Aujourd'hui, à l'école, j'ai dit à Delilah qu'on aurait du poulet pour dîner demain et elle a répondu... qu'est-ce que tu crois qu'elle a répondu, Susan ? »

« J'pourrais jamais le deviner, c'est certain », s'exclama Susan. Et vous n'avez pas d'affaire à bavarder en classe. »

« Oh ! On ne le fait pas. Delilah dit qu'on ne doit jamais transgresser aucun règlement. Elle a des principes très élevés. Nous nous écrivons des lettres dans nos carnets et nous les échangeons. En tout cas, Delilah a répondu : "Pourrais-tu me rapporter un os, Diana ?» Ça m'a fait monter les larmes aux yeux. Je vais lui en rapporter un, avec beaucoup de viande. Delilah a besoin de bonne nourriture. Elle doit travailler comme une esclave, une véritable *esclave*, Susan. Elle a tout le ménage à faire... enfin, presque tout... Et si elle ne le fait pas comme il faut, elle se fait *sauvagement secouer*, ou bien, on l'oblige à manger dans la cuisine avec les *domestiques*. »

« Les Green n'ont qu'un petit garçon de peine français. »

« Eh bien, il faut qu'elle mange avec lui. Et il s'assoit sur ses chaussettes et mange dans ses manches de chemise. Delilah dit que ça lui est égal maintenant, puisque je l'aime. Personne d'autre que moi ne l'aime. »

« Terrible ! » rétorqua Susan avec beaucoup de gravité.

« Delilah dit que si elle avait un million de dollars, elle me le donnerait, Susan. Je ne le prendrais pas, évidemment, mais cela montre comme elle a bon cœur. »

« C'est aussi facile de donner un million de dollars que cent, quand on n'a ni l'un ni l'autre », trancha Susan.

38

Diana était folle de joie. Tout compte fait, sa mère n'était pas jalouse, sa mère n'était pas possessive, sa mère comprenait.

Anne et Gilbert s'en allaient à Avonlea pour la fin de semaine et Anne l'avait autorisée à inviter Delilah Green à passer la journée et la nuit du samedi à Ingleside.

« J'ai vu Delilah au pique-nique de l'école du dimanche, avait dit Anne à Susan. C'est une jolie petite dame, bien qu'elle exagère, cela ne fait aucun doute. Peut-être sa belle-mère est-elle un peu dure, et j'ai entendu dire que son père est un homme plutôt strict et sévère. Elle a sans doute quelques sujets de plainte et aime à les dramatiser pour attirer la sympathie. »

Susan n'était pas tout à fait convaincue.

« Mais du moins, ceux qui vivent dans la maison de Laura Green sont propres », songea-t-elle. Les peignes fins étaient donc hors de question.

Diana était pleine de projets pour distraire Delilah.

« Est-ce qu'on peut avoir du poulet rôti, Susan, avec beaucoup de farce ? Et de la tarte. Tu ne peux pas savoir comme cette pauvre enfant rêve de goûter à de la tarte. Ils n'en mangent jamais, chez elle : sa belle-mère est trop mesquine. »

Susan se montra très coopérative. Jem et Nan étaient partis à Avonlea et Walter était à la maison de rêve avec Kenneth Ford. Il n'y avait rien pour jeter de l'ombre sur la visite de Delilah. Elle arriva le samedi matin, joliment vêtue de mousseline rose – sa belle-mère ne la privait pas au moins au chapitre des vêtements. Et, jetant un coup d'œil, Susan constata qu'elle avait les ongles et les oreilles irréprochables.

«C'est *le* jour de ma vie, déclara-t-elle solennellement à Diana. Mon Dieu, quelle grande maison! Et voilà les chiens de porcelaine! Oh! Ils sont fantastiques!»

Tout était fantastique. Delilah usa le mot à la corde. Elle aida Diana à dresser la table pour le dîner et choisit le petit panier de verre plein de pois de senteur pour décorer la table.

«Oh! Vous ne savez pas combien j'aime faire quelque chose seulement parce que ça me plaît, dit Delilah. Puis-je faire autre chose, s'il vous plaît?»

«Tu peux casser les noix pour le gâteau que je vais faire cet après-midi», répondit Susan qui était, elle aussi, en train de succomber au charme de la beauté et de la voix de Delilah. Somme toute, peut-être que Laura Green était une barbare. On ne pouvait toujours se fier à l'apparence des gens quand ils étaient en public. L'assiette de Delilah débordait de poulet, de farce et de sauce et elle reçut une seconde pointe de tarte sans même y avoir fait allusion.

«Je m'étais souvent demandé ce que c'était que de manger à sa faim, pour une fois. C'est une sensation fantastique», confia-t-elle à Diana comme elles sortaient de table.

Elles passèrent un après-midi très joyeux. Susan avait donné à Diana une boîte de bonbons et elles les partagèrent. Delilah admira une des poupées de Di, et Di la lui donna. Elles nettoyèrent la plate-bande de pensées et arrachèrent les quelques pissenlits épars qui avaient poussé sur la pelouse. Elles aidèrent Susan à polir l'argenterie et lui donnèrent un coup de main pour préparer le souper. Delilah était si efficace et ordonnée que Susan capitula complètement. Deux choses seulement assombrirent l'après-midi: Delilah s'arrangea pour tacher sa robe d'encre, et elle perdit son collier de perles. Mais Susan enleva l'encre avec des sels de citron – un peu de la couleur partant du même coup – et elle dit que cela ne faisait rien pour le collier. Rien n'avait d'importance sauf le fait qu'elle se trouvait à Ingleside avec sa très chère Diana.

« Est-ce qu'on va dormir dans le lit de la chambre d'ami ? demanda Diana au moment d'aller se coucher. On donne toujours la chambre d'ami à nos invités, Susan. »

« Ta tante Diana revient avec tes parents demain soir, répondit Susan. La chambre d'ami a été préparée pour elle. Tu peux avoir Fripon sur ton lit mais pas dans la chambre d'ami. »

« Que tes draps sentent bon ! » s'exclama Delilah comme elles se blottissaient dessous.

« Susan les fait toujours bouillir avec de la racine d'iris », expliqua Diana.

Delilah soupira.

« Je me demande si tu sais à quel point tu es chanceuse, Diana. Si j'avais un foyer comme le tien... mais j'ai un autre destin et il faut que je supporte ma peine. »

Effectuant sa ronde nocturne avant de se coucher, Susan entra dans la chambre et leur dit de cesser de bavarder et de dormir. Elle leur tendit deux brioches au sucre d'érable.

« Jamais je n'oublierai votre bonté, Mlle Baker », déclara Delilah, la voix tremblante d'émotion. Susan alla se coucher en songeant qu'elle n'avait jamais rencontré de fillette plus charmante et mieux éduquée. Elle avait certainement mal jugé Delilah Green. Pourtant, Susan fut soudain frappée par le fait que pour une enfant qui n'avait jamais suffisamment à manger, les os de ladite Delilah étaient bien enveloppés !

Delilah rentra chez elle le lendemain après-midi tandis qu'Anne, Gilbert et tante Diana arrivèrent le soir. Le lundi, un coup de tonnerre éclata dans le ciel bleu. Diana, retournant à l'école après le dîner, entendit son nom en pénétrant dans le porche. Dans la salle de classe, Delilah Green était au centre d'un groupe de petites curieuses.

« Ingleside m'a *tellement* déçue. Après avoir entendu Di vanter sa maison, je m'attendais à un *manoir*. C'est assez grand, bien sûr, mais certains meubles sont usés. Deux fauteuils ont épouvantablement besoin d'être recouverts. »

« As-tu vu les chiens de porcelaine ? » s'informa Bessy Palmer.

« Ils n'ont rien d'extraordinaire. Ils n'ont même pas de poil. J'ai dit à Diana en pleine face que j'étais désappointée. »

Diana était clouée au sol ou, du moins, au plancher du vestibule. Elle ne songeait pas qu'elle était indiscrète ; elle était tout simplement trop interloquée pour bouger.

« J'ai de la peine pour Diana, poursuivit Delilah. La façon dont les parents négligent leur famille est quelque chose de scandaleux. Sa mère est une terrible vadrouilleuse. C'est affreux de la voir sortir et laisser les plus jeunes sous la garde de cette vieille Susan à moitié folle. Elle va les réduire tous à la misère. Vous ne pourriez jamais imaginer le gaspillage qui se passe dans sa cuisine. Comme la femme du docteur est trop frivole et paresseuse pour cuisiner même quand elle est à la maison, Susan fait tout à sa manière. Elle allait nous faire manger *dans la cuisine*, mais je me suis opposée et je lui ai dit : "Est-ce que je suis une invitée, oui ou non ?" Susan a dit que si je lui répondais avec insolence, elle m'enfermerait dans le placard. "Vous n'oseriez pas", que je lui ai dit. Et elle n'a pas osé. "Vous pouvez mener les enfants d'Ingleside par le bout du nez, Susan Baker, mais pas moi", que je lui ai dit. Oh ! Je vous assure que j'ai résisté à Susan. Je l'ai empêchée de donner du sirop tranquillisant à Rilla. "Vous ne savez pas que c'est du poison pour les enfants ?", que je lui ai dit.

Mais elle s'est défoulée sur moi aux repas. Les petites portions qu'elle te sert ! Il y avait du poulet mais je n'ai eu qu'un minuscule morceau et personne ne m'a même offert une deuxième pointe de tarte. Mais Susan m'aurait laissée dormir dans la chambre d'ami et Di n'a pas voulu en entendre parler – pure mesquinerie de sa part ! Elle est si jalouse. Mais j'ai pitié d'elle, pourtant. Elle m'a avoué que Nan la pinçait *quelque chose de scandaleux*. Elle a les bras tout bleus et noirs. On a dormi dans sa chambre et un vieux matou miteux est resté allongé au pied du lit toute la nuit. Ce n'était pas *hygiénique* et c'est ce que j'ai dit à Di. Et mon collier de perles *a disparu*. Bien sûr, je ne dis pas que c'est Susan qui l'a pris. Je pense qu'elle est *honnête*... mais c'est quand même drôle. Et Shirley m'a lancé une bouteille d'encre. Ma robe est fichue, mais je m'en fous. Maman devra m'en acheter une autre. Bon, en tout cas, j'ai arraché tous les pissenlits de leur gazon et j'ai poli l'argenterie. Vous auriez dû la voir. Je ne sais pas quand elle avait été nettoyée la dernière fois. Je vous assure que Susan ne fait pas trop d'efforts quand la femme du docteur s'en va. Je ne lui ai pas caché ce que je pensais d'elle. "Pourquoi ne lavez-vous pas la marmite à pommes de terre, Susan", que je lui ai demandé. Vous auriez du voir son visage. Enfin... Regardez ma nouvelle bague, les filles. C'est un gars que je connais à Lowbridge qui me l'a donnée.

« Mon Dieu, j'ai souvent vu cette bague au doigt de Diana Blythe », laissa tomber Peggy MacAllister avec mépris.

« Et je ne crois pas un mot de ce que tu racontes sur Ingleside, Delilah Green », ajouta Laura Carr.

Avant que Delilah n'ait pu répondre, Diana, qui avait retrouvé ses pouvoirs de locomotion et d'élocution, entra en trombe dans la classe.

« Judas ! » cria-t-elle. Après coup, elle se dit toutefois avec regret qu'une dame n'aurait sans doute pas utilisé une telle expression. Mais elle avait été piquée au cœur et quand vos sentiments sont tout mêlés, on ne peut pas toujours choisir ses mots.

« Je ne suis pas Judas ! » murmura Delilah qui rougit, peut-être pour la première fois de sa vie.

« Tu l'es ! Il n'y a pas une parcelle de sincérité en toi ! Ne m'adresse plus jamais là parole ! »

Diana se précipita hors de la classe et courut chez elle. Elle ne pouvait pas rester à l'école cet après-midi-là, elle ne le pouvait tout simplement pas. La porte d'entrée d'Ingleside fut claquée comme rarement elle l'avait été auparavant.

« Qu'est-ce qui t'arrive, ma chérie ? » demanda Anne, interrompue dans une conversation culinaire avec Susan par une fillette en larmes qui s'effondra contre l'épaule maternelle.

Toute l'histoire fut racontée à travers les sanglots, d'une manière quelque peu incohérente.

« Cela a blessé ce qu'il y avait de *meilleur* en moi, maman. Je ne ferai plus jamais confiance à personne. »

« Tous tes amis ne seront pas comme ça, chérie. Pauline ne l'était pas. »

« C'est la deuxième fois, reprit Diana avec amertume, encore sous le choc de cette trahison et de cette perte. Il n'y en aura pas de troisième. »

« Je regrette que Di ait perdu sa foi en l'humanité, dit tristement Anne après que Di fut montée à sa chambre. C'est une véritable tragédie pour elle. Elle n'a pas eu de chance avec certaines de ses amies. Jenny Penny, et maintenant Delilah Green. Le problème, c'est que Di se laisse toujours charmer par des filles qui racontent des histoires intéressantes. Et les attitudes de martyre de Delilah étaient très séduisantes. »

« Si vous voulez mon avis, chère Mme Docteur, cette petite Green est une parfaite effrontée, ponctua Susan, rendue plus implacable par le fait qu'elle-même avait été dupée par les yeux et les manières de Delilah. Quelle idée de dire que notre chat est miteux ! Je ne dis pas que les matous n'existent pas, chère Mme Docteur, mais les fillettes ne devraient pas parler de ça. Je ne suis pas folle des chats, mais Fripon a sept ans et devrait au moins être *respecté*. Et quant à ma marmite à pommes de terre... »

Mais Susan fut incapable d'exprimer ce qu'elle ressentait à propos de la marmite.

Dans sa propre chambre, Di était en train de réfléchir; il n'était peut-être pas trop tard pour devenir la meilleure amie de Laura Carr. Laura était loyale, même si elle n'était pas particulièrement excitante. Di soupira. Une certaine couleur avait disparu de la vie en même temps que sa foi dans les malheurs de Delilah.

39

Un cruel vent d'est rugissait autour d'Ingleside comme une vieille mégère. C'était une de ces journées froides et bruineuses de la fin d'août où on n'avait le cœur à rien faire, une de ces journées où tout va de travers, ce qu'autrefois à Avonlea on appelait une «journée de Jonas». Le nouveau chiot que Gilbert avait rapporté à la maison pour les garçons avait rongé l'émail d'une des pattes de la table de la salle à manger. Susan avait découvert que les mites avaient festoyé dans le placard à couvertures. Le nouveau chaton de Nan avait abîmé les meilleures fougères. Jem et Bertie Shakespeare avaient passé l'après-midi à faire le plus abominable boucan avec des seaux de métal en guise de tambours. Anne elle-même avait cassé un abat-jour en verre peint. Pourtant, d'une certaine façon, cela lui avait fait du bien de l'entendre voler en éclats. Rilla avait mal aux oreilles et Shirley avait une mystérieuse éruption dans le cou qui inquiétait Anne. Mais Gilbert s'était contenté d'y jeter un coup d'œil indifférent et de déclarer distraitement qu'il ne croyait pas que cela signifiait quelque chose. Bien sûr, cela ne signifiait rien pour *lui*! Shirley n'était que son propre fils! Et cela ne voulait rien dire non plus qu'il ait invité les Trent à souper la semaine précédente et ait oublié d'en informer Anne avant leur arrivée. Elle et Susan avaient été particulièrement occupées ce jour-là et avaient prévu un souper léger. Et Mme Trent avait la réputation d'être la meilleure hôtesse de Charlottetown! Où donc étaient les chaussettes noires de Walter avec les orteils bleus? «Crois-tu,

Walter, que *pour une fois* tu pourrais ranger tes choses à leur
place ? Nan, *j'ignore* où se trouvent les Sept Mers. Pour l'amour
de Dieu, cesse de poser des questions ! Pas étonnant qu'on ait
empoisonné Socrate. C'était la seule solution ! »

Walter et Nan la dévisagèrent. C'était la première fois
qu'ils entendaient leur mère leur parler sur ce ton. L'expression
de Walter indisposa Anne encore davantage.

« Diana, est-ce nécessaire de toujours te rappeler de ne
pas enrouler tes jambes autour du tabouret du piano ? Shirley,
si tu n'avais pas tout poissé ce magazine avec de la confiture !
Et quelqu'un pourrait-il avoir la bonté de me dire où sont
rendus les prismes du lustre ? »

Personne ne pouvait le lui dire – Susan les ayant décro-
chés et emportés pour les laver – et Anne se précipita en haut
pour échapper aux regards navrés des enfants. Elle marcha
fébrilement de long en large dans sa chambre. Qu'est-ce
qu'elle avait ? Était-elle en train de devenir une de ces
créatures grincheuses n'ayant de patience avec personne ?
Tout la dérangeait, ces jours-ci. Une petite manie qu'elle
n'avait jamais remarquée avant chez Gilbert lui tombait sur les
nerfs. Elle en avait plus qu'assez des tâches interminables et
monotones, plus qu'assez de satisfaire tous les caprices de sa
famille. Avant, ce qu'elle faisait pour sa maison et son ménage
lui donnait du plaisir. À présent, elle n'attachait plus d'importance à ce qu'elle faisait. Elle se sentait comme dans un
cauchemar, quand on essaie de rattraper quelqu'un mais qu'on
a les pieds entravés.

Le pire de tout était que Gilbert n'avait jamais remarqué
qu'il y avait un changement en elle. Il était occupé jour et
nuit et ne semblait s'intéresser à rien d'autre qu'à son travail.
La seule chose qu'il avait dite au dîner ce jour-là avait été
« Passe-moi la moutarde, s'il te plaît. »

« Je peux parler avec la table et les chaises, évidemment,
songea amèrement Anne. On dirait que nous nous sommes
juste habitués l'un à l'autre, rien de plus. Il n'a même pas
remarqué que je portais une robe neuve, hier soir. Et ça fait si
longtemps qu'il ne m'a appelée "ma petite Anne" que je ne me

rappelle même plus quand c'était. Bien, je suppose que tous les mariages en arrivent là. La plupart des femmes doivent affronter cette situation. Il me considère comme faisant partie du décor. Son travail est la seule chose qui a de l'importance pour lui désormais. Où est mon mouchoir ? »

Anne le trouva et s'installa dans son fauteuil pour s'offrir le luxe de se torturer. Gilbert ne l'aimait plus. À présent, quand il l'embrassait, il l'embrassait distraitement, par « habitude ». Tout l'éclat était terni. Les vieilles blagues qui les avaient fait rire lui revinrent en mémoire, chargées désormais de tragédie. Comment avait-elle pu trouver cela amusant ? Monty Turner qui embrassait systématiquement sa femme une fois par semaine, s'était écrit une note pour ne pas l'oublier. (« *Quelle femme voudrait recevoir des baisers pareils ?* ») Curtis Ames qui avait rencontré sa femme coiffée d'un nouveau bonnet et ne l'avait pas reconnue. Mme Clancy Dare qui avait déclaré : « C'est pas que j'aime tellement mon mari, mais il me manquerait s'il n'était pas là. » (« *Je présume que je manquerais à Gilbert si je n'étais pas là ! En sommes-nous rendus là ?* ») Nat Elliott qui avait dit à son épouse après dix ans de mariage : « Si tu veux le savoir, j'en ai assez d'être marié. » (« *Et ça fait quinze ans que nous le sommes !* ») Mon Dieu, peut-être bien que tous les hommes sont comme ça. Mlle Cornelia dirait probablement ce qu'ils étaient. Après quelque temps, ils étaient difficiles à retenir. (« *Je n'ai pas envie d'avoir un mari qu'il faut "retenir".* ») Mais il y avait Mme Theodore Clow qui lui avait affirmé fièrement lors d'une réunion pour les œuvres de charité : « Nous sommes mariés depuis vingt ans et mon mari m'aime autant que le jour de nos noces. » Mais peut-être qu'elle se trompait elle-même ou ne faisait que « sauver la face ». (« *Je me demande si je commence à avoir l'air vieux.* »)

Pour la première fois de sa vie, les années lui pesèrent. Elle se dirigea vers le miroir et s'examina d'un œil critique. Il y avait quelques pattes d'oie autour de ses yeux, mais elles n'étaient visibles qu'en pleine lumière. La ligne de son menton était encore nette. Elle avait toujours été pâle. Sa chevelure était épaisse et ondulée, sans un seul fil gris. Mais est-ce que quelqu'un aimait réellement les cheveux roux ? Son nez était toujours définitivement joli. Anne le tapota avec amitié, se souvenant de certains moments de sa vie où son nez était la seule chose qui lui plaisait chez elle. Mais pour Gilbert, son nez faisait aussi partie du décor. Il aurait aussi bien pu être crochu ou épaté, pour l'importance qu'il lui accordait. Il avait dû oublier qu'elle avait un nez. À l'instar de Mme Dare, il lui manquerait s'il disparaissait.

« Bon, il faut que j'aille voir Rilla et Shirley, songea lugubrement Anne. Au moins, ils ont encore besoin de moi, eux, les pauvres chéris. Qu'est-ce qui m'a poussée à être si cinglante avec eux ? Oh ! J'imagine qu'ils doivent tous être en train de chuchoter derrière mon dos : « Pauvre maman, comme elle devient malcommode ! »

Il continua à pleuvoir et le vent continua à gémir. Le concert de casseroles dans le grenier avait pris fin, mais l'incessante stridulation d'un grillon solitaire dans le salon la rendit presque folle. Le courrier de midi lui apporta deux lettres. Une venait de Marilla... mais Anne poussa un soupir en la repliant. L'écriture de Marilla devenait si frêle et tremblée. L'autre lettre venait de Mme Barrett Fowler de Charlottetown qu'Anne connaissait à peine. Et Mme Barrett Fowler invitait le D^r et Mme Blythe à souper chez elle le mardi suivant à sept heures « pour rencontrer une vieille amie, Mme Andrew Dawson de Winnipeg, *née* Christine Stuart. »

Anne laissa tomber la lettre. Une foule de vieux souvenirs l'envahirent... et quelques-uns étaient résolument désagréables. Christine Stuart de Redmond, la fille dont les gens avaient dit qu'elle était fiancée à Gilbert, la fille dont elle avait été amèrement jalouse – oui, elle l'admettait à présent, vingt ans plus tard, elle avait été jalouse, elle avait haï Christine Stuart. Elle n'avait pas pensé à Christine depuis des années, pourtant elle s'en souvenait distinctement. Une grande fille au teint ivoire, avec de grands yeux bleu sombre et une masse de cheveux noirs comme du jais. Et un certain air de distinction. Mais avec un long nez... oui, un nez réellement long. Belle... oh ! on ne pouvait nier que Christine avait été très belle. Elle se rappelait avoir appris il y avait des années que Christine avait fait « un bon mariage » et s'était établie dans l'Ouest.

Gilbert vint manger une bouchée en vitesse au souper ; il y avait une épidémie de rougeole au Glen En-Haut – et Anne lui tendit silencieusement la lettre de Mme Fowler.

« Christine Stuart ! Bien sûr que nous irons ! J'ai hâte de la revoir en souvenir du bon vieux temps », dit-il avec la première apparence d'admiration qu'il manifestait depuis des semaines. « Pauvre fille, elle a eu ses propres problèmes. Elle a perdu son mari il y a quatre ans, tu sais. »

Anne ne le savait pas. Et comment Gilbert l'avait-il appris ? Pourquoi ne le lui avait-il jamais dit ? Et il avait oublié que le mardi suivant était le jour de leur propre anniversaire de mariage. Une journée où ils n'acceptaient jamais d'invitation mais faisaient une petite sortie en tête à tête. Bon, elle ne le lui rappellerait pas. Il pouvait voir Christine Stuart s'il en avait envie. Qu'est-ce qu'une fille de Redmond lui avait dit, un jour, déjà ? « Il y avait beaucoup plus entre Gilbert et Christine que tu ne l'as jamais su, Anne. » Elle s'était contentée d'en rire, à l'époque... Claire Hallett était une fille si malveillante. Mais il y avait peut-être quelque chose de vrai là-dessous. Anne se rappela soudain, avec un petit sentiment de froid dans le cœur, que peu de temps après son mariage, elle avait trouvé une photographie de Christine dans un vieux portefeuille de Gilbert. Gilbert avait eu l'air tout à fait indifférent et avait dit qu'il se demandait d'où pouvait bien venir cette vieille photo. Mais s'agissait-il d'une de ces supposées bagatelles qui veulent dire des choses d'une incroyable importance ? Était-ce possible que... que Gilbert ait déjà aimé Christine ? Est-ce qu'elle, Anne, n'était qu'un deuxième choix ? Le prix de consolation ?

« Je ne suis sûrement pas jalouse », songea Anne, essayant de rire. Quoi de plus naturel que Gilbert se réjouisse de revoir une ancienne amie de Redmond ? Quoi de plus naturel qu'un homme occupé, marié depuis quinze ans, oublie les dates et les saisons, les jours et les mois ? Anne écrivit à Mme Fowler qu'ils acceptaient l'invitation... puis espéra désespérément, pendant les trois jours précédant le mardi, qu'une femme du Glen En-haut commence à accoucher le mardi après-midi à cinq heures et demie.

40

Le bébé espéré arriva trop tôt. On envoya chercher Gilbert à neuf heures le lundi soir. Anne s'endormit en pleurant et se réveilla à trois heures. Cela avait coutume d'être délicieux de se réveiller au milieu de la nuit, de rester allongée à contempler par sa fenêtre le charme enveloppant de la nuit, d'écouter la respiration régulière de Gilbert à côté d'elle, de penser aux enfants de l'autre côté du corridor et à la belle nouvelle journée qui approchait. Mais à présent! Anne était encore éveillée quand l'aube, claire et verte comme du cristal, se leva dans le ciel à l'est, et que Gilbert rentra enfin à la maison. «Des jumeaux», commenta-t-il d'une voix caverneuse en se laissant tomber dans le lit. Une minute plus tard, il dormait profondément. Des jumeaux, vraiment! C'était l'aube de votre quinzième anniversaire de mariage et tout ce que votre mari trouvait à vous dire c'était : «Des jumeaux». Il ne se rappelait même pas que c'était un anniversaire.

Gilbert n'avait pas l'air de s'en souvenir davantage quand il descendit à onze heures. Pour la première fois, il ne le mentionna pas. Pour la première fois, il n'avait pas de présent à lui offrir. Très bien, alors lui non plus n'aurait pas son cadeau. Ça faisait des semaines qu'il était prêt : un canif à manche d'argent avec la date gravée d'un côté et ses initiales de l'autre. Bien sûr, il fallait qu'il le lui achète un sou, sinon il couperait leur amour. Mais comme il avait oublié, elle oublierait aussi. Vengeance.

Gilbert sembla dans une sorte de brouillard tout le jour. C'est juste s'il adressa la parole à quelqu'un et il passa la journée à se morfondre dans la bibliothèque. Était-il perdu dans l'attente excitante de revoir Christine Stuart? Cela faisait probablement des années qu'il l'avait derrière la tête. Anne savait bien que cette idée était absolument déraisonnable, mais depuis quand la jalousie était-elle raisonnable? Il était inutile d'essayer d'être philosophe. La philosophie n'avait aucun effet sur son humeur.

Ils devaient se rendre en ville par le train de cinq heures.

«Est-ce que ze peux venir te regarder t'habiller, maman?» demanda Rilla.

«Oh! Si tu veux», répliqua celle-ci. Puis elle se reprit. Mon Dieu, sa voix était en train de devenir bougonne. «Oui, viens, ma chérie», ajouta-t-elle d'un ton repentant.

Pour Rilla, il n'existait pas de plus grand bonheur que de regarder sa mère s'habiller. Pourtant, même Rilla trouva qu'Anne n'y prenait pas beaucoup plaisir, ce soir-là.

Anne se demanda quelle robe elle devrait porter. Non pas que cela eût de l'importance, songea-t-elle amèrement. Gilbert ne remarquait même plus ce qu'elle portait. Le miroir n'était désormais plus son allié; elle avait l'air pâle, fatiguée... et *non désirée*. Mais elle ne devait pas paraître trop artificielle et *démodée* devant Christine. («*Pas question qu'elle ait pitié de moi.*») Est-ce que ce serait la nouvelle tunique ajourée vert pomme sur le jupon semé de boutons de roses? Ou la robe de soie crème avec la veste Eton en dentelle de Cluny? Elle essaya les deux et opta pour la tunique. Elle expérimenta plusieurs styles de coiffure et conclut que les nouvelles boucles à la Pompadour lui allaient très bien.

«Oh! Maman, que tu es belle!» bafouilla Rilla, les yeux ronds d'admiration.

Bon, on prétendait que la vérité sortait de la bouche des enfants et des fous. Rebecca Dew ne lui avait-elle pas déclaré un jour qu'elle était belle par «comparaison»? Quant à Gilbert, s'il avait coutume de lui faire des compliments par le passé, elle ne se rappelait pas l'avoir entendu en dire un seul au cours des derniers mois.

Gilbert passa devant elle en se dirigeant vers son propre cabinet de toilette, sans émettre le moindre commentaire sur la robe neuve. Anne resta un moment à bouillir de colère; puis elle retira fébrilement la robe et la jeta sur le lit. Elle porterait sa vieille noire – un machin de tissu mince considéré très chic dans les cercles de Four Winds mais qui n'avait jamais plu à Gilbert. Que porterait-elle autour du cou? Les perles de Jem, bien que conservées précieusement pendant des années, s'étaient depuis longtemps émiettées. Elle n'avait pas un seul collier décent. Bon, elle sortit le petit écrin contenant le cœur en émail rose que Gilbert lui avait offert à Redmond. Elle ne le mettait plus souvent – après tout, le rose n'allait pas avec ses cheveux roux – mais elle le porterait ce soir. Gilbert s'en apercevrait il? Voilà, elle était prête. Pourquoi Gilbert ne l'était-il pas? Qu'est-ce qui le retardait ainsi? Oh! Aucun doute qu'il se rasait avec soin! Elle frappa sèchement à la porte.

« Gilbert, on va rater le train si tu ne te dépêches pas! »

« Tu parles comme une maîtresse d'école, commenta Gilbert en sortant. Tu as un problème de métatarse? »

Oh! Il pouvait bien plaisanter! Elle ne voulait même pas penser qu'il avait fière allure en smoking. Tout compte fait, les nouvelles tendances de la mode masculine étaient vraiment ridicules. Elles manquaient complètement de panache! Comme cela devait avoir été extraordinaire à l'époque de la Grande Elizabeth, quand les hommes pouvaient porter des pourpoints de satin blanc, des capes de velours écarlate et des jabots de dentelle! Ils n'étaient pas efféminés pour autant. C'étaient les mâles les plus merveilleux et aventureux que le monde eût jamais connus!

« Eh bien, viens-t'en si tu es si pressée », dit Gilbert d'un air absent. Il avait toujours cet air désormais quand il lui adressait la parole. Elle faisait tout juste partie du décor, oui, elle n'était rien d'autre qu'un meuble!

Jem les conduisit à la gare. Susan et Mlle Cornelia, venue demander à Susan si on pouvait compter sur elle comme d'habitude pour les pommes de terre au gratin du souper paroissial, les regardèrent partir avec admiration.

« Anne tient bon », commenta Mlle Cornelia.

« C'est vrai, acquiesça Susan, quoique je me demande si
elle a pas le foie un peu paresseux depuis quelques semaines.
Mais elle paraît toujours aussi bien. Et le docteur a toujours
le ventre aussi plat. »

« Un couple idéal », affirma Mlle Cornelia.

Le couple idéal n'eut rien de spécialement beau à se dire
pendant le trajet. Évidemment, Gilbert était trop profondément bouleversé par la perspective de revoir son ancien
amour pour parler à sa femme ! Anne éternua. Elle commençait à craindre d'avoir attrapé un rhume de cerveau. Comme
ce serait horrible de passer le dîner à renifler sous les yeux de
Mme Andrew Dawson, *née* Christine Stuart ! La lèvre lui
piqua... il était probablement en train de lui pousser un de ces
affreux feux sauvages. Est-ce que Juliette éternuait parfois ?
Imaginez Portia avec des engelures ! Ou Hélène ayant le
hoquet ! Ou Cléopâtre souffrant de cors aux pieds !

Dans la résidence de Barrett Fowler, Anne trébucha sur la
tête de l'ours du tapis du couloir, chancela dans l'embrasure de
la porte, traversa en titubant ce que Mme Fowler appelait son
salon, un espace encombré de meubles trop rembourrés et
d'éventails dorés et s'effondra dans un canapé se trouvant par
chance sur sa trajectoire. Consternée, elle chercha Christine
du regard puis fut soulagée de constater qu'elle n'avait pas
encore fait son apparition. Comme cela aurait été épouvantable
si elle avait été assise là, regardant d'un air amusé l'épouse de
Gilbert Blythe entrer comme une femme prise de boisson !
Gilbert ne lui avait même pas demandé si elle s'était fait mal. Il
était déjà en grande conversation avec le Dr Fowler et un
certain Dr Murray inconnu qui arrivait du Nouveau-Brunswick
et était l'auteur d'une monographie sur les maladies tropicales
qui faisait fureur dans les cercles médicaux. Mais Anne s'aperçut
que lorsque Christine descendit, précédée d'un effluve d'hélio-
trope, la monographie fut promptement reléguée aux oubliettes.
Gilbert se leva avec une lueur d'intérêt manifeste dans les yeux.

Christine resta un long moment immobile dans l'entrée
de la pièce. Pas de chute sur les têtes d'ours dans son cas.
Anne se souvint que Christine avait cette vieille habitude de

faire une pause à la porte pour bien se faire voir. Et il ne faisait aucun doute qu'elle considérait ceci comme une excellente occasion de montrer à Gilbert ce qu'il avait perdu.

Elle était vêtue d'une robe de velours pourpre aux longues manches flottantes doublées d'étoffe dorée, et à la traîne en forme de queue de poisson garnie de dentelle dorée. Un bandeau également doré entourait sa chevelure encore sombre. Une longue et mince chaîne d'or sertie de diamants pendait à son cou. Anne se sentit aussitôt défraîchie, provinciale, mal fagotée; elle eut l'impression qu'il manquait quelque chose à sa toilette et qu'elle avait pris six mois de retard sur la mode. Elle regrettait d'avoir mis ce stupide cœur émaillé.

Christine était toujours aussi belle, c'était indiscutable. Un peu trop bichonnée et bien conservée peut-être... oui, considérablement plus corpulente. Son nez n'avait assurément pas raccourci et son menton était résolument mûr. Debout ainsi dans l'embrasure de la porte, on constatait qu'elle avait des pieds... importants. Et son air distingué ne commençait-il pas à avoir l'air usé? Mais ses joues ressemblaient toujours à de l'ivoire moelleux et ses yeux bleu foncé, brillants et étroits exerçaient la même fascination qu'à Redmond. Oui, Mme Andrew Dawson était une très belle femme... et ne donnait aucunement l'impression d'avoir totalement enseveli son cœur dans la tombe dudit Andrew Dawson.

Dès son entrée, Christine prit entièrement possession de la pièce. Anne eut l'impression de n'être absolument pas dans le portrait. Mais elle se tint très droite. Christine ne verrait aucun signe d'affaissement chez elle. Elle irait au combat tous ses étendards déployés. Ses yeux gris devinrent très verts et une légère rougeur colora son visage ovale. (« *Souviens-toi que tu as un nez!* ») Le Dr Murray, qui ne l'avait pas spécialement remarquée avant, songea avec quelque étonnement que Blythe était marié avec une femme hors du commun et que cette poseuse de Mme Dawson avait l'air résolument commune en comparaison.

« Mon Dieu, Gilbert Blythe, tu es toujours aussi beau », disait Christine d'un air coquin... (*Christine coquine!*) C'est si bon de voir que tu n'as pas changé. »

(« *Elle parle toujours avec cette même voix traînante. Comme j'ai toujours haï sa voix de velours !* »)

« Quand je te regarde, répondit Gilbert, le temps ne veut plus rien dire. Où as-tu appris le secret de la jeunesse immortelle ? »

Christine éclata de rire.

(« *N'a-t-elle pas un rire de petite crécelle ?* »)

« Tu es encore capable de tourner un joli compliment, Gilbert. Vous savez », précisa-t-elle en jetant un regard malicieux sur l'assemblée, « le Dr Blythe est une de mes anciennes flammes, de cette époque dont il fait semblant de croire que c'était hier. Et Anne Shirley ! Tu as moins changé qu'on me l'avait dit, quoique je ne t'aurais pas reconnue si nous nous étions rencontrées par hasard dans la rue. Tes cheveux sont un peu plus foncés qu'avant, non ? N'est-ce pas divin de nous revoir comme ça ? J'avais tellement peur que ton lumbago ne te permette pas de venir. »

« Mon lumbago ! »

« Mon Dieu, oui ; tu n'y es pas sujette ? Je croyais que tu l'étais... »

« J'ai dû confondre, intervint Mme Fowler en guise d'excuse. Quelqu'un m'avait dit que vous souffriez d'une très grave crise de lumbago. »

« Il s'agit de Mme Dr Parker de Lowbridge ; je n'ai jamais eu de lumbago de ma vie », rectifia Anne d'un ton neutre.

« Quelle chance pour toi, reprit Christine, quelque chose de légèrement insolent dans la voix. C'est une maladie tellement abominable. J'ai une tante qui en souffre un vrai martyre. »

Son expression paraissait reléguer Anne dans la génération des tantes. Anne réussit à sourire avec ses lèvres, non avec ses yeux. Si seulement elle pouvait penser à une repartie brillante ! Elle savait qu'à trois heures cette nuit-là, il lui en viendrait probablement une à l'esprit mais cela ne lui était actuellement d'aucun secours.

« J'ai entendu dire que tu avais sept enfants », poursuivit Christine en s'adressant à Anne sans regarder Gilbert.

«Seulement six vivants», dit Anne en se crispant. Après toutes ces années, elle ne pouvait pourtant songer à la petite et blanche Joyce sans ressentir une douleur.

«Quelle famille!» s'exclama Christine.

Du coup, cela eut l'air déshonorant et absurde d'avoir une grosse famille.

«Toi, tu n'en as aucun, je crois», dit Anne.

«Je n'ai jamais été portée sur les enfants, tu sais.» Christine haussa ses épaules remarquablement belles mais sa voix était un peu dure. «J'ai peur de ne pas être du type maternel. Je n'ai jamais cru que l'unique mission de la femme était de mettre des enfants au monde sur une terre déjà surpeuplée.»

Ils allèrent ensuite dîner. Gilbert escorta Christine, le Dr Murray, Mme Fowler, et le Dr Fowler, un petit homme rond qui ne pouvait parler qu'à un autre médecin, donna le bras à Anne.

Anne trouva que la pièce était plutôt suffocante. On y respirait une odeur mystérieuse et douceâtre. Mme Fowler avait dû faire brûler de l'encens.

Le menu était excellent et Anne réussit à manger sans appétit et sourit jusqu'à avoir l'impression de ressembler au chat d'*Alice au Pays des Merveilles*. Elle ne pouvait détacher ses yeux de Christine, laquelle souriait continuellement à Gilbert. Ses dents étaient ravissantes... presque trop. On aurait dit qu'elle faisait de la publicité pour une marque de dentifrice.

Christine bougeait ses mains de façon très expressive en parlant. Elle avait des mains charmantes... bien qu'un peu larges.

Elle était en train de parler à Gilbert des cycles rythmiques de la vie. Qu'est-ce que cela voulait bien dire? Elle-même le savait-elle? Puis ils changèrent de sujet de conversation pour aborder le Mystère de la Passion.

«Es-tu déjà allée à Oberammergau*?» demanda Christine à Anne.

---

* Oberammergau : ville d'Allemagne où les habitants rejouent tous les dix ans le *Mystère de la Passion*.

Alors qu'elle savait parfaitement bien que non. Pourquoi la question la plus simple semblait-elle insolente quand c'était Christine qui la posait ?

« Évidemment, on est terriblement lié quand on a une famille, reprit Christine. Oh ! Devine qui j'ai vu le mois dernier quand j'étais à Halifax ! Cette petite amie à toi, celle qui a épousé le pasteur laid... comment s'appelait-il déjà ? »

« Jonas Blake, répondit Anne. Philippa Gordon l'a épousé. Et je ne l'ai jamais trouvé laid. »

« Non ? Nous n'avons pas les mêmes goûts, c'est évident. En tout cas, je l'ai rencontrée. Pauvre Philippa ! »

Christine prononçait « pauvre » d'une façon très significative.

« Pourquoi pauvre ? s'étonna Anne. Je crois qu'elle et Jonas ont été très heureux. »

« Heureux ! Ma chère, si tu voyais l'endroit où ils vivent ! Un petit village de pêche misérable où c'est tout un événement quand les cochons entrent dans le jardin ! On m'a dit que Jonas avait eu une très bonne paroisse à Kingsport et qu'il l'a laissée parce qu'il croyait de son "devoir" de s'occuper des pêcheurs qui avaient besoin de lui. Je ne suis pas portée sur des fanatiques pareils. "Comment peux-tu vivre dans un lieu si isolé ?" ai-je demandé à Philippa. Savez-vous ce qu'elle m'a répondu ? »

Christine tendit, dans un mouvement dramatique, ses mains ornées de bagues.

« Peut-être la même chose que je dirais de Glen St. Mary, répondit Anne. Que c'est le seul endroit au monde où je peux vivre. »

« Tu es vraiment heureuse là-bas ? », fit Christine en souriant. (« Cette terrible bouche pleine de dents ! ») « Tu n'as jamais l'impression que tu voudrais une existence plus épanouie ? Tu avais coutume d'être plutôt ambitieuse, si j'ai bon souvenir. Est-ce que tu n'écrivais pas de petites choses intelligentes quand tu étais à Redmond ? Un peu fantastiques et lunatiques, évidemment, mais pourtant... »

« Je les ai écrites pour les gens qui croient toujours aux Pays des Merveilles. Il y en a beaucoup, tu serais surprise, et ils sont contents d'avoir des nouvelles de cette contrée. »

« Et tu as complètement abandonné ? »

« Pas vraiment, mais je compose désormais des épîtres vivantes », répliqua Anne en songeant à Jem et Compagnie.

Christine la regarda fixement, pas certaine d'avoir compris. Qu'est-ce que voulait dire Anne Shirley, au juste ? Mais c'était vrai que même à Redmond, elle était reconnue pour ses propos sibyllins. C'était stupéfiant à quel point elle n'avait pas changé, mais elle était sans doute une de ces femmes qui se marient et cessent de réfléchir. Pauvre Gilbert ! Il n'avait jamais eu la moindre chance de lui échapper.

« Quelqu'un a-t-il déjà mangé une amande philippine ? » demanda le Dr Murray qui venait de casser une amande jumelle.

Christine se tourna vers Gilbert.

« Te souviens-tu de celle que *nous* avions mangée un jour ? » demanda-t-elle.

« Penses-tu que j'aurais pu l'oublier ? Quel beau jour c'était ! Bonjour, Philippine ! » répondit Gilbert.

Ils plongèrent dans une mer de « Te rappelles-tu ? » pendant qu'Anne fixait une nature morte de poissons et d'oranges suspendue au-dessus de la desserte. Elle n'aurait jamais cru que Gilbert et Christine avaient tant de souvenirs en commun. « Te souviens-tu de notre pique-nique au Bras de mer ? » « Et le soir où nous étions entrés dans l'église nègre ? » « Te souviens-tu de la nuit du bal masqué ? Tu étais déguisée en dame espagnole avec une robe de velours noir, une mantille de dentelle et un éventail. »

Gilbert se souvenait apparemment de tous les détails. Il avait pourtant oublié son anniversaire de mariage !

Quand ils retournèrent au salon, Christine jeta un coup d'œil par la fenêtre vers le ciel, à l'est, légèrement argenté derrière les noirs peupliers.

« Allons faire un tour dans le jardin, Gilbert. Je voudrais réapprendre la signification du clair de lune de septembre. »

(« *Le clair de lune signifie-t-il autre chose en septembre que pendant les autres mois ? Et qu'est-ce qu'elle entend par "réapprendre" ? L'a-t-elle déjà appris… avec lui ?* »)

Ils sortirent. Anne eut l'impression d'avoir été carrément et proprement écartée. Elle prit place dans un fauteuil qui permettait de voir le jardin... bien qu'elle n'eût jamais admis pas même à elle-même – l'avoir choisi pour cette raison. Elle pouvait voir Christine et Gilbert marcher dans l'allée. Qu'est-ce qu'ils se racontaient ? Christine semblait faire presque tous les frais de la conversation. Peut-être Gilbert était-il trop ému pour parler. Est-ce qu'il était en train de sourire au clair de lune en se rappelant des souvenirs où elle ne jouait aucun rôle ? Elle se rappela les soirs où elle et Gilbert s'étaient promenés ensemble dans les jardins d'Avonlea. Avait-il oublié ?

Christine avait levé son visage vers le ciel. Bien entendu, elle était consciente de dévoiler sa belle gorge pleine et blanche en levant la tête comme ça. La lune avait-elle déjà mis si longtemps à se lever ?

Les autres invités entraient dans la pièce quand Gilbert et Christine rentrèrent enfin. On bavarda, on rit, on fit de la musique. Christine chanta... magnifiquement. Elle avait toujours été « musicale ». Elle chanta pour Gilbert « les heureux jours enfuis que l'on n'oublie jamais ». Gilbert s'adossa dans un fauteuil, inhabituellement silencieux. Était-il en train de songer tristement à ces « heureux jours enfuis » ? Essayait-il d'imaginer ce qu'aurait été sa vie s'il avait épousé Christine ? (« *Avant, je savais toujours à quoi pensait Gilbert. Je commence à avoir la migraine. Si nous ne nous en allons pas bientôt, je vais rejeter la tête en arrière et me mettre à hurler. Grâce au ciel, notre train part de bonne heure.* »)

Quand Anne redescendit, Christine était sous le porche avec Gilbert. Elle tendit la main et prit une feuille tombée sur son épaule ; le geste ressemblait à une caresse.

« Vas-tu vraiment bien, Gilbert ? Tu as l'air terriblement fatigué. Je *sais* que tu travailles trop. »

Une vague d'horreur submergea Anne. Gilbert avait vraiment l'air fatigué, épouvantablement fatigué, et elle ne s'en était pas aperçue avant que Christine ne le lui fît remarquer ! Jamais elle n'oublierait l'humiliation de cet instant. (« *J'ai trop tenu Gilbert pour acquis et je l'ai blâmé de faire la même chose à mon égard.* »)

Christine se tourna vers elle.

« Cela m'a fait plaisir de te revoir, Anne. C'était comme dans le bon vieux temps. »

« Tout à fait », répondit Anne.

« Mais je venais de dire à Gilbert qu'il avait l'air un peu fatigué. Il faut que tu prennes mieux soin de lui, Anne. Tu sais qu'à une certaine époque, j'étais vraiment entichée de ton mari. Je crois qu'il a été mon meilleur soupirant. Mais tu me pardonnes, n'est-ce pas, puisque je ne te l'ai pas enlevé. »

Anne se figea de nouveau.

« Peut-être qu'il le regrette », rétorqua-t-elle avec cet air majestueux que Christine connaissait déjà à l'époque de Redmond, tout en montant dans la calèche du Dr Fowler pour se rendre à la gare.

« Quelle drôle de petite femme ! » dit Christine en haussant ses épaules ravissantes. Elle les suivait du regard, paraissant s'amuser énormément.

41

«Tu as passé une belle soirée?» demanda Gilbert l'air plus absent que jamais en l'aidant à monter dans le train.

«Oh! charmante», répondit Anne qui avait l'impression d'avoir été, comme l'a si bien exprimé la romancière Jane Welsh Carlyle, «labourée par une herse».

«Qu'est-ce qui t'a pris de te coiffer comme ça?» reprit Gilbert toujours aussi distraitement.

«C'est la nouvelle mode.»

«Eh bien, cela ne te va pas. Ça convient peut-être à certains types de cheveux, mais pas aux tiens.»

«Oh! C'est vraiment dommage que je sois rousse!» riposta Anne d'un ton glacial.

Gilbert jugea plus sage de laisser tomber ce sujet épineux. Anne, songea-t-il, avait toujours été un peu susceptible à propos de ses cheveux. Il était trop éreinté pour parler, d'ailleurs. Il appuya sa tête sur le dossier et ferma les yeux. Pour la première fois, Anne remarqua de petits fils gris dans les cheveux au-dessus de ses oreilles. Mais elle ne se laissa pas attendrir.

Ils empruntèrent le raccourci à partir de la gare et marchèrent en silence jusqu'à Ingleside. L'air était saturé de l'haleine des épinettes et des fougères épicées. La lune brillait sur les champs humides de rosée. Ils dépassèrent une vieille maison abandonnée aux tristes fenêtres cassées où jadis avait dansé la lumière. «Exactement comme ma vie», pensa Anne. Tout semblait avoir une signification lugubre, désormais. Le papillon de nuit blanc qui voleta près d'eux sur la pelouse ressemblait, se dit-elle mélancoliquement, au fantôme d'un amour disparu.

Puis elle se prit le pied dans un arceau de croquet et faillit tomber tête première dans un bosquet de phlox. Mais pourquoi les enfants l'avaient-ils laissé traîner là ? Elle leur dirait ce qu'elle en pensait le lendemain !

Gilbert se contenta de murmurer « Houp », et de la soutenir d'une main. Aurait-il agi avec la même désinvolture si Christine avait trébuché pendant qu'ils réfléchissaient à la signification des levers de lune ?

Gilbert se rua dans son bureau dès qu'ils furent entrés et Anne monta silencieusement à leur chambre où le clair de lune gisait sur le sol, immobile, argenté et froid. Elle se dirigea vers la fenêtre ouverte et regarda dehors. C'était évidemment le chien de Carter Flagg qui hurlait, ce soir-là, et il y mettait tout son cœur. Les feuilles des peupliers luisaient comme de l'argent sous la lune. Autour d'Anne, la maison semblait chuchoter, chuchoter sinistrement, comme si elle n'était plus son amie.

Anne se sentit malade, transie et vide. L'or de la vie avait blanchi. Rien n'avait plus aucun sens. Tout paraissait lointain et irréel.

Au loin, la marée était à son rendez-vous vieux comme le monde avec la grève. À présent que Norman Douglas avait abattu son bois d'épinettes, elle pouvait apercevoir sa chère petite maison de rêve. Comme ils avaient été heureux là-bas... quand il leur suffisait d'être ensemble dans leur maison, avec leurs rêves, leurs caresses, leurs silences ! Toute la couleur du matin dans leur vie... Gilbert qui la regardait avec, dans les yeux, ce sourire exclusivement réservé pour elle. Chaque jour, il trouvait une nouvelle façon de dire « Je t'aime », et ils partageaient les joies comme les peines.

Et maintenant, Gilbert s'était fatigué d'elle. Les hommes avaient toujours été comme ça, et le seraient toujours. Elle avait cru que Gilbert était une exception, mais elle savait à présent la vérité. Et comment allait-elle y ajuster sa vie ?

« Il reste les enfants, bien sûr, se dit-elle, découragée. Je dois continuer à vivre pour eux. Et personne ne doit savoir, personne. Je ne veux pas être prise en pitié. »

Qu'est-ce que c'était ? Quelqu'un grimpait l'escalier, trois marches à la fois, comme Gilbert avait coutume de le faire autrefois dans la maison de rêve – et cela faisait si longtemps qu'il ne l'avait pas fait. Cela ne pouvait être Gilbert... c'était lui !

Il entra en trombe dans la chambre, laissa tomber un petit colis sur la table, saisit Anne par la taille et la fit valser autour de la pièce comme un écolier folichon avant de s'arrêter, à bout de souffle, dans une flaque argentée de clair de lune.

« J'avais raison, Anne, Dieu merci, j'avais raison ! Mme Garrow va se rétablir. C'est le spécialiste qui l'a dit ! »

« Mme Garrow ? Mais Gilbert, es-tu devenu fou ? »

« Je ne te l'avais pas dit ? J'ai dû, pourtant... bon, j'imagine que c'était un sujet si douloureux que je ne pouvais tout simplement pas en parler. J'étais mort d'inquiétude depuis deux semaines. Je ne pouvais penser à rien d'autre, éveillé ou endormi. Mme Garrow habite à Lowbridge et c'était une patiente du Dr Parker. Il m'a demandé de venir pour une consultation, j'ai établi un autre diagnostic que lui et on en est presque venu aux mains. J'étais certain d'avoir raison. J'ai persisté à affirmer qu'il y avait une chance de guérison et nous l'avons envoyée à Montréal. Parker disait qu'elle n'en reviendrait pas vivante et son mari était prêt à tirer sur moi à bout portant. Après son départ, j'ai craqué. Si je m'étais trompé, si je l'avais inutilement torturée. J'ai trouvé la lettre dans mon bureau en entrant. J'avais raison. On l'a opérée, et elle a d'excellentes chances de survivre. Petite Anne, je pourrais sauter par-dessus la lune ! J'ai rajeuni de vingt ans ! »

Hésitant entre le rire et les larmes, Anne prit donc le parti de rire. C'était si bon d'être encore capable de rire, si bon d'en avoir envie. Tout allait bien, tout à coup.

« Je suppose que c'est pourquoi tu as oublié notre anniversaire de mariage ? » se moqua-t-elle.

Gilbert desserra son étreinte le temps de prendre le petit paquet qu'il avait posé sur la table.

« Je ne l'ai pas oublié. Il y a deux semaines que j'ai commandé ceci à Toronto. Et ce n'est arrivé que ce soir. Je me sentais si misérable ce matin de n'avoir rien à t'offrir que j'ai préféré ne pas mentionner quel jour c'était. J'ai cru que tu l'avais oublié, toi aussi. Je l'espérais. Quand je suis entré dans mon bureau, j'ai trouvé le colis avec la lettre de Parker. Vois si tu l'aimes. »

C'était un petit pendentif en diamants. Même sous la lune, il étincelait comme une chose vivante.

« Gilbert... et moi, je... »

« Essaie-le. J'aurais voulu qu'il arrive ce matin, comme ça, tu aurais eu quelque chose à porter pour le dîner au lieu de ce vieux cœur en émail. Quoiqu'il paraissait plutôt bien, blotti dans ce petit creux blanc de ta gorge, chérie. Pourquoi n'as-tu pas gardé la robe verte, Anne ? Elle me plaisait, me rappelait la robe à boutons de roses que tu avais coutume de porter à Redmond. »

(« Ainsi, il avait remarqué la robe ! Ainsi, il se souvenait encore de la vieille robe de Redmond qu'il admirait tant ! »)

Anne se sentit comme un oiseau retrouvant la liberté : elle volait de nouveau. Les bras de Gilbert étaient autour d'elle, ses yeux plongeaient dans les siens dans le clair de lune.

« Tu m'aimes vraiment, Gilbert ? Je ne suis pas devenue une simple habitude ? Il y a si longtemps que tu ne m'as dit "Je t'aime". »

« Mon très cher amour ! Je ne pensais pas que tu avais besoin de mots pour le savoir. Je ne pourrais vivre sans toi. C'est toi qui m'en donnes la force. Il y a un verset quelque part dans la Bible qui parle de toi : "Elle lui fera du bien et jamais de mal tous les jours de sa vie". »

La vie qui avait paru si grise et absurde quelques instants auparavant redevint dorée, rose et superbement irisée. Le pendentif de diamants glissa sur le sol, ignoré pour le moment. Il était ravissant, mais il y avait tant de choses plus belles encore : la confiance, la paix et le travail qui réjouit, le rire et la bonté, et ce vieux sentiment qui donnait une telle *sécurité*, celui d'un amour sûr.

«Oh ! Si nous pouvions conserver cet instant pour toujours, Gilbert. »

«Nous en aurons d'autres. Il est temps que nous partions en deuxième voyage de noces. Anne, il y aura un gros congrès médical à Londres en février prochain. Nous allons nous y rendre, et après, nous visiterons un peu du Vieux Monde. Nous prendrons des vacances. Nous ne serons rien d'autre que des amoureux de nouveau. Ce sera comme si nous nous remarions. Ça fait longtemps que tu n'as pas été toi-même. (« *Il l'avait remarqué.* ») Tu es fatiguée et surmenée. Tu as besoin d'un changement. (« *Toi aussi, mon amour. J'ai été si horriblement aveugle.* ») Je ne vais pas me faire ressasser que la femme du docteur est toujours la plus mal soignée. Nous reviendrons frais et dispos, ayant complètement retrouvé notre sens de l'humour. Bon, essaie ton pendentif et allons nous coucher. Je suis à moitié mort de fatigue. Ça fait des semaines que je n'ai pas eu une nuit décente, que ce soit à cause de jumeaux ou de l'inquiétude que me causait Mme Garrow. »

«Veux-tu bien me dire ce que Christine et toi vous vous êtes raconté pendant si longtemps dans le jardin ce soir ? » demanda Anne en se pavanant devant la glace avec ses diamants.

Gilbert bâilla.

«Oh ! Je ne sais pas. Christine jacassait sans arrêt. Mais j'ai appris une chose. Une puce peut faire un saut de deux cents fois sa propre longueur. Est-ce que tu savais ça, Anne ? »

(« *Ils parlaient de puces pendant que je me tordais de jalousie. Quelle idiote j'ai été !* »)

«Et comment en êtes-vous arrivés à parler de puces ? »

«Je ne m'en souviens plus... Ce sont peut-être les pinschers dobermans qui nous ont fait penser à ça. »

«Les pinschers dobermans ? Mais qu'est-ce que c'est ? »

«Une nouvelle race de chiens. Christine a l'air d'être une connaisseuse en matière canine. J'étais si obsédé par le cas de Mme Garrow que je n'ai pas prêté beaucoup d'attention à ce qu'elle disait. Je saisissais un mot ici et là à propos des complexes et des répressions – cette nouvelle psychologie, tu sais – et l'art, et la goutte, et la politique, et les grenouilles. »

« Les grenouilles ? »

« Elle m'a parlé de certaines expériences tentées par un chercheur de Winnipeg. Christine n'avait jamais été très divertissante, mais elle est devenue plus raseuse que jamais. Et maligne ! Elle n'était pas comme ça avant. »

« Qu'a-t-elle dit de si malin ? » demanda innocemment Anne.

« Tu n'as pas remarqué ? Oh ! Je suppose que tu ne t'es aperçue de rien, tu es toi-même si libérée de ce genre de choses. Eh bien, cela n'a pas d'importance. Son rire me tombait un peu sur les nerfs. Et elle a engraissé. Grâce au ciel, tu n'es pas grosse, toi, petite Anne. »

« Oh ! Je ne la trouve pas si grosse que ça, protesta charitablement Anne. Et c'est certainement une très belle femme. »

« Couci-couça. Mais son visage a durci. Vous avez le même âge mais elle fait dix ans de plus que toi. »

« Et toi qui lui parlais de jeunesse immortelle. »

Gilbert sourit d'un air coupable.

« Il faut bien dire quelque chose de civilisé. La civilisation ne peut exister sans un peu d'hypocrisie. Oh ! Ma foi, Christine n'est pas une femme si mal, même si elle n'est pas de la race de Joseph. Ce n'est pas sa faute s'il lui manque une pincée de sel. Qu'est-ce que c'est ? »

« Mon cadeau d'anniversaire pour toi. Et je veux un sou en échange, je ne prends aucun risque. Quand je pense aux tortures que j'ai endurées ce soir ! J'étais dévorée de jalousie à cause de Christine. »

Gilbert eu l'air authentiquement stupéfait. Cela ne lui était jamais venu à l'idée qu'Anne pût être jalouse de quiconque.

« Seigneur, petite Anne, je n'aurais jamais cru cela de toi. »

« Oh ! mais je suis jalouse. Il y a des années, j'étais follement jalouse de ta correspondance avec Ruby Gillis. »

« Ai-je déjà correspondu avec Ruby Gillis ? J'ai oublié. Pauvre Ruby ! Mais parle-moi donc de Roy Gardner. Quand on voit la paille dans l'œil du voisin, n'est-ce pas… »

« Roy Gardner ? Philippa m'a écrit l'avoir rencontré récemment et qu'il est devenu obèse. Gilbert, le D\u02b3 Murray est peut être une sommité dans son domaine mais il est maigre comme un clou et le D\u02b3 Fowler a l'air d'un beignet. Tu paraissais si beau, d'une beauté si *achevée*, à côté d'eux. »

« Oh ! Merci… merci. C'est le genre de choses qu'une épouse se doit de dire. Pour te retourner le compliment, je t'ai trouvée particulièrement en beauté ce soir, Anne, malgré cette robe. Tu avais un peu de couleur et tes yeux étaient magnifiques. Ahhh ! Ça fait du bien ! Rien ne vaut un bon lit ! Il y a un autre verset de la Bible – bizarre comme les vieux versets qu'on apprend au catéchisme vous reviennent tout au long de la vie – "Je me reposerai dans la paix et le sommeil". Paix… et sommeil… Bonne nuit. »

Gilbert dormait avant même d'avoir fini sa phrase. Très cher Gilbert fatigué ! Les bébés pouvaient bien naître, mais aucun ne dérangerait son repos, cette nuit. Le téléphone pourrait sonner tant qu'il voudrait.

Anne n'avait pas sommeil. Elle se sentait trop heureuse pour dormir. Elle se déplaça sans faire de bruit dans la chambre, rangeant les choses, tressant ses cheveux, comme d'une femme aimée. Elle glissa finalement un négligé sur ses épaules et traversa le couloir jusqu'à la chambre des garçons. Walter et Jem dans leur grand lit, et Shirley dans son petit lit, dormaient profondément. Fripon, qui avait survécu à des générations de chatons impertinents et était devenu une habitude familiale, était couché en boule aux pieds de Shirley. Jem s'était endormi en lisant *Le Livre de vie du Capitaine Jim* qui était resté ouvert sur l'édredon. Grand Dieu ! Comme Jem semblait long sous les couvertures ! Il serait bientôt un adulte. Quel gamin énergique et digne de confiance il était ! Walter souriait dans son sommeil comme quelqu'un en possession d'un secret charmant. La lune luisait sur son oreiller à travers les carreaux de la fenêtre, projetant l'ombre d'une croix aux contours bien définis sur le mur au-dessus de sa tête. Bien des années plus tard, Anne se souviendrait de cela et se demanderait si cette image présageait Courcelette… une tombe marquée d'une croix

« quelque part en France ». Mais ce soir, ce n'était qu'une ombre, rien d'autre. Les boutons sur le cou de Shirley avaient disparu. Gilbert avait eu raison. Comme toujours.

Nan et Diana dormaient dans la chambre à côté, Diana avec ses adorables bouclettes humides tout autour de sa tête et une petite main basanée sous la joue, et Nan aux longs cils. Les yeux derrière ces paupières veinées de bleu étaient noisette comme ceux de son père. Et Rilla dormait sur le ventre. Anne la retourna sur le dos mais ses yeux bien fermés ne s'ouvrirent pas.

Ils grandissaient tous si vite. Encore quelques brèves années et ils seraient de jeunes adultes. L'adolescence arrivait sur la pointe des pieds, cet âge d'attente, illuminée de doux rêves fous... petits navires quittant le havre pour des ports inconnus. Les garçons partiraient pour travailler et les filles... ah ! on pouvait voir les silhouettes voilées de brume de belles jeunes mariées descendant le vieil escalier d'Ingleside. Mais ils étaient encore siens pour quelques années, pour qu'elle les aime et les guide, leur chante les chansons que tant d'autres mères avaient chantées. Ils étaient à elle... et à Gilbert.

Elle sortit et se dirigea vers la fenêtre en encorbellement au bout du couloir. Tous ses soupçons, ses jalousies et ses rancunes s'en étaient allés là où vont les vieilles lunes. Elle se sentit confiante, gaie et joyeuse.

« Blythe ! Je me sens *blithe* !* dit-elle, riant du jeu de mot. Je me sens exactement comme ce matin où Pacifique m'avait dit que Gilbert avait "passé à travers". »

Au-dessous d'elle, il y avait le mystère et le charme du jardin, la nuit. Les collines lointaines, saupoudrées de clair de lune, étaient un poème.

Dans plusieurs mois, elle verrait la lune sur les collines d'Écosse, sur Melros, sur les ruines de Kenilworth, sur l'église près d'Avon où Shakespeare avait dormi, peut-être même sur le Colisée, sur l'Acropole, sur les fleuves chagrins coulant dans des empires morts.

---

* N.d.T. : *Blithe* signifie « joyeux ».

La nuit était fraîche ; sous peu viendraient les nuits plus cinglantes, plus froides de l'automne ; puis la neige épaisse et le froid de l'hiver, les nuits sauvages de vent et de tempête. Mais quelle importance ? Il y aurait la magie des feux allumés dans des pièces gracieuses – Gilbert n'avait-il pas parlé récemment de bûches de pommiers qu'il allait faire brûler dans la cheminée ? Elles donneraient de la splendeur aux journées grises. Qui attacherait de l'importance aux rafales de neige et aux bises mordantes quand l'amour brûlait, clair et brillant, et quand le printemps était tout près ? Et quand toutes les petites joies de la vie étaient éparpillées sur la route ?

Elle se détourna de la fenêtre. Dans sa chemise de nuit blanche, avec ses deux longues tresses, elle ressemblait à l'ancienne Anne des Pignons verts, à celle de Redmond, à celle de la Maison de rêve. Un éclat intérieur continuait à irradier d'elle. À travers la porte ouverte, elle entendit le doux bruit de la respiration des enfants. Gilbert, qui ronflait rarement, ronflait indubitablement, à présent. Anne sourit. Elle pensa à une chose que Christine avait dite. Pauvre Christine sans enfants, qui lançait ses petites flèches ironiques.

« Quelle famille ! » répéta Anne, jubilant.